Les particules
élémentaires

DU MÊME AUTEUR

H.P. Lovecraft, Le Rocher, 1991 ; J'ai lu, 1999 ; nouvelle édition, 2010.

Rester vivant, La Différence, 1991 ; Librio, 1999.

La Poursuite du bonheur, La Différence, 1991 ; Librio, 2001.

Extension du domaine de la lutte, Maurice Nadeau, 1994 ; J'ai lu, 1997.

Le Sens du combat, Flammarion, 1996.

Rester vivant suivi de *La Poursuite du bonheur* (édition revue par l'auteur), Flammarion, 1997.

Les Particules élémentaires, Flammarion, 1998 ; J'ai lu, 2000.

Interventions, Flammarion, 1998.

Rester vivant et autres textes, Librio, 1999.

Renaissance, Flammarion, 1999.

Lanzarote, Flammarion, 2000.

Poésies (intégrale poche), J'ai lu, 2000.

Plateforme, Flammarion, 2001 ; J'ai lu, 2002.

Lanzarote et autres textes, Librio, 2002.

La Possibilité d'une île, Fayard, 2005 ; J'ai lu, 2013.

Ennemis publics (avec Bernard-Henri Lévy), Flammarion/ Grasset, 2008 ; J'ai lu, 2011.

Interventions 2, Flammarion, 2009.

La Carte et le Territoire (prix Goncourt 2010), Flammarion, 2010 ; J'ai lu, 2012.

Poésie (nouvelle édition), J'ai lu, 2010, 2015.

Configuration du dernier rivage, Flammarion, 2013 ; repris dans *Poésie*, J'ai lu, 2015.

Non réconcilié : Anthologie personnelle 1991-2013, Gallimard, 2014.

Soumission, Flammarion, 2015 ; J'ai lu, 2017.

Houellebecq 1991-2000, Flammarion, coll. « Mille et une pages », 2016.

Houellebecq 2001-2010, Flammarion, coll. « Mille et une pages », 2017.

Sérotonine, Flammarion, 2019 ; J'ai lu, 2020.

Interventions 2020, Flammarion, 2020.

MICHEL HOUELLEBECQ

Les particules élémentaires

———

ROMAN

Prologue

Ce livre est avant tout l'histoire d'un homme, qui vécut la plus grande partie de sa vie en Europe occidentale, durant la seconde moitié du XXᵉ siècle. Généralement seul, il fut cependant, de loin en loin, en relation avec d'autres hommes. Il vécut en des temps malheureux et troublés. Le pays qui lui avait donné naissance basculait lentement, mais inéluctablement, dans la zone économique des pays moyen-pauvres ; fréquemment guettés par la misère, les hommes de sa génération passèrent en outre leur vie dans la solitude et l'amertume. Les sentiments d'amour, de tendresse et de fraternité humaine avaient dans une large mesure disparu ; dans leurs rapports mutuels ses contemporains faisaient le plus souvent preuve d'indifférence, voire de cruauté.

Au moment de sa disparition, Michel Djerzinski était unanimement considéré comme un biologiste de tout premier plan, et on pensait sérieusement à lui pour le prix Nobel ; sa véritable importance ne devait apparaître qu'un peu plus tard.

À l'époque où vécut Djerzinski, on considérait le plus souvent la philosophie comme dénuée de toute importance pratique, voire d'objet. En réalité, la vision du monde la plus couramment adoptée, à un moment donné, par les membres d'une société détermine son économie, sa politique et ses mœurs.

Les mutations métaphysiques – c'est-à-dire les transformations radicales et globales de la vision du monde adoptée par le plus grand nombre – sont rares dans l'histoire de l'humanité. Par exemple, on peut citer l'apparition du christianisme.

Dès lors qu'une mutation métaphysique s'est produite, elle se développe sans rencontrer de résistance jusqu'à ses conséquences ultimes. Elle balaie sans même y prêter attention les systèmes économiques et politiques, les jugements esthétiques, les hiérarchies sociales. Aucune force humaine ne peut interrompre son cours – aucune autre force que l'apparition d'une nouvelle mutation métaphysique.

On ne peut pas spécialement dire que les mutations métaphysiques s'attaquent aux sociétés affaiblies, déjà sur le déclin. Lorsque le christianisme apparut, l'Empire romain était au faîte de sa puissance ; suprêmement organisé, il dominait l'univers connu ; sa supériorité technique et militaire était sans analogue ; cela dit, il n'avait aucune chance. Lorsque la science moderne apparut, le christianisme médiéval constituait un système complet de compréhension de l'homme et de l'univers ; il servait de base au gouvernement des peuples, produisait des connaissances et des œuvres, décidait de la paix comme de la guerre, organisait la production et la répartition des richesses ; rien de tout cela ne devait l'empêcher de s'effondrer.

Michel Djerzinski ne fut ni le premier, ni le principal artisan de cette troisième mutation métaphysique, à bien des égards la plus radicale, qui devait ouvrir une période nouvelle dans l'histoire du monde ; mais en raison de certaines circonstances, tout à fait particulières, de sa vie, il en fut un des artisans les plus conscients, les plus lucides.

Nous vivons aujourd'hui sous un tout nouveau règne,
Et l'entrelacement des circonstances enveloppe nos corps,
Baigne nos corps,
Dans un halo de joie.
Ce que les hommes d'autrefois ont quelquefois pressenti au travers de leur musique,
Nous le réalisons chaque jour dans la réalité pratique.
Ce qui était pour eux du domaine de l'inaccessible et de l'absolu,
Nous le considérons comme une chose toute simple et bien connue.
Pourtant, nous ne méprisons pas ces hommes ;
Nous savons ce que nous devons à leurs rêves,
Nous savons que nous ne serions rien sans l'entrelacement de douleur et de joie qui a constitué leur histoire,
Nous savons qu'ils portaient notre image en eux lorsqu'ils traversaient la haine et la peur, lorsqu'ils se heurtaient dans le noir,
Lorsqu'ils écrivaient, peu à peu, leur histoire.
Nous savons qu'ils n'auraient pas été, qu'ils n'auraient même pas pu être s'il n'y avait pas eu, au fond d'eux, cet espoir,
Ils n'auraient même pas pu exister sans leur rêve.
Maintenant que nous vivons dans la lumière,
Maintenant que nous vivons à proximité immédiate de la lumière
Et que la lumière baigne nos corps,
Enveloppe nos corps,

Dans un halo de joie
Maintenant que nous sommes établis à proximité immédiate de la rivière,
Dans des après-midi inépuisables

Maintenant que la lumière autour de nos corps est devenue palpable,
Maintenant que nous sommes parvenus à destination
Et que nous avons laissé derrière nous l'univers de la séparation,
L'univers mental de la séparation,
Pour baigner dans la joie immobile et féconde
D'une nouvelle loi
Aujourd'hui,
Pour la première fois,
Nous pouvons retracer la fin de l'ancien règne.

PREMIÈRE PARTIE

LE ROYAUME PERDU

1

Le 1er juillet 1998 tombait un mercredi. C'est donc logiquement, quoique de manière inhabituelle, que Djerzinski organisa son pot de départ un mardi soir. Entre les bacs de congélation d'embryons et un peu écrasé par leur masse, un réfrigérateur de marque Brandt accueillit les bouteilles de champagne ; il permettait d'ordinaire la conservation des produits chimiques usuels.

Quatre bouteilles pour quinze, c'était un peu juste. Tout, d'ailleurs, était un peu juste : les motivations qui les réunissaient étaient superficielles ; un mot maladroit, un regard de travers et le groupe risquait de se disperser, chacun se précipitant vers sa voiture. Ils se tenaient dans une pièce climatisée en sous-sol, carrelée de blanc, décorée d'un poster de lacs allemands. Personne n'avait proposé de prendre de photos. Un jeune chercheur arrivé en début d'année, un barbu d'apparence stupide, s'éclipsa au bout de quelques minutes en prétextant des problèmes de garage. Un malaise de plus en plus perceptible se répandit entre les convives ; les vacances étaient pour bientôt. Certains se rendaient dans une maison familiale, d'autres pratiquaient le tourisme vert. Les mots échangés claquaient avec lenteur dans l'atmosphère. On se sépara rapidement.

À dix-neuf heures trente, tout était terminé. Djerzinski traversa le parking en compagnie d'une collègue aux longs cheveux noirs, à la peau très blanche, aux seins volumineux. Elle était un peu plus âgée que lui ;

vraisemblablement, elle allait lui succéder à la tête de l'unité de recherches. La plupart de ses publications portaient sur le gène DAF3 de la drosophile ; elle était célibataire.

Debout devant sa Toyota, il tendit une main à la chercheuse en souriant (depuis quelques secondes il prévoyait d'effectuer ce geste, de l'accompagner d'un sourire, il s'y préparait mentalement). Les paumes s'engrenèrent en se secouant doucement. Un peu tard il songea que cette poignée de main manquait de chaleur ; compte tenu des circonstances ils auraient pu s'embrasser, comme le font les ministres, ou certains chanteurs de variétés.

Les adieux consommés, il demeura dans sa voiture pendant cinq minutes qui lui parurent longues. Pourquoi la femme ne démarrait-elle pas ? Se masturbait-elle en écoutant du Brahms ? Songeait-elle au contraire à sa carrière, à ses nouvelles responsabilités, et si oui s'en réjouissait-elle ? Enfin, la Golf de la généticienne quitta le parking ; il était de nouveau seul. La journée avait été superbe, elle était encore chaude. En ces semaines du début de l'été, tout paraissait figé dans une immobilité radieuse ; pourtant, Djerzinski en était conscient, la durée des jours avait déjà commencé à décroître.

Il avait travaillé dans un environnement privilégié, songea-t-il en démarrant à son tour. À la question : « Estimez-vous, vivant à Palaiseau, bénéficier d'un environnement privilégié ? », 63 % des habitants répondaient : « Oui. » Cela pouvait se comprendre ; les bâtiments étaient bas, entrecoupés de pelouses. Plusieurs hypermarchés permettaient un approvisionnement facile ; la notion de *qualité de vie* semblait à peine excessive, concernant Palaiseau.

En direction de Paris, l'autoroute du Sud était déserte. Il avait l'impression d'être dans un film de science-fiction néo-zélandais, vu pendant ses années d'étudiant : le dernier homme sur Terre, après la disparition de toute vie. Quelque chose dans l'atmosphère évoquait une apocalypse sèche.

Djerzinski vivait rue Frémicourt depuis une dizaine d'années ; il s'y était habitué, le quartier était calme. En 1993, il avait ressenti la nécessité d'une compagnie ; quelque chose qui l'accueille le soir en rentrant. Son choix s'était porté sur un canari blanc, un animal craintif. Il chantait, surtout le matin ; pourtant, il ne semblait pas joyeux ; mais un canari peut-il être joyeux ? La joie est une émotion intense et profonde, un sentiment de plénitude exaltante ressenti par la conscience entière ; on peut la rapprocher de l'ivresse, du ravissement, de l'extase. Une fois, il avait sorti l'oiseau de sa cage. Terrorisé, celui-ci avait chié sur le canapé avant de se précipiter sur les grilles à la recherche de la porte d'entrée. Un mois plus tard, il renouvela la tentative. Cette fois, la pauvre bête était tombée par la fenêtre ; amortissant tant bien que mal sa chute, l'oiseau avait réussi à se poser sur un balcon de l'immeuble en face, cinq étages plus bas. Michel avait dû attendre le retour de l'occupante, espérant ardemment qu'elle n'ait pas de chat. Il s'avéra que la fille était rédactrice à *20 Ans* ; elle vivait seule et rentrait tard. Elle n'avait pas de chat.

La nuit était tombée ; Michel récupéra le petit animal qui tremblait de froid et de peur, blotti contre la paroi de béton. À plusieurs reprises, généralement en sortant ses poubelles, il croisa de nouveau la rédactrice. Elle hochait la tête, probablement en signe de reconnaissance ; il hochait de son côté. Somme toute, l'incident lui avait permis d'établir une relation de voisinage ; en cela, c'était bien.

Par ses fenêtres on pouvait distinguer une dizaine d'immeubles, soit environ trois cents appartements. En général, lorsqu'il rentrait le soir, le canari se mettait à siffler et à gazouiller, cela durait cinq à dix minutes ; puis il changeait ses graines, sa litière et son eau. Cependant, ce soir-là, il fut accueilli par le silence. Il s'approcha de la cage : l'oiseau était mort. Son petit corps blanc, déjà froid, gisait de côté sur la litière de gravillons.

Il dîna d'une barquette de loup au cerfeuil *Monoprix Gourmet*, qu'il accompagna d'un Valdepeñas médiocre. Après une hésitation il déposa le cadavre de l'oiseau dans un sac plastique qu'il lesta d'une bouteille de bière, et jeta le tout dans le vide-ordures. Que faire d'autre ? Dire une messe ?

Il n'avait jamais su où aboutissait ce vide-ordures à l'ouverture exiguë (mais suffisante pour contenir le corps d'un canari). Cependant il rêva de poubelles gigantesques, remplies de filtres à café, de raviolis en sauce et d'organes sexuels tranchés. Des vers géants, aussi gros que l'oiseau, armés de becs, attaquaient son cadavre. Ils arrachaient ses pattes, déchiquetaient ses intestins, crevaient ses globes oculaires. Il se redressa dans la nuit en tremblant ; il était à peine une heure et demie. Il avala trois Xanax. C'est ainsi que se termina sa première soirée de liberté.

2

Le 14 décembre 1900, dans une communication faite à l'Académie de Berlin sous le titre *Zur Theorie des Geseztes der Energieverteilung in Normalspektrum*, Max Planck introduisit pour la première fois la notion de quantum d'énergie, qui devait jouer un rôle décisif dans l'évolution ultérieure de la physique. Entre 1900 et 1920, sous l'impulsion principalement d'Einstein et de Bohr, des modélisations plus ou moins ingénieuses tentèrent d'accorder le nouveau concept au cadre des théories antérieures ; ce n'est qu'à partir du début des années vingt que ce cadre apparut irrémédiablement condamné.

Si Niels Bohr est considéré comme le véritable fondateur de la mécanique quantique, ce n'est pas seulement en raison de ses découvertes personnelles, mais surtout de l'extraordinaire ambiance de créativité, d'effervescence intellectuelle, de liberté d'esprit et d'amitié qu'il sut créer autour de lui. L'Institut de physique de Copenhague, fondé par Bohr en 1919, devait accueillir tout ce que la physique européenne comptait de jeunes chercheurs. Heisenberg, Pauli, Born y firent leur apprentissage. Un peu plus âgé qu'eux, Bohr était capable de consacrer des heures à discuter le détail de leurs hypothèses, avec un mélange unique de perspicacité philosophique, de bienveillance et de rigueur. Précis, voire maniaque, il ne tolérait aucune approximation dans l'interprétation des expériences ; mais, non plus, aucune idée neuve ne lui paraissait a priori folle, aucun concept classique intangible. Il aimait inviter ses étudiants à le rejoindre dans sa maison de campagne de Tisvilde ; il y recevait des scientifiques d'autres disciplines, des hommes politiques, des artistes ; les conversations passaient librement de la physique à la philosophie, de l'histoire à l'art, de la religion à la vie quotidienne. Rien de comparable ne s'était produit depuis les premiers temps de la pensée grecque. C'est dans ce contexte exceptionnel que furent élaborés, entre 1925 et 1927, les termes essentiels de l'interprétation de Copenhague, qui invalidait dans une large mesure les catégories antérieures de l'espace, de la causalité et du temps.

Djerzinski n'était nullement parvenu à recréer autour de lui un tel phénomène. L'ambiance au sein de l'unité de recherches qu'il dirigeait était, ni plus ni moins, une ambiance de bureau. Loin d'être les Rimbaud du microscope qu'un public sentimental aime à se représenter, les chercheurs en biologie moléculaire sont le plus souvent d'honnêtes techniciens, sans génie, qui lisent *Le Nouvel Observateur* et rêvent de partir en vacances au Groenland. La recherche en biologie moléculaire ne nécessite aucune créativité, aucune invention ; c'est en réalité une activité à peu près complètement routinière, qui ne demande que de raisonnables aptitudes intellectuelles de second rang. Les gens font des doctorats, soutiennent des thèses, alors qu'un Bac + 2 suffirait largement pour manœuvrer les appareils. « Pour avoir l'idée du code génétique, aimait à dire Desplechin, le directeur du département biologie du CNRS, pour découvrir le principe de la synthèse des protéines, là, oui, il fallait un petit peu mouiller sa chemise. D'ailleurs vous remarquerez que c'est Gamow, un physicien, qui a mis le nez en premier sur l'affaire. Mais le décryptage de l'ADN, pfff... On décrypte, on décrypte. On fait une molécule, on fait l'autre. On introduit les données dans l'ordinateur, l'ordinateur calcule les sous-séquences. On envoie un fax dans le Colorado : ils font le gène B27, on fait le C33. De la cuisine. De temps en temps il y a un insignifiant progrès d'appareillage ; en général ça suffit pour qu'on vous donne le Nobel. Du bricolage ; de la plaisanterie. »

L'après-midi du 1er juillet était d'une chaleur écrasante ; c'était une de ces après-midi qui se terminent mal, où l'orage finit par éclater, dispersant les corps dénudés. Le bureau de Desplechin donnait sur le quai Anatole-France. De l'autre côté de la Seine, sur le quai des Tuileries, des homosexuels circulaient au soleil, discutaient à deux ou par petits groupes, partageaient leurs serviettes. Presque tous étaient vêtus de strings. Leurs muscles humectés d'huile solaire brillaient dans la lumière, leurs fesses étaient luisantes et galbées. Tout en bavardant certains massaient leurs organes sexuels à travers le nylon du string, ou y glissaient un doigt, découvrant les poils pubiens, le début du phallus. Près des baies vitrées, Desplechin avait installé une lunette d'approche. Lui-même était homosexuel, selon la rumeur ; en réalité, depuis quelques années, il était surtout alcoolique mondain. Une après-midi comparable à celle-ci, il avait par deux fois tenté de se masturber, l'œil collé à la lunette, fixant avec persévérance un adolescent qui avait laissé glisser son string et dont la bite entamait une émouvante ascension dans l'atmosphère. Son propre sexe était retombé, flasque et ridé, sec ; il n'avait pas insisté.

Djerzinski arriva à seize heures précises. Desplechin avait demandé à le voir. Son cas l'intriguait. Il était certes courant qu'un chercheur prenne une année sabbatique pour aller travailler dans une autre équipe en Norvège, au Japon, enfin dans un de ces pays sinistres où les quadragénaires se suicident en masse. D'autres – le cas s'était fréquemment produit pendant les « années Mitterrand », années où la voracité financière avait atteint des proportions inouïes – se mettaient en quête de capital-risque et fondaient une société afin de commercialiser telle ou telle molécule ; certains avaient d'ailleurs édifié en peu de temps des fortunes confortables, rentabilisant avec bassesse les connaissances acquises pendant leurs années de recherche désintéressée. Mais la disponibilité de Djerzinski, sans projet, sans but, sans le moindre début de justification, paraissait incompréhensible. À quarante ans il était directeur de recherches, quinze scientifiques travaillaient sous ses ordres ; lui-même ne dépendait – et de manière tout à fait théorique – que de Desplechin. Son équipe obtenait d'excellents résultats, on la considérait comme une des meilleures équipes européennes. En somme, qu'est-ce qui n'allait pas ? Desplechin força le dynamisme de sa voix : « Vous avez des projets ? » Il y eut un silence de trente secondes, puis Djerzinski émit sobrement : « Réfléchir. » Ça partait mal. Se forçant à l'enjouement, il relança : « Sur le plan personnel ? » Fixant le visage sérieux, aux traits aigus, aux yeux tristes qui lui faisait face, il fut soudain terrassé par la honte. Sur le plan personnel, quoi ? C'est lui-même qui était allé chercher Djerzinski, quinze ans plus tôt, à l'université d'Orsay. Son choix s'était avéré excellent : c'était un chercheur précis, rigoureux, inventif ; les résultats s'étaient accumulés, en nombre considérable. Si le CNRS était parvenu à conserver un bon rang européen dans la recherche en biologie moléculaire, c'est en grande partie à lui qu'il le devait. Le contrat avait été rempli, largement.

« Naturellement, termina Desplechin, vos accès informatiques seront maintenus. Nous laisserons en activité vos codes d'accès aux résultats stockés sur le serveur, et à la passerelle Internet du centre ; tout cela pour un temps indéterminé. Si vous avez besoin d'autre chose, je suis à votre disposition. »

Après le départ de l'autre, il s'approcha à nouveau des baies vitrées. Il transpirait légèrement. Sur le quai d'en face, un jeune brun de type nord-africain ôtait son short. Il demeurait de vrais problèmes en biologie fondamentale. Les biologistes pensaient et agissaient comme si les molécules étaient des éléments matériels séparés, uniquement reliés par le biais d'attractions et de répulsions électromagnétiques ; aucun d'entre eux, il en était convaincu, n'avait entendu parler du paradoxe EPR, des expériences d'Aspect ; aucun n'avait même pris la peine de s'informer des progrès réalisés en physique depuis le début du siècle ; leur conception de l'atome était à peu près restée celle de Démocrite. Ils accumulaient des données, lourdes et répétitives, dans le seul but d'en tirer des applications industrielles immédiates, sans jamais prendre conscience que le socle conceptuel de leur démarche était miné. Djerzinski et lui-même, de par leur formation initiale de physiciens, étaient probablement les seuls au CNRS à s'en rendre compte : dès qu'on aborderait réellement les bases atomiques de la vie, les fondements de la biologie actuelle voleraient en éclats. Desplechin médita sur ces questions alors que le soir descendait sur la Seine. Il était incapable d'imaginer les voies que la réflexion de Djerzinski pourrait prendre ; il ne se sentait même pas en mesure d'en discuter avec lui. Il atteignait la soixantaine ; sur le plan intellectuel, il se sentait complètement grillé. Les homosexuels étaient partis, maintenant, le quai était désert. Il n'arrivait plus à se souvenir de sa dernière érection ; il attendait l'orage.

3

L'orage éclata vers vingt et une heures. Djerzinski écouta la pluie en avalant de petites gorgées d'un armagnac bas de gamme. Il venait d'avoir quarante ans : était-il victime de la *crise de la quarantaine* ? Compte tenu de l'amélioration des conditions de vie les gens de quarante ans sont aujourd'hui en pleine forme, leur condition physique est excellente ; les premiers signes indiquant – tant par l'apparence physique que par la réaction des organes à l'effort – qu'un palier vient d'être franchi, que la longue descente vers la mort vient d'être amorcée, ne se produisent le plus souvent que vers quarante-cinq, voire cinquante ans. En outre, cette fameuse « crise de la quarantaine » est souvent associée à des phénomènes sexuels, à la recherche subite et frénétique du corps des très jeunes filles. Dans le cas de Djerzinski, ces considérations étaient hors de propos : sa bite lui servait à pisser, et c'est tout.

Le lendemain il se leva vers sept heures, prit dans sa bibliothèque *La Partie et le Tout*, l'autobiographie scientifique de Werner Heisenberg, et se dirigea à pied vers le Champ-de-Mars. L'aurore était limpide et fraîche. Il possédait ce livre depuis l'âge de dix-sept ans. Assis sous un platane allée Victor-Cousin, il relut le passage du premier chapitre où Heisenberg, retraçant le contexte de ses années de formation, relate les circonstances de sa première rencontre avec la théorie atomique :

« *Cela a dû se passer, je pense, au printemps 1920. L'issue de la première grande guerre avait semé le trouble et la confusion parmi les jeunes de notre pays. La vieille génération, profondément déçue par la défaite, avait laissé glisser les rênes de ses mains ; et les jeunes se rassemblaient en groupes, en communautés petites ou grandes, pour rechercher une voie neuve, ou du moins pour trouver une boussole neuve leur permettant de s'orienter, car l'ancienne avait été brisée. C'est ainsi que, par une belle journée de printemps, je me trouvais en route avec un groupe composé d'une dizaine ou d'une vingtaine de camarades. Si j'ai bonne souvenance, cette promenade nous entraînait à travers les collines qui bordent la rive ouest du lac de Starnberg ; ce lac, à chaque fois qu'une trouée se présentait à travers les rangées de hêtres d'un vert lumineux, apparaissait à gauche en dessous de nous, et semblait presque s'étendre jusqu'aux montagnes qui formaient le fond du paysage. C'est, assez étrangement, au cours de cette promenade que s'est produite ma première discussion sur le monde de la physique atomique, discussion qui devait avoir une grande signification pour moi au cours de ma carrière ultérieure.* »

Vers onze heures, la chaleur recommença à augmenter. De retour à son domicile, Michel se déshabilla complètement avant de s'allonger. Les trois semaines qui suivirent, ses mouvements furent extrêmement réduits. On peut imaginer que le poisson, sortant de temps en temps la tête de l'eau pour happer l'air, aperçoive pendant quelques secondes un monde aérien, complètement différent – paradisiaque. Bien entendu il devrait ensuite retourner dans son univers d'algues, où les poissons se dévorent. Mais pendant quelques secondes il aurait eu l'intuition d'un monde différent, un monde parfait – le nôtre.

Au soir du 15 juillet, il téléphona à Bruno. Sur un fond de jazz *cool*, la voix de son demi-frère émettait un message subtilement *second degré*. Bruno, lui, était certainement victime de la *crise de la quarantaine*. Il portait des imperméables en cuir, se laissait pousser la barbe. Afin de montrer qu'il connaissait la vie, il s'exprimait comme un personnage de série policière de seconde zone ; il fumait des cigarillos, développait ses pectoraux. Mais, pour ce qui le concernait, Michel ne croyait pas du tout à cette explication de la « crise de la quarantaine ». Un homme victime de la crise de la quarantaine demande juste à vivre, à vivre un peu plus ; il demande juste une petite rallonge. La vérité dans son cas est qu'il en avait complètement marre ; il ne voyait simplement plus aucune raison de continuer.

Ce même soir il retrouva une photo, prise à son école primaire de Charny ; et il se mit à pleurer. Assis à son pupitre, l'enfant tenait un livre de classe ouvert à la main. Il fixait le spectateur en souriant, plein de joie et de courage ; et cet enfant, chose incompréhensible, c'était lui. L'enfant faisait ses devoirs, apprenait ses leçons avec un sérieux confiant. Il entrait dans le monde, il découvrait le monde, et le monde ne lui faisait pas peur ; il se tenait prêt à prendre sa place dans la société des hommes. Tout cela, on pouvait le lire dans le regard de l'enfant. Il portait une blouse avec un petit col.

Pendant plusieurs jours Michel garda la photo à portée de la main, appuyée à sa lampe de chevet. Le temps est un mystère banal, et tout était dans l'ordre, essayait-il de se dire ; le regard s'éteint, la joie et la confiance disparaissent. Allongé sur son matelas Bultex, il s'exerçait sans succès à l'impermanence. Le front de l'enfant était marqué par une petite dépression ronde – cicatrice de varicelle ; cette cicatrice avait traversé les années. Où se trouvait la vérité ? La chaleur de midi emplissait la pièce.

4

Né en 1882 dans un village de l'intérieur de la Corse, au sein d'une famille de paysans analphabètes, Martin Ceccaldi semblait bien parti pour mener la vie agricole et pastorale, à rayon d'action limité, qui était celle de ses ancêtres depuis une succession indéfinie de générations. Il s'agit d'une vie depuis longtemps disparue de nos contrées, dont l'analyse exhaustive n'offre donc qu'un intérêt limité ; certains écologistes radicaux en manifestant par périodes une nostalgie incompréhensible, j'offrirai cependant, pour être complet, une brève description synthétique d'une telle vie : on a la nature et le bon air, on cultive quelques parcelles (dont le nombre est précisément fixé par un système d'héritage strict), de temps en temps on tire un sanglier ; on baise à droite à gauche, en particulier sa femme, qui donne naissance à des *enfants* ; on élève lesdits enfants pour qu'ils prennent leur place dans le même écosystème, on attrape une maladie, et c'est marre.

Le destin singulier de Martin Ceccaldi est en réalité parfaitement symptomatique du rôle d'intégration dans la société française et de promotion du progrès technologique joué par l'école laïque tout au long de la IIIe République. Rapidement, son instituteur comprit qu'il avait affaire à un élève exceptionnel, doué d'un esprit d'abstraction et d'une inventivité formelle qui trouveraient difficilement à s'exprimer dans le cadre de son milieu d'origine. Pleinement conscient que son rôle ne se limitait pas à fournir à chaque futur citoyen un bagage de connaissances élémentaires, mais qu'il lui appartenait également de détecter les éléments d'élite appelés à s'intégrer aux cadres de la République, il parvint à persuader les parents de Martin que le destin de leur fils se jouerait nécessairement en dehors de la Corse. En 1894, nanti d'une bourse, le jeune garçon entra donc comme interne au lycée Thiers de Marseille (bien décrit dans les souvenirs d'enfance de Marcel Pagnol, qui devaient constituer jusqu'à la fin, par l'excellence de la reconstitution réaliste des idéaux fondateurs d'une époque à travers la trajectoire d'un jeune homme doué issu d'un milieu défavorisé, la lecture favorite de Martin Ceccaldi). En 1902, réalisant pleinement les espoirs placés en lui par son ancien instituteur, il fut admis à l'École polytechnique.

C'est en 1911 que se produisit l'affectation qui devait décider de la suite de sa vie. Il s'agissait de créer sur l'ensemble du territoire algérien un réseau d'adduction d'eau efficace. Il s'y employa pendant plus de vingt-cinq ans, calculant courbure des aqueducs et diamètre des canalisations. En 1923 il épousa Geneviève July, une buraliste de lointaine origine languedocienne dont la famille était installée en Algérie depuis deux générations. En 1928 leur naquit une fille, Janine.

La narration d'une vie humaine peut être aussi longue ou aussi brève qu'on le voudra. L'option métaphysique ou tragique, se limitant en dernière analyse aux dates de naissance et de mort classiquement inscrites sur une pierre tombale, se recommande naturellement par son extrême brièveté. Dans le cas de Martin Ceccaldi il apparaît opportun de convoquer une dimension historique et sociale, mettant moins l'accent sur les caractéristiques personnelles de l'individu que sur l'évolution de la société dont il constitue un élément symptomatique. Portés d'une part par l'évolution historique de leur époque, ayant fait en outre le choix d'y adhérer, les individus symptomatiques ont en général une existence simple et heureuse ; une narration de vie peut alors classiquement prendre place sur une à deux pages. Janine Ceccaldi, quant à elle, appartenait à la décourageante catégorie des *précurseurs*. Fortement adaptés d'une part au mode de vie majoritaire de leur époque, soucieux d'autre part de le dépasser « par le haut » en prônant de nouveaux comportements ou en popularisant des comportements encore peu pratiqués, les précurseurs nécessitent en général une description un peu plus longue, d'autant que leur parcours est souvent plus tourmenté et plus confus. Ils ne jouent cependant qu'un rôle d'accélérateur historique – généralement, d'accélérateur d'une décomposition historique – sans jamais pouvoir imprimer une direction nouvelle aux événements – un tel rôle étant dévolu aux *révolutionnaires* ou aux *prophètes*.

Tôt, la fille de Martin et Geneviève Ceccaldi manifesta des aptitudes intellectuelles hors du commun, au moins égales à celles de son père, jointes aux manifestations d'un caractère très indépendant. Elle perdit sa virginité à l'âge de treize ans (ce qui était exceptionnel, à son époque et dans son milieu) avant de consacrer ses années de guerre (plutôt calmes en Algérie) à des sorties dans les principaux bals qui avaient lieu chaque fin de semaine, d'abord à Constantine, puis à Alger ; le tout sans cesser d'aligner, trimestre après trimestre, d'impressionnants résultats scolaires. C'est donc nantie d'un baccalauréat avec mention et d'une expérience sexuelle déjà solide qu'elle quitta en 1945 ses parents pour entamer des études de médecine à Paris.

Les années de l'immédiate après-guerre furent laborieuses et violentes ; l'indice de la production industrielle était au plus bas, et le rationnement alimentaire ne fut aboli qu'en 1948. Cependant, au sein d'une frange huppée de la population apparaissaient déjà les premiers signes d'une consommation libidinale divertissante de masse, en provenance des États-Unis d'Amérique, qui devait s'étendre sur l'ensemble de la population au cours des décennies ultérieures. Étudiante à la faculté de médecine de Paris, Janine Ceccaldi put ainsi vivre d'assez près les années « existentialistes », et eut même l'occasion de danser un *be-bop* au Tabou avec Jean-Paul Sartre. Peu impressionnée par l'œuvre du philosophe, elle fut par contre frappée par la laideur de l'individu, aux confins du handicap, et l'incident n'eut pas de suite. Elle-même très belle, d'un type méditerranéen prononcé, elle eut de nombreuses aventures avant de rencontrer en 1952 Serge Clément, qui terminait alors sa spécialité de chirurgie.

« Vous voulez un portrait de mon père ? aimait à dire Bruno des années plus tard ; prenez un singe, équipez-le d'un téléphone portable, vous aurez une idée du bonhomme. » À l'époque, Serge Clément ne disposait évidemment d'aucun téléphone portable ; mais il était en effet assez velu. En somme, il n'était pas beau du tout ; mais il se dégageait de sa personne une virilité puissante et sans complications qui devait séduire la jeune interne. En outre, il avait des projets. Un voyage aux États-Unis l'avait convaincu que la chirurgie esthétique offrait des possibilités d'avenir considérables à un praticien ambitieux. L'extension progressive du marché de la séduction, l'éclatement concomitant du couple traditionnel, le probable décollage économique de l'Europe occidentale : tout concordait en effet pour promettre au secteur d'excellentes possibilités d'expansion, et Serge Clément eut le mérite d'être un des premiers en Europe – et certainement le premier en France – à le comprendre ; le problème est qu'il manquait des fonds nécessaires au démarrage de l'activité. Martin Ceccaldi, favorablement impressionné par l'esprit d'entreprise de son futur gendre, accepta de lui prêter de l'argent, et une première clinique put ouvrir en 1953 à Neuilly. Le succès, relayé par les pages d'information des magazines féminins alors en plein développement, fut en effet foudroyant, et une nouvelle clinique ouvrit en 1955 sur les hauteurs de Cannes.

Les deux époux formaient alors ce qu'on devait appeler par la suite un « couple moderne », et c'est plutôt par inadvertance que Janine tomba enceinte de son mari. Elle décida cependant de garder l'enfant ; la maternité, pensait-elle, était une de ces expériences qu'une femme doit vivre ; la grossesse fut d'ailleurs une période plutôt agréable, et Bruno naquit en mars 1956. Les soins fastidieux que réclame l'élevage d'un enfant jeune parurent vite au couple peu compatibles avec leur idéal de liberté personnelle, et c'est d'un commun accord que Bruno fut expédié en 1958 chez ses grands-parents maternels à Alger. À l'époque, Janine était de nouveau enceinte ; mais, cette fois, le père était Marc Djerzinski.

Poussé par une misère atroce, aux confins de la famine, Lucien Djerzinski quitta en 1919 le bassin minier de Katowice, où il était né vingt ans plus tôt, dans l'espoir de trouver un travail en France. Il entra comme ouvrier aux chemins de fer, d'abord à la cons-truction, puis à l'entretien des voies, et épousa Marie Le Roux, une fille de journaliers d'origine bourgui-gnonne, elle-même employée aux chemins de fer. Il lui donna quatre enfants avant de mourir en 1944 dans un bombardement allié.

Le troisième enfant, Marc, avait quatorze ans à la mort de son père. C'était un garçon intelligent, sérieux, un peu triste. Grâce à un voisin, il entra en 1946 comme apprenti électricien aux studios Pathé de Joinville. Il se révéla tout de suite très doué pour ce travail : à partir d'instructions sommaires, il préparait d'excellents fonds d'éclairage avant l'arrivée du chef opérateur. Henri Alekan l'estimait beaucoup, et voulait en faire son assistant, lorsqu'il décida en 1951 d'entrer à l'ORTF, qui venait juste de commencer ses émissions.

Quand il rencontra Janine, début 1957, il réalisait un reportage pour la télévision sur les milieux tropéziens. Surtout centrée autour du personnage de Brigitte Bar-dot (*Et Dieu créa la femme*, sorti en 1956, constitua le véritable lancement du mythe Bardot), son enquête s'étendait aussi à certains milieux artistiques et littérai-res, en particulier à ce qu'on a appelé par la suite la

« bande à Sagan ». Ce monde qui lui était interdit malgré son argent fascinait Janine, et elle semble être réellement tombée amoureuse de Marc. Elle s'était persuadée qu'il avait l'étoffe d'un grand cinéaste, ce qui était d'ailleurs probablement le cas. Travaillant dans les conditions du reportage, avec un matériel d'éclairage léger, il composait en déplaçant quelques objets des scènes troublantes, à la fois réalistes, tranquilles et parfaitement désespérées, qui pouvaient évoquer le travail d'Edward Hopper. Il promenait sur les célébrités qu'il côtoyait un regard indifférent, et filmait Bardot ou Sagan avec autant de considération que s'il s'était agi de calmars ou d'écrevisses. Il ne parlait à personne, ne sympathisait avec personne ; il était réellement fascinant.

Janine divorça de son mari en 1958, peu après avoir expédié Bruno chez ses parents. Ce fut un divorce à l'amiable, aux torts partagés. Généreux, Serge lui céda ses parts de la clinique cannoise, qui pouvait à elle seule lui assurer un revenu confortable. Après leur installation dans une villa de Sainte-Maxime, Marc ne changea en rien ses habitudes solitaires. Elle le pressait de s'occuper de sa carrière cinématographique ; il acquiesçait mais ne faisait rien, se contentait d'attendre le prochain sujet de reportage. Lorsqu'elle organisait un dîner il préférait le plus souvent manger seul, un peu avant, dans la cuisine ; puis il partait se promener sur le rivage. Il revenait juste avant le départ des invités, prétextant un montage à terminer. La naissance de son fils, en juin 1958, provoqua en lui un trouble évident. Il demeurait des minutes entières à regarder l'enfant, qui lui ressemblait de manière frappante : même visage aux traits aiguisés, aux pommettes saillantes ; mêmes grands yeux verts. Peu après, Janine commença à le tromper. Il en souffrit probablement, mais c'est difficile à dire, car il parlait réellement de moins en moins. Il construisait de petits autels avec des cailloux, des branchages, des carapaces de crustacés ; puis il les photographiait, sous une lumière rasante.

Son reportage sur Saint-Tropez connut un grand succès dans le milieu, mais il refusa de répondre à une interview des *Cahiers du cinéma*. Sa cote monta encore avec la diffusion d'un bref documentaire, très acide, qu'il tourna au printemps 1959 sur *Salut les copains* et la naissance du phénomène yéyé. Le cinéma de fiction ne l'intéressait décidément pas, et il refusa par deux fois de travailler avec Godard. À la même époque, Janine commença à fréquenter des Américains de passage sur la Côte. Aux États-Unis, en Californie, quelque chose de radicalement nouveau était en train de se produire. À Esalen, près de Big Sur, des communautés se créaient, basées sur la liberté sexuelle et l'utilisation des drogues psychédéliques, censées provoquer l'ouverture du champ de conscience. Elle devint la maîtresse de Francesco di Meola, un Américain d'origine italienne qui avait connu Ginsberg et Aldous Huxley, et faisait partie des fondateurs d'une des communautés d'Esalen.

En janvier 1960, Marc partit réaliser un reportage sur la société communiste d'un type nouveau qui était en train de se construire en Chine populaire. Il revint à Sainte-Maxime le 23 juin, en milieu d'après-midi. La maison semblait déserte. Cependant, une fille d'une quinzaine d'années, entièrement nue, était assise en tailleur sur le tapis du salon. « *Gone to the beach...* » fit-elle en réponse à ses questions avant de retomber dans l'apathie. Dans la chambre de Janine un grand barbu, visiblement ivre, ronflait en travers du lit. Marc tendit l'oreille ; il percevait des gémissements ou des râles.

Dans la chambre à l'étage régnait une puanteur épouvantable ; le soleil pénétrant par la baie vitrée éclairait violemment le carrelage noir et blanc. Son fils rampait maladroitement sur le dallage, glissant de temps en temps dans une flaque d'urine ou d'excréments. Il clignait des yeux et gémissait continuellement. Percevant une présence humaine, il tenta de prendre la fuite. Marc le prit dans ses bras ; terrorisé, le petit être tremblait entre ses mains.

Marc ressortit ; dans une boutique proche, il acheta un siège pour bébé. Il rédigea un mot bref à l'intention de Janine, remonta dans sa voiture, assujettit l'enfant sur le siège et démarra en direction du Nord. À la hauteur de Valence, il bifurqua sur le Massif central. La nuit tombait. De temps en temps, entre deux virages, il jetait un regard à son fils qui s'assoupissait à l'arrière ; il se sentait envahi par une émotion étrange.

À dater de ce jour Michel fut élevé par sa grand-mère, qui avait pris sa retraite dans l'Yonne, sa région d'origine. Peu après sa mère partit en Californie, vivre dans la communauté de di Meola. Michel ne devait pas la revoir avant l'âge de quinze ans. Il ne devait d'ailleurs pas beaucoup revoir son père non plus. En 1964, celui-ci partit réaliser un reportage sur le Tibet, alors soumis à l'occupation militaire chinoise. Dans une lettre à sa mère il affirmait bien se porter, se déclarait passionné par les manifestations du bouddhisme tibétain, que la Chine tentait violemment d'éradiquer ; puis on n'eut plus de nouvelles. Une protestation de la France auprès du gouvernement chinois resta sans effet, et bien que son corps n'ait pas été retrouvé, un an plus tard, il fut déclaré officiellement disparu.

5

C'est l'été 1968, et Michel a dix ans. Depuis l'âge de deux ans, il vit seul avec sa grand-mère. Ils vivent à Charny, dans l'Yonne, près de la frontière du Loiret. Le matin il se lève tôt, pour préparer le petit déjeuner de sa grand-mère ; il s'est fait une fiche spéciale où il a

indiqué le temps d'infusion du thé, le nombre de tarti-
nes, et d'autres choses.

Souvent, jusqu'au repas de midi, il reste dans sa
chambre. Il lit Jules Verne, *Pif le Chien* ou *Le Club des
Cinq* ; mais le plus souvent il se plonge dans sa collection de *Tout l'Univers*. On y parle de la résistance des
matériaux, de la forme des nuages, de la danse des
abeilles. Il y est question du Taj Mahal, palais construit
par un roi très ancien en hommage à sa reine morte ;
de la mort de Socrate, ou de l'invention de la géométrie
par Euclide, il y a trois mille ans.

L'après-midi, il est assis dans le jardin. Adossé au
cerisier, en culottes courtes, il sent la masse élastique
de l'herbe. Il sent la chaleur du soleil. Les laitues absorbent la chaleur du soleil ; elles absorbent également
l'eau, il sait qu'il devra les arroser à la tombée du soir.
Lui continue à lire *Tout l'Univers*, ou un livre de la
collection *Cent questions sur* ; il absorbe des connaissances.

Souvent aussi, il part à vélo dans la campagne. Il
pédale de toutes ses forces, emplissant ses poumons de
la saveur de l'éternité. L'éternité de l'enfance est une
éternité brève, mais il ne le sait pas encore ; le paysage
défile.

À Charny il ne reste qu'une épicerie ; mais la camion-
nette du boucher passe le mercredi, celle du poisson-
nier le vendredi ; souvent, le samedi midi, sa grand-
mère fait de la morue à la crème. Michel est en train
de vivre son dernier été à Charny, mais il ne le sait pas
encore. En début d'année, sa grand-mère a eu une attaque. Ses deux filles, qui vivent en banlieue parisienne,
sont en train de lui chercher une maison pas trop loin
de chez elles. Elle n'est plus en état de vivre seule toute
l'année, de s'occuper de son jardin.

Michel joue rarement avec les garçons de son âge,
mais il n'a pas de mauvais rapports avec eux. Il est
considéré comme un peu à part ; il a d'excellents résul-

tats à l'école, comprend tout sans effort apparent. Depuis toujours il est le premier dans toutes les matières ; naturellement, sa grand-mère en est fière. Mais il n'est ni haï, ni brutalisé par ses camarades ; il les laisse sans difficulté copier sur lui lors des devoirs sur table. Il attend que son voisin ait fini, puis il tourne la page. Malgré l'excellence de ses résultats, il est assis au dernier rang. Les conditions du royaume sont fragiles.

6

Une après-midi d'été, alors qu'il habitait encore dans l'Yonne, Michel avait couru dans les prés avec sa cousine Brigitte. Brigitte était une jolie fille de seize ans, d'une gentillesse extrême, qui devait quelques années plus tard épouser un connard épouvantable. C'était l'été 1967. Elle le prenait par les mains et le faisait tourner autour d'elle ; puis ils s'abattaient dans l'herbe fraîchement coupée. Il se blottissait contre sa poitrine chaude ; elle portait une jupe courte. Le lendemain ils étaient couverts de petits boutons rouges, leurs corps étaient parcourus de démangeaisons atroces. Le *Thrombidium holosericum*, appelé aussi aoûtat, est très commun dans les prairies en été. Son diamètre est d'environ deux millimètres. Son corps est épais, charnu, fortement bombé, d'un rouge vif. Il implante son rostre dans la peau des mammifères, causant des irritations insupportables. La *Linguatulia rhinaria*, ou linguatule, vit dans les fosses nasales et les sinus frontaux ou maxillaires du chien, parfois de l'homme. L'embryon est ovale, avec une queue en arrière ; sa bouche possède un appareil perforant. Deux paires d'appendices (ou moignons) portent de longues griffes. L'adulte est blanc, lancéolé, d'une longueur de 18 à 85 millimètres. Son corps est aplati, annelé, transparent, couvert de spicules chitineux.

En décembre 1968, sa grand-mère déménagea pour venir habiter en Seine-et-Marne, près de ses filles. La vie de Michel en fut peu modifiée, dans les premiers temps. Crécy-en-Brie n'est situé qu'à une cinquantaine de kilomètres de Paris, à l'époque c'est encore la campagne. Le village est joli, composé de maisons anciennes ; Corot y a peint quelques toiles. Un système de canaux dérive les eaux du Grand Morin, ce qui vaut à Crécy de se voir abusivement qualifié, dans certains prospectus, de *Venise de la Brie*. Rares sont les habitants qui travaillent à Paris. La plupart sont employés dans de petites entreprises locales, ou le plus souvent à Meaux.

Deux mois plus tard, sa grand-mère acheta la télévision ; la publicité venait de faire son apparition sur la première chaîne. Dans la nuit du 21 juillet 1969, il put suivre en direct les premiers pas de l'homme sur la Lune. Six cents millions de téléspectateurs disséminés à la surface de la planète assistaient, en même temps que lui, à ce spectacle. Les quelques heures que dura la retransmission furent probablement le point culminant de la première période du rêve technologique occidental.

Malgré son arrivée en cours d'année il s'adapta bien au CEG de Crécy-en-Brie, et passa sans difficulté en cinquième. Tous les jeudis il achetait *Pif*, qui venait de rénover sa formule. Contrairement à beaucoup de lecteurs il ne l'achetait pas surtout pour le gadget, mais pour les récits complets d'aventures. À travers une étonnante variété d'époques et de décors, ces récits mettaient en scène quelques valeurs morales simples et profondes. Ragnar le Viking, Teddy Ted et l'Apache, Rahan le « fils des âges farouches », Nasdine Hodja qui se jouait des vizirs et des califes : tous auraient pu se retrouver autour d'une même éthique. Michel en prenait progressivement conscience, et devait en rester définitivement marqué. La lecture de Nietzsche ne provoqua en lui qu'un agacement bref, celle de Kant ne fit que confirmer ce qu'il savait déjà. La pure morale est unique et universelle. Elle ne subit aucune altération au cours du temps, non plus qu'aucune adjonction. Elle ne dépend d'aucun facteur historique, économique, sociologique ou culturel ; elle ne dépend absolument de rien du tout. Non déterminée, elle détermine. Non conditionnée, elle conditionne. En d'autres termes, c'est un absolu.

Une morale observable en pratique est toujours le résultat du mélange en proportions variables d'éléments de morale pure et d'autres éléments d'origine plus ou moins obscure, le plus souvent religieuse. Plus la part des éléments de morale pure sera importante, plus la société-support de la morale considérée aura une existence longue et heureuse. À la limite, une société régie par les purs principes de la morale universelle durerait autant que le monde.

Michel admirait tous les héros de *Pif*, mais son préféré était sans doute Loup-Noir, l'Indien solitaire, noble synthèse des qualités de l'Apache, du Sioux et du Cheyenne. Loup-Noir traversait sans fin la prairie, accompagné de son cheval Shinook et de son loup Toopee. Non seulement il agissait, se portant sans hésiter au secours des plus faibles, mais il commentait constamment ses propres actions sur la base d'un critérium éthique transcendant, parfois poétisé par différents proverbes dakotas ou crees, parfois plus sobrement par une référence à la « loi de la prairie ». Des années plus tard Michel devait continuer à le considérer comme le type idéal du héros kantien, agissant toujours « comme s'il était, par ses maximes, un membre législateur dans le royaume universel des fins ». Certains épisodes comme *Le Bracelet de cuir*, avec le personnage bouleversant du vieux chef cheyenne qui cherchait les étoiles, dépassaient ainsi le cadre un peu étroit du récit d'aventures pour baigner dans un climat purement poétique et moral.

La télévision l'intéressait moins. Il suivait cependant, le cœur serré, la diffusion hebdomadaire de *La Vie des animaux*. Les gazelles et les daims, mammifères graciles, passaient leurs journées dans la terreur. Les lions et les panthères vivaient dans un abrutissement apathique traversé de brèves explosions de cruauté. Ils tuaient, déchiquetaient, dévoraient les animaux les plus faibles, vieillis ou malades ; puis ils replongeaient dans un sommeil stupide, uniquement animé par les attaques des parasites qui les dévoraient de l'intérieur. Certains parasites étaient eux-mêmes attaqués par des parasites plus petits ; ces derniers étaient à leur tour un terrain de reproduction pour les virus. Les reptiles glissaient entre les arbres, frappant oiseaux et mammifères de leurs crochets venimeux ; à moins qu'ils ne soient soudain tronçonnés par le bec d'un rapace. La voix pompeuse et stupide de Claude Darget commentait ces images atroces avec une expression d'admiration injustifiable. Michel frémissait d'indignation, et là aussi sentait se former en lui une conviction inébranlable : prise dans son ensemble la nature sauvage n'était rien d'autre qu'une répugnante saloperie ; prise dans son ensemble la nature sauvage justifiait une destruction totale, un holocauste universel – et la mission de l'homme sur la Terre était probablement d'accomplir cet holocauste.

En avril 1970 parut dans *Pif* un gadget qui devait rester célèbre : la *poudre de vie*. Chaque numéro était accompagné d'un sachet contenant les œufs d'un crustacé marin minuscule, l'*Artemia salina*. Depuis plusieurs millénaires, ces organismes étaient en état de vie suspendue. La procédure pour les ranimer était passablement complexe : il fallait faire décanter de l'eau pendant trois jours, la tiédir, ajouter le contenu du sachet, agiter doucement. Les jours suivants on devait maintenir le récipient près d'une source de lumière et de chaleur ; rajouter régulièrement de l'eau à la bonne tem-

pérature pour compenser l'évaporation ; remuer déli-
catement le mélange pour l'oxygéner. Quelques semaines plus tard le bocal grouillait d'une masse de
crustacés translucides, à vrai dire un peu répugnants,
mais incontestablement vivants. Ne sachant qu'en faire,
Michel finit par jeter le tout dans le Grand Morin.

Dans le même numéro, le récit complet d'aventures
en vingt pages apportait certaines révélations sur la
jeunesse de Rahan, sur les circonstances qui l'avaient
conduit à sa situation de héros solitaire au cœur des
âges préhistoriques. Alors qu'il était encore enfant, son
clan avait été décimé par une éruption volcanique. Son
père, Craô le Sage, n'avait pu en mourant que lui léguer
un collier de trois griffes. Chacune de ces griffes représentait une qualité de « ceux-qui-marchent-debout », les
hommes. Il y avait la griffe de la loyauté, la griffe du
courage ; et, la plus importante de toutes, la griffe de
la bonté. Depuis lors Rahan portait ce collier, essayant
de se montrer digne de ce qu'il représentait.

La maison de Crécy avait un jardin tout en longueur,
planté d'un cerisier, un peu moins grand que celui qu'il
avait dans l'Yonne. Il lisait toujours *Tout l'Univers* et
Cent questions sur. Pour l'anniversaire de ses douze ans,
sa grand-mère lui offrit une boîte du *Petit chimiste*. La
chimie était tellement plus captivante que la mécanique
ou l'électricité ; plus mystérieuse, plus diverse. Les produits reposaient dans leurs boîtes, différents de couleur,
de forme et de texture, comme des essences éternellement séparées. Pourtant, il suffisait de les mettre en
présence pour qu'ils réagissent avec violence, formant
en un éclair des composés radicalement nouveaux.

Une après-midi de juillet, alors qu'il lisait dans le
jardin, Michel prit conscience que les bases chimiques
de la vie auraient pu être entièrement différentes. Le
rôle joué dans les molécules des êtres vivants par le
carbone, l'oxygène et l'azote aurait pu être tenu par des
molécules de valence identique, mais de poids atomique
plus élevé. Sur une autre planète, dans des conditions

de température et de pression différentes, les molécules de la vie auraient pu être le silicium, le soufre et le phosphore ; ou bien le germanium, le sélénium et l'arsenic ; ou encore l'étain, le tellure et l'antimoine. Il n'y avait personne avec qui il puisse réellement discuter de ces choses : à sa demande, sa grand-mère lui acheta plusieurs ouvrages de biochimie.

7

Le premier souvenir de Bruno datait de ses quatre ans ; c'était le souvenir d'une humiliation. Il allait alors à la maternelle du parc Laperlier, à Alger. Une après-midi d'automne, l'institutrice avait expliqué aux garçons comment confectionner des colliers de feuilles. Les petites filles attendaient, assises à mi-pente, avec déjà les signes d'une stupide résignation femelle ; la plupart portaient des robes blanches. Le sol était couvert de feuilles dorées ; il y avait surtout des marronniers et des platanes. L'un après l'autre ses camarades terminaient leur collier, puis allaient le passer autour du cou de leur petite préférée. Il n'avançait pas, les feuilles cassaient, tout se détruisait entre ses mains. Comment leur expliquer qu'il avait besoin d'amour ? Comment leur expliquer, sans le collier de feuilles ? Il commença à pleurer de rage ; l'institutrice ne vint pas l'aider. C'était déjà fini, les enfants se levaient pour quitter le parc. Un peu plus tard, l'école ferma.

Ses grands-parents habitaient un très bel appartement boulevard Edgar-Quinet. Les immeubles bourgeois du centre d'Alger étaient construits sur le même modèle que les immeubles haussmanniens de Paris. Un corridor de vingt mètres traversait l'appartement, conduisait à un salon par le balcon duquel on dominait la ville blanche. Bien des années plus tard, lorsqu'il serait devenu un quadragénaire désabusé et aigri, il reverrait cette image : lui-même, âgé de quatre ans, pédalant de toutes ses forces sur son tricycle à travers le corridor obscur, jusqu'à l'ouverture lumineuse du balcon. C'est probablement à ces moments qu'il avait connu son maximum de bonheur terrestre.

En 1961, son grand-père mourut. Sous nos climats, un cadavre de mammifère ou d'oiseau attire d'abord certaines mouches (*Musca, Curtonevra*) ; dès que la décomposition le touche un tant soit peu, de nouvelles espèces entrent en jeu, notamment les *Calliphora* et les *Lucilia*. Le cadavre, sous l'action combinée des bactéries et des sucs digestifs rejetés par les larves, se liquéfie plus ou moins et devient le siège de fermentations butyriques et ammoniacales. Au bout de trois mois, les mouches ont terminé leur œuvre et sont remplacées par l'escouade des coléoptères du genre *Dermestes* et par le lépidoptère *Aglossa pinguinalis*, qui se nourrissent surtout des graisses. Les matières protéiques en voie de fermentation sont exploitées par les larves de *Piophila petasionis* et par les coléoptères du genre *Corynetes*. Le cadavre, décomposé et contenant encore quelque humidité, devient ensuite le fief des acariens, qui en absorbent les dernières sanies. Une fois desséché et momifié, il héberge encore des exploitants : les larves des attagènes et des anthrènes, les chenilles d'*Aglossa cuprealis* et de *Tineola bisellelia*. Ce sont elles qui terminent le cycle.

Bruno revoyait le cercueil de son grand-père, d'un beau noir profond, avec une croix d'argent. C'était une image apaisante, et même heureuse ; son grand-père devait être bien, dans un cercueil si magnifique. Plus tard, il devait apprendre l'existence des acariens et de toutes ces larves aux noms de starlettes italiennes. Pourtant, aujourd'hui encore, l'image du cercueil de son grand-père restait une image heureuse.

Il revoyait encore sa grand-mère le jour de leur arrivée à Marseille, assise sur une caisse au milieu du carrelage de la cuisine. Des cafards circulaient entre les dalles. C'est probablement ce jour-là que sa raison avait lâché. En l'espace de quelques semaines elle avait connu l'agonie de son mari, le départ précipité d'Algérie, l'appartement difficilement trouvé à Marseille. C'était une cité crasseuse, dans les quartiers nord-est. Elle n'avait jamais mis les pieds en France auparavant. Et sa fille l'avait abandonnée, elle n'était pas venue à l'enterrement de son père. Il devait y avoir une erreur. Quelque part, une erreur avait dû être commise.

Elle reprit pied, et survécut cinq ans. Elle acheta des meubles, installa un lit pour Bruno dans la salle à manger, l'inscrivit à l'école primaire du quartier. Tous les soirs, elle venait le chercher. Il avait honte en voyant cette petite femme vieille, cassée, sèche, qui le prenait par la main. Les autres avaient des parents ; les enfants de divorcés étaient encore rares.

La nuit, elle repassait indéfiniment les étapes de sa vie qui se terminait si mal. Le plafond de l'appartement était bas, en été la chaleur était étouffante. Elle ne trouvait en général le sommeil que peu avant l'aube. Pendant la journée elle traînait dans l'appartement en savates, parlant tout haut sans s'en rendre compte, répétant parfois cinquante fois de suite les mêmes phrases. Le cas de sa fille la hantait. « Elle n'est pas venue à l'enterrement de son père... » Elle marchait d'une pièce à l'autre, tenant parfois une serpillière ou une casserole dont elle avait oublié l'usage. « Enterrement de son père... Enterrement de son père... » Ses savates glissaient sur le carrelage en chuintant. Bruno se recroquevillait dans son lit, effaré ; il se rendait compte que tout cela finirait mal. Parfois elle commençait dès le matin, encore en robe de chambre et en bigoudis. « L'Algérie, c'est la France... » ; puis le chuintement débutait. Elle marchait de long en large entre les deux pièces, sa tête observant un point invisible. « La

France... La France... » répétait sa voix lentement décroissante.

Elle avait toujours été bonne cuisinière, et ce fut sa dernière joie. Elle préparait pour Bruno des repas somptueux, comme si elle avait été à la tête d'une tablée de dix personnes. Des poivrons à l'huile, des anchois, de la salade de pommes de terre : il y avait parfois cinq entrées différentes avant le plat principal – des courgettes farcies, un lapin aux olives, parfois un couscous. La seule chose qu'elle ne réussissait pas bien, c'était la pâtisserie ; mais les jours où elle touchait sa pension elle ramenait des boîtes de nougat, de la crème de marrons, des calissons d'Aix. Peu à peu, Bruno devint un enfant obèse et craintif. Elle-même ne mangeait presque rien. Le dimanche matin, elle se levait un peu plus tard ; il allait dans son lit, se blottissait contre son corps décharné. Parfois il s'imaginait armé d'un couteau, se relevant dans la nuit pour la poignarder en plein cœur ; il se voyait ensuite effondré, en larmes, devant son cadavre ; il s'imaginait qu'il mourrait peu après.

À la fin 1966 elle reçut une lettre de sa fille, qui avait eu son adresse par le père de Bruno – elle correspondait avec lui tous les ans à Noël. Janine n'exprimait pas de regrets particuliers pour le passé, qui était évoqué dans la phrase suivante : « J'ai appris la mort de papa et ton déménagement. » Elle annonçait par ailleurs qu'elle quittait la Californie pour revenir habiter dans le Sud de la France ; elle ne donnait pas d'adresse.

Un matin de mars 1967, en essayant de préparer des beignets de courgettes, la vieille femme renversa une bassine d'huile bouillante. Elle eut la force de sortir dans le couloir de l'immeuble, ses hurlements alertèrent des voisins. Le soir, en sortant de l'école, Bruno vit madame Haouzi, qui habitait au-dessus ; elle l'emmena directement à l'hôpital. Il eut le droit de voir sa grand-mère quelques minutes ; ses plaies étaient dissimulées par les draps. On lui avait donné beaucoup de morphine ; elle reconnut cependant Bruno, prit sa main entre les siennes ; puis on emmena l'enfant. Le cœur lâcha dans la nuit.

Pour la seconde fois, Bruno se trouva confronté à la mort ; pour la seconde fois, le sens de l'événement lui échappa à peu près totalement. Des années plus tard, lors de la remise d'un devoir de français ou d'une composition d'histoire réussie, il se promettait encore d'en parler à sa grand-mère. Aussitôt après, bien sûr, il se disait qu'elle était morte ; mais c'était une pensée intermittente, qui n'interrompait pas réellement leur dialogue. Lorsqu'il fut reçu à l'agrégation de lettres modernes, il commenta longuement ses notes avec elle ; à l'époque, cependant, il n'y croyait plus que par éclipses. Pour l'occasion, il avait acheté deux boîtes de crème de marrons ; ce fut leur dernière grande conversation. Après la fin de ses études, une fois nommé à son premier poste d'enseignant, il s'aperçut qu'il avait changé, qu'il n'arrivait plus vraiment à entrer en contact avec elle ; l'image de sa grand-mère disparaissait lentement derrière le mur.

Le lendemain de l'enterrement eut lieu une scène étrange. Son père et sa mère, qu'il voyait tous les deux pour la première fois, discutèrent de ce qu'ils allaient faire de lui. Ils étaient dans la pièce principale de l'appartement de Marseille ; Bruno les écoutait, assis sur son lit. Il est toujours curieux d'entendre les autres parler de soi, surtout quand ils ne semblent pas avoir conscience de votre présence. On peut avoir tendance à en perdre conscience soi-même, ce n'est pas déplaisant. En somme, il ne se sentait pas directement concerné. Cette conversation devait pourtant jouer un rôle décisif dans sa vie, et par la suite il se la remémora de nombreuses fois, sans d'ailleurs jamais parvenir à en ressentir une réelle émotion. Il ne parvenait pas à établir un rapport direct, un rapport charnel entre lui et ces deux adultes qui ce jour-là, dans la salle à manger, le frappèrent surtout par leur grande taille et leur jeunesse d'allure. Bruno devrait rentrer en sixième en septembre, il fut décidé qu'on trouverait un internat et que son père le prendrait à Paris les week-ends. Sa mère essaierait de le prendre en vacances de temps à autre. Bruno n'avait pas d'objection ; ces deux personnes ne lui paraissaient pas directement hostiles. De toute façon, la vraie vie, c'était la vie avec sa grand-mère.

8

L'animal oméga

Bruno est appuyé contre le lavabo. Il a ôté sa veste de pyjama. Les replis de son petit ventre blanc pèsent contre la faïence du lavabo. Il a onze ans. Il souhaite se laver les dents, comme chaque soir ; il espère que sa toilette se déroulera sans incidents. Cependant Wilmart s'approche, d'abord seul, et pousse Bruno à l'épaule. Il commence à reculer en tremblant de peur ; il sait à peu près ce qui va suivre. « Laissez-moi... » dit-il faiblement.

Pelé s'approche à son tour. Il est petit, râblé, extrêmement fort. Il gifle violemment Bruno, qui se met à pleurer. Puis ils le poussent à terre, l'attrapent par les pieds et le traînent sur le sol. Près des toilettes, ils arrachent son pantalon de pyjama. Son sexe est petit, encore enfantin, dépourvu de poils. Ils sont deux à le tenir par les cheveux, ils le forcent à ouvrir la bouche. Pelé lui passe un balai de chiottes sur le visage. Il sent le goût de la merde. Il hurle.

Brasseur rejoint les autres ; il a quatorze ans, c'est le plus âgé des sixièmes. Il sort sa bite, qui paraît à Bruno épaisse, énorme. Il se place à la verticale et lui pisse sur le visage. La veille il a forcé Bruno à le sucer, puis à lui lécher le cul ; mais ce soir il n'en a pas envie.

« Clément, ton zob est nu, dit-il, railleur ; il faut aider les poils à pousser... » Sur un signe, les autres passent de la mousse à raser sur son sexe. Brasseur déplie un rasoir, approche la lame. Bruno chie de peur.

Une nuit de mars 1968, un surveillant l'avait retrouvé nu, couvert de merde, recroquevillé dans les chiottes du fond de la cour. Il lui avait fait passer un pyjama et l'avait emmené chez Cohen, le surveillant général. Bruno avait peur d'être obligé de parler ; il redoutait d'avoir à prononcer le nom de Brasseur. Mais Cohen, pourtant tiré de son sommeil en pleine nuit, l'avait accueilli avec douceur. Contrairement aux surveillants placés sous ses ordres, il vouvoyait les élèves. C'était son troisième internat, et ce n'était pas le plus dur ; il savait que, presque toujours, les victimes refusent de dénoncer leurs bourreaux. La seule chose qu'il pouvait faire était sanctionner le surveillant responsable du dortoir des sixièmes. La plupart de ces enfants étaient laissés à l'abandon par leurs parents, il représentait pour eux la seule autorité. Il aurait fallu les surveiller de plus près, intervenir avant la faute – mais ce n'était pas possible, il n'avait que cinq surveillants pour deux cents élèves. Après le départ de Bruno il se prépara un café, feuilleta les fiches des sixièmes. Il soupçonnait Pelé et Brasseur, mais n'avait aucune preuve. S'il parvenait à les coincer il était décidé à aller jusqu'au renvoi ; il suffisait de quelques éléments violents et cruels pour entraîner les autres à la férocité. La plupart des garçons, surtout lorsqu'ils sont réunis en bandes, aspirent à infliger aux êtres les plus faibles des humiliations et des tortures. Au début de l'adolescence, en particulier, leur sauvagerie atteint des proportions inouïes. Il ne nourrissait aucune illusion sur le comportement de l'être humain lorsqu'il n'est plus soumis au contrôle de la loi. Depuis son arrivée à l'internat de Meaux, il avait réussi à se faire craindre. Sans l'ultime rempart de légalité qu'il représentait, il savait que les sévices infligés à des garçons comme Bruno n'auraient eu aucune limite.

Bruno redoubla sa sixième avec soulagement. Pelé, Brasseur et Wilmart passaient en cinquième, et seraient dans un dortoir différent. Malheureusement, suite à des directives du ministère prises après les événements de 68, on décida de réduire les postes de maître d'internat pour mettre en place un système d'autodiscipline ; la mesure était dans l'air du temps, elle avait en outre l'avantage de réduire les coûts salariaux. Il devint plus facile de passer d'un dortoir à l'autre ; au moins une fois par semaine les cinquièmes prirent l'habitude d'organiser des razzias chez les plus petits ; ils revenaient dans leur dortoir avec une, parfois deux victimes, et la séance commençait. Vers la fin du mois de décembre, Jean-Michel Kempf, un garçon maigre et craintif qui était arrivé en début d'année, se jeta par la fenêtre pour échapper à ses tortionnaires. La chute aurait pu être mortelle, il eut de la chance de s'en tirer avec des fractures multiples. La cheville était très endommagée, on eut du mal à récupérer les éclats d'os ; il s'avéra qu'il resterait estropié. Cohen organisa un interrogatoire général qui renforça ses présomptions ; malgré ses dénégations, il infligea à Pelé un renvoi de trois jours. Les sociétés animales fonctionnent pratiquement toutes sur un système de dominance lié à la force relative de leurs membres. Ce système se caractérise par une hiérarchie stricte : le mâle le plus fort du groupe est appelé *l'animal alpha* ; celui-ci est suivi du second en force, *l'animal bêta*, et ainsi de suite jusqu'à l'animal le moins élevé dans la hiérarchie, appelé *animal oméga*. Les positions hiérarchiques sont généralement déterminées par des rituels de combat ; les animaux de rang bas tentent d'améliorer leur statut en provoquant les animaux de rang plus élevé, sachant qu'en cas de victoire ils amélioreront leur position. Un rang élevé s'accompagne de certains privilèges : se nourrir en premier, copuler avec les femelles du groupe. Cependant, l'animal le plus faible est en général en mesure d'éviter le combat par l'adoption d'une posture de *soumission* (accroupissement, présentation de l'anus). Bruno se trouvait dans une situation moins favorable. La brutalité et la domination, générales dans les sociétés animales, s'accompagnent déjà chez le chimpanzé (*Pan troglodytes*) d'actes de cruauté gratuite accomplis à l'encontre de l'animal le plus faible. Cette tendance atteint son comble chez les sociétés humaines primitives, et dans les sociétés développées chez l'enfant et l'adolescent jeune. Plus tard apparaît la *pitié*, ou identification aux souffrances d'autrui ; cette pitié est rapidement systématisée sous forme de *loi morale*. À l'internat du lycée de Meaux Jean Cohen représentait la loi morale, et il n'avait aucune intention d'en dévier. Il n'estimait nullement abusive l'utilisation que les nazis avaient faite de la pensée de Nietzsche : niant la compassion, se situant au-delà de la loi morale, établissant le désir et le règne du désir, la pensée de Nietzsche conduisait selon lui naturellement au nazisme. Compte tenu de son ancienneté et de son niveau de diplômes, il aurait pu être nommé proviseur ; c'est tout à fait volontairement qu'il demeurait à son poste de surveillant général. Il adressa plusieurs notes à l'inspection d'académie pour se plaindre de la diminution des postes de maître d'internat ; ces notes n'eurent aucune suite. Dans un zoo, un kangourou mâle *(macropodidés)* se conduira souvent comme si la position verticale de son gardien était un défi pour combattre. L'agression du kangourou peut être apaisée si son gardien adopte une posture penchée, caractéristique des kangourous paisibles. Jean Cohen n'avait nullement envie de se transformer en kangourou paisible. La méchanceté de Michel Brasseur, stade évolutif normal d'un égoïsme déjà présent chez des animaux moins évolués, avait transformé un de ses camarades en estropié définitif ; elle laisserait probablement chez des garçons comme Bruno des dégâts psychologiques irréversibles. Lorsqu'il convoquait Brasseur dans son bureau pour l'interroger, il ne songeait nullement à lui dissimuler son mépris, ni l'intention qu'il avait d'obtenir son renvoi.

Tous les dimanches soir, lorsque son père le ramenait dans sa Mercedes, Bruno commençait à trembler aux approches de Nanteuil-les-Meaux. Le parloir du lycée était décoré de bas-reliefs représentant les anciens élèves célèbres : Courteline et Moissan. Georges Courteline, écrivain français, est l'auteur de récits qui présentent avec ironie l'absurdité de la vie bourgeoise et administrative. Henri Moissan, chimiste français (prix Nobel 1906) a développé l'usage du four électrique et isolé le silicium et le fluor. Son père arrivait toujours juste à temps pour le repas de sept heures. En général Bruno ne parvenait à manger que le midi, où le repas était pris en commun avec les demi-pensionnaires ; le soir, ils se retrouvaient entre internes. C'étaient des tablées de huit, les premières places étaient occupées par les plus grands. Ils se servaient largement, puis crachaient dans le plat pour empêcher les petits de toucher au reste.

Tous les dimanches Bruno hésitait à parler à son père, concluait finalement que c'était impossible. Son père pensait qu'il est bien qu'un garçon apprenne à se défendre ; et en effet certains – pas plus âgés que lui – répliquaient, se battaient pied à pied, parvenaient finalement à se faire respecter. À quarante-deux ans, Serge Clément était un homme *arrivé*. Alors que ses parents tenaient une épicerie au Petit-Clamart, il possédait maintenant trois cliniques spécialisées en chirurgie esthétique : l'une à Neuilly, l'autre au Vésinet, la troisième en Suisse près de Lausanne. Lorsque son ex-femme était partie vivre en Californie, il avait en outre repris la gérance de la clinique de Cannes, lui reversant la moitié des bénéfices. Depuis longtemps, il n'opérait plus lui-même ; mais c'était, comme on dit, un *bon ges-*

tionnaire. Il ne savait pas exactement comment s'y prendre avec son fils. Il lui voulait plutôt du bien, à condition que ça ne prenne pas trop de temps ; il se sentait un peu coupable. Les week-ends où Bruno venait, il s'abstenait en général de recevoir ses maîtresses. Il achetait des plats cuisinés chez le traiteur, ils dînaient en tête à tête ; puis ils regardaient la télévision. Il ne savait jouer à aucun jeu. Parfois Bruno se relevait dans la nuit, marchait jusqu'au réfrigérateur. Il vidait des corn flakes dans un bol, rajoutait du lait, de la crème fraîche ; il recouvrait le tout d'une épaisse couche de sucre. Puis il mangeait. Il mangeait plusieurs bols, jusqu'à l'écœurement. Son ventre était lourd. Il éprouvait du plaisir.

9

Sur le plan de l'évolution des mœurs, l'année 1970 fut marquée par une extension rapide de la consommation érotique, malgré les interventions d'une censure encore vigilante. La comédie musicale *Hair*, destinée à populariser à l'usage du grand public la « libération sexuelle » des années soixante, connut un large succès. Les seins nus se répandirent rapidement sur les plages du Sud. En l'espace de quelques mois, le nombre de sex-shops à Paris passa de trois à quarante-cinq.

En septembre, Michel entra en quatrième et commença à étudier l'allemand comme seconde langue vivante. C'est à l'occasion des cours d'allemand qu'il fit la connaissance d'Annabelle.

À l'époque, Michel avait des idées modérées sur le bonheur. En définitive, il n'y avait jamais réellement songé. Les idées qu'il pouvait avoir, il les tenait de sa grand-mère, qui les avait directement transmises à ses enfants. Sa grand-mère était catholique et votait de Gaulle ; ses deux filles avaient épousé des communistes ; cela n'y changeait pas grand-chose. Voici les idées de cette génération qui avait connu dans son enfance les privations de la guerre, qui avait eu vingt ans à la Libération ; voici le monde qu'ils souhaitaient léguer à leurs enfants. La femme reste à la maison et tient son ménage (mais elle est très aidée par les appareils électroménagers ; elle a beaucoup de temps à consacrer à sa famille). L'homme travaille à l'extérieur (mais la robotisation fait qu'il travaille moins longtemps, et que son travail est moins dur). Les couples sont fidèles et heureux ; ils vivent dans des maisons agréables en dehors des villes (les *banlieues*). Pendant leurs moments de loisir ils s'adonnent à l'artisanat, au jardinage, aux beaux-arts. À moins qu'ils ne préfèrent voyager, découvrir les modes de vie et les cultures d'autres régions, d'autres pays.

Jacob Wilkening était né à Leeuwarden, en Frise-Occidentale ; arrivé en France à l'âge de quatre ans, il n'avait plus qu'une conscience floue de ses origines néerlandaises. En 1946, il avait épousé la sœur d'un de ses meilleurs amis ; elle avait dix-sept ans et n'avait pas connu d'autre homme. Après avoir travaillé quelque temps dans une usine de microscopes, il avait créé une entreprise d'optique de précision, qui travaillait surtout en sous-traitance avec Angénieux et Pathé. La concurrence japonaise était à l'époque inexistante ; la France produisait d'excellents objectifs, dont certains pouvaient rivaliser avec les Schneider et les Zeiss ; son entreprise marchait bien. Le couple eut deux fils, en 48 et 51 ; puis, longtemps après, en 1958, Annabelle.

Née dans une famille heureuse (en vingt-cinq ans de mariage, ses parents n'avaient eu aucune dispute sérieuse), Annabelle savait que son destin serait le même. L'été qui précéda sa rencontre avec Michel, elle commença à y penser ; elle allait sur ses treize ans. Quelque part dans le monde il y avait un garçon qu'elle ne connaissait pas, qui ne la connaissait pas davantage, mais avec qui elle ferait sa vie. Elle essaierait de le rendre heureux, et il essaierait, lui aussi, de la rendre heureuse ; mais elle ne savait pas à quoi il pouvait ressembler ; c'était très troublant. Dans une lettre au *Journal de Mickey*, une lectrice qui avait son âge faisait part du même trouble. La réponse se voulait rassurante, et se terminait par ces mots : « Ne t'en fais pas, petite Coralie ; tu sauras le reconnaître. »

Ils commencèrent à se fréquenter en faisant ensemble leurs devoirs d'allemand. Michel habitait de l'autre côté de la rue, à moins de cinquante mètres. De plus en plus souvent, ils passaient ensemble leurs jeudis et leurs dimanches ; il arrivait juste après le repas de midi. « Annabelle, ton fiancé... » annonçait son frère cadet après un regard dans le jardin. Elle rougissait ; mais ses parents, eux, évitaient de se moquer d'elle. Elle s'en rendait compte : ils aimaient bien Michel.

C'était un garçon curieux ; il ne connaissait rien au football, ni aux chanteurs de variétés. Il n'était pas impopulaire dans sa classe, il parlait à plusieurs personnes ; mais ces contacts restaient limités. Avant Annabelle, aucun camarade de classe n'était venu chez lui. Il s'était habitué à des réflexions et des rêveries solitaires ; peu à peu il s'habitua à la présence d'une amie. Souvent ils partaient en vélo, montaient la côte de Voulangis ; puis ils marchaient à travers les prairies et les bois, jusqu'à une butte d'où l'on dominait la vallée du Grand Morin. Ils marchaient entre les herbes, apprenant à se connaître.

10

Tout est la faute
de Caroline Yessayan

À partir de cette même rentrée 1970, la situation de Bruno à l'internat s'améliora légèrement ; il rentrait en quatrième, il commençait à faire partie des grands. De la quatrième à la terminale les élèves couchaient dans les dortoirs de l'autre aile, avec des boxes de quatre lits. Pour les garçons les plus violents il était déjà complètement maté, humilié ; ils se tournèrent peu à peu vers de nouvelles victimes. Cette même année, Bruno commença à s'intéresser aux filles. De temps en temps, rarement, il y avait des sorties communes aux deux internats. Les jeudis après-midi où il faisait beau, ils allaient jusqu'à une sorte de plage aménagée sur les bords de la Marne, dans les faubourgs de Meaux. Il y avait un café plein de baby-foot et de flippers – dont l'attraction principale, cependant, était constituée par un python dans une cage de verre. Les garçons s'amusaient à le provoquer, cognaient du doigt contre le corps de l'animal ; les vibrations le rendaient fou furieux, il se jetait sur les parois de toutes ses forces, jusqu'à tomber assommé. Une après-midi d'octobre, Bruno parla avec Patricia Hohweiller ; elle était orpheline et ne quittait l'internat qu'aux vacances pour aller chez un oncle en Alsace. Elle était blonde et mince, parlait très vite, son visage changeant s'immobilisait parfois dans un sourire étrange. La semaine suivante il eut un choc atroce en la voyant assise sur les genoux de Brasseur, les jambes écartées ; il la tenait par la taille et l'embrassait à pleine bouche. Cependant, Bruno n'en tira pas de conclusion générale. Si les brutes qui l'avaient terrorisé pendant des années avaient du succès auprès des filles, c'est simplement parce qu'ils étaient les seuls à oser les draguer. Il remarqua d'ailleurs que Pelé, Wilmart, même Brasseur s'abstenaient de frapper ou d'humilier les petits dès qu'une fille était dans les parages.

À partir de la quatrième, les élèves pouvaient s'inscrire au ciné-club. Les séances avaient lieu le jeudi soir, dans la salle des fêtes de l'internat de garçons ; c'étaient des séances mixtes. Un soir de décembre, Bruno s'assit à côté de Caroline Yessayan avant la projection de *Nosferatu le vampire*. Vers la fin du film, après y avoir pensé pendant plus d'une heure, il posa très doucement la main gauche sur la cuisse de sa voisine. Pendant quelques secondes merveilleuses (cinq ? sept ? sûrement pas plus de dix), il ne se passa rien. Elle ne bougeait pas. Une immense chaleur envahissait Bruno, il était au bord de l'évanouissement. Puis, sans dire un mot, sans violence, elle écarta sa main. Bien plus tard, très souvent même, en se faisant sucer par telle ou telle petite pute, Bruno devait repenser à ces quelques secondes de bonheur effroyable ; il devait repenser, aussi, à ce moment où Caroline Yessayan avait doucement écarté sa main. Il y avait eu chez ce petit garçon quelque chose de très pur et de très doux, d'antérieur à toute sexualité, à toute consommation érotique. Il y avait eu un désir simple de toucher un corps aimant, de se serrer entre des bras aimants. La tendresse est antérieure à la séduction, c'est pourquoi il est si difficile de désespérer.

Pourquoi Bruno ce soir-là avait-il touché la cuisse de Caroline Yessayan, plutôt que son bras (ce qu'elle aurait très probablement accepté, et qui aurait peut-être constitué le début d'une belle histoire entre eux ; car c'est tout à fait volontairement qu'elle lui avait parlé juste avant, dans la file d'attente, pour qu'il ait le temps de s'asseoir à côté d'elle, et qu'elle avait posé son bras sur l'accoudoir séparant leurs deux sièges ; et de fait elle avait depuis longtemps remarqué Bruno, et il lui plaisait beaucoup, et elle espérait vivement, ce soir-là, qu'il lui prendrait la main) ? Probablement parce que la cuisse de Caroline Yessayan était dénudée, et qu'il n'imaginait pas, dans la simplicité de son âme, qu'elle ait pu l'être en vain. À mesure que Bruno, avançant en âge, replongeait avec dégoût dans les sentiments de son enfance, le noyau de sa destinée s'épurait, tout apparaissait dans la lumière d'une évidence irrémédiable et froide. Ce soir de décembre 1970, il était sans doute au pouvoir de Caroline Yessayan d'effacer les humiliations et la tristesse de sa première enfance ; après ce premier échec (car jamais plus il n'osa, après qu'elle eut doucement retiré sa main, lui adresser de nouveau la parole), tout devenait beaucoup plus difficile. Pourtant Caroline Yessayan, dans sa globalité humaine, n'était nullement en cause. Tout au contraire Caroline Yessayan, petite Arménienne au doux regard d'agnelle, aux longs cheveux bouclés et noirs, échouée à la suite de complications familiales inextricables dans les bâtiments sinistres de l'internat de filles du lycée de Meaux, Caroline Yessayan constituait à elle seule une raison d'espérer en l'humanité. Si tout avait basculé dans un vide navrant, c'était en raison d'un détail minime et presque grotesque. Trente ans plus tard, Bruno en était persuadé : donnant aux éléments anecdotiques de la situation l'importance qu'ils avaient réellement eue, on pouvait résumer la situation en ces termes : tout était de la faute de la minijupe de Caroline Yessayan.

En posant la main sur la cuisse de Caroline Yessayan, Bruno la demandait en fait pratiquement en mariage. Il vivait le début de son adolescence dans une période de transition. Mis à part quelques précurseurs – dont ses parents représentaient d'ailleurs un pénible exemple – la génération précédente avait établi un lien d'une force exceptionnelle entre mariage, sexualité et amour. L'extension progressive du salariat, le développement économique rapide des années cinquante devaient en effet – hormis dans les classes de plus en plus restreintes où la notion de patrimoine gardait une importance réelle – conduire au déclin du *mariage de raison.*

L'Église catholique, qui avait toujours regardé avec réticence la sexualité hors mariage, accueillit avec enthousiasme cette évolution vers le *mariage d'amour*, plus conforme à ses théories (« Homme et femme Il les créa »), plus propre à constituer un premier pas vers cette civilisation de la paix, de la fidélité et de l'amour qui constituait son but naturel. Le Parti communiste, seule force spirituelle susceptible d'être mise en regard de l'Église catholique pendant ces années, combattait pour des objectifs presque identiques. C'est donc avec une impatience unanime que les jeunes gens des années cinquante attendaient de *tomber amoureux*, d'autant que la désertification rurale, la disparition concomitante des communautés villageoises permettaient au choix du futur conjoint de s'effectuer dans un rayon presque illimité, en même temps qu'elles lui donnaient une importance extrême (c'est en septembre 1955 que fut lancée à Sarcelles la politique dite des « grands ensembles », traduction visuelle évidente d'une socialité réduite au cadre du noyau familial). C'est donc sans arbitraire que l'on peut caractériser les années cinquante, le début des années soixante comme un véritable *âge d'or du sentiment amoureux* – dont les chansons de Jean Ferrat, celles de Françoise Hardy dans sa première période peuvent encore aujourd'hui nous restituer l'image.

Cependant, dans le même temps, la consommation libidinale de masse d'origine nord-américaine (chansons d'Elvis Presley, films de Marilyn Monroe) se répandait en Europe occidentale. Parallèlement aux réfrigérateurs et aux machines à laver, accompagnement matériel du bonheur du couple, se répandaient le transistor et le pick-up, qui devaient mettre en avant le modèle comportemental du *flirt adolescent*. Le conflit idéologique, latent tout au long des années soixante, éclata au début des années soixante-dix dans *Mademoiselle Âge tendre* et dans *20 Ans*, se cristallisant autour de la question à l'époque centrale : « Jusqu'où peut-on aller avant le mariage ? » Ces mêmes années, l'option hédoniste-libidinale d'origine nord-américaine reçut un appui puissant de la part d'organes de presse d'inspiration libertaire (le premier numéro d'*Actuel* parut en octobre 1970, celui de *Charlie Hebdo* en novembre). S'ils se situaient en principe dans une perspective politique de contestation du capitalisme, ces périodiques s'accordaient avec l'industrie du divertissement sur l'essentiel : destruction des valeurs morales judéo-chrétiennes, apologie de la jeunesse et de la liberté individuelle. Tiraillés entre des pressions contradictoires, les magazines pour jeunes filles mirent au point dans l'urgence un accommodement, que l'on peut résumer dans la narration de vie suivante. Dans un premier temps (disons, entre douze et dix-huit ans), la jeune fille *sort* avec de nombreux garçons (l'ambiguïté sémantique du terme *sortir* étant d'ailleurs le reflet d'une ambiguïté comportementale réelle : que voulait dire, exactement, *sortir* avec un garçon ? S'agissait-il de s'embrasser sur la bouche, des joies plus profondes du *petting* et du *deep-petting*, des relations sexuelles proprement dites ? Fallait-il permettre au garçon de vous toucher les seins ? Devait-on enlever sa culotte ? Et que faire de ses organes, à lui ?) Pour Patricia Hohweiller, pour Caroline Yessayan, c'était loin d'être simple ; leurs magazines favoris donnaient des réponses floues, contradictoires. Dans un deuxième temps (en fait, peu après le bac), la même jeune fille éprouvait le besoin d'une *histoire sérieuse* (plus tard caractérisée par les magazines allemands sous les termes de « big love »), la question pertinente étant alors : « Dois-je m'installer avec Jérémie ? » ; c'était un deuxième temps, dans le principe définitif. L'extrême fragilité de l'accommodement ainsi proposé par les magazines pour jeunes filles – il s'agissait en fait de juxtaposer, en les plaquant arbitrairement sur deux segments de vie consécutifs, des modèles comportementaux antagonistes – ne devait apparaître que quelques années plus tard, au moment où l'on prit conscience de la généralisation du divorce. Il n'en reste pas moins que ce schéma improbable put constituer quelques années, pour des jeunes filles de toute façon assez naïves et assez étourdies par la rapidité des transformations qui se déroulaient autour d'elles, un modèle de vie crédible, auquel elles tentèrent raisonnablement d'adhérer.

Pour Annabelle, les choses étaient bien différentes. Elle pensait à Michel le soir avant de s'endormir ; elle se réjouissait de le retrouver au réveil. Lorsqu'en cours il lui arrivait quelque chose d'amusant ou d'intéressant, elle pensait tout de suite au moment où elle allait le lui raconter. Les journées où, pour une raison quelconque, ils n'avaient pas pu se voir, elle se sentait inquiète et triste. Pendant les vacances d'été (ses parents avaient une maison en Gironde), elle lui écrivait tous les jours. Même si elle ne se l'avouait pas franchement, même si ses lettres n'avaient rien d'enflammé et ressemblaient plutôt à celles qu'elle aurait pu écrire à un frère de son âge, même si ce sentiment qui enveloppait sa vie évoquait un halo de douceur plus qu'une passion dévorante, la réalité qui se faisait progressivement jour dans son esprit était la suivante : du premier coup, sans l'avoir cherché, sans même l'avoir réellement désiré, elle se trouvait en présence du *grand amour*. Le premier était le bon, il n'y en aurait pas d'autre, et la question n'aurait même pas lieu de se poser. Selon *Mademoiselle Âge tendre*, le cas était possible : il ne fallait pas se monter la tête, cela n'arrivait presque jamais ; pourtant dans certains cas, extrêmement rares, presque miraculeux – mais cependant indiscutablement attestés –, cela pouvait arriver. Et c'était la chose la plus heureuse qui puisse vous arriver sur la Terre.

11

De cette période Michel conservait une photographie, prise dans le jardin des parents d'Annabelle, aux vacances de Pâques 1971 ; son père avait dissimulé des œufs en chocolat dans les bosquets et les massifs de fleurs. Sur la photo Annabelle était au milieu d'un massif de forsythias ; elle écartait les branchages, toute à sa quête, avec la gravité de l'enfance. Son visage commençait à s'affiner, on pouvait déjà deviner qu'elle serait exceptionnellement belle. Sa poitrine se dessinait légèrement sous le pull-over. Ce fut la dernière fois qu'il y eut des œufs en chocolat le jour de Pâques ; l'année suivante, ils étaient déjà trop âgés pour ces jeux.

À partir de l'âge de treize ans, sous l'influence de la progestérone et de l'œstradiol sécrétés par les ovaires, des coussinets graisseux se déposent chez la jeune fille à la hauteur des seins et des fesses. Ces organes acquièrent dans le meilleur des cas un aspect plein, harmonieux et rond ; leur contemplation produit alors chez l'homme un violent désir. Comme sa mère au même âge, Annabelle avait un très joli corps. Mais le visage de sa mère avait été avenant, agréable sans plus. Rien ne pouvait laisser présager le choc douloureux de la beauté d'Annabelle, et sa mère commença à prendre peur. C'est certainement de son père, de la branche hollandaise de la famille, qu'Annabelle tenait ses grands yeux bleus et la masse éblouissante de ses cheveux blond clair ; mais seul un hasard morphogénétique inouï avait pu produire la déchirante pureté de son visage. Sans beauté la jeune fille est malheureuse, car elle perd toute chance d'être aimée. Personne à vrai dire ne s'en moque, ni ne la traite avec cruauté ; mais elle est comme transparente, aucun regard n'accompagne ses pas. Chacun se sent gêné en sa présence, et préfère l'ignorer. À l'inverse une extrême beauté, une beauté qui dépasse de trop loin l'habituelle et sédui-

sante fraîcheur des adolescentes, produit un effet sur-
naturel, et semble invariablement présager un destin
tragique. À l'âge de quinze ans Annabelle faisait partie
de ces très rares jeunes filles sur lesquelles tous les
hommes s'arrêtent, sans distinction d'âge ni d'état ; de
ces jeunes filles dont le simple passage, le long de la
rue commerçante d'une ville d'importance moyenne,
accélère le rythme cardiaque des jeunes gens et des
hommes d'âge mûr, fait pousser des grognements de
regret aux vieillards. Elle prit rapidement conscience
de ce silence qui accompagnait chacune de ses appari-
tions, dans un café ou dans une salle de cours ; mais il
lui fallut des années pour en comprendre pleinement
la raison. Au CEG de Crécy-en-Brie, il était communément admis qu'elle « était avec » Michel ; mais même
sans cela, à vrai dire, aucun garçon n'aurait osé tenter
quoi que ce soit avec elle. Tel est l'un des principaux
inconvénients de l'extrême beauté chez les jeunes filles :
seuls les dragueurs expérimentés, cyniques et sans scru-
pule se sentent à la hauteur ; ce sont donc en général
les êtres les plus vils qui obtiennent le trésor de leur
virginité, et ceci constitue pour elles le premier stade
d'une irrémédiable déchéance.

En septembre 1972, Michel entra en seconde au lycée
de Meaux. Annabelle entrait en troisième ; pour une
année encore, elle resterait au collège. Il rentrait du
lycée en train, il changeait à Esbly pour prendre l'autorail. En général, il arrivait à Crécy par le train de
18 h 33 ; Annabelle l'attendait à la gare. Ils marchaient
ensemble le long des canaux de la petite ville. Parfois
– assez rarement, en fait – ils allaient au café. Annabelle
savait maintenant qu'un jour ou l'autre Michel aurait
envie de l'embrasser, de caresser ce corps dont elle
sentait la métamorphose. Elle attendait ce moment sans
impatience, sans trop de crainte non plus ; elle avait
confiance.

Si les aspects fondamentaux du comportement sexuel

sont innés, l'histoire des premières années de la vie tient une place importante dans les mécanismes de son déclenchement, notamment chez les oiseaux et les mammifères. Le contact tactile précoce avec les membres de l'espèce semble vital chez le chien, le chat, le rat, le cochon d'Inde et le rhésus macaque (*Macaca mulatta*). La privation du contact avec la mère pendant l'enfance produit de très graves perturbations du comportement sexuel chez le rat mâle, avec en particulier inhibition du comportement de cour. Sa vie en aurait-elle dépendu (et, dans une large mesure, elle en dépendait effectivement) que Michel aurait été incapable d'embrasser Annabelle. Souvent, le soir, elle était si heureuse de le voir sortir de l'autorail, son cartable à la main, qu'elle se jetait littéralement dans ses bras. Ils demeuraient alors enlacés quelques secondes, dans un état de paralysie heureuse ; ce n'est qu'ensuite qu'ils se parlaient.

Bruno était lui aussi en seconde au lycée de Meaux, dans une autre classe ; il savait que sa mère avait eu un deuxième fils d'un père différent ; il n'en savait pas plus. Il voyait très peu sa mère. Deux fois, il était parti en vacances dans la villa qu'elle occupait à Cassis. Elle recevait beaucoup de jeunes qui passaient, qui faisaient la route. Ces jeunes gens étaient ce que la presse populaire appelait des *hippies*. De fait, ils ne travaillaient pas ; lors de leur séjour ils étaient entretenus par Janine, qui avait changé de prénom pour se faire appeler Jane. Ils vivaient donc des revenus de la clinique de chirurgie esthétique fondée par son ex-mari – c'est-à-dire finalement du désir de certaines femmes aisées de lutter contre la dégradation apportée par le temps, ou de corriger certaines imperfections naturelles. Ils se baignaient nus dans les calanques. Bruno refusait d'ôter son maillot de bain. Il se sentait blanchâtre, minuscule, répugnant, obèse. Parfois, sa mère recevait un des garçons dans son lit. Elle avait déjà quarante-cinq ans ; sa vulve était amaigrie, un peu pendante, mais ses traits restaient magnifiques. Bruno se branlait trois fois par jour. Les vulves des jeunes femmes étaient accessibles, elles se trouvaient parfois à moins d'un mètre ; mais Bruno comprenait parfaitement qu'elles lui restent fermées : les autres garçons étaient plus grands, plus bronzés et plus forts. Bien des années plus tard, Bruno devait s'en rendre compte : l'univers petit-bourgeois, l'univers des employés et des cadres moyens était plus tolérant, plus accueillant et plus ouvert que l'univers des jeunes marginaux, à l'époque représentés par les *hippies*. « Je peux me déguiser en cadre respectable, et être accepté par eux, aimait à dire Bruno. Il suffit pour cela que je m'achète un costume, une cravate et une chemise – le tout, 800 francs chez C & A en période de soldes ; il suffit en réalité pratiquement que j'apprenne à faire un nœud de cravate. Il y a, c'est vrai, le problème de la voiture – c'est au fond la seule difficulté dans la vie du cadre moyen ; mais on peut y arriver, on prend un crédit, on travaille quelques années et on y arrive. À l'opposé, il ne me servirait à rien de me déguiser en marginal : je ne suis ni assez jeune, ni assez beau, ni assez *cool*. Je perds mes cheveux, j'ai tendance à grossir ; et plus je vieillis plus je deviens angoissé et sensible, plus les signes de rejet et de mépris me font souffrir. En un mot je ne suis pas assez naturel, c'est-à-dire pas assez *animal* - et il s'agit là d'une tare irrémédiable : quoi que je dise, quoi que je fasse, quoi que j'achète, je ne parviendrai jamais à surmonter ce handicap, car il a toute la violence d'un handicap *naturel*. » Dès son premier séjour chez sa mère, Bruno se rendit compte qu'il ne serait jamais accepté par les *hippies* ; il n'était pas, il ne serait jamais un bel animal. La nuit, il rêvait de vulves ouvertes. Vers la même époque, il commença à lire Kafka. La première fois il ressentit une sensation de froid, de gel insidieux ; quelques heures après avoir terminé *Le Procès* il se sentait encore engourdi, cotonneux. Il sut immédiatement que cet univers ralenti, marqué par la honte, où les êtres se croisent dans un vide sidéral, sans qu'aucun rapport entre eux n'apparaisse jamais possible, correspondait exactement à son univers mental. L'univers était lent et froid. Il y avait cependant une chose chaude, que les femmes avaient entre les jambes ; mais cette chose, il n'y avait pas accès.

Il devenait de plus en plus évident que Bruno allait mal, qu'il n'avait pas d'amis, qu'il était terrorisé par les filles, que son adolescence en général était un échec lamentable. Son père s'en rendait compte, et se sentait gagné par un sentiment de culpabilité croissant. Pour la Noël 1972 il exigea la présence de son ex-femme, afin d'en discuter. Au fil de la conversation il apparut que le demi-frère de Bruno était dans le même lycée, qu'il était également en seconde (quoique dans une autre classe) et qu'ils ne s'étaient jamais rencontrés ; ce fait le frappa vivement comme le symbole d'une dislocation familiale abjecte, dont ils étaient tous deux responsables. Faisant pour la première fois preuve d'autorité, il exigea que Janine reprenne contact avec son deuxième fils, afin de sauver ce qui pouvait encore l'être.

Janine nourrissait peu d'illusions sur les sentiments que la grand-mère de Michel pouvait éprouver à son égard ; ce fut quand même légèrement pire que ce qu'elle avait imaginé. Au moment où elle garait sa Porsche devant le pavillon de Crécy-en-Brie la vieille femme sortit, son cabas à la main. « Je peux pas vous empêcher de le voir, c'est votre fils, dit-elle abruptement. Je pars faire des courses, je reviens dans deux heures ; je veux que vous soyez partie à ce moment-là. » Puis elle tourna les talons.

Michel était dans sa chambre ; elle poussa la porte et entra. Elle avait prévu de l'embrasser, mais lorsqu'elle amorça le geste il recula d'un bon mètre. En grandissant, il commençait à ressembler de manière frappante à son père : mêmes cheveux blonds et fins, même visage aigu, aux pommettes saillantes. Elle avait amené en cadeau un tourne-disque et plusieurs albums des Rolling Stones. Il prit le tout sans un mot (il conserva l'appareil, mais devait détruire les disques quelques jours plus tard). Sa chambre était sobre, il n'y avait aucune affiche au mur. Un livre de mathématiques était ouvert sur l'abattant du secrétaire. « Qu'est-ce que c'est ? demanda-t-elle. – Des équations différentielles. » répondit-il avec réticence. Elle avait prévu de parler de sa vie, de l'inviter en vacances ; ce n'était manifestement pas possible. Elle se contenta de lui annoncer une prochaine visite de son frère ; il acquiesça. Elle était là depuis presque une heure, et les silences s'éternisaient, quand la voix d'Annabelle retentit dans le jardin. Michel se précipita vers la fenêtre, lui cria d'entrer. Janine jeta un regard sur la jeune fille au moment où elle passait la porte du jardin. « Elle est jolie, ta copine... » fit-elle observer avec une légère torsion de la bouche. Michel reçut le mot de plein fouet, son visage s'altéra. En remontant dans sa Porsche Janine croisa Annabelle, la regarda dans les yeux ; dans son regard, il y avait de la haine.

À l'égard de Bruno, la grand-mère de Michel ne nourrissait aucune aversion ; lui aussi avait été victime de cette mère dénaturée, telle était sa vision des choses – sommaire mais finalement exacte. Bruno prit donc l'habitude de rendre visite à Michel tous les jeudis après-midi. Il prenait l'autorail de Crécy-la-Chapelle. Chaque fois que c'était possible (et c'était presque toujours possible), il s'installait en face d'une jeune fille seule. La plupart avaient les jambes croisées, un chemisier transparent, ou autre chose. Il ne s'installait pas vraiment en face, plutôt en diagonale, mais souvent sur la même banquette, à moins de deux mètres. Il bandait déjà en apercevant les longs cheveux, blonds ou bruns ; en choisissant une place, en circulant entre les rangées, la douleur s'avivait dans son slip. Au moment de s'asseoir, il avait déjà sorti un mouchoir de sa poche. Il suffisait d'ouvrir un classeur, de le poser sur ses cuisses ; en quelques coups c'était fait. Parfois, quand la fille décroisait les jambes au moment où il sortait sa bite, il n'avait même pas besoin de se toucher ; il se libérait d'un jet en apercevant la petite culotte. Le mouchoir était une sécurité, en général il éjaculait plutôt sur les pages du classeur : sur les équations du second degré, sur les schémas d'insectes, sur la production de charbon de l'URSS. La fille poursuivait la lecture de son magazine.

Bien des années plus tard, Bruno demeurait dans le doute. Ces choses s'étaient produites ; elles avaient un rapport direct avec un petit garçon craintif et obèse, dont il conservait des photographies. Ce petit garçon avait un rapport avec l'adulte dévoré par le désir qu'il était devenu. Son enfance avait été pénible, son adolescence atroce ; il avait maintenant quarante-deux ans, et objectivement il était encore loin de la mort. Que lui restait-il à vivre ? Peut-être quelques fellations pour lesquelles, il le savait, il accepterait de plus en plus facilement de payer. Une vie tendue vers un objectif laisse peu de place au souvenir. À mesure que ses érections devenaient plus difficiles et plus brèves, Bruno se laissait gagner par une détente attristée. L'objectif principal de sa vie avait été sexuel ; il n'était plus possible d'en changer, il le savait maintenant. En cela, Bruno était représentatif de son époque. Lors de son adolescence, la compétition économique féroce que connaissait la société française depuis deux siècles avait subi une certaine atténuation. Il était de plus en plus admis dans l'imaginaire social que les conditions économiques devaient normalement tendre vers une certaine égalité. Le modèle de la social-démocratie suédoise était fréquemment cité, tant par les hommes politiques que par les responsables d'entreprise. Bruno se voyait donc peu encouragé à surclasser ses contemporains par le biais de la réussite économique. Sur le plan professionnel, son seul objectif était – très raisonnablement – de se fondre dans cette « vaste classe moyenne aux contours peu tranchés » plus tard décrite par le président Giscard d'Estaing. Mais l'être humain est prompt à établir des hiérarchies, c'est avec vivacité qu'il aspire à se sentir supérieur à ses semblables. Le Danemark et la Suède, qui servaient de modèle aux démocraties européennes dans la voie de l'égalisation économique, donnèrent également l'exemple de la *liberté sexuelle*. De manière inattendue, au sein de cette classe moyenne à laquelle s'agrégeaient progressivement les ouvriers et les cadres – ou, plus précisément, parmi les enfants de cette classe moyenne – un nouveau champ s'ouvrit à la compétition narcissique. Lors d'un séjour linguistique qu'il effectua en juillet 1972 à Traunstein, une petite ville bavaroise proche de la frontière autrichienne, Patrick Castelli, un autre jeune Français de son groupe, parvint à sauter trente-sept nanas en l'espace de trois semaines. Dans le même temps, Bruno affichait un score de zéro. Il finit par montrer sa bite à une vendeuse de supermarché – qui, heureusement, éclata de rire et s'abstint de porter plainte. Comme lui, Patrick Castelli était d'une famille bourgeoise et réussissait bien à l'école ; leurs destins économiques promettaient d'être comparables. La plupart des souvenirs d'adolescence de Bruno étaient du même ordre.

Plus tard, la mondialisation de l'économie donna naissance à une compétition beaucoup plus dure, qui devait balayer les rêves d'intégration de l'ensemble de la population dans une classe moyenne généralisée au pouvoir d'achat régulièrement croissant ; des couches sociales de plus en plus étendues basculèrent dans la précarité et le chômage. L'âpreté de la compétition sexuelle ne diminua pas pour autant, bien au contraire.

Cela faisait maintenant vingt-cinq ans que Bruno connaissait Michel. Durant cet intervalle de temps effrayant, il avait l'impression d'avoir à peine changé ;

l'hypothèse d'un noyau d'identité personnelle, d'un noyau inamovible dans ses caractéristiques majeures, lui apparaissait comme une évidence. Pourtant, de larges pans de sa propre histoire avaient sombré dans un oubli définitif. Des mois, des années entières lui apparaissaient comme s'il ne les avait nullement vécus. Tel n'était pas le cas de ces deux dernières années d'adolescence, si riches en souvenirs, en expériences formatrices. La mémoire d'une vie humaine, lui expliqua son demi-frère beaucoup plus tard, ressemble à une histoire consistante de Griffiths. Ils étaient dans l'appartement de Michel, ils buvaient du Campari, c'était un soir de mai. Ils évoquaient rarement le passé, le plus souvent leurs discussions portaient sur l'actualité politique ou sociale ; mais ce soir-là ils le firent. « Tu as des souvenirs de différents moments de ta vie, résuma Michel, ces souvenirs se présentent sous des aspects divers ; tu revois des pensées, des motivations ou des visages. Parfois tu te souviens simplement d'un nom, comme cette Patricia Hohweiller dont tu me parlais tout à l'heure, et que tu serais aujourd'hui incapable de reconnaître. Parfois tu revois un visage, sans même pouvoir lui associer de souvenir. Dans le cas de Caroline Yessayan, tout ce que tu sais d'elle s'est concentré dans ces quelques secondes d'une précision totale où ta main reposait sur sa cuisse. Les histoires consistantes de Griffiths ont été introduites en 1984 pour relier les mesures quantiques dans des narrations vraisemblables. Une histoire de Griffiths est construite à partir d'une suite de mesures plus ou moins quelconques ayant lieu à des instants différents. Chaque mesure exprime le fait qu'une certaine quantité physique, éventuellement différente d'une mesure à l'autre, est comprise, à un instant donné, dans un certain domaine de valeurs. Par exemple, au temps t_1, un électron a une certaine vitesse, déterminée avec une approximation dépendant du mode de mesure ; au temps t_2, il est situé dans un certain domaine de l'espace ; au temps t_3, il a une certaine valeur de spin. À partir d'un sous-ensemble de mesures on peut définir une *histoire*, logiquement consistante, dont on ne peut cependant pas dire qu'elle soit *vraie* ; elle peut simplement être soutenue sans contradiction. Parmi les histoires du monde possibles dans un cadre expérimental donné, certaines peuvent être réécrites sous la forme normalisée de Griffiths ; elles sont alors appelées *histoires consistantes de Griffiths*, et tout se passe comme si le monde était composé d'objets séparés, dotés de propriétés intrinsèques et stables. Cependant, le nombre d'histoires consistantes de Griffiths pouvant être réécrites à partir d'une série de mesures est en général sensiblement supérieur à un. Tu as une conscience de ton moi ; cette conscience te permet de poser une hypothèse : l'histoire que tu es à même de reconstituer à partir de tes propres souvenirs est une histoire consistante, justifiable dans le principe d'une narration univoque. En tant qu'individu isolé, persévérant dans l'existence un certain laps de temps, soumis à une ontologie d'objets et de propriétés, tu n'as aucun doute sur ce point : on doit nécessairement pouvoir t'associer une histoire consistante de Griffiths. Cette hypothèse a priori, tu la fais pour le domaine de la vie réelle ; tu ne la fais pas pour le domaine du rêve.

— J'aimerais penser que le moi est une illusion ; il n'empêche que c'est une illusion douloureuse... » dit doucement Bruno ; mais Michel ne sut que répondre, il ne connaissait rien au bouddhisme. La conversation n'était pas facile, ils se voyaient tout au plus deux fois par an. Jeunes, ils avaient eu des discussions passionnées ; mais ce temps était révolu, désormais. En septembre 1973, ils entrèrent ensemble en première C ; pendant deux années ils suivirent ensemble les cours de mathématiques, les cours de physique. Michel était très au-dessus du niveau de sa classe. L'univers humain – il commençait à s'en rendre compte – était décevant, plein d'angoisse et d'amertume. Les équations mathé-

matiques lui apportaient des joies sereines et vives. Il
avançait dans une semi-obscurité, et tout à coup il trouvait un passage : en quelques formules, en quelques fac-
torisations audacieuses, il s'élevait jusqu'à un palier
de sérénité lumineuse. La première équation de la
démonstration était la plus émouvante, car la vérité qui
papillotait à mi-distance était encore incertaine ; la dernière équation était la plus éblouissante, la plus joyeuse.
Cette même année, Annabelle entra en seconde au lycée
de Meaux. Ils se voyaient souvent, tous les trois, après
la fin des cours. Puis Bruno rentrait à l'internat ; Annabelle et Michel se dirigeaient vers la gare. La situation
prenait une tournure étrange et triste. Début 1974,
Michel se plongea dans les espaces de Hilbert ; puis il
s'initia à la théorie de la mesure, découvrit les intégra-
les de Riemann, de Lebesgue et de Stieltjes. Dans le
même temps, Bruno lisait Kafka et se masturbait dans
l'autorail. Une après-midi de mai, à la piscine qui venait
de s'ouvrir à La Chapelle-sur-Crécy, il eut la joie d'écarter les pans de sa serviette pour montrer sa bite à deux
filles de douze ans ; il eut la joie surtout de voir qu'elles
se poussaient du coude, qu'elles s'intéressaient au spectacle ; il échangea un long regard avec l'une des deux,
une petite brune à lunettes. Trop malheureux et trop
frustré pour s'intéresser réellement à la psychologie
d'autrui, Bruno se rendait cependant compte que son
demi-frère était dans une situation pire que la sienne.
Souvent, ils allaient ensemble au café ; Michel portait
des anoraks et des bonnets ridicules, il ne savait pas
jouer au baby-foot ; c'est surtout Bruno qui parlait.
Michel ne bougeait pas, il parlait de moins en moins ;
il levait vers Annabelle un regard attentif et inerte.
Annabelle ne renonçait pas ; pour elle, le visage de
Michel ressemblait au commentaire d'un autre monde.
Vers la même époque elle lut *La Sonate à Kreutzer*, crut
un instant le comprendre au travers de ce livre. Vingt-
cinq ans plus tard il apparaissait évident à Bruno qu'ils
s'étaient trouvés dans une situation déséquilibrée, anor-

male, sans avenir ; considérant le passé, on a toujours l'impression – probablement fallacieuse – d'un certain déterminisme.

12

RÉGIME STANDARD

> « *Dans les époques révolutionnaires, ceux qui s'attribuent, avec un si étrange orgueil, le facile mérite d'avoir développé chez leurs contemporains l'essor des passions anarchiques, ne s'aperçoivent pas que leur déplorable triomphe apparent n'est dû surtout qu'à une disposition spontanée, déterminée par l'ensemble de la situation sociale correspondante.* »
> (Auguste Comte – *Cours de philosophie positive*, Leçon 48)

Le milieu des années soixante-dix fut marqué en France par le succès de scandale qu'obtinrent *Phantom of the Paradise*, *Orange mécanique* et *Les Valseuses* : trois films extrêmement différents, dont le succès commun devait cependant établir la pertinence commerciale d'une culture « jeune », essentiellement basée sur le sexe et la violence, qui ne devait cesser de gagner des parts de marché au cours des décennies ultérieures. Les trentenaires enrichis des années soixante se retrouvèrent pour leur part pleinement dans *Emmanuelle*, sorti en 1974 : proposant une occupation du temps, des lieux exotiques et des fantasmes, le film de Just Jaeckin était à lui seul, au sein d'une culture restée profondément judéo-chrétienne, un manifeste pour l'entrée dans la civilisation des loisirs.

Plus généralement, le mouvement favorable à la libération des mœurs connut en 1974 d'importants succès. Le 20 mars ouvrit à Paris le premier club Vitatop, qui devait jouer un rôle de pionnier dans le domaine de la forme physique et du culte du corps. Le 5 juillet fut adoptée la loi sur la majorité civique à dix-huit ans, le 11 celle sur le divorce par consentement mutuel – l'adultère disparut du Code pénal. Enfin, le 28 novembre, la loi Veil autorisant l'avortement fut adoptée, grâce à l'appui de la gauche, à l'issue d'un débat houleux – qualifié d'« historique » par la plupart des commentateurs. En effet l'anthropologie chrétienne, longtemps majoritaire dans les pays occidentaux, accordait une importance illimitée à toute vie humaine, de la conception à la mort ; cette importance est à relier au fait que les chrétiens croyaient à l'existence, à l'intérieur du corps humain, d'une *âme* - âme dans son principe immortelle, et destinée à être ultérieurement reliée à Dieu. Sous l'impulsion des progrès de la biologie devait peu à peu se développer au XIXe et au XXe siècle une anthropologie matérialiste, radicalement différente dans ses présupposés, et beaucoup plus modeste dans ses recommandations éthiques. D'une part le fœtus, petit amas de cellules en état de différenciation progressive, ne s'y voyait attribuer d'existence individuelle autonome qu'à la condition de réunir un certain consensus social (absence de tare génétique invalidante, accord des parents). D'autre part le vieillard, amas d'organes en état de dislocation continue, ne pouvait réellement faire état de son droit à la survie que sous réserve d'une coordination suffisante de ses fonctions organiques – introduction du concept de *dignité humaine.* Les problèmes éthiques ainsi posés par les âges extrêmes de la vie (l'avortement ; puis, quelques décennies plus tard, l'euthanasie) devaient dès lors constituer des facteurs d'opposition indépassables entre deux visions du monde, deux anthropologies au fond radicalement antagonistes.

L'agnosticisme de principe de la République française devait faciliter le triomphe hypocrite, progressif, et même légèrement sournois, de l'anthropologie matérialiste. Jamais ouvertement évoqués, les problèmes de *valeur* de la vie humaine n'en continuèrent pas moins à faire leur chemin dans les esprits ; on peut sans nul doute affirmer qu'ils contribuèrent pour une part, au cours des ultimes décennies de la civilisation occidentale, à l'établissement d'un climat général dépressif, voire masochiste.

Pour Bruno, qui venait d'avoir dix-huit ans, l'été 1974 fut une période importante, et même cruciale. Ayant entrepris, bien des années plus tard, de consulter un psychiatre, il devait y revenir à de nombreuses reprises, modifiant tel ou tel détail – le psychiatre, en fait, semblait apprécier énormément ce récit. Voici la version canonique qu'aimait à en donner Bruno :

« Cela s'est passé vers la fin du mois de juillet. J'étais parti une semaine chez ma mère sur la Côte. Il y avait toujours du passage, beaucoup de monde. Cet été-là, elle faisait l'amour avec un Canadien – un jeune type très costaud, un vrai physique de bûcheron. Le matin de mon départ, je me suis réveillé très tôt. Le soleil était déjà chaud. Je suis entré dans leur chambre, ils dormaient tous les deux. J'ai hésité quelques secondes, puis j'ai tiré le drap. Ma mère a bougé, j'ai cru un instant que ses yeux allaient s'ouvrir ; ses cuisses se sont légèrement écartées. Je me suis agenouillé devant sa vulve. J'ai approché ma main à quelques centimètres, mais je n'ai pas osé la toucher. Je suis ressorti pour me branler. Elle recueillait de nombreux chats, tous plus ou moins sauvages. Je me suis approché d'un jeune chat noir qui se chauffait sur une pierre. Le sol autour de la maison était cailouteux, très blanc, d'un blanc impitoyable. Le chat m'a regardé à plusieurs reprises pendant que je me branlais, mais il a fermé les yeux avant que j'éjacule. Je me suis baissé, j'ai ramassé une grosse pierre. Le crâne du chat a éclaté, un peu de cervelle a giclé autour. J'ai recouvert le cadavre de pierres, puis je suis rentré dans la maison ; personne n'était encore réveillé. Dans la matinée ma mère m'a conduit chez mon père, c'était à une cinquantaine de kilomètres. Dans la voiture, pour la première fois, elle m'a parlé de di Meola. Lui aussi avait quitté la Californie, quatre ans auparavant ; il avait acheté une grande propriété près d'Avignon, sur les pentes du Ventoux. L'été il recevait des jeunes qui venaient de tous les pays d'Europe, et également d'Amérique du Nord. Elle pensait que je pourrais y aller un été, que ça m'ouvrirait des horizons. L'enseignement de di Meola était surtout centré sur la tradition brahmanique, mais, selon elle, sans fanatisme ni exclusive. Il tenait également compte des acquis de la cybernétique, de la PNL et des techniques de déprogrammation mises au point à Esalen. Il s'agissait avant tout de libérer l'individu, son potentiel créatif profond. "Nous n'utilisons que 10 % de nos neurones."

"En plus, ajouta Jane (ils traversaient alors une forêt de pins), là-bas, tu pourras rencontrer des jeunes de ton âge. Pendant ton séjour avec nous, on a tous eu l'impression que tu avais des difficultés sur le plan sexuel." La manière occidentale de vivre la sexualité, ajouta-t-elle, était complètement déviée et pervertie. Dans beaucoup de sociétés primitives l'initiation se faisait naturellement, au début de l'adolescence, sous le contrôle des adultes de la tribu. "Je suis ta mère" précisa-t-elle encore. Elle s'abstint d'ajouter qu'elle avait elle-même initié David, le fils de di Meola, en 1963. David avait alors treize ans. La première après-midi, elle s'était dévêtue devant lui avant de l'encourager dans sa masturbation. La seconde après-midi, elle l'avait elle-même masturbé et sucé. Enfin, le troisième jour, il avait pu la pénétrer. C'était pour Jane un très agréable souvenir ; la bite du jeune garçon était rigide et semblait indéfiniment disponible dans sa rigidité, même après plusieurs éjaculations ; c'est sans doute à partir de ce moment qu'elle s'était définitivement tournée vers les hommes jeunes. "Cependant, ajouta-t-elle, l'initiation se fait toujours en dehors du système familial direct. C'est indispensable pour permettre l'ouverture au monde." Bruno sursauta, se demanda si elle s'était effectivement réveillée ce même matin, au moment où il plongeait son regard dans sa vulve. La remarque de sa mère, cependant, n'avait rien de très surprenant ; le tabou de l'inceste est déjà attesté chez les oies cendrées et les mandrills. La voiture approchait de Sainte-Maxime.

« En arrivant chez mon père, poursuivait Bruno, je me suis rendu compte qu'il n'allait pas très bien. Cet été-là, il n'avait pu prendre que deux semaines de vacances. Je n'en avais pas conscience à l'époque mais il avait des problèmes d'argent, pour la première fois ses affaires commençaient à tourner mal. Plus tard, il m'a tout raconté. Il avait complètement raté le marché émergent des seins siliconés. Pour lui c'était une mode passagère, qui ne dépasserait pas le marché américain. C'était évidemment idiot. Il n'y a aucun exemple qu'une mode venue des États-Unis n'ait pas réussi à submerger l'Europe occidentale quelques années plus tard ; aucun. Un de ses jeunes associés avait saisi l'opportunité, s'était installé à son compte et lui avait pris une grande part de sa clientèle en utilisant les seins siliconés comme produit d'appel. »

Au moment de cette confession le père de Bruno avait soixante-dix ans, et devait prochainement succomber à une attaque de cirrhose. « L'histoire se répète, ajoutait-il sombrement en faisant tinter les glaçons dans son verre. Ce con de Poncet (il s'agissait du jeune chirurgien plein d'élan qui, vingt ans auparavant, avait été à l'origine de sa ruine), ce con de Poncet vient de refuser d'investir dans l'allongement des bites. Il trouve que ça fait charcuterie, il ne pense pas que le marché masculin va suivre en Europe. Le con. Aussi con que moi à l'époque. Si j'avais trente ans aujourd'hui, ah oui je me lancerais dans l'allongement des bites ! » Ce message délivré il retombait en général dans une rêverie obscure, à la limite de la somnolence. La conversation piétinait un peu, forcément, à cet âge.

En ce mois de juillet 1974, le père de Bruno n'en était encore qu'au tout premier stade de sa déchéance. Il s'enfermait l'après-midi dans sa chambre avec une pile de San-Antonio et une bouteille de bourbon. Il ressortait vers sept heures, préparait un plat cuisiné d'une main tremblante. Il n'avait pas tout à fait renoncé à parler à son fils mais il n'y arrivait pas, il n'y arrivait vraiment pas. Au bout de deux jours, l'atmosphère devint réellement oppressante. Bruno se mit à sortir, des après-midi entières ; il allait tout bêtement à la plage.

Le psychiatre appréciait moins la partie suivante du récit, mais Bruno y tenait beaucoup, il n'avait aucune envie de la passer sous silence. Après tout ce connard était là pour écouter, c'était un employé, non ?

« Elle était seule, poursuivait donc Bruno, elle était seule toutes les après-midi sur la plage. Une pauvre petite gosse de riches, comme moi ; elle avait dix-sept ans. Elle était vraiment boulotte, un petit tas avec un visage timide, une peau trop blanche et des boutons. Le quatrième après-midi, juste la veille de mon départ en fait, j'ai pris ma serviette et je me suis assis à côté d'elle. Elle était allongée sur le ventre, elle avait dégrafé le soutien-gorge de son maillot. La seule chose que j'ai trouvé à dire, je me souviens, c'est : "Tu es en vacances ?" Elle a levé les yeux : elle ne s'attendait sûrement pas à un truc brillant, peut-être quand même pas à quelque chose de si con. Ensuite on a échangé nos prénoms, elle s'appelait Annick. À un moment donné il a fallu qu'elle se relève, et je me demandais : est-ce qu'elle allait essayer de réagrafer le soutien-gorge par-der-rière ? est-ce qu'elle allait au contraire se relever en me montrant ses seins ? Elle a fait quelque chose d'inter-médiaire : elle s'est retournée en tenant à moitié les bouts du soutien-gorge. Dans la position finale les bon-nets étaient un peu de travers, ils ne la recouvraient qu'à moitié. Elle avait vraiment une grosse poitrine, même déjà un peu flasque, ça a dû terriblement s'aggra-ver par la suite. Je me suis dit qu'elle avait beaucoup de courage. J'ai approché ma main et je l'ai passée sous le bonnet, découvrant le sein au fur et à mesure. Elle n'a pas bougé mais elle s'est un peu raidie, elle a fermé les yeux. J'ai continué à passer ma main, ses mamelons étaient durs. Ça reste un des plus beaux moments de ma vie.

Ensuite, c'est devenu plus difficile. Je l'ai emmenée chez moi, on est tout de suite montés dans ma chambre. J'avais peur que mon père la voie ; c'est quand même un homme qui avait eu de très belles femmes, dans sa vie. Mais il dormait, en fait cette après-midi-là il était complètement ivre, il ne s'est réveillé qu'à dix heures du soir. Bizarrement, elle n'a pas accepté que je lui retire son slip. Elle ne l'avait jamais fait, m'a-t-elle dit ; elle n'avait jamais rien fait avec un garçon, à vrai dire. Mais elle m'a branlé sans hésitation, avec beaucoup d'enthousiasme ; je me souviens qu'elle souriait. Ensuite, j'ai approché ma bite de sa bouche ; elle a tété quelques petits coups, mais elle n'a pas tellement aimé. Je n'ai pas insisté, je me suis mis à califourchon sur elle. Quand j'ai serré mon sexe entre ses seins j'ai senti qu'elle était vraiment heureuse, elle a poussé un petit gémissement. Ça m'a terriblement excité, je me suis relevé et j'ai fait glisser son slip. Cette fois elle n'a pas protesté, elle a même relevé les jambes pour m'aider. Ce n'était vraiment pas une jolie fille, mais sa chatte était attirante, aussi attirante que celle de n'importe quelle femme. Elle avait fermé les yeux. Au moment où j'ai glissé mes mains sous ses fesses, elle a complètement écarté les cuisses. Ça m'a fait un tel effet que j'ai éjaculé aussitôt, avant même d'avoir pu entrer en elle. Il y avait un peu de sperme sur ses poils pubiens. J'étais terriblement désolé, mais elle m'a dit que ça ne faisait rien, qu'elle était contente.

Nous n'avons pas tellement eu le temps de parler, il était déjà huit heures, elle devait rentrer tout de suite chez ses parents. Elle m'a dit, je ne sais trop pourquoi, qu'elle était fille unique. Elle avait l'air tellement heureuse, tellement fière d'avoir une raison d'être en retard pour le dîner que j'ai failli me mettre à pleurer. On s'est embrassés très longuement dans le jardin devant la maison. Le lendemain matin, je suis reparti à Paris. »

À l'issue de ce mini-récit, Bruno marquait un temps d'arrêt. Le thérapeute s'ébrouait avec discrétion, puis disait en général : « Bien. » Suivant l'horaire écoulé il prononçait une phrase de redémarrage, ou se contentait d'ajouter : « On en reste là pour aujourd'hui ? », montant légèrement sur le *finale* pour marquer une nuance d'interrogation. Son sourire à ces mots était d'une légèreté exquise.

13

Ce même été 1974, Annabelle se laissa embrasser par un garçon dans une discothèque de Saint-Palais. Elle venait de lire dans *Stéphanie* un dossier sur l'amitié garçons-filles. Abordant la question de *l'ami d'enfance*, le magazine développait une thèse particulièrement répugnante : il était extrêmement rare que l'ami d'enfance se transforme en *petit ami* ; son destin naturel était bien plutôt de devenir un copain, un *copain fidèle* ;

il pouvait même souvent servir de confident et de soutien lors des troubles émotionnels provoqués par les premiers *flirts*.

Dans les secondes qui suivirent ce premier baiser, et malgré les assertions du périodique, Annabelle se sentit atrocement triste. Quelque chose de douloureux et de nouveau emplissait rapidement sa poitrine. Elle sortit du *Kathmandou*, refusant que le garçon la suive. Elle tremblait légèrement en détachant l'antivol de sa mobylette. Ce soir-là elle avait mis sa plus jolie robe. La maison de son frère n'était qu'à un kilomètre, il était à peine plus de onze heures quand elle arriva, il y avait encore de la lumière dans le salon ; en apercevant la lumière, elle se mit à pleurer. Ce fut en ces circonstances, une nuit de juillet 1974, qu'Annabelle accéda à la conscience douloureuse et définitive de son *existence individuelle*. D'abord révélée à l'animal sous la forme de la douleur physique, l'existence individuelle n'accède dans les sociétés humaines à la pleine conscience d'elle-même que par l'intermédiaire du *mensonge*, avec lequel elle peut en pratique se confondre. Jusqu'à l'âge de seize ans, Annabelle n'avait pas eu de secrets pour ses parents ; elle n'avait pas eu non plus – et cela avait été, elle s'en rendait compte à présent, quelque chose de rare et de précieux – de secrets pour Michel. En quelques heures cette nuit-là Annabelle prit conscience que la vie des hommes était une succession ininterrompue de mensonges. Par la même occasion, elle prit conscience de sa beauté.

L'existence individuelle, le sentiment de liberté qui en découle constituent le fondement naturel de la *démocratie*. En régime démocratique, les relations entre individus sont classiquement réglées par la forme du *contrat*. Tout contrat outrepassant les droits naturels d'un des cocontractants, ou non assorti de clauses claires de révocation, est par le fait même réputé nul.

S'il évoquait volontiers et dans le détail son été 1974, Bruno se montrait peu loquace sur l'année scolaire qui s'ensuivit ; elle ne lui laissait à vrai dire que le souvenir d'une gêne grandissante. Un segment temporel indéfini, mais d'une tonalité un peu glauque. Il voyait toujours aussi souvent Annabelle et Michel, en principe ils étaient très proches ; cependant ils allaient passer le bac, inévitablement la fin de l'année scolaire allait les séparer. Michel avait changé : il écoutait Jimi Hendrix et se roulait sur la moquette, c'était très intense ; longtemps après tous les autres, il commençait à donner des signes évidents *d'adolescence*. Annabelle et lui semblaient gênés, ils se prenaient moins facilement la main. En bref, et comme Bruno le résuma une fois à l'intention de son psychiatre, « tout se barrait en couille ».

Depuis son histoire avec Annick, qu'il avait tendance à enjoliver dans son souvenir (il avait d'ailleurs prudemment évité de la rappeler), Bruno se sentait un peu plus sûr de lui. Cette première conquête n'avait pourtant nullement été relayée par d'autres, et il se fit brutalement rembarrer lorsqu'il tenta d'embrasser Sylvie, une jolie brune très *minette* qui était dans la même classe qu'Annabelle. Cependant une fille avait voulu de lui, il pouvait y en avoir d'autres ; et il commença à éprouver un vague sentiment de protection à l'égard de Michel. Après tout c'était son frère, et il était son aîné de deux ans. « Tu dois faire quelque chose avec Annabelle, répétait-il ; elle n'attend que ça, elle est amoureuse de toi et c'est la plus belle fille du lycée. » Michel se tortillait sur sa chaise, répondait : « Oui. » Les semaines passaient. Il hésitait visiblement au bord de l'âge adulte. Embrasser Annabelle aurait pourtant été, pour eux deux, le seul moyen d'échapper à ce passage ; mais il n'en avait pas conscience ; il se laissait bercer par un fallacieux sentiment d'éternité. Au mois d'avril, il fit l'indignation de ses professeurs en négligeant de remplir un dossier d'inscription en classes préparatoires. Il était pourtant évident qu'il avait, plus que tout autre, de très bonnes chances d'intégrer une grande école. Le bac était dans un mois et demi, et il donnait de plus en plus l'impression de flotter. À travers les fenêtres grillagées de la salle de cours il regardait les nuages, les arbres du préau, les autres élèves ; plus aucun événement humain ne semblait en mesure de le toucher vraiment.

Bruno, pour sa part, avait décidé de s'inscrire en fac de lettres : il commençait à en avoir marre des développements de Taylor – Maclaurin, et surtout en fac de lettres il y avait des filles, beaucoup de filles. Son père ne souleva aucune objection. Comme tous les vieux libertins il devenait sentimental sur le tard, et se reprochait amèrement d'avoir gâché la vie de son fils par son égoïsme ; ce n'était d'ailleurs pas entièrement faux. Début mai il se sépara de Julie, sa dernière maîtresse, une femme splendide pourtant ; elle s'appelait Julie Lamour, mais son nom de scène était Julia Love. Elle tournait dans les premiers pornos à la française, les films aujourd'hui oubliés de Burd Tranbaree ou de Francis Leroi. Elle ressemblait un peu à Janine, mais en beaucoup plus con. « Je suis damné... Je suis damné... » se répéta le père de Bruno lorsqu'il prit conscience de la ressemblance en retombant sur une photo de jeunesse de son ex-femme. Lors d'un dîner chez Bénazéraf sa maîtresse avait rencontré Deleuze, et depuis elle se lançait régulièrement dans des justifications intellectuelles du porno, ce n'était plus supportable. En plus elle lui coûtait cher, elle s'était habituée sur les tournages aux Rolls de location, aux manteaux de fourrure, à toute cette quincaillerie érotique qui, l'âge venant, lui devenait de plus en plus pénible. Fin 74, il avait dû vendre la maison de Sainte-Maxime. Quelques mois plus tard, il acheta un studio pour son fils près des jardins de l'Observatoire : un très beau studio, clair, calme, sans vis-à-vis. En le faisant visiter à Bruno il n'avait nullement l'impression de lui faire un cadeau exceptionnel, mais plutôt d'essayer, dans la mesure du possible, de *réparer* ; et de toute façon c'était visiblement une bonne affaire. En balayant l'espace du regard, cependant, il s'anima un peu. « Tu pourras recevoir des filles ! » lâcha-t-il par inadvertance. En voyant le visage de son fils, il le regretta aussitôt.

Michel s'inscrivit finalement à la fac d'Orsay, en section maths-physique ; il avait surtout été séduit par la proximité d'une cité universitaire : c'est comme ça qu'il raisonnait. Sans surprise, ils obtinrent tous deux leur bac. Annabelle les accompagnait le jour des résultats, son visage était grave, en un an elle avait beaucoup mûri. Légèrement amincie, avec un sourire plus intérieur, elle était malheureusement encore plus belle. Bruno décida de prendre une initiative : il n'y avait plus de maison de vacances à Sainte-Maxime, mais il pouvait aller dans la propriété de di Meola, comme le lui avait proposé sa mère ; il proposa aux deux autres de l'accompagner. Ils partirent un mois plus tard, à la fin du mois de juillet.

14

L'été 75

> « *Leurs œuvres ne leur permettent pas de revenir à leur Dieu,*
> *Parce que l'esprit de prostitution est au milieu d'eux*
> *Et parce qu'ils ne connaissent pas l'Éternel.* »
>
> (Osée, 5, 4)

Ce fut un homme affaibli, malade qui les accueillit à la sortie du bus de Carpentras. Fils d'un anarchiste italien émigré aux États-Unis dans les années vingt, Francesco di Meola avait sans nul doute *réussi sa vie*, sur le plan financier s'entend. Comme Serge Clément, le jeune Italien avait compris au sortir de la Seconde Guerre mondiale qu'on entrait dans un monde radicalement nouveau, et que des activités longtemps considérées comme élitistes ou marginales allaient prendre un poids économique considérable. Alors que le père de Bruno investissait dans la chirurgie esthétique, di Meola s'était lancé dans la production de disques ; certains gagnèrent beaucoup plus d'argent que lui, c'est certain, mais il réussit quand même à ramasser une jolie part du gâteau. La quarantaine venue, il eut comme beaucoup de Californiens l'intuition d'une vague nouvelle, bien plus profonde qu'un simple mouvement de mode, appelée à balayer l'ensemble de la civilisation occidentale ; c'est ainsi que, dans sa villa de Big Sur, il put s'entretenir avec Allan Watts, Paul Tillich, Carlos Castaneda, Abraham Maslow et Carl Rogers. Un peu plus tard il eut même le privilège de rencontrer Aldous Huxley, le véritable père spirituel du mouvement. Vieilli et presque aveugle, Huxley ne lui accorda qu'une attention restreinte ; cette rencontre, cependant, devait lui laisser une impression décisive.

Les raisons qui le poussèrent en 1970 à quitter la Californie pour acheter une propriété en Haute-Provence n'étaient pas très claires à ses propres yeux. Plus tard, presque sur la fin, il en vint à se dire qu'il avait souhaité, pour d'obscures raisons, *mourir en Europe* ; mais sur le moment il n'eut conscience que de motivations plus superficielles. Le mouvement de mai 1968 l'avait impressionné, et au moment où la vague hippie commença à refluer en Californie il se dit qu'il y avait peut-être quelque chose à faire avec la jeunesse européenne. Jane l'encourageait dans cette voie. La jeunesse française en particulier était coincée, étouffée par le carcan paternaliste du gaullisme ; mais selon elle il suffirait d'une étincelle pour tout embraser. Depuis quelques années le plus grand plaisir de Francesco était de fumer des cigarettes de marijuana avec de très jeunes filles attirées par l'aura spirituelle du mouvement ; puis de les baiser, au milieu des mandalas et des odeurs d'encens. Les filles qui débarquaient à Big Sur étaient en général de petites connes protestantes ; au moins la moitié d'entre elles étaient vierges. Vers la fin des années soixante, le flux commença à se tarir. Il se dit alors qu'il était peut-être temps de rentrer en Europe ; il trouvait lui-même bizarre d'y songer en ces termes, alors qu'il avait quitté l'Italie à peine âgé de cinq ans. Son père n'avait pas seulement été un militant révolutionnaire, mais aussi un homme cultivé, amoureux du beau langage, un esthète. Cela avait dû laisser des traces en lui, probablement. Au fond, il avait toujours un peu considéré les Américains comme des cons.

Il était encore très bel homme, avec un visage ciselé et mat, de longs cheveux blancs, ondulés et épais ; pourtant à l'intérieur de son corps les cellules se mettaient à proliférer n'importe comment, à détruire le code génétique des cellules avoisinantes, à sécréter des toxines. Les spécialistes qu'il avait consultés se contredisaient sur pas mal de points, sauf sur celui-ci, essentiel : il allait bientôt mourir. Son cancer était inopérable, il continuerait inéluctablement à développer ses métastases. La plupart des praticiens penchaient pour une agonie paisible, et même, avec quelques médicaments, exempte jusqu'à la fin de souffrances physiques ; de fait, jusqu'à présent, il ne ressentait qu'une grande fatigue générale. Cependant, il n'acceptait pas ; il n'avait même pas réussi à imaginer l'acceptation. Pour l'Occidental contemporain, même lorsqu'il est bien portant, la pensée de la mort constitue une sorte de *bruit de fond* qui vient emplir son cerveau dès que les projets et les désirs s'estompent. L'âge venant, la présence de ce bruit se fait de plus en plus envahissante ; on peut le comparer à un ronflement sourd, parfois accompagné d'un grincement. À d'autres époques, le bruit de fond était constitué par l'attente du royaume du Seigneur ; aujourd'hui, il est constitué par l'attente de la mort. C'est ainsi.

Huxley, il s'en souviendrait toujours, avait paru indifférent à la perspective de sa propre mort ; mais il était peut-être simplement abruti, ou drogué. Di Meola avait lu Platon, la Bhagavad-Gita et le Tao-te-King ; aucun de ces livres ne lui avait apporté le moindre apaisement. Il avait à peine soixante ans, et pourtant il était en train de mourir, tous les symptômes étaient là, on ne pouvait s'y tromper. Il commençait même à se désintéresser du sexe, et ce fut en quelque sorte distraitement qu'il prit note de la beauté d'Annabelle. Quant aux garçons, il ne les remarqua même pas. Depuis longtemps il vivait entouré de jeunes, et c'est peut-être par habitude qu'il avait manifesté une vague curiosité à l'idée de rencontrer les fils de Jane ; au fond, de toute évidence, il s'en foutait complètement. Il les déposa au milieu de la propriété, leur indiquant qu'ils pouvaient planter leur tente n'importe où ; il avait envie de se coucher, de préférence sans rencontrer personne. Physiquement, il représentait encore à merveille le type de l'homme avisé et sensuel, au regard pétillant d'ironie, voire de sagesse ; certaines filles particulièrement sottes avaient même jugé son visage lumineux et bienveillant. Il ne ressentait en lui-même aucune bienveillance, et de plus il avait l'impression d'être un comédien de valeur moyenne : comment tout le monde avait-il pu s'y laisser prendre ? Décidément, se disait-il parfois avec une certaine tristesse, ces jeunes à la recherche de nouvelles valeurs spirituelles étaient vraiment des cons.

Dans les secondes qui suivirent leur descente de la jeep, Bruno comprit qu'il avait commis une erreur. Le domaine descendait en pente douce vers le Sud, légèrement vallonné, il y avait des arbustes et des fleurs. Une cascade plongeait dans un trou d'eau, vert et calme ; juste à côté, étendue sur une pierre plate, nue, une femme se faisait sécher au soleil, cependant qu'une autre se savonnait avant de plonger. Plus près d'eux, agenouillé sur une natte, un grand type barbu méditait ou dormait. Lui aussi était nu, et très bronzé ; ses longs cheveux d'un blond pâle se détachaient de manière frappante sur sa peau brune ; il ressemblait vaguement à Kris Kristofferson. Bruno se sentait découragé ; à quoi d'autre, au juste, avait-il pu s'attendre ? Il était peut-être encore temps de repartir, à condition de le faire tout de suite. Il jeta un coup d'œil sur ses compagnons : avec un calme surprenant, Annabelle commençait à déplier sa tente ; assis sur une souche, Michel jouait avec la cordelette de fermeture de son sac à dos ; il avait l'air complètement absent.

L'eau s'écoule le long de la ligne de moindre pente. Déterminé dans son principe et presque dans chacun de ses actes, le comportement humain n'admet que des bifurcations peu nombreuses, et ces bifurcations sont elles-mêmes peu suivies. En 1950, Francesco di Meola avait eu un fils d'une actrice italienne – une actrice de second plan, qui ne devait jamais dépasser les rôles d'esclave égyptienne, parvenant – ce fut le sommet de sa carrière – à obtenir deux répliques dans *Quo vadis ?* Ils prénommèrent leur fils David. À l'âge de quinze ans, David rêvait de devenir *rock star*. Il n'était pas le seul. Beaucoup plus riches que les PDG et les banquiers, les *rock stars* n'en conservaient pas moins une image de rebelles. Jeunes, beaux, célèbres, désirés par toutes les femmes et enviés par tous les hommes, les *rock stars* constituaient le sommet absolu de la hiérarchie sociale. Rien dans l'histoire humaine, depuis la divinisation des pharaons dans l'ancienne Égypte, ne pouvait se comparer au culte que la jeunesse européenne et américaine vouait aux *rock stars*. Physiquement, David avait tout pour parvenir à ses fins : il était d'une beauté totale, à la fois animale et diabolique ; un visage viril, mais pourtant aux traits extrêmement purs ; de longs cheveux noirs très épais, légèrement bouclés ; de grands yeux d'un bleu profond.

Grâce aux relations de son père, David put enregistrer un premier 45 tours dès l'âge de dix-sept ans ; ce fut un échec total. Il faut dire qu'il sortait la même année que *Sgt Peppers*, *Days of Future Passed*, et tant d'autres. Jimi Hendrix, les Rolling Stones, les Doors étaient au sommet de leur production ; Neil Young commençait à enregistrer, et on comptait encore beaucoup sur Brian Wilson. Il n'y avait pas de place, en ces années-là, pour un bassiste honorable mais peu inventif. David s'obstina, changea quatre fois de groupe, essaya différentes formules ; trois ans après le départ de son père, il décida lui aussi de tenter sa chance en Europe. Il trouva facilement un engagement dans un club sur la Côte, cela n'était pas un problème ; des nanas l'attendaient chaque soir dans sa loge, cela n'était pas un problème non plus. Mais personne, dans aucune maison de disques, ne prêta la moindre attention à ses démos.

Lorsque David rencontra Annabelle, il avait déjà eu plus de cinq cents femmes ; pourtant, il n'avait pas le souvenir d'une telle perfection plastique. Annabelle de son côté fut attirée par lui, comme l'avaient été toutes les autres. Elle résista plusieurs jours, et ne céda qu'une semaine après leur arrivée. Ils étaient une trentaine à danser, cela se passait à l'arrière de la maison, la nuit était étoilée et douce. Annabelle portait une jupe blanche et un tee-shirt court sur lequel était dessiné un soleil. David dansait très près d'elle, la faisait parfois tourner dans une passe de rock. Ils dansaient sans fatigue, depuis plus d'une heure, sur un rythme de tambourin tantôt rapide, tantôt lent. Bruno se tenait immobile contre un arbre, le cœur serré, vigilant, en état d'éveil. Tantôt Michel apparaissait à la lisière du cercle lumineux, tantôt il disparaissait dans la nuit. Tout à coup il fut là, à cinq mètres à peine. Bruno vit Annabelle quitter les danseurs pour venir se planter devant lui, il l'entendit nettement demander : « Tu ne danses pas ? » ; son visage à ce moment était très triste. Michel eut pour décliner l'invitation un geste d'une incroyable lenteur, comme en aurait eu un animal préhistorique récemment rappelé à la vie. Annabelle demeura immobile devant lui pendant cinq à dix secondes, puis se retourna et rejoignit le groupe. David la prit par la taille et l'attira fermement contre lui. Elle posa la main sur ses épaules. Bruno regarda à nouveau Michel ; il eut l'impression qu'un sourire flottait sur son visage ; il baissa les yeux. Quand il les releva, Michel avait disparu. Annabelle était dans les bras de David ; leurs lèvres étaient proches.

Allongé sous sa tente, Michel attendit l'aurore. Vers la fin de la nuit éclata un orage très violent, il fut surpris de constater qu'il avait un peu peur. Puis le ciel s'apaisa, il se mit à tomber une pluie régulière et lente. Les gouttes frappaient la toile de tente avec un bruit mat, à quelques centimètres de son visage, mais il était à l'abri de leur contact. Il eut soudain le pressentiment que sa vie entière ressemblerait à ce moment. Il traverserait les émotions humaines, parfois il en serait très proche ; d'autres connaîtraient le bonheur, ou le désespoir ; rien de tout cela ne pourrait jamais exactement le concerner ni l'atteindre. À plusieurs reprises dans la soirée, Annabelle avait jeté des regards dans sa direction tout en dansant. Il avait souhaité bouger, mais il n'avait pas pu ; il avait eu la sensation très nette de s'enfoncer dans une eau glacée. Tout, pourtant, était excessivement calme. Il se sentait séparé du monde par quelques centimètres de vide, formant autour de lui comme une carapace ou une armure.

15

Le lendemain matin, la tente de Michel était vide. Toutes ses affaires avaient disparu, mais il avait laissé un mot qui indiquait simplement : « NE VOUS INQUIÉTEZ PAS. »

Bruno repartit une semaine plus tard. En montant dans le train il se rendit compte qu'au cours de ce séjour il n'avait pas essayé de draguer, ni même, sur la fin, de parler à qui que ce soit.

Vers la fin du mois d'août, Annabelle s'aperçut qu'elle avait un retard de règles. Elle se dit que c'était mieux ainsi. Il n'y eut aucun problème : le père de David connaissait un médecin, un militant du Planning familial, qui opérait à Marseille. C'était un type d'une trentaine d'années, enthousiaste, avec une petite moustache rousse, qui s'appelait Laurent. Il tenait à ce qu'elle l'appelle par son prénom : Laurent. Il lui montra les différents instruments, lui expliqua les mécanismes de l'aspiration et du curetage. Il tenait à établir un dialogue démocratique avec ses clientes, qu'il considérait plutôt comme des copines. Depuis le début il soutenait la lutte des femmes, et selon lui il restait encore beaucoup à faire. L'opération fut fixée au lendemain ; les frais seraient pris en charge par le Planning familial.

Annabelle rentra dans sa chambre d'hôtel à bout de nerfs. Le lendemain elle avorterait, elle dormirait encore une nuit à l'hôtel, puis elle rentrerait chez elle ; c'est ce qu'elle avait décidé. Toutes les nuits depuis trois semaines elle avait rejoint David sous sa tente. La première fois elle avait eu un peu mal, mais ensuite elle avait éprouvé du plaisir, beaucoup de plaisir ; elle ne soupçonnait même pas que le plaisir sexuel puisse être si intense. Pourtant, elle n'éprouvait aucune affection pour ce type ; elle savait qu'il la remplacerait très vite, c'était même probablement ce qu'il était en train de faire.

Ce même soir, lors d'un dîner entre amis, Laurent évoqua avec enthousiasme le cas d'Annabelle. C'était pour des filles comme elle qu'ils avaient lutté, indiqua-t-il ; pour éviter qu'une fille d'à peine dix-sept ans (« et en plus jolie », faillit-il ajouter) ne voie sa vie gâchée par une aventure de vacances.

Annabelle appréhendait énormément son retour à Crécy-en-Brie, mais en fait il ne se passa rien. On était le 4 septembre ; ses parents la félicitèrent pour son bronzage. Ils lui apprirent que Michel était parti, qu'il occupait déjà sa chambre à la résidence universitaire de Bures-sur-Yvette ; ils ne se doutaient manifestement de rien. Elle se rendit chez la grand-mère de Michel. La vieille dame semblait fatiguée, mais elle lui fit bon accueil, et lui donna sans difficultés l'adresse de son petit-fils. Elle avait trouvé un peu bizarre que Michel rentre avant les autres, oui ; elle avait également trouvé bizarre qu'il parte s'installer un mois avant la rentrée universitaire ; mais Michel *était* un garçon bizarre.

Au milieu de la grande barbarie naturelle, les êtres humains ont parfois (rarement) pu créer de petites places chaudes irradiées par l'amour. De petits espaces clos, réservés, où régnaient l'intersubjectivité et l'amour.

Les deux semaines suivantes, Annabelle les consacra à écrire à Michel. Ce fut difficile, elle dut raturer et recommencer à de nombreuses reprises. Terminée, la lettre faisait quarante pages ; pour la première fois, c'était vraiment une *lettre d'amour*. Elle la posta le 17 septembre, le jour de la rentrée au lycée ; puis elle attendit.

La faculté d'Orsay – Paris XI est la seule université en région parisienne réellement conçue selon le modèle américain du *campus*. Plusieurs résidences disséminées dans un parc accueillent les étudiants du premier au troisième cycle. Orsay n'est pas seulement un lieu d'enseignement, mais également un centre de recherches de très haut niveau en physique des particules élémentaires.

Michel habitait une chambre d'angle, au quatrième et dernier étage du bâtiment 233 ; il s'y trouva tout de suite très bien. Il y avait un petit lit, un bureau, des étagères pour ses livres. Sa fenêtre donnait sur une pelouse qui descendait jusqu'à la rivière ; en se penchant un peu, tout à fait à droite, on pouvait distinguer la masse de béton de l'accélérateur de particules. En cette saison, un mois avant la rentrée, la résidence était presque vide ; il n'y avait que quelques étudiants africains – pour lesquels le problème était surtout de se loger en août, où les bâtiments fermaient totalement. Michel échangeait quelques mots avec la gardienne ; dans la journée, il marchait le long de la rivière. Il ne se doutait pas encore qu'il allait rester dans cette résidence pendant plus de huit ans.

Un matin, vers onze heures, il s'allongea dans l'herbe, au milieu des arbres indifférents. Il s'étonnait de souffrir autant. Profondément éloignée des catégories chrétiennes de la rédemption et de la grâce, étrangère à la notion même de liberté et de pardon, sa vision du monde en acquérait quelque chose de mécanique et d'impitoyable. Les conditions initiales étant données, pensait-il, le réseau des interactions initiales étant paramétré, les événements se développent dans un espace désenchanté et vide ; leur déterminisme est inéluctable. Ce qui s'était produit devait se produire, il ne pouvait en être autrement ; personne ne pouvait en être tenu pour responsable. La nuit Michel rêvait d'espaces abstraits, recouverts de neige ; son corps emmaillotté de bandages dérivait sous un ciel bas, entre des usines sidérurgiques. Le jour il croisait quelquefois un des Africains, un petit Malien à la peau grise ; ils échangeaient un signe de tête. Le restaurant universitaire n'était pas encore ouvert ; il achetait des boîtes de thon au Continent de Courcelles-sur-Yvette, puis il regagnait la résidence. Le soir tombait. Il marchait dans des couloirs vides.

Vers la mi-octobre Annabelle lui écrivit une seconde lettre, plus brève que la précédente. Entre-temps elle avait téléphoné à Bruno, qui n'avait pas non plus de nouvelles : il savait juste que Michel téléphonait régulièrement à sa grand-mère, mais qu'il ne reviendrait probablement pas la voir avant Noël.

Un soir de novembre, en sortant d'un TD d'analyse, Michel trouva un message dans son casier à la résidence universitaire. Le message était ainsi libellé : « Rappelle ta tante Marie-Thérèse. URGENT. » Cela faisait deux ans qu'il n'avait pas beaucoup vu sa tante Marie-Thérèse, ni sa cousine Brigitte. Il rappela aussitôt. Sa grand-mère avait eu une nouvelle attaque, on avait dû l'hospitaliser à Meaux. C'était grave, et même probablement très grave. L'aorte était faible, le cœur risquait de lâcher.

Il traversa Meaux à pied, longea le lycée ; il était à peu près dix heures. Au même moment, dans une salle de cours, Annabelle étudiait un texte d'Épicure – penseur lumineux, modéré, grec, et pour tout dire un peu emmerdant. Le ciel était sombre, les eaux de la Marne tumultueuses et sales. Il trouva sans difficulté le complexe hospitalier Saint-Antoine – un bâtiment ultramoderne, tout en verre et en acier, qui avait été inauguré l'année précédente. Sa tante Marie-Thérèse et sa cousine Brigitte l'attendaient sur le palier du septième étage ; elles avaient visiblement pleuré. « Je sais pas s'il faut que tu la voies... » dit Marie-Thérèse. Il ne releva pas. Ce qui devait être vécu, il allait le vivre.

C'était une chambre d'observation intensive, où sa grand-mère était seule. Le drap, d'une blancheur extrême, laissait à découvert ses bras et ses épaules ; il lui fut difficile de détacher son regard de cette chair dénudée, ridée, blanchâtre, terriblement vieille. Ses bras perfusés étaient attachés au bord du lit par des sangles. Un tuyau cannelé pénétrait dans sa gorge. Des fils passaient sous le drap, reliés à des appareils enregistreurs. Ils lui avaient enlevé sa chemise de nuit ; ils ne l'avaient pas laissée refaire son chignon, comme chaque matin depuis des années. Avec ses longs cheveux gris dénoués, ce n'était plus tout à fait sa grand-mère ; c'était une pauvre créature de chair, à la fois très jeune et très vieille, maintenant abandonnée entre les mains de la médecine. Michel lui prit la main ; il n'y avait que sa main qu'il parvienne tout à fait à reconnaître. Il lui prenait souvent la main, il le faisait encore tout récemment, à dix-sept ans passés. Ses yeux ne s'ouvrirent pas ; mais peut-être, malgré tout, est-ce qu'elle reconnaissait son contact. Il ne serrait pas très fort, il prenait simplement sa main dans la sienne, comme il le faisait auparavant ; il espérait beaucoup qu'elle reconnaisse son contact.

Cette femme avait eu une enfance atroce, avec les travaux de la ferme dès l'âge de sept ans, au milieu de semi-brutes alcooliques. Son adolescence avait été trop brève pour qu'elle en garde un réel souvenir. Après la mort de son mari elle avait travaillé en usine tout en élevant ses quatre enfants ; en plein hiver, elle avait été chercher de l'eau dans la cour pour la toilette de la famille. À plus de soixante ans, depuis peu en retraite, elle avait accepté de s'occuper à nouveau d'un enfant jeune – le fils de son fils. Lui non plus n'avait manqué de rien – ni de vêtements propres, ni de bons repas le dimanche midi, ni d'amour. Tout cela, dans sa vie, elle l'avait fait. Un examen un tant soit peu exhaustif de l'humanité doit nécessairement prendre en compte ce type de phénomènes. De tels êtres humains, historiquement, ont existé. Des êtres humains qui travaillaient toute leur vie, et qui travaillaient dur, uniquement par dévouement et par amour ; qui donnaient littéralement leur vie aux autres dans un esprit de dévouement et d'amour ; qui n'avaient cependant nullement l'impression de se sacrifier ; qui n'envisageaient en réalité d'autre manière de vivre que de donner leur vie aux autres dans un esprit de dévouement et d'amour. En pratique, ces êtres humains étaient généralement des femmes.

Michel demeura dans la salle environ un quart d'heure, tenant la main de sa grand-mère dans la sienne ; puis un interne vint le prévenir qu'il risquait prochainement de gêner. Il y avait peut-être quelque chose à faire ; pas une opération, non, ça c'était impossible ; mais peut-être quand même, quelque chose, en somme rien n'était perdu.

Le trajet de retour se déroula sans un mot ; Marie-Thérèse conduisait machinalement la Renault 16. Ils mangèrent sans beaucoup parler non plus, évoquant de temps à autre un souvenir. Marie-Thérèse les servait, elle avait besoin de s'agiter ; de temps en temps elle s'arrêtait, pleurait un petit peu, puis retournait vers la cuisinière.

Annabelle avait assisté au départ de l'ambulance, puis au retour de la Renault 16. Vers une heure du matin elle se leva et s'habilla, ses parents dormaient déjà ; elle marcha jusqu'à la grille du pavillon de

Michel. Toutes les lumières étaient allumées, ils étaient probablement dans le salon ; mais à travers les rideaux il était impossible de distinguer quoi que ce soit. Il tombait à ce moment une pluie fine. Dix minutes environ s'écoulèrent. Annabelle savait qu'elle pouvait sonner à la porte, et voir Michel ; elle pouvait aussi, finalement, ne rien faire. Elle ne savait pas exactement qu'elle était en train de vivre l'expérience concrète de la *liberté* ; en tout cas c'était parfaitement atroce, et elle ne devait jamais plus tout à fait être la même, après ces dix minutes. Bien des années plus tard, Michel devait proposer une brève théorie de la liberté humaine sur la base d'une analogie avec le comportement de l'hélium superfluide. Phénomènes atomiques discrets, les échanges d'électrons entre les neurones et les synapses à l'intérieur du cerveau sont en principe soumis à l'imprévisibilité quantique ; le grand nombre de neurones fait cependant, par annulation statistique des différences élémentaires, que le comportement humain est – dans ses grandes lignes comme dans ses détails – aussi rigoureusement déterminé que celui de tout autre système naturel. Pourtant, dans certaines circonstances, extrêmement rares – les chrétiens parlaient *d'opération de la grâce* – une onde de cohérence nouvelle surgit et se propage à l'intérieur du cerveau ; un comportement nouveau apparaît, de manière temporaire ou définitive, régi par un système entièrement différent d'oscillateurs harmoniques ; on observe alors ce qu'il est convenu d'appeler un *acte libre*.

Rien de tel ne se produisit cette nuit-là, et Annabelle rentra dans la maison de son père. Elle se sentait sensiblement plus vieille. Il devait s'écouler près de vingt-cinq ans avant qu'elle ne revoie Michel.

Le téléphone sonna vers trois heures ; l'infirmière semblait sincèrement désolée. On avait, réellement, fait tout ce qui était possible ; mais au fond pratiquement rien n'était possible. Le cœur était trop vieux, voilà tout.

Au moins elle n'avait pas souffert, ça on pouvait le dire. Mais, il fallait le dire aussi, c'était fini.

Michel se dirigea vers sa chambre, il faisait de tout petits pas, vingt centimètres tout au plus. Brigitte voulut se lever, Marie-Thérèse l'arrêta d'un geste. Il se passa environ deux minutes, puis on entendit, venant de la chambre, une sorte de miaulement ou de hurlement. Cette fois, Brigitte se précipita. Michel était enroulé sur lui-même au pied du lit. Ses yeux étaient légèrement exorbités. Son visage ne reflétait rien qui ressemble au chagrin, ni à aucun autre sentiment humain. Son visage était plein d'une terreur animale et abjecte.

DEUXIÈME PARTIE

LES MOMENTS ÉTRANGES

1

Bruno perdit le contrôle de son véhicule peu après Poitiers. La Peugeot 305 dérapa sur la moitié de la chaussée, heurta légèrement la glissière de sécurité et s'immobilisa après un tête-à-queue. « Bordel de merde ! jura-t-il sourdement, bordel de Dieu ! » Une Jaguar qui arrivait à 220 km/h freina brutalement, faillit elle-même percuter l'autre glissière de sécurité et repartit dans un hurlement de klaxons. Bruno sortit et tendit le poing dans sa direction. « Pédé ! hurla-t-il, putain de pédé ! » Puis il fit demi-tour et poursuivit sa route.

Le Lieu du Changement a été créé en 1975 par un groupe d'anciens soixante-huitards (à vrai dire aucun d'entre eux n'avait fait quoi que ce soit en 68 ; disons qu'ils avaient l'*esprit* soixante-huitard) sur un vaste terrain planté de pins, appartenant aux parents de l'un d'entre eux, un peu au sud de Cholet. Le projet, fortement empreint des idéaux libertaires en vogue au début des années soixante-dix, consistait à mettre en place une utopie concrète, c'est-à-dire un lieu où l'on s'efforcerait, « ici et maintenant », de vivre selon les principes de l'autogestion, du respect de la liberté individuelle et de la démocratie directe. Cependant, le Lieu n'était pas une nouvelle communauté ; il s'agissait – plus modestement – de créer un lieu de vacances, c'est-à-dire un lieu où les sympathisants de cette démarche auraient l'occasion, pendant les mois d'été, de se confronter concrètement à l'application des principes proposés ; il s'agissait aussi de provoquer des synergies, des rencon-

tres créatrices, le tout dans un esprit humaniste et répu-
blicain ; il s'agissait enfin, selon les termes d'un des
fondateurs, de « baiser un bon coup ».

Bruno quitta l'autoroute à la sortie de Cholet-Sud et
parcourut une dizaine de kilomètres sur une route
côtière. Le plan n'était pas clair et il avait trop chaud.
C'est presque par hasard, lui sembla-t-il, qu'il aperçut
le panneau. En lettres multicolores sur fond blanc,
celui-ci annonçait : « LIEU DU CHANGEMENT » ; en dessous, sur un panneau en contre-plaqué plus petit, était
calligraphié en lettres rouges ce qui semblait être la
devise de l'endroit : « *La liberté des autres étend la
mienne à l'infini* » (Michel Bakounine). Sur la droite,
un chemin devait conduire à la mer ; deux adolescentes
traînaient un canard en plastique. Elles n'avaient rien
en dessous de leur tee-shirt, les salopes. Bruno les suivit
des yeux ; il avait mal à la bite. Les tee-shirts mouillés,
se disait-il sombrement, c'est quand même quelque
chose. Puis elles obliquèrent : visiblement, elles allaient
au camping d'à côté.

Il gara sa 305 et se dirigea vers une petite guérite en
planches surmontée d'un panneau « BIENVENUE ». À
l'intérieur, une femme d'une soixantaine d'années était
assise en tailleur. Ses seins maigres et ridés dépassaient
faiblement d'une tunique en cotonnade ; Bruno avait
de la peine pour elle. Elle sourit avec une bienveillance
un peu figée. « Bienvenue au Lieu » dit-elle finalement.
Puis elle sourit à nouveau, largement ; était-elle idiote ?
« Tu as ton bulletin de réservation ? » Bruno sortit les
papiers de son baisenville en skaï. « C'est parfait » articula la radasse, toujours avec son sourire de demeurée.

La circulation des véhicules était interdite dans le
camping ; il décida de procéder en deux temps. D'abord
chercher un emplacement pour monter sa tente, ensuite
prendre ses affaires. Juste avant de partir il avait acheté
une tente igloo à La Samaritaine (fabriquée en Chine
populaire, 2 à 3 places, 449 F).

La première chose qu'aperçut Bruno, débouchant dans la prairie, fut la pyramide. Vingt mètres de base, une hauteur de vingt mètres : la chose était parfaitement équilatère. Toutes les parois étaient en verre, divisées en panneaux par un quadrillage de bois sombre. Certains panneaux réverbéraient vivement les rayons du soleil à son déclin ; d'autres laissaient apercevoir la structure interne : des paliers et des cloisons, également de bois sombre. L'ensemble voulait évoquer un arbre, et y parvenait assez bien – le tronc étant figuré par un grand cylindre qui traversait la pyramide, et devait abriter l'escalier central. Des gens sortaient du bâtiment, seuls ou par petits groupes ; les uns habillés, les autres nus. Dans le soleil couchant, qui faisait scintiller les herbes, tout cela évoquait un film d'anticipation. Bruno considéra la scène pendant deux à trois minutes ; puis il reprit sa tente sous le bras et entreprit l'ascension de la première colline.

Le domaine était constitué de plusieurs collines boisées, au sol recouvert d'aiguilles de pin, entrecoupées par des clairières ; des sanitaires collectifs étaient disséminés çà et là ; les emplacements de camping n'étaient pas délimités. Bruno transpirait légèrement, il avait des gaz ; à l'évidence, son repas sur le restoroute avait été trop copieux. Il avait du mal à penser clairement ; pourtant, il s'en rendait compte, le choix de l'emplacement pouvait constituer un élément décisif dans la réussite de son séjour.

C'est à ce moment de ses réflexions qu'il aperçut un fil, tendu entre deux arbres. Des petites culottes achevaient d'y sécher, doucement agitées par la brise du soir. C'était peut-être une idée, se dit-il ; entre voisins, on fait connaissance dans un camping ; pas forcément pour baiser, mais on fait connaissance, c'est un démarrage possible. Il posa sa tente et commença à étudier la notice de montage. La traduction française était déplorable, la traduction anglaise ne valait guère mieux ; pour les autres langues européennes ça devait être pareil. Salopards de chinetoques. Mais que pouvait vouloir dire « enversez les semi-rigides afin de concrétiser le dôme » ?

Il fixait les schémas avec un désespoir grandissant lorsqu'une sorte de squaw apparut à sa droite, vêtue d'une minijupe en peau, ses gros seins pendouillant dans le crépuscule. « Tu viens d'arriver ? articula l'apparition, tu as besoin d'aide pour monter ta tente ? – Ça va aller... répondit-il d'une voix étranglée, ça va aller, merci. C'est sympa... » ajouta-t-il dans un souffle. Il flairait le piège. En effet, quelques secondes plus tard, des hurlements s'élevèrent du wigwam contigu (où avaient-ils pu acheter ce truc ? l'avaient-ils fabriqué eux-mêmes ?). La squaw se précipita et ressortit avec deux moutards minuscules, un sur chaque hanche, qu'elle se mit à balancer mollement. Les hurlements redoublèrent. Le mâle de la squaw arriva en trottinant, bite au vent. C'était un barbu assez costaud, d'une cinquantaine d'années, aux longs cheveux gris. Il prit un des petits singes dans ses bras et commença à lui faire des papouilles ; c'était répugnant. Bruno s'écarta de quelques mètres ; il avait eu chaud. Avec des monstres pareils, c'était la nuit blanche assurée. Elle allaitait, la vachasse, c'était clair ; beaux seins tout de même.

Bruno marcha quelques mètres en oblique, s'éloignant sournoisement du wigwam ; il ne souhaitait pas trop, cependant, s'écarter des petites culottes. C'étaient des objets délicats, tout en dentelles et en transparences ; il n'imaginait pas qu'elles pussent appartenir à la squaw. Il dénicha un emplacement entre deux Canadiennes (des cousines ? des sœurs ? des copines de lycée ?) et se mit au travail.

Lorsqu'il eut terminé, la nuit était presque tombée. Il descendit chercher ses valises dans le soir finissant. Il croisa plusieurs personnes sur le chemin : des couples, des personnes seules ; pas mal de femmes seules, dans la quarantaine. Régulièrement, des écriteaux

« RESPECT MUTUEL » étaient cloués aux arbres ; il s'approcha de l'un d'eux. Sous l'écriteau, une petite coupelle était
remplie à ras bord de préservatifs aux normes NF. En
dessous, une poubelle en plastique blanc. Il appuya sur la
pédale, braqua sa lampe de poche : il y avait surtout des
boîtes de bière, mais aussi quelques préservatifs usagés.
C'est rassurant, se dit Bruno ; les choses ont l'air de
tourner, ici.

La remontée fut pénible ; ses valises lui sciaient les
mains, il avait le souffle coupé ; il dut s'arrêter à mi-
pente. Quelques humains circulaient dans le camping,
les rayons de leurs lampes de poche se croisaient dans
la nuit. Plus loin c'était la route côtière, la circulation
était encore dense ; il y avait une soirée seins nus au
Dynasty, sur la route de Saint-Clément, mais il ne se
sentait plus la force d'y aller, ni d'aller où que ce soit.
Bruno demeura ainsi environ une demi-heure. Je
regarde les phares entre les arbres, se disait-il ; et voilà
ma vie.

De retour à sa tente il se servit un whisky et se branla
doucement en feuilletant *Swing Magazine*, « le droit au
plaisir » ; il avait acheté le dernier numéro dans un
relais-détente près d'Angers. Il n'envisageait pas réellement de répondre à ces différentes annonces ; il ne se
sentait pas à la hauteur pour un *gang bang* ou une douche de sperme. Les femmes qui acceptaient de rencontrer des hommes seuls préféraient généralement les
blacks, et de toute façon exigeaient des mensurations
minimales qu'il était loin d'atteindre. Numéro après
numéro, il devait s'y résigner : pour réellement parvenir
à s'infiltrer dans le réseau porno, il avait une trop petite
queue.

Pourtant, plus généralement, il n'était pas mécontent
de son physique. Les implants capillaires avaient bien
pris, il était tombé sur un praticien compétent. Il allait
régulièrement au Gymnase Club, et franchement, pour
un homme de quarante-deux ans, il ne se trouvait pas
si mal. Il se servit un deuxième whisky, éjacula sur le
magazine et s'endormit presque apaisé.

2

Treize heures de vol

Très vite, le Lieu du Changement se trouva confronté à un problème de vieillissement. Les idéaux fondateurs de sa démarche paraissaient datés aux jeunes gens des années quatre-vingt. Mis à part les ateliers de théâtre spontané et de massage californien, le Lieu était au fond surtout un camping ; du point de vue confort de l'hébergement ou qualité de la restauration, il ne pouvait rivaliser avec les centres de vacances institutionnels. En outre, une certaine culture anarchiste propre à l'endroit rendait difficile un contrôle précis des accès et des paiements ; l'équilibre financier, précaire dès le début, devint donc de plus en plus difficile à trouver.

Une première mesure, adoptée à l'unanimité par les fondateurs, consista à établir des tarifs nettement préférentiels pour les jeunes ; elle s'avéra insuffisante. C'est au début de l'exercice 1984, au cours de l'assemblée générale annuelle, que Frédéric Le Dantec proposa la mutation qui devait assurer la prospérité de l'endroit. L'entreprise – telle était son analyse – était le nouvel espace d'aventure des années quatre-vingt. Tous, ils avaient acquis une expérience précieuse dans les techniques et thérapies issues de la psychologie humaniste (*gestalt*, *rebirth*, *do in*, marche sur les braises, analyse transactionnelle, méditation zen, PNL...) Pourquoi ne pas réinvestir ces compétences dans l'élaboration d'un programme de stages résidentiels à destination des entreprises ? Après un débat houleux, le projet fut adopté. C'est alors qu'on entreprit la construction de la pyramide, ainsi que d'une cinquantaine de bungalows, au confort limité mais acceptable, destinés à recevoir les stagiaires. Dans le même temps, un mailing intensif mais ciblé fut adressé aux directeurs des ressources humaines de différentes grandes firmes. Certains fondateurs, aux options politiques marquées très à gauche, vécurent mal cette transition. Une brève lutte de pouvoir interne eut lieu, et l'association loi 1901 qui gérait l'endroit fut dissoute pour être remplacée par une SARL dont Frédéric Le Dantec était le principal actionnaire. Après tout ses parents étaient propriétaires du terrain, et le Crédit mutuel du Maine-et-Loire semblait disposé à soutenir le projet.

Cinq ans plus tard, le Lieu avait réussi à se constituer un joli catalogue de références (BNP, IBM, ministère du Budget, RATP, Bouygues...) Des stages inter ou intra-entreprises étaient organisés tout au long de l'année, et l'activité « lieu de vacances », conservée surtout par nostalgie, ne représentait plus que 5 % du chiffre d'affaires annuel.

Bruno se réveilla avec un fort mal de crâne et sans illusions excessives. Il avait entendu parler de l'endroit par une secrétaire qui revenait d'un stage « Développement personnel – pensée positive » à cinq mille francs la journée. Il avait demandé la brochure pour les vacances d'été : sympa, associatif, libertaire, il voyait le genre. Cependant, une note statistique en bas de page avait retenu son attention : l'été dernier, en juillet-août, le Lieu avait reçu 63 % de femmes. Pratiquement deux femmes pour un mec ; c'était un ratio exceptionnel. Il avait tout de suite décidé de mettre une semaine en juillet, pour voir ; d'autant qu'en choisissant l'option camping c'était moins cher que le Club Med, ou même l'UCPA. Évidemment, il devinait le genre de femmes : d'ex-gauchistes flippées, probablement séropositives. Mais bon, deux femmes pour un mec, il avait sa chance ; en se démerdant bien, il pourrait même en tirer deux.

Sexuellement, son année avait bien démarré. L'arrivée des filles des pays de l'Est avait fait chuter les prix, on trouvait maintenant sans problème une relaxation personnalisée à 200 francs, contre 400 quelques mois plus tôt. Malheureusement en avril il avait eu de grosses réparations sur sa voiture, et en plus il était en tort. La banque avait commencé à le serrer, il avait dû restreindre.

Il se souleva sur un coude et se servit un premier whisky. Le *Swing Magazine* était toujours ouvert à la même page ; un type qui avait gardé ses socquettes tendait son sexe vers l'objectif avec un effort visible : il s'appelait Hervé.

Pas mon truc, se répéta Bruno, pas mon truc. Il enfila un caleçon avant de se diriger vers le bloc de sanitaires. Après tout, se disait-il avec espoir, la squaw d'hier, par exemple, était relativement baisable. Des gros seins un peu flasques, c'était même l'idéal pour une bonne branlette espagnole ; et ça faisait trois ans qu'il n'en avait pas eu. Pourtant, il était friand de branlettes espagnoles ; mais les putes, en général, n'aiment pas ça. Est-ce que ça les énerve de recevoir le sperme sur le visage ? Est-ce que ça demande plus de temps et d'investissement personnel que la pipe ? Toujours est-il que la prestation apparaissait atypique ; la branlette espagnole n'était en général pas facturée, et donc pas prévue, et donc difficile à obtenir. Pour les filles, c'était plutôt un truc privé. Seulement le privé, voilà. Plus d'une fois Bruno, en quête en réalité d'une branlette espagnole, avait dû se rabattre sur une branlette simple, voire une pipe. Parfois réussie, d'ailleurs ; il n'empêche, l'offre était structurellement insuffisante en matière de branlettes espagnoles, voilà ce que pensait Bruno.

À ce point de ses réflexions, il parvint à l'espace corps n° 8. Plus ou moins résigné à l'idée de croiser des vieilles peaux, il eut un choc atroce en découvrant les adolescentes. Elles étaient quatre, entre quinze et dix-sept ans, près des douches, juste en face de la rangée de lavabos. Deux d'entre elles attendaient en slip de bain ; les deux autres s'ébattaient comme des ablettes, bavardaient, se lançaient de l'eau, poussaient des petits cris : elles étaient entièrement nues. Le spectacle était d'une grâce et d'un érotisme sans nom ; il n'avait pas mérité cela. Il bandait dans son caleçon ; il sortit son sexe d'une main et se colla contre le support du lavabo, essayant de passer ses bâtonnets dentaires. Il se piqua une gencive, ressortit un bâtonnet sanglant de sa bouche. Le bout de son sexe était chaud, gonflé, parcouru de fourmillements effroyables ; une goutte commençait à se former.

Une des filles, une brune gracile, sortit de l'eau et attrapa une serviette-éponge ; elle tapota ses jeunes seins avec satisfaction. Une petite rousse fit glisser son slip et la remplaça sous la douche ; les poils de sa chatte étaient d'un blond doré. Bruno poussa un gémissement léger, fut parcouru d'un vertige. Mentalement, il se voyait bouger. Il avait le droit d'enlever son caleçon, d'aller attendre près des douches. Il avait le droit d'attendre pour prendre une douche. Il se voyait bandant devant elles ; il s'imaginait prononçant une phrase du style : « L'eau est chaude ? » Les deux douches étaient séparées par un espace de cinquante centimètres ; s'il prenait une douche près de la petite rousse, peut-être est-ce qu'accidentellement elle lui frôlerait la bite. À cette pensée, il fut pris d'un vertige plus prononcé ; il se cramponna à la faïence du lavabo. Au même instant, deux adolescents déboulèrent sur la droite en poussant des rires excessivement bruyants ; ils étaient vêtus de shorts noirs striés de bandes fluo. Bruno débanda aussitôt, rangea son sexe dans son caleçon et se concentra sur ses soins dentaires.

Plus tard, encore sous le choc de la rencontre, il descendit vers les tables du petit déjeuner. Il s'installa à l'écart et n'engagea la conversation avec personne ; en mastiquant ses céréales vitaminées il songeait au vampirisme de la quête sexuelle, à son aspect faustien. C'est tout à fait faussement, pensait par exemple Bruno, qu'on parle d'homosexuels. Lui-même n'avait jamais, ou pratiquement jamais, rencontré d'homosexuels ; par contre, il connaissait de nombreux *pédérastes*. Certains pédérastes – heureusement peu nombreux – préfèrent les petits garçons ; ceux-là finissent en prison, avec des peines de sûreté incompressibles, et on n'en parle plus. La plupart des pédérastes, cependant, préfèrent les jeunes gens entre quinze et vingt-cinq ans ; au-delà il n'y a plus, pour eux, que de vieux culs flapis. Observez deux vieilles pédales entre elles, aimait à dire Bruno, observez-les avec attention : parfois il y a une sympathie, voire une affection mutuelle ; mais est-ce qu'elles se désirent ? en aucun cas. Dès qu'un petit cul rond de quinze – vingt-cinq ans vient à passer, elles se déchirent comme deux vieilles panthères sur le retour, elles se déchirent pour posséder ce petit cul rond ; voilà ce que pensait Bruno.

Comme en bien d'autres cas, les prétendus homosexuels avaient joué un rôle de modèle pour le reste de la société, pensait encore Bruno. Lui-même, par exemple, avait quarante-deux ans ; désirait-il pour autant les femmes de son âge ? En aucune façon. Par contre, pour une petite chatte enrobée dans une minijupe, il se sentait encore prêt à aller jusqu'au bout du monde. Enfin, du moins jusqu'à Bangkok. Treize heures de vol tout de même.

3

Le désir sexuel se porte essentiellement sur les corps jeunes, et l'investissement progressif du champ de la séduction par les très jeunes filles ne fut au fond qu'un retour à la normale, un retour à la vérité du désir analogue à ce retour à la vérité des prix qui suit une surchauffe boursière anormale. Il n'empêche que les femmes qui avaient eu vingt ans aux alentours des « années 1968 » se trouvèrent, la quarantaine venue, dans une fâcheuse situation. Généralement divorcées, elles ne pouvaient guère compter sur cette conjugalité – chaleureuse ou abjecte – dont elles avaient tout fait pour accélérer la disparition. Faisant partie d'une génération qui – la première à un tel degré – avait proclamé la supériorité de la jeunesse sur l'âge mûr, elles ne pouvaient guère s'étonner d'être à leur tour méprisées par la génération appelée à les remplacer. Enfin, le culte du corps qu'elles avaient puissamment contribué à constituer ne pouvait, à mesure de l'affaissement de leurs chairs, que les amener à éprouver pour elles-mêmes un dégoût de plus en plus vif – dégoût d'ailleurs analogue à celui qu'elles pouvaient lire dans le regard d'autrui.

Les hommes de leur âge se trouvaient *grosso modo* dans la même situation ; mais cette communauté de destin ne devait engendrer nulle solidarité entre ces êtres : la quarantaine venue, les hommes continuèrent dans leur ensemble à rechercher des femmes jeunes – et parfois avec un certain succès, du moins pour ceux qui, se glissant avec habileté dans le jeu social, étaient parvenus à une certaine position intellectuelle, financière ou médiatique ; pour les femmes, dans la quasi-totalité des cas, les années de la maturité furent celles de l'échec, de la masturbation et de la honte.

Lieu privilégié de liberté sexuelle et d'expression du désir, le Lieu du Changement devait naturellement, plus que tout autre, devenir un lieu de dépression et d'amertume. Adieu les membres humains s'entrelaçant dans la clairière, sous la pleine lune ! Adieu les célébrations quasi dionysiaques des corps recouverts d'huile, sous le soleil de midi ! Ainsi radotaient les quadragénaires, observant leurs bites flapies et leurs bourrelets adipeux.

C'est en 1987 que les premiers ateliers d'inspiration semi-religieuse firent leur apparition au Lieu. Naturellement, le christianisme restait exclu ; mais une mystique exotique suffisamment floue pouvait – pour ces êtres d'esprit au fond assez faible – s'harmoniser avec le culte du corps qu'ils continuaient contre toute raison à prôner. Les ateliers de massage sensitif ou de libération de l'orgone, bien entendu, persistèrent ; mais on eut le spectacle d'un intérêt de plus en plus vif pour l'astrologie, le tarot égyptien, la méditation sur les chakras, les énergies subtiles. Des « rencontres avec l'Ange » eurent lieu ; on apprit à ressentir la vibration des cristaux. Le chamanisme sibérien fit une entrée remarquée en 1991, où le séjour initiatique prolongé dans une *sweat lodge* alimentée par les braises sacrées eut pour résultat la mort d'un des participants par arrêt cardiaque. Le tantra – qui unissait frottage sexuel, spiritualité diffuse et égoïsme profond – connut un succès particulièrement vif. En quelques années le Lieu – comme tant d'autres lieux en France ou en Europe occidentale – devint en somme un centre *New Age* relativement couru, tout en conservant un cachet hédoniste et libertaire plutôt « années soixante-dix » qui assurait sa singularité sur le marché.

Après le petit déjeuner Bruno retourna à sa tente, hésita à se masturber (le souvenir des adolescentes restait vif), finalement s'abstint. Ces affolantes jeunes filles devaient constituer le fruit des soixante-huitardes qu'on croisait, en rangs plus serrés, dans le périmètre du camping. Certaines de ces vieilles putes avaient donc, malgré tout, réussi à se reproduire. Le fait plongea Bruno dans des méditations floues, mais déplaisantes. Il ouvrit brutalement la fermeture éclair de sa tente-igloo ; le ciel était bleu. De petits nuages flottaient, comme des éclaboussures de sperme, entre les pins ; la journée serait radieuse. Il consulta le programme de sa semaine : il avait pris l'option numéro 1, *Créativité et relaxation*. Pour la matinée il avait le choix entre trois ateliers : mime et psychodrame, aquarelle, écriture douce. Psychodrame non merci, il avait déjà donné, un week-end dans un château près de Chantilly : des assistantes en sociologie quinquagénaires se roulaient sur des tapis de gym en réclamant des nounours à leur papa ; il valait mieux éviter ça. L'aquarelle était tentante, mais devait se dérouler en extérieur : s'accroupir dans les aiguilles de pin, avec les insectes et tous les problèmes, pour produire des croûtes, était-ce la chose à faire ?

L'animatrice de l'atelier d'écriture avait de longs cheveux noirs, une grande bouche soulignée de carmin (de ce type qu'on appelle communément « bouche à pipes ») ; elle portait une tunique et un pantalon fuseau noirs. Belle femme, de la classe. Une vieille pute quand même, songea Bruno en s'accroupissant, un peu n'importe où, dans le vague cercle délimité par les participants. À sa droite une grosse femme aux cheveux gris, aux lunettes épaisses, au teint atrocement terreux, soufflait avec bruit. Elle puait le vin ; il n'était pourtant que dix heures et demie.

« Pour saluer notre présence commune, démarra l'animatrice, pour saluer la Terre et les cinq directions, nous allons commencer l'atelier par un mouvement de hatha-yoga qu'on appelle la *salutation au soleil.* » Suivit la description d'une posture incompréhensible ; la pocharde à ses côtés émit un premier rot. « Tu es fatiguée, Jacqueline... commenta la yogini ; ne fais pas l'exercice, si tu ne le sens pas. Allonge-toi, le groupe va te rejoindre un peu plus tard. »

En effet il fallut s'allonger, pendant que l'institutrice karmique débitait un discours lénifiant et creux, façon Contrexéville : « Vous entrez dans une eau merveilleuse et pure. Cette eau baigne vos membres, votre ventre. Vous remerciez votre mère la Terre. Vous vous collez avec confiance contre votre mère la Terre. Sentez votre désir. Vous vous remerciez vous-même de vous être donné ce désir », etc. Allongé sur le tatami crasseux, Bruno sentait ses dents vibrer d'agacement ; la pocharde à ses côtés rotait avec régularité. Entre deux rots elle expirait avec de grands « Haaah !... » censés matérialiser son état de décontraction. La pouffiasse

karmique continuait son sketch, évoquant les forces tel-
luriques qui irradient le ventre et le sexe. Après avoir
parcouru les quatre éléments, satisfaite de sa prestation, elle conclut par ces phrases : « Maintenant, vous
avez franchi la barrière du mental rationnel ; vous avez
établi le contact avec vos plans profonds. Je vous
demande de vous ouvrir sur l'espace illimité de la création. – Poil au fion ! » songea rageusement Bruno en se
relevant à grand-peine. La *séquence d'écriture* eut lieu,
suivie d'une présentation générale et d'une lecture des
textes. Il y avait une seule nana potable dans cet atelier :
une petite rousse en jean et tee-shirt, pas mal roulée,
répondant au prénom d'Emma et auteur d'un poème
parfaitement niais où il était question de moutons lunai-
res. En général tous suintaient de gratitude et de la joie
du contact retrouvé, notre mère la Terre et notre père
le Soleil, bref. Le tour de Bruno vint. D'une voix morne,
il lut son court texte :

> *Les taxis, c'est bien des pédés*
> *Ils s'arrêtent pas, on peut crever.*

« C'est ce que tu ressens... fit la yogini. C'est ce que
tu ressens, parce que tu n'as pas dépassé tes mauvaises
énergies. Je te sens chargé de plans profonds. Nous
pouvons t'aider, ici et maintenant. Nous allons nous
lever et nous recentrer sur le groupe. »
Ils se remirent sur leurs pieds, formèrent un cercle
en se prenant par la main. À contrecœur Bruno attrapa
la main de la pocharde sur sa droite, sur sa gauche celle
d'un dégoûtant vieux barbu qui ressemblait à Cavanna.
Concentrée, calme cependant, l'institutrice yogique
poussa un « *ôm !* » prolongé. Et c'était reparti, tous se
mirent à pousser des « *ôm !* » comme s'ils n'avaient fait
que ça toute leur vie. Courageusement, Bruno tentait
de s'intégrer au rythme sonore de la démonstration
lorsqu'il se sentit soudain déséquilibré sur la droite.
La pocharde, hypnotisée, était en train de s'effondrer

comme une masse. Il lâcha sa main, ne put cependant éviter la chute et se retrouva à genoux devant la vieille garce, étalée sur le dos, qui gigotait sur le tatami. La yogini s'interrompit un instant pour constater avec calme : « Oui, Jacqueline, tu as raison de t'allonger si tu le sens. » Ces deux-là avaient l'air de bien se connaître.

La seconde séquence d'écriture se déroula un peu mieux ; inspiré par une vision fugitive de la matinée, Bruno parvint à produire le poème suivant :

> *Je bronze ma queue*
> *(Poil à la queue !)*
> *À la piscine*
> *(Poil à la pine !)*

> *Je retrouve Dieu*
> *Au solarium,*
> *Il a de beaux yeux,*
> *Il mange des pommes.*

> *Où il habite ?*
> *(Poil à la bite !)*
> *Au paradis*
> *(Poil au zizi !)*

« Il y a beaucoup d'humour... commenta la yogini avec une légère réprobation. – Une mystique... hasarda la roteuse. Plutôt une mystique en creux... » Qu'allait-il devenir ? Jusqu'à quand est-ce qu'il allait supporter ça ? Est-ce que ça en valait la peine ? Bruno s'interrogeait réellement. L'atelier terminé il se précipita vers sa tente sans même tenter d'engager la conversation avec la petite rousse ; il avait besoin d'un whisky avant le déjeuner. Arrivant à proximité de son emplacement il tomba sur une des adolescentes qu'il avait matées à la douche ;

d'un geste gracieux, qui faisait remonter ses seins, elle décrochait les petites culottes en dentelle qu'elle avait mises à sécher la veille. Il se sentait prêt à exploser dans l'atmosphère et à se répandre en filaments graisseux sur le camping. Qu'est-ce qui avait changé, exactement, depuis sa propre adolescence ? Il avait les mêmes désirs, avec la conscience qu'il ne pourrait probablement pas les satisfaire. Dans un monde qui ne respecte que la jeunesse, les êtres sont peu à peu *dévorés*. Pour le déjeuner, il repéra une catholique. Ce n'était pas difficile, elle portait une grande croix en fer autour du cou ; en outre elle avait ces paupières gonflées par en dessous, donnant de la profondeur au regard, qui signalent souvent la catholique, voire la mystique (parfois aussi, il est vrai, l'alcoolique). Longs cheveux noirs, peau très blanche, un peu maigre mais pas mal. En face d'elle était assise une fille aux cheveux blond-roux, genre suisse-californienne : au moins un mètre quatre-vingts, corps parfait, impression de santé effroyable. C'était la responsable de l'atelier tantra. En réalité elle était née à Créteil et s'appelait Brigitte Martin. En Californie, elle s'était fait refaire les seins et initier aux mystiques orientales ; elle avait en outre changé de prénom. De retour à Créteil elle animait pendant l'année un atelier tantra aux Flanades sous le nom de Shanti Martin ; la catholique semblait l'admirer énormément. Au début Bruno put prendre part à la conversation, qui roulait sur la diététique naturelle – il s'était documenté sur les germes de blé. Mais très vite on bascula vers des sujets religieux, et là il ne pouvait plus suivre. Pouvait-on assimiler Jésus à Krishna, ou sinon à quoi ? Fallait-il préférer Rintintin à Rusty ? Quoique catholique, la catholique n'aimait pas le pape ; avec son mental moyenâgeux, Jean-Paul II freinait l'évolution spirituelle de l'Occident, telle était sa thèse. « C'est vrai, acquiesça Bruno, c'est un gogol. » L'expression, peu connue, lui valut un surcroît d'intérêt des deux autres.

« Et le dalaï-lama sait faire bouger ses oreilles... » conclut-il tristement en finissant son steak de soja.

Avec entrain, la catholique se leva sans prendre de café. Elle ne voulait pas être en retard à son atelier de développement personnel, *Les règles du oui-oui*. « Ah oui, le oui-oui c'est super ! » entonna la Suissesse avec chaleur en se levant à son tour. « Merci pour cet échange... » fit la catholique en tournant la tête de son côté avec un joli sourire. Allons, il ne s'en était pas trop mal tiré. « Parler avec ces pétasses, songeait Bruno en retraversant le camping, c'est comme pisser dans un urinoir rempli de mégots ; ou encore c'est comme chier dans une chiotte remplie de serviettes hygiéniques : les choses ne rentrent pas, et elles se mettent à puer. » L'espace sépare les peaux. La parole traverse élastiquement l'espace, l'espace entre les peaux. Non perçus, dépourvus d'écho, comme bêtement suspendus dans l'atmosphère, ses mots se mettaient à pourrir et à puer, c'était une chose indiscutable. Mise en relation, la parole peut également séparer.

À la piscine, il s'installa sur un transat. Les adolescentes se trémoussaient bêtement dans le but de se faire jeter à l'eau par les garçons. Le soleil était à son zénith ; des corps luisants et nus se croisaient autour de la surface bleue. Sans en tenir compte, Bruno se plongea dans *Les Six Compagnons et l'Homme au gant*, probablement le chef-d'œuvre de Paul-Jacques Bonzon, récemment réédité en Bibliothèque verte. Sous le soleil à peine tolérable, il était agréable de se retrouver dans les brumes lyonnaises, dans la présence rassurante du brave chien Kapi.

Le programme de l'après-midi lui laissait le choix entre *sensitive gestaltmassage*, libération de la voix et *rebirth* en eau chaude. À priori, le massage avait l'air le plus *hot*. Il eut un aperçu de la libération de la voix en remontant vers l'atelier de massage : ils étaient une dizaine, très excités, qui sautaient partout sous la conduite de la tantriste en glapissant comme des dindons effarés.

Au sommet de la colline, les tables à tréteaux, recouvertes de draps de bain, formaient un large cercle. Les participants étaient nus. Au centre du cercle, l'animateur de l'atelier, un petit brun qui louchait légèrement, entama un bref historique du *sensitive gestaltmassage* : né des travaux de Fritz Perls sur le *gestaltmassage* ou « massage californien », il avait progressivement intégré certains acquis du sensitif jusqu'à devenir – c'était du moins son avis – la méthode de massage la plus complète. Il savait que certains au Lieu ne partageaient pas ce point de vue, mais il ne souhaitait pas entrer dans la polémique. Quoi qu'il en soit – et il conclurait là-dessus – il y avait massage et massage ; on pouvait même dire, à la limite, qu'il n'y avait pas deux massages identiques. Ces préambules posés, il entama la démonstration, faisant s'allonger une des participantes. « Sentir les tensions de sa partenaire... » fit-il observer en lui caressant les épaules ; sa bite se balançait à quelques centimètres des longs cheveux blonds de la fille. « Unifier, toujours unifier... » poursuivit-il en versant de l'huile sur ses seins. « Respecter l'intégrité du schéma corporel... » : ses mains descendaient sur le ventre, la fille avait fermé les yeux et écartait les cuisses avec un plaisir visible.

« Voilà, conclut-il, vous allez maintenant travailler à deux. Circulez, rencontrez-vous dans l'espace ; prenez le temps de vous rencontrer. » Hypnotisé par la scène précédente Bruno réagit avec retard, alors que c'est là que tout se jouait. Il s'agissait de s'approcher tranquillement de la partenaire convoitée, de s'arrêter devant elle en souriant et de lui demander avec calme : « Tu veux travailler avec moi ? » Les autres avaient l'air de connaître la musique, et en trente secondes tout était emballé. Bruno jeta un regard affolé autour de lui et se retrouva face à un homme, un petit brun râblé, velu, au sexe épais. Il ne s'en était pas rendu compte, mais il n'y avait que cinq filles pour sept mecs.

Dieu merci, l'autre n'avait pas l'air pédé. Visiblement furieux il s'allongea sur le ventre sans un mot, posa la tête sur ses bras croisés et attendit. « Sentir les tensions... respecter l'intégrité du schéma corporel... » Bruno rajoutait de l'huile sans parvenir à dépasser les genoux ; le type était immobile comme une bûche. Même ses fesses étaient velues. L'huile commençait à dégoutter sur le drap de bain, ses mollets devaient être complètement imbibés. Bruno redressa la tête. À proximité immédiate, deux hommes étaient allongés sur le dos. Son voisin de gauche se faisait masser les pectoraux, les seins de la fille bougeaient doucement ; il avait le nez à hauteur de sa chatte. Le radio-cassettes de l'animateur émettait de larges nappes de synthétiseur dans l'atmosphère ; le ciel était d'un bleu absolu. Autour de lui, les bites luisantes d'huile de massage se dressaient lentement dans la lumière. Tout cela était atrocement *réel*. Il ne pouvait pas continuer. À l'autre extrémité du cercle, l'animateur prodiguait des conseils à un couple. Bruno ramassa rapidement son sac à dos et descendit en direction de la piscine. Autour du bassin, c'était l'heure de pointe. Allongées sur la pelouse, des femmes nues bavardaient, lisaient ou prenaient simplement le soleil. Où allait-il se mettre ? Sa serviette à la main, il entama un parcours erratique en travers de la pelouse ; il titubait, en quelque sorte, entre les vagins. Il commençait à se dire qu'il lui fallait se décider quand il aperçut la catholique en conversation avec un petit brun trapu, vif, aux cheveux noirs et bouclés, aux yeux rieurs. Il lui fit un vague signe de reconnaissance – qu'elle ne vit pas – et s'affala à proximité. Un type héla le petit brun au passage : « Salut, Karim ! » Il agita la main en réponse sans interrompre son discours. Elle écoutait en silence, allongée sur le dos. Entre ses cuisses maigres elle avait une très jolie motte, bien bombée, aux poils délicieusement bouclés et noirs. Tout en lui parlant, Karim se massait doucement les couilles. Bruno posa la tête sur le sol et se concentra sur les poils pubiens de la catholique, un mètre devant lui : c'était un monde de douceur. Il s'endormit comme une masse.

Le 14 décembre 1967, l'Assemblée nationale adopta en première lecture la loi Neuwirth sur la légalisation de la contraception ; quoique non encore remboursée par la Sécurité sociale, la pilule était désormais en vente libre dans les pharmacies. C'est à partir de ce moment que de larges couches de la population eurent accès à la *libération sexuelle*, auparavant réservée aux cadres supérieurs, professions libérales et artistes – ainsi qu'à certains patrons de PME. Il est piquant de constater que cette *libération sexuelle* a parfois été présentée sous la forme d'un rêve communautaire, alors qu'il s'agissait en réalité d'un nouveau palier dans la montée historique de l'individualisme. Comme l'indique le beau mot de « ménage », le couple et la famille représentaient le dernier îlot de communisme primitif au sein de la société libérale. La libération sexuelle eut pour effet la destruction de ces communautés intermédiaires, les dernières à séparer l'individu du marché. Ce processus de destruction se poursuit de nos jours.

Après le repas, le comité de pilotage du Lieu du Changement organisait le plus souvent des *soirées dansantes*. A priori surprenant dans un lieu aussi ouvert aux nouvelles spiritualités, ce choix confirmait à l'évidence le caractère indépassable de la soirée dansante comme mode de rencontre sexuelle en société non communiste. Les sociétés primitives, faisait remarquer Frédéric Le Dantec, axaient elles aussi leurs fêtes sur la danse, voire la transe. Une sono et un bar étaient donc installés sur la pelouse centrale ; et les gens gigotaient, jusqu'à une heure avancée, sous la lune. Pour Bruno, c'était une deuxième chance. À vrai dire, les adolescentes présentes sur le camping fréquentaient peu ces soirées. Elles préféraient sortir dans les discothèques de la région (le *Bilboquet*, le *Dynasty*, le *2001*, éventuellement le *Pirates*), qui offraient des soirées thématiques mousse, strip-tease masculin ou stars du X. Seuls demeuraient au Lieu deux ou trois garçons au tempérament rêveur et au sexe petit. Ils se contentaient d'ailleurs de rester sous leur tente en grattouillant mollement une guitare désaccordée, tandis que les autres les tenaient dans un objectif mépris. Bruno se sentait proche de ces jeunes ; mais quoi qu'il en soit, faute d'adolescentes de toute façon presque impossibles à capturer, il aurait bien, pour reprendre les termes d'un lecteur de *Newlook* rencontré à la cafétéria Angers-Nord, « planté son dard dans un bout de gras quelconque ». C'est fort de cette espérance qu'il descendit à vingt-trois heures, vêtu d'un pantalon blanc et d'un polo marine, vers le centre générateur du bruit.

Jetant un regard semi-circulaire sur la foule des danseurs, il aperçut d'abord Karim. Délaissant la catholique, celui-ci concentrait ses efforts sur une ravissante rosicrucienne. Elle et son mari étaient arrivés dans l'après-midi : grands, sérieux et minces, ils semblaient être d'origine alsacienne. Ils s'étaient installés sous une tente immense et complexe, toute en auvents et en décrochages, que le mari avait mis quatre heures à monter. En début de soirée, il avait entrepris Bruno sur les beautés cachées de la Rose-Croix. Son regard brillait derrière ses petites lunettes rondes ; il avait tout du fanatique. Bruno avait écouté sans écouter. Selon les dires de l'individu, le mouvement était né en Allemagne ; il s'inspirait bien entendu de certains travaux alchimiques, mais il fallait également le mettre en relation avec la mystique rhénane. Des trucs de pédés et de nazis, vraisemblablement. « Fourre-toi ta croix dans le cul, mon bonhomme... » songea rêveusement Bruno en observant du coin de l'œil la croupe de sa très jolie femme agenouillée devant le Butagaz. « Et rajoute la rose par-dessus... » conclut-il mentalement lorsqu'elle se redressa, les seins à l'air, pour ordonner à son mari de venir changer l'enfant.

Toujours est-il qu'à l'heure actuelle elle dansait avec Karim. Ils formaient un couple bizarre, lui quinze centimètres de moins qu'elle, enveloppé et malin, face à cette grande gousse germanique. Il souriait et parlait sans discontinuer tout en dansant, quitte à perdre de vue son objectif de drague initial ; il n'empêche que les choses semblaient avancer : elle souriait aussi, le regardait avec une curiosité presque fascinée, une fois même elle rit aux éclats. À l'autre extrémité de la pelouse, son mari expliquait à un nouvel adepte potentiel les origines du mouvement, en 1530 dans un land de Basse-Saxe. À intervalles réguliers son fils de trois ans, un insupportable morveux blond, hurlait qu'on l'emmène se coucher. Bref, là encore, on assistait à un authentique moment de *vie réelle*. Près de Bruno deux individus maigrelets, d'apparence ecclésiastique, commentaient les performances du dragueur. « Il est chaleureux, tu comprends... dit l'un. Sur le papier il peut pas se la payer, il est moins beau, il a du ventre, il est même plus petit qu'elle. Mais il est chaleureux, le salaud, c'est comme ça qu'il fait la différence. » L'autre acquiesçait d'un air morne, égrenant entre ses doigts un chapelet imaginaire. En terminant sa vodka orange, Bruno se rendit compte que Karim avait réussi à entraîner la rosicrucienne sur une pente herbeuse. Une main passée autour de son cou, sans cesser de parler, il glissait doucement l'autre main sous sa jupe. « Elle écarte quand même les cuisses, la pétasse nazie... » songea-t-il en s'éloignant des danseurs. Juste avant de sortir du cercle lumineux, il eut la vision fugitive de la catholique en train de se faire peloter les fesses par une sorte de moniteur de ski. Il lui restait des raviolis en boîte sous sa tente.

Avant de rentrer, par un réflexe de pur désespoir, il interrogea son répondeur. Il y avait un message. « Tu dois être parti en vacances... énonçait la voix calme de Michel. Appelle-moi à ton retour. Je suis en vacances aussi, et pour longtemps. »

4

Il marche, il rejoint la frontière. Des vols de rapaces tourbillonnent autour d'un centre invisible – probablement une charogne. Les muscles de ses cuisses répondent avec élasticité aux dénivellations du chemin. Une steppe jaunâtre recouvre les collines ; la vue s'étend à l'infini en direction de l'Est. Il n'a pas mangé depuis la veille ; il n'a plus peur.

Il s'éveille, tout habillé, en travers de son lit. Devant l'entrée de service du Monoprix, un camion décharge des marchandises. Il est un peu plus de sept heures.

Depuis des années, Michel menait une existence purement intellectuelle. Les sentiments qui constituent la vie des hommes n'étaient pas son sujet d'observation ; il les connaissait mal. La vie de nos jours pouvait s'organiser avec une précision parfaite ; les caissières du supermarché répondaient à son bref salut. Il y avait eu, depuis dix ans qu'il était dans l'immeuble, beaucoup de va-et-vient. Parfois, un couple se formait. Il observait alors le déménagement ; dans l'escalier, des amis transportaient des caisses et des lampes. Ils étaient jeunes, et, parfois, riaient. Souvent (mais pas toujours), lors de la séparation qui s'ensuivait, les deux concubins déménageaient en même temps. Il y avait, alors, un appartement de libre. Que conclure ? Quelle interprétation donner à tous ces comportements ? C'était difficile.

Lui-même ne demandait qu'à aimer, du moins il ne demandait rien. Rien de précis. La vie, pensait Michel, devrait être quelque chose de simple ; quelque chose que l'on pourrait vivre comme un assemblage de petits rites, indéfiniment répétés. Des rites éventuellement un peu niais, mais auxquels, cependant, on pourrait croire. Une vie sans enjeux, et sans drames. Mais la vie des hommes n'était pas organisée ainsi. Parfois il sortait, observant les adolescents et les immeubles. Une chose était certaine : plus personne ne savait comment vivre. Enfin, il exagérait : certains semblaient mobilisés, transportés par une cause, leur vie en était comme alourdie de sens. Ainsi, les militants d'*Act Up* estimaient important de faire passer à la télévision certaines publicités, jugées par d'autres pornographiques, représentant différentes pratiques homosexuelles filmées en gros plan. Plus généralement leur vie apparaissait plaisante et active, parsemée d'événements variés. Ils avaient des partenaires multiples, ils s'enculaient dans des *backrooms*. Parfois les préservatifs glissaient, ou explosaient. Ils mouraient alors du sida ; mais leur mort elle-même avait un sens militant et digne. Plus généralement la télévision, en particulier TF1, offrait une leçon permanente de dignité. Adolescent, Michel croyait que la souffrance donnait à l'homme une dignité supplémentaire. Il devait maintenant en convenir : il s'était trompé. Ce qui donnait à l'homme une dignité supplémentaire, c'était la télévision.

Malgré les joies répétées et pures que lui procurait la télévision, il estimait juste de sortir. Du reste, il devait faire ses courses. Sans repères précis l'homme se disperse, on ne peut plus rien en tirer.

Au matin du 9 juillet (c'était la Sainte-Amandine), il observa que les cahiers, les classeurs et les trousses étaient déjà en place dans les linéaires de son Monoprix. L'accroche publicitaire de l'opération, « La rentrée sans prise de tête », n'était qu'à demi convaincante à ses yeux. Qu'était l'enseignement, qu'était le savoir, sinon une interminable *prise de tête* ?

Le lendemain, il trouva dans sa boîte le catalogue

3 Suisses automne-hiver. Le fort volume cartonné ne portait aucune indication d'adresse ; avait-il été déposé par porteur ? Depuis longtemps client du vépéciste, il était habitué à ces petites attentions, témoignages d'une fidélité réciproque. Décidément la saison s'avançait, les stratégies commerciales s'orientaient vers l'automne ; pourtant le ciel restait splendide, on n'était somme toute qu'au début de juillet.

Encore jeune homme, Michel avait lu différents romans tournant autour du thème de l'absurde, du désespoir existentiel, de l'immobile vacuité des jours ; cette littérature extrémiste ne l'avait que partiellement convaincu. À l'époque, il voyait souvent Bruno. Bruno rêvait de devenir écrivain ; il noircissait des pages et se masturbait beaucoup ; il lui avait fait découvrir Beckett. Beckett était probablement ce qu'on appelle un *grand écrivain* : pourtant, Michel n'avait réussi à terminer aucun de ses livres. C'était vers la fin des années soixante-dix ; lui et Bruno avaient vingt ans et se sentaient déjà vieux. Cela continuerait : ils se sentiraient de plus en plus vieux, et ils en auraient honte. Leur époque allait bientôt réussir cette transformation inédite : noyer le sentiment tragique de la mort dans la sensation plus générale et plus flasque du vieillissement. Vingt ans plus tard, Bruno n'avait toujours pas réellement pensé à la mort ; et il commençait à se douter qu'il n'y penserait jamais. Jusqu'au bout il souhaiterait vivre, jusqu'au bout il serait dans la vie, jusqu'au bout il se battrait contre les incidents et les malheurs de la vie concrète, et du corps qui décline. Jusqu'au dernier instant il demanderait une petite rallonge, un petit supplément d'existence. Jusqu'au dernier instant, en particulier, il serait en quête d'un ultime moment de jouissance, d'une petite gâterie supplémentaire. Quelle que soit son inutilité à long terme, une fellation bien conduite était un réel plaisir ; et cela, songeait aujourd'hui Michel en tournant les pages lingerie *(Sensuelle ! la guêpière)* de son catalogue, il aurait été déraisonnable de le nier.

À titre personnel, il se masturbait peu ; les fantasmes qui avaient pu, jeune chercheur, l'assaillir au travers de connexions Minitel, voire d'authentiques jeunes femmes (fréquemment des commerciales de grands laboratoires pharmaceutiques) s'étaient progressivement éteints. Il gérait maintenant paisiblement le déclin de sa virilité au travers d'anodines branlettes, pour lesquelles son catalogue 3 Suisses, occasionnellement complété par un CD-ROM de charme à 79 francs, s'avérait un support plus que suffisant. Bruno par contre, il le savait, dissipait son âge mûr à la poursuite d'incertaines Lolitas aux seins gonflés, aux fesses rondes, à la bouche accueillante ; Dieu merci, il avait un statut de fonctionnaire. Mais il ne vivait pas dans un monde absurde : il vivait dans un monde mélodramatique composé de canons et de boudins, de *mecs top* et de blaireaux ; c'était le monde dans lequel vivait Bruno. De son côté Michel vivait dans un monde précis, historiquement faible, mais cependant rythmé par certaines cérémonies commerciales – le tournoi de Roland-Garros, Noël, le 31 décembre, le rendez-vous bisannuel des catalogues 3 Suisses. Homosexuel, il aurait pu prendre part au Sidathon, ou à la *Gay Pride*. Libertin, il se serait enthousiasmé pour le Salon de l'érotisme. Plus sportif, il vivrait à cette même minute une étape pyrénéenne du tour de France. Consommateur sans caractéristiques, il accueillait cependant avec joie le retour des quinzaines italiennes dans son Monoprix de quartier. Tout cela était bien organisé, organisé de manière humaine ; dans tout cela, il pouvait y avoir du bonheur ; aurait-il voulu faire mieux, qu'il n'aurait su comment s'y prendre.

Au matin du 15 juillet, il ramassa dans la poubelle de l'entrée un prospectus chrétien. Diverses narrations de vie convergeaient vers une fin identique et heureuse : la rencontre avec le Christ ressuscité. Il s'intéressa quelque temps à l'histoire d'une jeune femme (« Isabelle était en état de choc, car son année universitaire était en jeu »), dut cependant se reconnaître plus proche de l'expérience de Pavel (« Pour Pavel, officier de l'armée tchèque, commander une station de poursuite de missiles était l'apogée de sa carrière militaire »). Il transposait sans difficultés à son propre cas la notation suivante : « En tant que technicien spécialisé, formé dans une académie réputée, Pavel aurait dû apprécier l'existence. Malgré cela il était malheureux, toujours à la recherche d'une raison de vivre. »

Le catalogue 3 Suisses, pour sa part, semblait faire une lecture plus historique du malaise européen. Implicite dès les premières pages, la conscience d'une mutation de civilisation à venir trouvait sa formulation définitive en page 17 ; Michel médita plusieurs heures sur le message contenu dans les deux phrases qui définissaient la thématique de la collection : « Optimisme, générosité, complicité, harmonie font avancer le monde. DEMAIN SERA FÉMININ. »

Au journal de 20 heures, Bruno Masure annonça qu'une sonde américaine venait de détecter des traces de vie fossile sur Mars. Il s'agissait de formes bactériennes, vraisemblablement d'archéo-bactéries méthaniques. Ainsi, sur une planète proche de la Terre, des macromolécules biologiques avaient pu s'organiser, élaborer de vagues structures autoreproductibles composées d'un noyau primitif et d'une membrane mal connue ; puis tout s'était arrêté, sans doute sous l'effet d'une variation climatique : la reproduction était devenue de plus en plus difficile, avant de s'interrompre tout à fait. L'histoire de la vie sur Mars se manifestait comme une histoire modeste. Cependant (et Bruno Masure ne semblait pas en avoir nettement conscience), ce mini-récit d'un ratage un peu flasque contredisait avec violence toutes les constructions mythiques ou religieuses dont l'humanité fait classiquement ses délices. Il n'y avait pas d'acte unique, grandiose et créateur ; il n'y avait pas de peuple élu, ni même d'espèce ou de planète élue. Il n'y avait, un peu partout dans l'univers, que des tentatives incertaines et en général peu convaincantes. Tout cela était en outre d'une éprouvante monotonie. L'ADN des bactéries martiennes semblait exactement identique à l'ADN des bactéries terrestres. Cette constatation surtout le plongea dans une légère tristesse, qui était déjà à soi seule un signe dépressif. Un chercheur dans son état normal, un chercheur en bon état de fonctionnement aurait dû au contraire se réjouir de cette identité, y voir la promesse de synthèses unifiantes. Si l'ADN était partout identique il devait y avoir des raisons, des raisons profondes liées à la structure moléculaire des peptides, ou peut-être aux conditions topologiques de l'autoreproduction. Ces raisons profondes, il devait être possible de les découvrir ; plus jeune, il s'en souvenait, une telle perspective l'aurait plongé dans l'enthousiasme.

Au moment de sa rencontre avec Desplechin, en 1982, Djerzinski achevait sa thèse de troisième cycle à l'université d'Orsay. À ce titre, il devait prendre part aux magnifiques expériences d'Alain Aspect sur la non-séparabilité du comportement de deux photons successivement émis par un même atome de calcium ; il était le plus jeune chercheur de l'équipe.

Précises, rigoureuses, parfaitement documentées, les expériences d'Aspect devaient avoir un retentissement considérable dans la communauté scientifique : pour la première fois, de l'avis général, on avait affaire à une réfutation complète des objections émises en 1935 par Einstein, Podolsky et Rosen à l'encontre du formalisme quantique. Les inégalités de Bell dérivées à partir des hypothèses d'Einstein étaient nettement violées, les résultats s'accordaient parfaitement avec les prédictions de la théorie des quanta. Dès lors, il ne demeurait plus que deux hypothèses. Soit les propriétés cachées déterminant le comportement des particules étaient non locales, c'est-à-dire que les particules pouvaient avoir l'une sur l'autre une influence instantanée à une distance arbitraire. Soit il fallait renoncer au concept de particule élémentaire possédant, en l'absence de toute observation, des propriétés intrinsèques : on se retrouvait alors devant un vide ontologique profond – à moins d'adopter un positivisme radical, et de se contenter de développer le formalisme mathématique prédictif des observables en renonçant définitivement à l'idée de réalité sous-jacente. C'est naturellement cette dernière option qui devait rallier la majorité des chercheurs.

Le premier compte rendu des expériences d'Aspect parut dans le numéro 48 de la *Physical Review,* sous le titre : « *Experimental realization of Einstein-Podolsky-Rosen* Gedankexperiment *: a new violation of Bell's inequalities.* » Djerzinski était cosignataire de l'article. Quelques jours plus tard, il reçut la visite de Desplechin. Âgé de quarante-trois ans, celui-ci dirigeait alors l'Institut de biologie moléculaire du CNRS à Gif-sur-Yvette. Il était de plus en plus conscient que quelque chose de fondamental leur échappait dans le mécanisme des mutations de gènes ; et que ce quelque chose avait probablement à voir avec des phénomènes plus profonds survenant au niveau atomique.

Leur première entrevue eut lieu dans la chambre de Michel à la résidence universitaire. Desplechin ne fut pas surpris par la tristesse et l'austérité du décor : il s'était attendu à quelque chose de ce genre. La conversation se prolongea tard dans la nuit. L'existence d'une liste finie d'éléments chimiques fondamentaux, rappela Desplechin, était ce qui avait déclenché les premières réflexions de Niels Bohr, dès les années dix. Une théorie planétaire de l'atome basée sur les champs électromagnétiques et gravitationnels devait normalement conduire à une infinité de solutions, à une infinité de corps chimiques possibles. Pourtant, l'univers entier était composé à partir d'une centaine d'éléments ; cette liste était inamovible et rigide. Une telle situation, profondément anormale au regard des théories électromagnétiques classiques et des équations de Maxwell, devait finalement, rappela encore Desplechin, conduire au développement de la mécanique quantique. La biologie, à son avis, se trouvait aujourd'hui dans une situation analogue. L'existence à travers tout le règne animal et végétal de macromolécules identiques, d'ultrastructures cellulaires invariables ne pouvait selon lui s'expliquer à travers les contraintes de la chimie classique. D'une manière ou d'une autre, encore impossible à élucider, le niveau quantique devait intervenir directement dans la régulation des phénomènes biologiques. Il y avait là tout un champ de recherches, absolument nouveau.

Ce premier soir, Desplechin fut frappé par l'ouverture d'esprit et le calme de son jeune interlocuteur. Il l'invita à dîner chez lui, rue de l'École-polytechnique, le samedi suivant. Un de ses collègues, un biochimiste auteur de travaux sur les ARN-transcriptases, serait également présent.

En arrivant chez Desplechin, Michel eut l'impression de se retrouver dans le décor d'un film. Meubles en bois clair, tommettes, kilims afghans, reproductions de Matisse... Il n'avait jusqu'à présent fait que soupçonner l'existence de ce milieu aisé, cultivé, d'un goût raffiné et sûr ; maintenant il pouvait imaginer le reste, la propriété de famille en Bretagne, peut-être la fermette dans le Lubéron. « Et allons-y pour les quintettes de Bartok... » songea-t-il fugitivement en attaquant son entrée. C'était un repas au champagne ; le dessert, une charlotte aux fruits rouges, était accompagné d'un excellent rosé demi-sec. C'est à ce moment que Desplechin lui exposa son projet. Il pouvait obtenir la création d'un poste de contractuel dans son unité de recherches de Gif ; il faudrait que Michel acquière quelques notions complémentaires en biochimie, mais cela pourrait aller assez vite. En même temps, il superviserait la préparation de sa thèse d'État ; une fois cette thèse obtenue, il pourrait prétendre à un poste définitif.

Michel jeta un regard sur une petite statuette khmère au centre de la cheminée ; de lignes très pures, elle représentait le Bouddha dans l'attitude de prise à témoin de la terre. Il s'éclaircit la gorge, puis accepta la proposition.

L'extraordinaire progrès de l'instrumentation et des techniques de marquage radioactif permit, au cours de la décennie suivante, d'accumuler des résultats en nombre considérable. Pourtant, songeait aujourd'hui Djerzinski, par rapport aux questions théoriques soulevées par Desplechin lors de leur première rencontre, ils n'avaient pas avancé d'un pouce.

Au milieu de la nuit, il fut à nouveau intrigué par les bactéries martiennes ; il trouva une quinzaine de messages sur Internet, la plupart en provenance d'universités américaines. Adénine, guanine, thymine et cytosine avaient été trouvées en proportions normales. Un peu par désœuvrement, il se connecta sur le site d'Ann Arbor ; il y avait une communication relative au vieillissement. Alicia Marcia-Coelho avait mis en évidence la perte de séquences codantes d'ADN lors de la division répétée de fibroblastes issus des muscles lisses ; là non plus, ce n'était pas réellement une surprise. Il connaissait cette Alicia : c'est même elle qui l'avait dépucelé, dix ans plus tôt, après un repas trop arrosé lors d'un congrès de génétique à Baltimore. Elle était tellement saoule qu'elle avait été incapable de l'aider à ôter son soutien-gorge. Ç'avait été un moment laborieux, et même pénible ; elle venait de se séparer de son mari, lui confia-t-elle pendant qu'il bataillait avec les agrafes. Ensuite, tout s'était déroulé normalement ; il s'était étonné de pouvoir bander, et même éjaculer dans le vagin de la chercheuse, sans ressentir le moindre plaisir.

5

Beaucoup des estivants qui fréquentaient le Lieu du Changement avaient, comme Bruno, la quarantaine ; beaucoup travaillaient, comme lui, dans le secteur social ou éducatif, et se trouvaient protégés de la pauvreté par un statut de fonctionnaire. Pratiquement tous auraient pu se situer *à gauche* ; pratiquement tous vivaient seuls, le plus souvent à l'issue d'un divorce. En somme il était assez représentatif de l'endroit, et au bout de quelques jours il prit conscience qu'il commençait à s'y sentir un peu moins mal que d'habitude. Insupportables à l'heure du petit déjeuner, les pétasses mystiques redevenaient à celle de l'apéritif des femmes, engagées dans une compétition sans espoir avec d'autres femmes plus jeunes. La mort est le grand égalisateur. Ainsi, dans l'après-midi du mercredi, il fit la connaissance de Catherine, une quinquagénaire ex-féministe qui avait fait partie des « Maries pas claires ». Elle était brune, très bouclée, son teint était mat ; elle avait dû être très attirante à l'âge de vingt ans. Ses seins tenaient encore bien la route, mais elle avait vraiment de grosses fesses, constata-t-il à la piscine. Elle s'était recyclée dans le symbolisme égyptien, les tarots solaires, etc. Bruno baissa son caleçon au moment où elle parlait du dieu Anubis ; il sentait qu'elle ne se formaliserait pas d'une érection, et peut-être une amitié naîtrait entre eux. Malheureusement, l'érection ne se produisit pas. Elle avait des bourrelets entre les cuisses, qu'elle maintint serrées ; ils se quittèrent assez froidement.

Le même soir, peu avant le repas, un type appelé Pierre-Louis lui adressa la parole. Il se présenta comme un professeur de mathématiques ; en effet, c'était bien le genre. Bruno l'avait aperçu deux jours auparavant au cours de la soirée créativité ; il s'était lancé dans un sketch sur une démonstration arithmétique qui tournait en rond, le genre comique de l'absurde, pas drôle du tout. Il écrivait à toute vitesse sur un tableau en Velléda blanc, marquant parfois des arrêts brusques ; son grand crâne chauve était alors tout plissé par la méditation, ses sourcils écarquillés par une mimique qui se voulait amusante ; le marqueur à la main il restait immobile quelques secondes, puis recommençait à écrire et à bégayer de plus belle. À l'issue du sketch cinq ou six personnes applaudirent, plutôt par compassion. Il rougit violemment ; c'était fini.

Dans les jours qui suivirent, Bruno eut plusieurs fois l'occasion de l'éviter. Généralement, il portait un bob. Il était plutôt maigre et très grand, au moins un mètre quatre-vingt-dix ; mais il avait un peu de ventre, et c'était un spectacle curieux, son petit ventre, quand il avançait sur le plongeoir. Il pouvait avoir quarante-cinq ans.

Ce soir-là, une fois encore, Bruno s'éclipsa rapidement, profitant de ce que le grand dadais se lançait avec les autres dans une improvisation de danses africaines, et gravit la pente en direction du restaurant convivial. Il y avait une place libre à côté de l'ex-féministe, assise en face d'une consœur symboliste. Il avait à peine attaqué son ragoût de tofu quand Pierre-Louis apparut à l'extrémité de la rangée de tables ; son visage brilla de joie en apercevant une place libre en face de Bruno. Il commença à parler avant que Bruno en prenne réellement conscience ; il est vrai qu'il bégayait pas mal, et les deux pétasses à côté poussaient des gloussements vraiment stridents. Et la réincarnation d'Osiris, et les marionnettes égyptiennes... elles ne leur prêtaient absolument aucune attention. À un moment donné, Bruno prit conscience que l'autre clown lui parlait de ses activités professionnelles. « Oh, pas grand-chose... » fit-il vaguement ; il avait envie de parler de tout, sauf de l'Éducation nationale. Ce repas commençait à lui porter sur les nerfs, il se leva pour aller fumer une cigarette. Malheureusement, au même instant, les deux symbolistes quittèrent la table avec de grands mouvements de fesses, sans même leur jeter un regard ; c'est probablement ça qui déclencha l'incident.

Bruno était à peu près à dix mètres de la table quand il perçut un violent sifflement ou plutôt une stridulation, quelque chose de suraigu, vraiment inhumain. Il se retourna : Pierre-Louis était écarlate, il serrait les poings. D'un seul coup il sauta sur la table, sans prendre d'élan, à pieds joints. Il reprit sa respiration ; le sifflement qui s'échappait de sa poitrine s'interrompit. Puis il se mit à marcher de long en large sur la table en se martelant le crâne à grands coups de poing ; les assiettes et les verres valsaient autour de lui ; il donnait des coups de pied dans tous les sens en répétant d'une voix forte : « Vous ne pouvez pas ! Vous ne pouvez pas me traiter comme ça !... » Pour une fois, il ne bégayait pas. Il fallut cinq personnes pour le maîtriser. Le soir même, il était admis à l'hôpital psychiatrique d'Angoulême.

Bruno se réveilla en sursaut vers trois heures, sortit de sa tente ; il était en sueur. Le camping était calme, c'était la pleine lune ; on entendait le chant monotone des rainettes. Au bord de l'étang, il attendit l'heure du petit déjeuner. Juste avant l'aube, il eut un peu froid. Les ateliers du matin commençaient à dix heures. Vers dix heures un quart, il se dirigea vers la pyramide. Il hésita devant la porte de l'atelier d'écriture ; puis il descendit un étage. Pendant une vingtaine de secondes il déchiffra le programme de l'atelier d'aquarelle, puis il remonta quelques marches. L'escalier était composé de rampes droites, séparées à mi-hauteur par de brefs segments incurvés. À l'intérieur de chaque segment la largeur des marches augmentait, puis diminuait de nouveau. Au point de rebroussement de la courbe, il y avait une marche plus large que toutes les autres. C'est sur cette marche qu'il s'assit. Il s'adossa au mur. Il commença à se sentir bien.

Les rares moments de bonheur de ses années de lycée Bruno les avait passés ainsi, assis sur une marche entre deux étages, peu après la reprise des cours. Calmement adossé au mur, à égale distance des deux paliers, les yeux tantôt mi-clos tantôt grands ouverts, il attendait. Bien entendu, quelqu'un pouvait venir ; il devrait alors se lever, ramasser son cartable, marcher d'un pas rapide vers la salle où le cours avait déjà commencé. Mais, souvent, personne ne venait ; tout était si paisible ; alors, doucement et comme furtivement, par petites envolées brèves, sur les marches carrelées et grises (il n'était plus en cours d'histoire, il n'était pas encore en cours de physique), son esprit montait vers la joie.

Aujourd'hui, naturellement, les circonstances étaient différentes : il avait choisi de venir ici, de participer à la vie du centre de vacances. À l'étage supérieur, il y avait un groupe d'écriture ; juste en dessous, un atelier d'aquarelle ; plus bas il devait y avoir des massages, ou de la respiration holotropique ; encore plus bas le groupe de danses africaines s'était, de toute évidence, reconstitué. Partout des êtres humains vivaient, respiraient, essayaient d'éprouver du plaisir ou d'améliorer leurs potentialités personnelles. À tous les étages des êtres humains progressaient ou essayaient de progresser dans leur intégration sociale, sexuelle, professionnelle ou cosmique. Ils « travaillaient sur eux-mêmes », pour reprendre l'expression la plus communément employée. Lui-même commençait à avoir un peu sommeil ; il ne demandait plus rien, il ne cherchait plus rien, il n'était plus nulle part ; lentement et par degrés son esprit montait vers le royaume du non-être, vers la pure extase de la non-présence au monde. Pour la première fois depuis l'âge de treize ans, Bruno se sentit presque heureux.

Pouvez-vous m'indiquer les principaux points de vente de confiseries ?

Il rentra sous sa tente et dormit trois heures. Au réveil il était à nouveau en pleine forme, et il bandait. La frustration sexuelle crée chez l'homme une angoisse qui se manifeste par une crispation violente, localisée au niveau de l'estomac ; le sperme semble remonter vers le bas-ventre, lancer des tentacules en direction de la poitrine. L'organe lui-même est douloureux, chaud en permanence, légèrement suintant. Il ne s'était pas masturbé depuis dimanche ; c'était probablement une erreur. Dernier mythe de l'Occident, le sexe était une chose à faire ; une chose possible, une chose à faire. Il enfila un caleçon de bain, glissa des préservatifs dans sa sacoche d'un geste qui lui arracha un rire bref. Pendant des années il avait porté des préservatifs sur lui en permanence, ça ne lui avait jamais servi à rien ; de toute façon, les putes en avaient.

La plage était couverte de beaufs en short et de minettes en string ; c'était très rassurant. Il acheta une barquette de frites et circula entre les estivantes avant de jeter son dévolu sur une fille d'une vingtaine d'années aux seins superbes, ronds, fermes, haut plantés, aux larges aréoles caramel. « Bonjour... » dit-il. Il marqua une pause ; le visage de la fille se plissa, soucieux. « Bonjour... reprit-il ; pouvez-vous m'indiquer les principaux points de vente de confiseries ? – Hein ? » fit-elle en se redressant sur un coude. Il s'aperçut alors qu'elle avait un walkman sur les oreilles ; il rebroussa chemin en agitant le bras sur le côté, tel Peter Falk dans *Columbo*. Inutile d'insister : trop compliqué, trop *second degré*.

Avançant obliquement en direction de la mer, il s'efforçait de garder en mémoire l'image des seins de la fille. Soudain, droit devant lui, trois adolescentes sortirent des flots ; il leur donnait au maximum quatorze ans. Il aperçut leurs serviettes, étala la sienne à quelques mètres ; elles ne faisaient aucune attention à lui. Il ôta rapidement son tee-shirt, s'en recouvrit les flancs, bascula sur le côté et sortit son sexe. Avec un ensemble parfait, les minettes roulèrent leurs maillots vers le bas pour se faire bronzer les seins. Avant même d'avoir eu le temps de se toucher, Bruno déchargea violemment dans son tee-shirt. Il laissa échapper un gémissement, s'abattit sur le sable. C'était fait.

Rites primitifs à l'apéritif

Moment convivial de la journée au Lieu du Changement, l'apéritif se déroulait généralement en musique. Ce soir-là, trois types jouaient du tam-tam pour une cinquantaine d'espaciens qui bougeaient sur place en secouant les bras dans tous les sens. Il s'agissait en fait de danses de la récolte, déjà pratiquées dans certains ateliers de danses africaines ; classiquement, au bout de quelques heures, certains participants éprouvaient ou feignaient d'éprouver un état de *transe*. Dans un sens littéraire ou vieilli, la transe désigne une inquiétude extrêmement vive, une peur à l'idée d'un danger imminent. « J'aime mieux mettre la clef sous la porte que de continuer à vivre des transes pareilles » (Émile Zola). Bruno offrit un verre de pineau des Charentes à la catholique. « Comment tu t'appelles ? demanda-t-il. – Sophie, répondit-elle. – Tu ne danses pas ? demanda-t-il. – Non, répondit-elle. Les danses africaines c'est pas ce que je préfère, c'est trop... » Trop quoi ? Il comprenait son trouble. Trop primitif ? Évidemment non. Trop rythmé ? C'était déjà à la limite du racisme. Décidément, on ne pouvait rien dire du tout sur ces conneries de danses africaines. Pauvre Sophie, qui essayait de faire de son mieux. Elle avait un joli visage avec ses cheveux noirs, ses yeux bleus, sa peau très blanche. Elle devait avoir de petits seins, mais très sensibles. Elle devait être bretonne. « Tu es bretonne ? demanda-t-il.

– Oui, de Saint-Brieuc ! répondit-elle avec joie. Mais j'adore les danses brésiliennes... » ajouta-t-elle, dans le but vraisemblable de se faire pardonner sa non-appréciation des danses africaines. Il n'en fallait pas davantage pour exaspérer Bruno. Il commençait à en avoir marre de cette stupide manie pro-brésilienne. Pourquoi le Brésil ? D'après tout ce qu'il en savait le Brésil était un pays de merde, peuplé d'abrutis fanatisés par le football et la course automobile. La violence, la corruption et la misère y étaient à leur comble. S'il y avait un pays détestable c'était justement, et tout à fait spécifiquement, le Brésil. « Sophie ! s'exclama Bruno avec élan, je pourrais partir en vacances au Brésil. Je circulerais dans les favellas. Le minibus serait blindé. J'observerais les petits tueurs de huit ans, qui rêvent de devenir caïds ; les petites putes qui meurent du sida à treize ans. Je n'aurais pas peur, car je serais protégé par le blindage. Ce serait le matin, et l'après-midi j'irais à la plage au milieu des trafiquants de drogue richissimes et des maquereaux. Au milieu de cette vie débridée, de cette urgence, j'oublierais la mélancolie de l'homme occidental. Sophie, tu as raison : je me renseignerai dans une agence Nouvelles Frontières en rentrant. »

Sophie le considéra un temps, son visage était réfléchi, un pli soucieux barrait son front. « Tu as dû pas mal souffrir... » dit-elle finalement avec tristesse.

« Sophie, s'exclama à nouveau Bruno, sais-tu ce que Nietzsche a écrit de Shakespeare ? "Ce que cet homme a dû souffrir pour éprouver un tel besoin de faire le pitre !..." Shakespeare m'a toujours paru un auteur surfait ; mais c'est, en effet, un pitre considérable. » Il s'interrompit, prit conscience avec surprise qu'il commençait réellement à souffrir. Les femmes, parfois, étaient tellement gentilles ; elles répondaient à l'agressivité par la compréhension, au cynisme par la douceur. Quel homme se serait comporté ainsi ? « Sophie, j'ai envie de te lécher la chatte... » dit-il avec émotion ; mais cette fois elle ne l'entendit pas. Elle s'était retournée vers le moniteur de ski qui lui pelotait les fesses trois jours auparavant, et avait entamé une conversation avec lui. Bruno en resta interdit quelques secondes, puis retraversa la pelouse en direction du parking. Le centre Leclerc de Cholet restait ouvert jusqu'à vingt-deux heures. En circulant entre les linéaires il songeait que, si l'on en croit Aristote, une femme de petite taille appartient à une espèce différente du reste de l'humanité. « Un petit homme me semble encore un homme, écrit le philosophe, mais une petite femme me semble appartenir à une nouvelle espèce de créature. » Comment expliquer cette assertion étrange, contrastant si vivement avec l'habituel bon sens du Stagirite ? Il acheta du whisky, des raviolis en boîte et des biscuits au gingembre. À son retour, la nuit était tombée. En passant devant le jacuzzi il perçut des chuchotements, un rire étouffé. Il s'arrêta, son sac Leclerc à la main, regarda entre les branchages. Il semblait y avoir deux ou trois couples : ils ne faisaient plus de bruit, on entendait juste le léger remous de l'eau pulsée. La lune sortit des nuages. Au même instant un autre couple arriva, commença à se déshabiller. Les chuchotements reprirent. Bruno posa le sac plastique, sortit son sexe et recommença à se masturber. Il éjacula très vite, au moment où la femme pénétrait dans l'eau chaude. On était déjà vendredi soir, il fallait qu'il prolonge son séjour d'une semaine. Il allait se réorganiser, trouver une nana, parler avec les gens.

6

Dans la nuit du vendredi au samedi il dormit mal, et fit un rêve pénible. Il se voyait sous les traits d'un jeune porc aux chairs dodues et glabres. Avec ses compagnons porcins il était entraîné dans un tunnel énorme et obscur, aux parois rouillées, en forme de vortex. Le courant aquatique qui l'entraînait était de faible puissance, parfois il parvenait à reposer ses pattes sur le sol ; puis une vague plus forte arrivait, à nouveau il descendait de quelques mètres. De temps en temps il distinguait les chairs blanchâtres d'un de ses compagnons, brutalement aspiré vers le bas. Ils luttaient dans l'obscurité et dans le silence, uniquement troublé par les brefs crissements de leurs sabots sur les parois métalliques. En perdant de la hauteur, cependant, il distinguait, venue du fond du tunnel, une sourde rumeur de machines. Il prenait progressivement conscience que le tourbillon les entraînait vers des turbines aux hélices énormes et tranchantes.

Plus tard sa tête coupée gisait dans une prairie, surplombée de plusieurs mètres par l'embouchure du vortex. Son crâne avait été séparé en deux dans le sens de la hauteur ; pourtant la partie intacte, posée au milieu des herbes, était encore consciente. Il savait que des fourmis allaient progressivement s'introduire dans la matière cervicale à nu afin d'en dévorer les neurones ; il sombrerait alors dans une inconscience définitive. Pour l'instant, son œil unique observait l'horizon. La surface herbeuse semblait s'étendre à l'infini. D'immenses roues dentelées tournaient à l'envers sous un ciel de platine. Il se trouvait peut-être à la fin des temps ; du moins, le monde tel qu'il l'avait connu était parvenu à une fin.

Au petit déjeuner, il fit la connaissance d'une sorte de soixante-huitard breton qui animait l'atelier d'aquarelle. Il s'appelait Paul Le Dantec, c'était le frère de l'actuel directeur du Lieu, il faisait partie du premier noyau de fondateurs. Avec sa veste indienne, sa longue barbe grise et son triskèle en sautoir, il évoquait à merveille une aimable préhistoire baba. À cinquante-cinq ans passés, le vieux débris menait maintenant une existence paisible. Il se levait à l'aube, marchait entre les collines, observait les oiseaux. Puis il s'installait devant un bol de café-calva, se roulait des cigarettes au milieu des mouvements humains. L'atelier d'aquarelle n'était qu'à dix heures, il avait tout à fait le temps de discuter.

« En tant que vieil espacien... (Bruno rit pour établir une complicité au moins fictive), tu dois te souvenir des débuts de l'endroit, la libération sexuelle, les années soixante-dix...

— Libération de ma queue ! gronda l'ancêtre. Y a toujours eu des nanas qui faisaient tapisserie dans les partouzes. Y a toujours eu des mecs qui se secouaient la nouille. Y a rien de changé, mon bonhomme.

— Pourtant, insista Bruno, j'ai entendu dire que le sida avait changé les choses...

— Pour les hommes, reconnut l'aquarelliste en se raclant la gorge, c'est vrai que c'était plus simple. Parfois il y avait des bouches ou des vagins ouverts, on pouvait rentrer direct, sans se présenter. Mais il fallait déjà une vraie partouze, et là il y avait sélection à l'entrée, en général on venait en couple. Et des fois j'ai vu des femmes ouvertes, lubrifiées à mort, qui passaient leur soirée à se branler ; personne venait les pénétrer, mon bonhomme. Même pour leur faire plaisir, c'était pas possible ; il fallait déjà bander un minimum.

— En somme, interjeta Bruno, pensif, il n'y a jamais eu de communisme sexuel, mais simplement un système de séduction élargi.

— Ça oui... en convint la vieille croûte, de la séduction, y en a toujours eu. »

Tout cela n'était guère encourageant. Cependant on était le samedi, il allait y avoir de nouveaux arrivages. Bruno décida de se détendre, de prendre les choses comme elles viendraient, *rock'n roll* ; moyennant quoi sa journée se déroula sans incident, et même à vrai dire sans le moindre événement. Vers onze heures du soir, il repassa devant le jacuzzi. Au-dessus du doux grondement de l'eau montait une faible vapeur, traversée par la lumière de la pleine lune. Il s'approcha silencieusement. Le bassin avait trois mètres de diamètre. Un couple était enlacé près du bord opposé ; la femme semblait à cheval sur l'homme. « C'est mon droit... » pensa Bruno avec rage. Il retira rapidement ses vêtements, pénétra dans le jacuzzi. L'air nocturne était frais, l'eau par contraste d'une chaleur délicieuse. Au-dessus du bassin, des branches de pin entrelacées laissaient voir les étoiles ; il se détendit un peu. Le couple ne faisait aucune attention à lui ; la fille bougeait toujours au-dessus du type, elle commençait à gémir. On ne distinguait pas les traits de son visage. L'homme se mit lui aussi à respirer bruyamment. Les mouvements de la fille s'accélérèrent ; un instant elle se rejeta en arrière, la lune éclaira brièvement ses seins ; son visage était dissimulé par la masse de ses cheveux sombres. Puis elle se colla à son compagnon, l'entourant de ses bras ; il respira encore plus fort, poussa un long grognement et se tut.

Ils restèrent enlacés deux minutes, puis l'homme se releva et sortit du bassin. Avant de se rhabiller, il déroula un préservatif de son sexe. Avec surprise, Bruno constata que la femme ne bougeait pas. Les pas de l'homme s'éloignèrent, le silence revint. Elle allongea les jambes dans l'eau. Bruno fit de même. Un pied se posa sur sa cuisse, frôla son sexe. Avec un léger clapotis, elle se détacha du bord et vint à lui. Des nuages voilaient maintenant la lune ; la femme était à cinquante centimètres, mais il ne distinguait toujours pas ses traits. Un bras se plaça sous le haut de ses cuisses, l'autre enlaça ses épaules. Bruno se blottit contre elle, le visage à hauteur de sa poitrine ; ses seins étaient petits et fermes. Il lâcha le bord, s'abandonnant à son étreinte. Il sentit qu'elle revenait vers le centre du bassin, puis commençait à tourner lentement sur elle-même. Les muscles de son cou se relâchèrent brusquement, sa tête devint très lourde. La rumeur aquatique, faible en surface, se transformait quelques centimètres plus bas en un puissant grondement sous-marin. Les étoiles tournaient doucement à la verticale de son visage. Il se détendit entre ses bras, son sexe dressé émergea à la surface. Elle déplaça légèrement ses mains, il sentait à peine leur caresse, il était en apesanteur totale. Les longs cheveux frôlèrent son ventre, puis la langue de la fille se posa sur le bout de son gland. Tout son corps frémit de bonheur. Elle referma ses lèvres et lentement, très lentement, le prit dans sa bouche. Il ferma les yeux, parcouru de frissons d'extase. Le grondement sous-marin était infiniment rassurant. Lorsque les lèvres de la fille atteignirent la racine de son sexe, il commença à sentir les mouvements de sa gorge. Les ondes de plaisir s'intensifièrent dans son corps, il se sentait en même temps bercé par les tourbillons sous-marins, il eut d'un seul coup très chaud. Elle contractait doucement les parois de sa gorge, toute son énergie afflua d'un seul coup dans son sexe. Il jouit dans un hurlement ; il n'avait jamais éprouvé autant de plaisir.

7

Conversation de caravane

La caravane de Christiane était à une cinquantaine de mètres de sa tente. Elle alluma en entrant, sortit une bouteille de Bushmills, emplit deux verres. Mince, plus petite que Bruno, elle avait dû être très jolie ; mais les traits de son visage fin étaient flétris, légèrement couperosés. Seule sa chevelure restait splendide, soyeuse et noire. Le regard de ses yeux bleus était doux, un peu triste. Elle pouvait avoir quarante ans.

« De temps en temps ça me prend, je baise avec tout le monde, dit-elle. Pour la pénétration, je demande juste un préservatif. »

Elle humecta ses lèvres, but une gorgée. Bruno la

regarda ; elle ne s'était rhabillée qu'en haut, elle avait passé un sweat-shirt gris. Son mont de Vénus avait une jolie courbure ; malheureusement, les grandes lèvres étaient un peu pendantes.

« J'aimerais te faire jouir aussi, dit-il.

— Prends ton temps. Bois ton verre. Tu peux dormir ici, il y a de la place... » Elle montra le lit double.

Ils discutèrent du prix de location des caravanes. Christiane ne pouvait pas faire de camping, elle avait un problème de dos. « Assez grave, dit-elle. La plupart des hommes préfèrent les pipes, dit-elle encore. La pénétration les ennuie, ils ont du mal à bander. Mais quand on les prend dans la bouche ils redeviennent comme de petits enfants. J'ai l'impression que le féminisme les a durement atteints, plus qu'ils n'ont voulu l'avouer.

— Il y a pire que le féminisme... » fit sombrement Bruno. Il vida la moitié de son verre avant de se décider à poursuivre : « Tu connais le Lieu depuis longtemps ?

— Pratiquement depuis le début. J'ai cessé de venir quand j'étais mariée, maintenant je reviens deux ou trois semaines par an. Au départ c'était plutôt un endroit alternatif, *nouvelle gauche* ; maintenant c'est devenu *New Age* ; ça n'a pas tellement changé. Dans les années soixante-dix on s'intéressait déjà aux mystiques orientales ; aujourd'hui, il y a toujours un jacuzzi et des massages. C'est un endroit agréable, mais un peu triste ; il y a beaucoup moins de violence qu'au-dehors. L'ambiance religieuse dissimule un peu la brutalité des rapports de drague. Il y a cependant des femmes qui souffrent, ici. Les hommes qui vieillissent dans la solitude sont beaucoup moins à plaindre que les femmes dans la même situation. Ils boivent du mauvais vin, ils s'endorment et leurs dents puent ; puis ils s'éveillent et recommencent ; ils meurent assez vite. Les femmes prennent des calmants, font du yoga, vont voir des psychologues ; elles vivent très vieilles et souffrent beaucoup. Elles vendent un corps affaibli, enlaidi ; elles le savent et elles en souffrent. Pourtant elles continuent, car elles ne parviennent pas à renoncer à être aimées. Jusqu'au bout elles sont victimes de cette illusion. À partir d'un certain âge, une femme a toujours la possibilité de se frotter contre des bites ; mais elle n'a plus jamais la possibilité d'être aimée. Les hommes sont ainsi, voilà tout.

— Christiane, dit doucement Bruno, tu exagères... Par exemple, maintenant, j'ai envie de te faire plaisir.

— Je te crois. J'ai l'impression que tu es plutôt un homme gentil. Égoïste et gentil. »

Elle ôta son sweat-shirt, s'allongea au travers du lit, posa un oreiller sous ses fesses et écarta les cuisses. Bruno lécha d'abord assez longuement le pourtour de sa chatte, puis excita le clitoris à petits coups de langue rapides. Christiane expira profondément. « Enfonce un doigt... » dit-elle. Bruno obéit, se tourna pour continuer à lécher Christiane tout en lui caressant les seins. Il sentit les mamelons se durcir, releva la tête. « Continue, s'il te plaît... » demanda-t-elle. Il replaça sa tête plus confortablement et caressa le clitoris de l'index. Ses petites lèvres commençaient à gonfler. Pris d'un mouvement de joie, il les lécha avec avidité. Christiane poussa un gémissement. L'espace d'un instant il revit la vulve, maigre et ridée, de sa mère ; puis le souvenir s'effaça, il continua à masser le clitoris de plus en plus vite tout en léchant les lèvres à grands coups de langue amicaux. Son ventre se couvrait d'une rougeur, elle haletait de plus en plus fort. Elle était très humide, agréablement salée. Bruno fit une brève pause, introduisit un doigt dans l'anus, un autre dans le vagin et recommença à lécher le clitoris du bout de la langue, à petits coups très rapides. Elle jouit paisiblement, avec de longs soubresauts. Il demeura immobile, le visage contre sa vulve humide, et tendit les mains vers elle ; il sentit les doigts de Christiane se refermer sur les siens. « Merci » dit-elle. Puis elle se releva, enfila son sweat-shirt et remplit à nouveau leurs verres.

« C'était vraiment bien, dans le jacuzzi, tout à l'heure... dit Bruno. Nous n'avons pas dit un mot ; au moment où j'ai senti ta bouche, je n'avais pas encore distingué les traits de ton visage. Il n'y avait aucun élément de séduction, c'était quelque chose de très pur.

— Tout repose sur les corpuscules de Krause... » Christiane sourit. « Il faut m'excuser, je suis professeur de sciences naturelles. » Elle but une gorgée de Bush-mills... « La hampe du clitoris, la couronne et le sillon du gland sont tapissés de corpuscules de Krause, très riches en terminaisons nerveuses. Lorsqu'on les caresse, on déclenche dans le cerveau une puissante libération d'endorphines. Tous les hommes, toutes les femmes ont leur clitoris et leur gland tapissés de cor-puscules de Krause – en nombre à peu près identique, jusque-là c'est très égalitaire ; mais il y a autre chose, tu le sais bien. J'étais très amoureuse de mon mari. Je caressais, je léchais son sexe avec vénération ; j'aimais le sentir en moi. J'étais fière de provoquer ses érections, j'avais une photo de son sexe dressé, que je conservais tout le temps dans mon portefeuille ; pour moi c'était comme une image pieuse, lui donner du plaisir était ma plus grande joie. Finalement, il m'a quittée pour une plus jeune. J'ai bien vu tout à l'heure que tu n'étais pas vraiment attiré par ma chatte ; c'est déjà un peu la chatte d'une vieille femme. L'augmentation du pontage des collagènes chez le sujet âgé, la fragmentation de l'élastine au cours des mitoses font progressivement perdre aux tissus leur fermeté et leur souplesse. À vingt ans, j'avais une très belle vulve ; aujourd'hui, je me rends bien compte que les lèvres et les nymphes sont un peu pendantes. »

Bruno termina son verre ; il ne trouvait absolument rien à lui répondre. Peu après, ils s'allongèrent. Il passa un bras autour de la taille de Christiane ; ils s'endor-mirent.

8

Bruno s'éveilla le premier. Très haut dans les arbres, un oiseau chantait. Christiane s'était découverte pendant la nuit. Elle avait de jolies fesses, encore bien rondes, très excitantes. Il se souvint d'une phrase de *La Petite Sirène*, il avait chez lui un vieux 45 tours, avec la *Chanson des matelots* interprétée par les frères Jacques. C'était après qu'elle avait subi toutes ses épreuves, qu'elle avait renoncé à sa voix, à son pays natal, à sa jolie queue de sirène ; tout cela dans l'espoir de devenir une vraie femme, par amour du prince. Elle était déposée par la tempête sur une plage au milieu de la nuit ; là, elle buvait l'élixir de la sorcière. Elle se sentait comme coupée en deux, la souffrance était si déchirante qu'elle perdait connaissance. Il y avait ensuite quelques accords musicaux très différents, qui semblaient ouvrir sur un paysage nouveau ; puis la récitante prononçait cette phrase qui avait si vivement frappé Bruno : « *Quand elle s'éveilla, le soleil brillait, et le prince était devant elle.* »

Il repensa ensuite à sa conversation de la veille avec Christiane, et se dit qu'il parviendrait peut-être à aimer ses lèvres un peu pendantes, mais douces. Comme chaque matin au réveil et comme la plupart des hommes, il bandait. Dans le demi-jour de l'aube, au milieu de la masse épaisse et ébouriffée de ses cheveux noirs, le visage de Christiane paraissait très pâle. Elle ouvrit légèrement les yeux au moment où il la pénétrait. Elle parut un peu surprise, mais écarta les jambes. Il commença à bouger en elle, mais s'aperçut qu'il devenait de plus en plus mou. Il en ressentit une grande tristesse, mêlée d'inquiétude et de honte. « Tu préfères que je mette un préservatif ? demanda-t-il. – Oui, s'il te plaît. Ils sont dans la trousse de toilette à côté. » Il déchira l'emballage ; c'était des Durex *Technica*. Naturellement, dès qu'il fut dans le latex, il débanda complètement. « Je suis désolé, fit-il, je suis vraiment désolé. – Ça ne fait rien, dit-elle doucement, viens te coucher. » Décidément, le sida avait été une vraie bénédiction pour les hommes de cette génération. Il suffisait parfois de sortir la capote, leur sexe mollissait aussitôt. « Je n'ai jamais réussi à m'y faire... » Cette mini-cérémonie accomplie, leur virilité sauvegardée dans son principe, ils pouvaient se recoucher, se blottir contre le corps de leur femme, dormir en paix.

Après le petit déjeuner ils descendirent, longèrent la pyramide. Il n'y avait personne au bord de l'étang. Ils s'allongèrent dans la prairie ensoleillée ; Christiane lui retira son bermuda et commença à le branler. Elle branlait très doucement, avec beaucoup de sensibilité. Plus tard, lorsqu'ils furent entrés grâce à elle dans le réseau des *couples libertins*, Bruno devait s'en rendre compte : c'était une qualité extrêmement rare. La plupart des femmes dans ce milieu branlaient avec brutalité, sans la moindre nuance. Elles serraient beaucoup trop fort, secouaient la bite avec une frénésie stupide, probablement dans le but d'imiter les actrices de films porno. C'était peut-être spectaculaire à l'écran, mais le résultat tactile était franchement quelconque, voire douloureux. Christiane au contraire procédait par effleurements, mouillait régulièrement ses doigts, parcourait avec douceur les zones sensibles. Une femme en tunique indienne passa près d'eux et vint s'asseoir au bord de l'eau. Bruno inspira profondément, se retint de jouir. Christiane lui sourit ; le soleil commençait à être chaud. Il se rendit compte que sa deuxième semaine au Lieu allait être très douce. Peut-être même est-ce qu'ils allaient se revoir, vieillir ensemble. De temps en temps elle lui donnerait un petit moment de bonheur physique, ils vivraient tous deux le déclin du désir. Quelques années passeraient ainsi ; puis ce serait fini, ils seraient vieux ; pour eux, la comédie de l'amour physique serait terminée.

Pendant que Christiane prenait une douche, Bruno étudia la formule du soin « protection jeunesse aux micro-capsules » qu'il venait d'acheter la veille au centre Leclerc. Alors que l'emballage extérieur mettait surtout en avant la nouveauté du concept « micro-capsules », la notice d'emploi, plus exhaustive, distinguait trois actions : filtrage des rayons solaires nocifs, diffusion tout au long de la journée de principes hydratants actifs, élimination des radicaux libres. Au milieu de sa lecture il fut interrompu par l'arrivée de Catherine, l'ex-féministe recyclée dans les tarots égyptiens. Elle revenait, et n'en fit pas mystère, d'un atelier de développement personnel, *Dansez votre job*. Il s'agissait de trouver sa vocation à travers une série de jeux symboliques ; ces jeux permettaient peu à peu de dégager le « héros intérieur » de chaque participant. À l'issue de la première journée il apparaissait que Catherine était un peu sorcière, mais également un peu lionne ; cela aurait dû, normalement, l'orienter vers un poste de responsabilité dans les forces de vente.

« Hmm... » fit Bruno.

À ce moment Christiane revint, une serviette autour de la taille. Catherine s'interrompit, sa crispation était visible. Elle prétexta un atelier *Méditation zen et tango argentin* et battit rapidement en retraite.

« Je croyais que tu faisais *Tantra et comptabilité*... lui lança Christiane au moment où elle disparaissait.

— Tu la connais ?

— Oh oui, ça fait vingt ans que je connais cette conne. Elle aussi vient depuis le début, pratiquement depuis la fondation du Lieu. »

Elle secoua ses cheveux, noua sa serviette en turban. Ils remontèrent ensemble. Bruno eut tout à coup envie de la prendre par la main. Il le fit.

« J'ai jamais pu encadrer les féministes... reprit Christiane alors qu'ils étaient à mi-pente. Ces salopes n'arrêtaient pas de parler de vaisselle et de partage des tâches ; elles étaient littéralement obsédées par la vaisselle. Parfois elles prononçaient quelques mots sur la cuisine ou les aspirateurs ; mais leur grand sujet de conversation, c'était la vaisselle. En quelques années, elles réussissaient à transformer les mecs de leur entourage en névrosés impuissants et grincheux. À partir de ce moment – c'était absolument systématique – elles commençaient à éprouver la nostalgie de la virilité. Au bout du compte elles plaquaient leurs mecs pour se faire sauter par des machos latins à la con. J'ai toujours été frappée par l'attirance des intellectuelles pour les voyous, les brutes et les cons. Bref elles s'en tapaient deux ou trois, parfois plus pour les très baisables, puis elles se faisaient faire un gosse et se mettaient à préparer des confitures maison avec les fiches cuisine *Marie-Claire*. J'ai vu le même scénario se reproduire, des dizaines de fois.

— C'est du passé... » fit Bruno, conciliant.

Ils passèrent l'après-midi à la piscine. En face d'eux, de l'autre côté du bassin, les adolescentes sautillaient sur place en se chipant un walkman. « Elles sont mignonnes, hein ? remarqua Christiane. La blonde aux petits seins est vraiment jolie... » ; puis elle s'allongea sur le drap de bain. « Passe-moi de la crème... »

Christiane ne participait à aucun atelier. Elle éprouvait même un certain dégoût pour ces activités schizophrènes, dit-elle. « Je suis peut-être un peu dure, dit-elle encore, mais je connais ces soixante-huitardes qui ont dépassé la quarantaine, j'en fais pratiquement partie. Elles vieillissent dans la solitude et leur vagin est virtuellement mort. Interroge-les cinq minutes, tu verras qu'elles ne croient pas du tout à ces histoires de chakras, de cristaux, de vibrations lumineuses. Elles s'efforcent d'y croire, elles tiennent parfois deux heures, le temps de leur atelier. Elles sentent la présence de l'Ange et la fleur intérieure qui s'éveille dans leur ventre ; puis l'atelier se termine, elles se redécouvrent seules, vieillissantes et moches. Elles ont des crises de larmes. Tu n'as pas remarqué ? Il y a beaucoup de crises de larmes ici, surtout après les ateliers zen. À vrai dire elles n'ont pas le choix, parce qu'en plus elles ont des problèmes de fric. En général elles ont fait une analyse, ça les a complètement séchées. Les mantras et les tarots c'est très con, mais c'est quand même moins cher qu'une analyse.

— Oui, ça et le dentiste... » fit vaguement Bruno. Il posa sa tête entre ses cuisses ouvertes, sentit qu'il allait s'endormir ainsi.

La nuit venue, ils retournèrent dans le jacuzzi ; il lui demanda de ne pas le faire jouir. De retour dans la caravane, ils firent l'amour. « Laisse tomber... » dit Christiane au moment où il tendait la main vers les préservatifs. Quand il la pénétra, il sentit qu'elle était heureuse. Une des caractéristiques les plus étonnantes de l'amour physique est quand même cette sensation d'intimité qu'il procure, dès qu'il s'accompagne d'un minimum de sympathie mutuelle. Dès les premières minutes on passe du *vous* au *tu*, et il semble que l'amante, même rencontrée de la veille, ait droit à certaines confidences qu'on ne ferait à aucune autre personne humaine. Ainsi Bruno, cette nuit-là, raconta-t-il à Christiane certaines choses qu'il n'avait jamais racontées à personne, pas même à Michel – et encore moins à son psychiatre. Il lui parla de son enfance, de la mort de sa grand-mère et des humiliations à l'internat de garçons. Il lui raconta son adolescence et les masturbations dans le train, à quelques mètres des jeunes filles ; il lui raconta les étés dans la maison de son père. Christiane écoutait en lui caressant les cheveux.

Ils passèrent la semaine ensemble, et la veille du départ de Bruno ils dînèrent dans un restaurant de fruits de mer à Saint-Georges-de-Didonne. L'air était calme et chaud, la flamme des bougies qui éclairait leur table ne tremblait pratiquement pas. Ils dominaient l'estuaire de la Gironde, au loin on distinguait la pointe de Grave.

« En voyant la lune qui brille sur la mer, dit Bruno, je me rends compte avec une inhabituelle clarté que nous n'avons rien, absolument rien à faire avec ce monde.

— Tu dois vraiment partir ?

— Oui, je dois passer quinze jours avec mon fils. En fait j'aurais dû partir la semaine dernière, mais cette fois je ne peux plus retarder. Sa mère prend l'avion après-demain, elle a réservé son séjour.

— Ton fils a quel âge ?

— Douze ans. »

Christiane réfléchit, but une gorgée de muscadet. Elle avait mis une robe longue, elle s'était maquillée et ressemblait à une jeune fille. On devinait ses seins à travers la dentelle du corsage ; la lumière des bougies allumait de petites flammes dans ses yeux. « Je crois que je suis un peu amoureuse... » dit-elle. Bruno attendit sans oser faire un geste, son immobilité était parfaite. « Je vis à Noyon, dit-elle encore. Avec mon fils, ça s'est à peu près bien passé jusqu'à ce qu'il ait treize ans. Son père lui a peut-être manqué, mais je ne sais pas... Est-ce que les enfants ont réellement besoin d'un père ? Ce qui est sûr, c'est que lui n'avait aucun besoin de son fils. Il l'a pris un peu au début, ils allaient au cinéma ou au McDonald's, il le ramenait toujours en avance. Et puis ça s'est produit de moins en moins souvent : quand il est parti s'installer dans le Sud avec sa nouvelle copine, il a complètement arrêté. Je l'ai en fait élevé à peu près seule, j'ai peut-être manqué d'autorité. Il y a deux ans il s'est mis à sortir, à avoir de mauvaises fréquentations. Ça surprend beaucoup de gens, mais Noyon est une ville violente. Il y a beaucoup de Noirs et d'Arabes, le Front national a fait 40 % aux dernières élections. Je vis dans une résidence à la périphérie, la porte de ma boîte aux lettres a été arrachée, je ne peux rien laisser dans la cave. J'ai souvent peur, parfois il y a eu des coups de feu. En rentrant du lycée je me barricade chez moi, je ne sors jamais le soir. De temps en temps je fais un peu de Minitel rose, et c'est tout. Mon fils rentre tard, parfois il ne rentre pas du tout. Je n'ose rien lui dire ; j'ai peur qu'il me frappe.

— Tu es loin de Paris ? »

Elle sourit. « Pas du tout, c'est dans l'Oise, à peine quatre-vingts kilomètres... » Elle se tut et sourit à nouveau ; son visage à ce moment était plein de douceur et d'espoir. « J'aimais la vie, dit-elle encore. J'aimais la vie, j'étais d'un naturel sensible et affectueux, et j'ai toujours adoré faire l'amour. Quelque chose s'est mal passé ; je ne comprends pas tout à fait quoi, mais quelque chose s'est mal passé dans ma vie. »

Bruno avait déjà plié sa tente et rangé ses affaires dans la voiture ; il passa sa dernière nuit dans la caravane. Au matin il essaya de pénétrer Christiane, mais cette fois il échoua, il se sentait ému et nerveux. « Jouis sur moi » dit-elle. Elle étala le sperme sur son visage et sur ses seins. « Viens me voir » dit-elle encore au moment où il passait la porte. Il promit de venir. On était le samedi 1er août.

9

Contrairement à son habitude, Bruno prit de petites routes. Il s'arrêta un peu avant d'atteindre Parthenay. Il avait besoin de réfléchir ; oui, mais au fond à quoi ? Il était garé au milieu d'un paysage ennuyeux et calme, près d'un canal aux eaux presque immobiles. Des plantes aquatiques croissaient ou pourrissaient, c'était difficile à dire. Le silence était troublé par de vagues grésillements – dans l'atmosphère, il devait y avoir des insectes. Il s'allongea sur la pente herbeuse, prit conscience d'un très faible courant aquatique : le canal s'écoulait lentement vers le Sud. On n'apercevait aucune grenouille.

En octobre 1975, juste avant d'entrer à la fac, Bruno s'installa dans le studio acheté par son père ; il eut alors l'impression qu'une vie nouvelle allait commencer pour lui. Il dut rapidement déchanter. Certes il y avait des filles, et même beaucoup de filles, inscrites en lettres à Censier ; mais toutes semblaient prises, ou du moins ne pas avoir envie de se laisser prendre par lui. Dans le but d'établir un contact il allait à tous les TD, à tous les cours, et devint ainsi rapidement bon élève. À la café-téria il les voyait, les entendait bavarder : elles sortaient, rencontraient des amis, s'invitaient mutuellement à des fêtes. Bruno commença à manger. Il se stabilisa rapi-dement autour d'un parcours alimentaire qui descen-dait le boulevard Saint-Michel. D'abord il commençait par un hot-dog, dans l'échoppe au croisement de la rue Gay-Lussac ; il continuait un peu plus bas par une pizza, parfois un sandwich grec. Dans le McDonald's au croisement du boulevard Saint-Germain il englou-tissait plusieurs cheeseburgers, qu'il accompagnait de Coca-Cola et de milk-shakes à la banane ; puis il des-cendait en titubant la rue de la Harpe avant de se ter-miner aux pâtisseries tunisiennes. En rentrant chez lui il s'arrêtait devant le *Latin*, qui proposait deux films porno au même programme. Il restait parfois une demi-heure devant le cinéma, feignant d'examiner les trajets de bus, dans le but à chaque fois déçu de voir entrer une femme ou un couple. Le plus souvent, il finissait quand même par prendre une place ; il se sentait déjà mieux une fois dans la salle, l'ouvreuse était d'une dis-crétion parfaite. Les hommes s'installaient loin les uns des autres, ils laissaient toujours plusieurs sièges de distance. Il se branlait tranquillement en regardant *Infirmières lubriques*, *L'auto-stoppeuse ne porte pas de culotte*, *La prof a les cuisses écartées*, *Les Suceuses*, tant d'autres films. Le seul moment délicat était celui de la sortie : le cinéma donnait directement sur le boulevard

Saint-Michel, il pouvait parfaitement tomber nez à nez avec une fille de la fac. En général il attendait qu'un type se lève, sortait aussitôt sur ses talons ; il lui paraissait moins dévalorisant d'aller au cinéma porno entre amis. Il rentrait en général vers minuit, lisait Chateaubriand ou Rousseau.

Une ou deux fois par semaine Bruno décidait de changer de vie, de prendre une direction radicalement différente. Voici comment il procédait. D'abord il se mettait entièrement nu, se regardait dans la glace : il était nécessaire d'aller jusqu'au bout de l'autodépréciation, de contempler pleinement l'abjection de son ventre gonflé, de ses bajoues, de ses fesses déjà pendantes. Puis il éteignait toutes les lumières. Il joignait les pieds, croisait les mains à hauteur de la poitrine, penchait légèrement la tête en avant pour mieux rentrer en lui-même. Alors il inspirait lentement, profondément, gonflant au maximum son ventre dégueulasse ; puis il expirait, très lentement aussi, en prononçant mentalement un chiffre. Tous les chiffres étaient importants, sa concentration ne devait jamais faiblir ; mais les plus importants étaient quatre, huit, et naturellement seize, le chiffre ultime. Lorsqu'il se relèverait après avoir compté le chiffre seize en expirant de toutes ses forces il serait un homme radicalement neuf, enfin prêt à vivre, à se glisser dans le courant de l'existence. Il ne connaîtrait plus ni la peur, ni la honte ; il se nourrirait normalement, se comporterait normalement avec les jeunes filles. « Aujourd'hui est le premier jour du reste de ta vie. »

Ce petit cérémonial n'avait aucun effet sur sa timidité, mais se montrait parfois d'une certaine efficacité contre la boulimie ; il s'écoulait parfois deux jours avant qu'il ne replonge. Il attribuait l'échec à un défaut de concentration, puis, très vite, se remettait à y croire. Il était encore jeune.

Un soir, en sortant de la pâtisserie du Sud Tunisien, il tomba sur Annick. Il ne l'avait pas revue depuis leur brève rencontre de l'été 1974. Elle avait encore enlaidi, elle était maintenant presque obèse. Ses lunettes carrées à monture noire, à verres épais rapetissaient encore ses yeux bruns, faisaient ressortir la blancheur maladive de sa peau. Ils prirent un café ensemble, il y eut un moment de gêne assez net. Elle était étudiante en lettres aussi, à la Sorbonne ; elle habitait une chambre juste à côté, qui donnait sur le boulevard Saint-Michel. En partant, elle lui laissa son numéro de téléphone.

Il retourna la voir plusieurs fois au cours des semaines suivantes. Trop humiliée par son physique, elle refusait de se déshabiller ; mais le premier soir elle proposa à Bruno de lui faire une pipe. Elle ne parla pas de son physique, son argument était qu'elle ne prenait pas la pilule. « Je t'assure, je préfère... » Elle ne sortait jamais, elle restait tous les soirs chez elle. Elle se préparait des infusions, essayait de faire un régime ; mais rien n'y faisait. Plusieurs fois, Bruno essaya de lui enlever son pantalon ; elle se recroquevillait, le repoussait sans un mot, avec violence. Il finissait par céder, sortait son sexe. Elle le suçait rapidement, un peu trop fort ; il éjaculait dans sa bouche. Parfois ils parlaient de leurs études, mais pas tellement ; il repartait en général assez vite. C'est vrai qu'elle n'était franchement pas jolie, et qu'il aurait difficilement envisagé de se trouver avec elle dans la rue, au restaurant, dans la file d'attente d'un cinéma. Il se gavait de pâtisseries tunisiennes, à la limite du vomissement ; il montait chez elle, se faisait faire une pipe et repartait. C'était probablement mieux ainsi.

Le soir de la mort d'Annick, le temps était très doux. On n'était qu'à la fin mars, mais c'était déjà une soirée de printemps. Dans sa pâtisserie habituelle Bruno acheta un long cylindre fourré aux amandes, puis il descendit sur les quais de la Seine. Le son des haut-parleurs d'un bateau-mouche emplissait l'atmosphère, se réverbérait sur les parois de Notre-Dame. Il mastiqua jusqu'au bout son gâteau gluant, couvert de miel, puis ressentit une fois de plus un vif dégoût de lui-même. C'était peut-être une idée, se dit-il, d'essayer ici même, au cœur de Paris, au milieu du monde et des autres. Il ferma les yeux, joignit les talons, croisa les mains sur sa poitrine. Lentement, avec détermination, il commença à compter, dans un état de concentration totale. Le seize magique prononcé il ouvrit les yeux, se redressa fermement sur ses jambes. Le bateau-mouche avait disparu, le quai était désert. Le temps était toujours aussi doux.

Devant l'immeuble d'Annick il y avait un petit attroupement, contenu par deux policiers. Il s'approcha. Le corps de la jeune fille était écrasé sur le sol, bizarrement distordu. Ses bras brisés formaient comme deux appendices autour de son crâne, une mare de sang entourait ce qui restait du visage ; avant l'impact, dans un dernier réflexe de protection, elle avait dû porter les mains à sa tête. « Elle a sauté du septième étage. Tuée sur le coup... » dit une femme près de lui avec une bizarre satisfaction. À ce moment une ambulance du Samu arriva, deux hommes descendirent avec une civière. Au moment où ils la soulevaient il aperçut le crâne éclaté, détourna la tête. L'ambulance repartit dans un hurlement de sirènes. C'est ainsi que se termina le premier amour de Bruno.

L'été 76 fut probablement la période la plus atroce de sa vie ; il venait d'avoir vingt ans. La chaleur était caniculaire, même les nuits n'apportaient aucune fraîcheur ; de ce point de vue, l'été 76 devait rester historique. Les jeunes filles portaient des robes courtes et transparentes, que la sueur collait à leur peau. Il marcha des journées entières, les yeux exorbités par le désir. Il se relevait la nuit, traversait Paris à pied, s'arrêtait aux terrasses des cafés, guettait devant l'entrée des discothèques. Il ne savait pas danser. Il bandait en permanence. Il avait l'impression d'avoir entre les jambes un bout de viande suintant et putréfié, dévoré par les vers. À plusieurs reprises il essaya de parler à des jeunes filles dans la rue, n'obtint en réponse que des humiliations. La nuit, il se regardait dans la glace. Ses cheveux collés à son crâne par la sueur commençaient à se dégarnir sur le devant ; les plis de son ventre se voyaient sous la chemisette. Il commença à fréquenter les sex-shops et les peep-shows, sans obtenir d'autre résultat qu'une exacerbation de ses souffrances. Pour la première fois, il eut recours à la prostitution.

Un basculement subtil et définitif s'était produit dans la société occidentale en 1974-1975, se dit Bruno. Il était toujours allongé sur la pente herbeuse du canal ; son blouson de toile, roulé sous la tête, lui servait d'oreiller. Il arracha une touffe d'herbe, éprouva sa rugosité humide. Ces mêmes années où il tentait sans succès d'accéder à la vie, les sociétés occidentales basculaient vers quelque chose de sombre. En cet été 1976, il était déjà évident que tout cela allait très mal finir. La violence physique, manifestation la plus parfaite de l'individuation, allait réapparaître en Occident à la suite du désir.

154

10

Julian et Aldous

> « *Quand il faut modifier ou renouveler la doctrine fondamentale, les générations sacrifiées au milieu desquelles s'opère la transformation y demeurent essentielle-ment étrangères, et souvent y deviennent directement hostiles.* »
>
> (Auguste Comte –
> *Appel aux conservateurs*)

Vers midi Bruno remonta dans sa voiture, gagna le centre de Parthenay. Tout compte fait, il décida de prendre l'autoroute. D'une cabine, il téléphona à son frère – qui décrocha immédiatement. Il rentrait à Paris, il aurait aimé le voir le soir même. Demain ce n'était pas possible, il avait son fils. Mais ce soir, oui, ça lui paraissait important. Michel manifesta peu d'émotion. « Si tu veux... » dit-il après un long silence. Comme la plupart des gens il estimait détestable cette tendance à l'atomisation sociale bien décrite par les sociologues et les commentateurs. Comme la plupart des gens il esti-mait souhaitable de maintenir quelques relations fami-liales, fût-ce au prix d'un léger ennui. Ainsi, pendant des années, s'était-il astreint à passer Noël chez sa tante Marie-Thérèse, qui vieillissait avec son mari, gentil et presque sourd, dans un pavillon du Raincy. Son oncle votait toujours communiste et refusait d'aller à la messe de minuit, c'était à chaque fois l'occasion d'un *coup de gueule*. Michel écoutait le vieil homme parler de l'éman-cipation des travailleurs en buvant des gentianes ; de temps en temps, il hurlait une banalité en réponse. Puis les autres arrivaient, il y avait sa cousine Brigitte. Il aimait bien Brigitte, et aurait souhaité qu'elle soit heu-reuse ; mais avec un mari aussi con c'était manifestement difficile. Il était visiteur médical chez Bayer et trompait sa femme aussi souvent que possible ; comme il était bel homme et qu'il se déplaçait beaucoup, c'était souvent possible. Chaque année, le visage de Brigitte se creusait un peu plus.

Michel renonça à sa visite annuelle en 1990 ; il restait encore Bruno. Les relations familiales persistent quelques années, parfois quelques dizaines d'années, elles persistent en réalité beaucoup plus longtemps que toutes les autres ; et puis, finalement, elles aussi s'éteignent.

Bruno arriva vers vingt et une heures, il avait déjà un peu bu et souhaitait aborder des sujets théoriques. « J'ai toujours été frappé, commença-t-il avant même de s'être assis, par l'extraordinaire justesse des prédictions faites par Aldous Huxley dans *Le Meilleur des mondes*. Quand on pense que ce livre a été écrit en 1932, c'est hallucinant. Depuis, la société occidentale a constamment tenté de se rapprocher de ce modèle. Contrôle de plus en plus précis de la procréation, qui finira bien un jour ou l'autre par aboutir à sa dissociation totale d'avec le sexe, et à la reproduction de l'espèce humaine en laboratoire dans des conditions de sécurité et de fiabilité génétique totales. Disparition par conséquent des rapports familiaux, de la notion de paternité et de filiation. Élimination, grâce aux progrès pharmaceutiques, de la distinction entre les âges de la vie. Dans le monde décrit par Huxley les hommes de soixante ans ont les mêmes activités, la même apparence physique, les mêmes désirs qu'un jeune homme de vingt ans. Puis, quand il n'est plus possible de lutter contre le vieillissement, on disparaît par euthanasie librement consentie ; très discrètement, très vite, sans drames. La société décrite par *Brave New World* est une société heureuse, dont ont disparu la tragédie et les sentiments extrêmes. La liberté sexuelle y est totale, plus rien n'y fait obstacle à l'épanouissement et au plai-

156

sir. Il demeure de petits moments de dépression, de tristesse et de doute ; mais ils sont facilement traités par voie médicamenteuse, la chimie des antidépresseurs et des anxiolytiques a fait des progrès considérables. "Avec un centicube, guéris dix sentiments." C'est exactement le monde auquel aujourd'hui nous aspirons, le monde dans lequel, aujourd'hui, nous souhaiterions vivre.

« Je sais bien, continua Bruno avec un mouvement de la main comme pour balayer une objection que Michel n'avait pas faite, qu'on décrit en général l'univers d'Huxley comme un cauchemar totalitaire, qu'on essaie de faire passer ce livre pour une dénonciation virulente ; c'est une hypocrisie pure et simple. Sur tous les points – contrôle génétique, liberté sexuelle, lutte contre le vieillissement, civilisation des loisirs, *Brave New World* est pour nous un paradis, c'est en fait exactement le monde que nous essayons, jusqu'à présent sans succès, d'atteindre. Il n'y a qu'une seule chose aujourd'hui qui heurte un peu notre système de valeurs égalitaire – ou plus précisément méritocratique – c'est la division de la société en castes, affectées à des travaux différents suivant leur nature génétique. Mais c'est justement le seul point sur lequel Huxley se soit montré mauvais prophète ; c'est justement le seul point qui, avec le développement de la robotisation et du machinisme, soit devenu à peu près inutile. Aldous Huxley est sans nul doute un très mauvais écrivain, ses phrases sont lourdes et dénuées de grâce, ses personnages insipides et mécaniques. Mais il a eu cette intuition – fondamentale – que l'évolution des sociétés humaines était depuis plusieurs siècles, et serait de plus en plus, exclusivement pilotée par l'évolution scientifique et technologique. Il a pu par ailleurs manquer de finesse, de psychologie, de style ; tout cela pèse peu en regard de la justesse de son intuition de départ. Et, le premier parmi les écrivains, y compris parmi les écrivains de science-fiction, il a compris qu'après la physique c'était maintenant la biologie qui allait jouer un rôle moteur. »

Bruno s'interrompit, s'aperçut alors que son frère avait légèrement maigri ; il semblait fatigué, soucieux, voire un peu inattentif. De fait, depuis quelques jours, il négligeait de faire ses courses. Contrairement aux années précédentes, il restait beaucoup de mendiants et de vendeurs de journaux devant le Monoprix ; on était pourtant en plein été, saison où normalement la pauvreté se fait moins oppressante. Que serait-ce quand il y aurait la guerre ? se demandait Michel en observant par les baies vitrées le déplacement ralenti des clochards. Quand la guerre éclaterait-elle, et que serait la rentrée ? Bruno se resservit un verre de vin ; il commençait à avoir faim, et fut un peu surpris quand son frère lui répondit, d'une voix lasse :

« Huxley appartenait à une grande famille de biologistes anglais. Son grand-père était un ami de Darwin, il a beaucoup écrit pour défendre les thèses évolutionnistes. Son père et son frère Julian étaient également des biologistes de renom. C'est une tradition anglaise, d'intellectuels pragmatiques, libéraux et sceptiques ; très différent du Siècle des lumières en France, beaucoup plus basé sur l'observation, sur la méthode expérimentale. Pendant toute sa jeunesse Huxley a eu l'occasion de voir les économistes, les juristes, et surtout les scientifiques que son père invitait à la maison. Parmi les écrivains de sa génération, il était certainement le seul capable de pressentir les progrès qu'allait faire la biologie. Mais tout cela serait allé beaucoup plus vite sans le nazisme. L'idéologie nazie a beaucoup contribué à discréditer les idées d'eugénisme et d'amélioration de la race ; il a fallu plusieurs décennies pour y revenir. » Michel se leva, sortit de sa bibliothèque un volume intitulé *Ce que j'ose penser*. « Il a été écrit par Julian Huxley, le frère aîné d'Aldous, et publié dès 1931, un an avant *Le Meilleur des mondes*. On y trouve suggérées toutes les idées sur le contrôle génétique et l'amélioration des espèces, y compris de l'espèce humaine, qui sont mises en pratique par son frère dans le roman. Tout cela y est présenté, sans ambiguïté, comme un but souhaitable, vers lequel il faut tendre. »

Michel se rassit, s'épongea le front. « Après la guerre, en 1946, Julian Huxley a été nommé directeur général de l'Unesco, qui venait d'être créé. La même année son frère a publié *Retour au meilleur des mondes*, dans lequel il essaie de présenter son premier livre comme une dénonciation, une satire. Quelques années plus tard, Aldous Huxley est devenu une caution théorique majeure de l'expérience hippie. Il avait toujours été partisan d'une entière liberté sexuelle, et avait joué un rôle de pionnier dans l'utilisation des drogues psychédéliques. Tous les fondateurs d'Esalen le connaissaient, et avaient été influencés par sa pensée. Le *New Age*, par la suite, a repris intégralement à son compte les thèmes fondateurs d'Esalen. Aldous Huxley, en réalité, est un des penseurs les plus influents du siècle. »

Ils allèrent manger dans un restaurant au coin de la rue, qui proposait une fondue chinoise pour deux personnes à 270 francs. Michel n'était pas sorti depuis trois jours. « Je n'ai pas mangé aujourd'hui » remarqua-t-il avec une légère surprise ; il tenait toujours le livre à la main.

« Huxley a publié *Île* en 1962, c'est son dernier livre, poursuivit-il en remuant son riz gluant. Il situe l'action dans une île tropicale paradisiaque – la végétation et les paysages sont probablement inspirés du Sri Lanka. Sur cette île s'est développée une civilisation originale, à l'écart des grands courants commerciaux du XXᵉ siècle, à la fois très avancée sur le plan technologique et respectueuse de la nature : pacifiée, complètement délivrée des névroses familiales et des inhibitions judéochrétiennes. La nudité y est naturelle ; la volupté et l'amour s'y pratiquent librement. Ce livre médiocre, mais facile à lire, a joué un rôle énorme sur les hippies et, à travers eux, sur les adeptes du *New Age*. Si on y regarde de près, la communauté harmonieuse décrite dans *Île* a beaucoup de points communs avec celle du *Meilleur des mondes*. De fait Huxley lui-même, dans son probable état de gâtisme, ne semble pas avoir pris conscience de la ressemblance, mais la société décrite dans *Île* est aussi proche du *Meilleur des mondes* que la société hippie libertaire l'est de la société bourgeoise libérale, ou plutôt de sa variante social-démocrate suédoise. »

Il s'interrompit, trempa une gamba dans la sauce piquante, reposa ses baguettes. « Comme son frère, Aldous Huxley était un optimiste... dit-il finalement avec une sorte de dégoût. La mutation métaphysique ayant donné naissance au matérialisme et à la science moderne a eu deux grandes conséquences : le rationalisme et l'individualisme. L'erreur d'Huxley est d'avoir mal évalué le rapport de forces entre ces deux conséquences. Spécifiquement, son erreur est d'avoir sous-estimé l'augmentation de l'individualisme produite par une conscience accrue de la mort. De l'individualisme naissent la liberté, la sensation du moi, le besoin de se distinguer et d'être supérieur aux autres. Dans une société rationnelle telle que celle décrite par *Le Meilleur des mondes*, la lutte peut être atténuée. La compétition économique, métaphore de la maîtrise de l'espace, n'a plus de raison d'être dans une société riche, où les flux économiques sont maîtrisés. La compétition sexuelle, métaphore par le biais de la procréation de la maîtrise du temps, n'a plus de raison d'être dans une société où la dissociation sexe-procréation est parfaitement réalisée ; mais Huxley oublie de tenir compte de l'individualisme. Il n'a pas su comprendre que le sexe, une fois dissocié de la procréation, subsiste moins comme principe de plaisir que comme principe de différenciation narcissique ; il en est de même du désir de richesses. Pourquoi le modèle de la social-démocratie suédoise n'a-t-il jamais réussi à l'emporter sur le modèle libéral ?

160

Pourquoi n'a-t-il même jamais été expérimenté dans le domaine de la satisfaction sexuelle ? Parce que la mutation métaphysique opérée par la science moderne entraîne à sa suite l'individuation, la vanité, la haine et le désir. En soi le désir – contrairement au plaisir – est source de souffrance, de haine et de malheur. Cela, tous les philosophes – non seulement les bouddhistes, non seulement les chrétiens, mais tous les philosophes dignes de ce nom – l'ont su et enseigné. La solution des utopistes – de Platon à Huxley, en passant par Fourier – consiste à éteindre le désir et les souffrances qui s'y rattachent en organisant sa satisfaction immédiate. À l'opposé, la société érotique-publicitaire où nous vivons s'attache à organiser le désir, à développer le désir dans des proportions inouïes, tout en maintenant la satisfaction dans le domaine de la sphère privée. Pour que la société fonctionne, pour que la compétition continue, il faut que le désir croisse, s'étende et dévore la vie des hommes. » Il s'épongea le front, épuisé ; il n'avait pas touché à son plat.

« Il y a des correctifs, des petits correctifs humanistes... dit doucement Bruno. Enfin, des choses qui permettent d'oublier la mort. Dans *Le Meilleur des mondes* il s'agit d'anxiolytiques et d'antidépresseurs ; dans *Île* on a plutôt affaire à la méditation, les drogues psychédéliques, quelques vagues éléments de religiosité hindoue. En pratique, aujourd'hui, les gens essaient de faire un petit mélange des deux.

— Julian Huxley aborde lui aussi les questions religieuses dans *Ce que j'ose penser*, il y consacre toute la deuxième partie de son livre, rétorqua Michel avec un dégoût croissant. Il est nettement conscient que les progrès de la science et du matérialisme ont sapé les bases de toutes les religions traditionnelles ; il est également conscient qu'aucune société ne peut subsister sans religion. Pendant plus de cent pages, il tente de jeter les bases d'une religion compatible avec l'état de la science. On ne peut pas dire que le résultat soit tellement convaincant ; on ne peut pas dire non plus que l'évolution de nos sociétés soit tellement allée dans ce sens. En réalité, tout espoir de fusion étant anéanti par l'évidence de la mort matérielle, la vanité et la cruauté ne peuvent manquer de s'étendre. À titre de compensation, conclut-il bizarrement, il en est de même de l'amour. »

11

Après la visite de Bruno, Michel demeura couché deux semaines entières. De fait, se demandait-il, comment une société pourrait-elle subsister sans religion ? Déjà, dans le cas d'un individu, ça paraissait difficile. Pendant plusieurs jours, il contempla le radiateur situé à gauche de son lit. En saison les cannelures se remplissaient d'eau chaude, c'était un mécanisme utile et ingénieux ; mais combien de temps la société occidentale pourrait-elle subsister sans une religion quelconque ? Enfant, il aimait arroser les plantes du potager. Il conservait une petite photo carrée, en noir et blanc, où il tenait l'arrosoir sous la surveillance de sa grand-mère ; il pouvait avoir six ans. Plus tard, il avait aimé faire les courses ; avec la monnaie du pain, il avait le droit d'acheter un Carambar. Il allait ensuite chercher le lait à la ferme ; il balançait à bout de bras la gamelle d'aluminium contenant le lait encore tiède, et il avait un peu peur, la nuit tombée, en longeant le chemin creux bordé de ronces. Aujourd'hui, chaque déplacement au supermarché était pour lui un calvaire. Pourtant les produits changeaient, de nouvelles lignes de surgelés pour célibataires apparaissaient sans cesse. Récemment, au rayon boucherie de son Monoprix, il avait – pour la première fois – vu du steak d'autruche.

Pour permettre la reproduction, les deux brindilles

composant la molécule d'ADN se séparent avant d'attirer, chacune de son côté, des nucléotides complémentaires. Ce moment de la séparation est un moment dangereux où peuvent facilement intervenir des mutations incontrôlables, le plus souvent néfastes. Les effets de stimulation intellectuelle du jeûne sont réels, et à l'issue de la première semaine Michel eut l'intuition qu'une reproduction parfaite serait impossible tant que la molécule d'ADN aurait la forme d'une hélice. Pour obtenir une réplication non dégradée sur une succession indéfinie de générations cellulaires, il était probablement nécessaire que la structure portant l'information génétique ait une topologie compacte – celle par exemple d'une bande de Mœbius ou d'un tore.

Enfant, il ne pouvait pas supporter la dégradation naturelle des objets, leur bris, leur usure. Ainsi conserva-t-il pendant des années, les réparant à l'infini, les emmaillotant de scotch, les deux morceaux brisés d'une petite règle de plastique blanc. Avec les épaisseurs de scotch surajoutées la règle n'était plus droite, elle ne pouvait même plus tirer de traits, remplir sa fonction de règle ; cependant, il la conservait. Elle se brisait à nouveau ; il la réparait, rajoutait une épaisseur de scotch, la remettait dans sa trousse.

Un des traits de génie de Djerzinski, devait écrire Frédéric Hubczejak bien des années plus tard, fut d'avoir su dépasser sa première intuition selon laquelle la reproduction sexuée était en elle-même une source de mutations délétères. Depuis des milliers d'années, soulignait encore Hubczejak, toutes les cultures humaines étaient empreintes de cette intuition plus ou moins formulée d'une relation indissociable entre le sexe et la mort ; un chercheur qui venait d'établir ce lien par des arguments irréfutables tirés de la biologie moléculaire aurait normalement dû s'arrêter là, considérer sa tâche comme achevée. Djerzinski, pourtant, avait eu l'intuition qu'il fallait dépasser le cadre de la reproduction sexuée pour examiner dans toute leur généralité les conditions topologiques de la division cellulaire.

Dès sa première année à l'école primaire de Charny, Michel avait été frappé par la cruauté des garçons. Il est vrai qu'il s'agissait de fils de paysans, donc de petits animaux, encore proches de la nature. Mais on pouvait réellement s'étonner du naturel joyeux, instinctif, avec lequel ils piquaient les crapauds de la pointe de leur compas ou de leur porte-plume ; l'encre violette diffusait sous la peau du malheureux animal, qui expirait lentement, par suffocation. Ils faisaient cercle, contemplaient son agonie, les yeux brillants. Un de leurs autres jeux favoris était de découper les antennes des escargots avec leurs ciseaux de classe. Toute la sensibilité de l'escargot se concentre dans ses antennes, qui sont terminées par de petits yeux. Privé de ses antennes l'escargot n'est plus qu'une masse molle, souffrante et désemparée. Rapidement, Michel comprit qu'il avait intérêt à mettre une distance entre lui et ces jeunes brutes ; il y avait par contre peu à craindre des filles, êtres plus doux. Cette première intuition sur le monde fut relayée par *La Vie des animaux*, qui passait à la télévision tous les mercredis soir. Au milieu de cette saloperie immonde, de ce carnage permanent qu'était la nature animale, la seule trace de dévouement et d'altruisme était représentée par l'amour maternel, ou par un instinct de protection, enfin quelque chose qui insensiblement et par degrés conduisait à l'amour maternel. La femelle calmar, une petite chose pathétique de vingt centimètres de long, attaquait sans hésiter le plongeur qui s'approchait de ses œufs.

Trente ans plus tard, il ne pouvait une fois de plus qu'aboutir à la même conclusion : décidément, les femmes étaient meilleures que les hommes. Elles étaient plus caressantes, plus aimantes, plus compatissantes et plus douces ; moins portées à la violence, à l'égoïsme, à l'affirmation de soi, à la cruauté. Elles étaient en outre plus raisonnables, plus intelligentes et plus travailleuses.

Au fond, se demandait Michel en observant les mouvements du soleil sur les rideaux, à quoi servaient les hommes ? Il est possible qu'à des époques antérieures, où les ours étaient nombreux, la virilité ait pu jouer un rôle spécifique et irremplaçable ; mais depuis quelques siècles, les hommes ne servaient visiblement à peu près plus à rien. Ils trompaient parfois leur ennui en faisant des parties de tennis, ce qui était un moindre mal ; mais parfois aussi ils estimaient utile de *faire avancer l'histoire*, c'est-à-dire essentiellement de provoquer des révolutions et des guerres. Outre les souffrances absurdes qu'elles provoquaient, les révolutions et les guerres détruisaient le meilleur du passé, obligeant à chaque fois à faire table rase pour rebâtir. Non inscrite dans le cours régulier d'une ascension progressive, l'évolution humaine acquérait ainsi un tour chaotique, déstructuré, irrégulier et violent. Tout cela les hommes (avec leur goût du risque et du jeu, leur vanité grotesque, leur irresponsabilité, leur violence foncière) en étaient directement et exclusivement responsables. Un monde composé de femmes serait à tous points de vue infiniment supérieur ; il évoluerait plus lentement, mais avec régularité, sans retours en arrière et sans remises en cause néfastes, vers un état de bonheur commun.

Au matin du 15 août il se releva, sortit en espérant qu'il n'y aurait personne dans les rues ; c'était pratiquement le cas. Il prit quelques notes qu'il devait retrouver une dizaine d'années plus tard, au moment où il rédigea sa publication la plus importante, *Prolégomènes à la réplication parfaite*.

Dans le même temps, Bruno ramenait son fils à son ex-femme ; il se sentait épuisé et désespéré. Anne reviendrait d'une expédition Nouvelles Frontières, à l'île de Pâques ou au Bénin, il ne se souvenait plus au juste ; elle aurait probablement rencontré des amies, échangé des adresses – elle les reverrait deux ou trois fois avant de se lasser ; mais elle n'aurait pas rencontré d'hommes – Bruno avait l'impression qu'elle avait tout à fait renoncé, pour ce qui concerne les hommes. Elle le prendrait à part pendant deux minutes, elle voudrait savoir « comment ça s'était passé ». Il répondrait : « Bien », il adopterait un ton calme et sûr de lui, comme les femmes l'aiment ; mais c'est avec une nuance d'humour qu'il ajouterait : « Victor a quand même beaucoup regardé la télévision. » Il serait rapidement mal à l'aise, depuis qu'elle avait arrêté Anne ne supportait plus qu'on fume chez elle ; son appartement était décoré avec goût. Au moment de partir il éprouverait des regrets, se demanderait une fois de plus comment faire pour que les choses soient différentes ; il embrasserait rapidement Victor, puis il partirait. Voilà : les vacances avec son fils seraient terminées.

En réalité, ces deux semaines avaient été un calvaire. Allongé sur son matelas, une bouteille de bourbon à portée de la main, Bruno écoutait les bruits de son fils dans la pièce à côté : la chasse d'eau qu'il tirait après être allé pisser, les grésillements de la télécommande. Exactement comme son demi-frère au même moment, et sans le savoir, il contemplait stupidement, et pendant des heures, les tubulures de son radiateur. Victor couchait dans le canapé-lit du salon ; il regardait la télévision quinze heures par jour. Le matin, lorsque Bruno se réveillait, la télévision était déjà branchée sur les dessins animés de M6. Victor mettait un casque pour écouter le son. Il n'était pas violent, ne cherchait pas à être désagréable ; mais lui et son père n'avaient absolument plus rien à se dire. Deux fois par jour, Bruno faisait chauffer un plat cuisiné ; ils mangeaient, face à face, pratiquement sans prononcer une parole.

Comment les choses en étaient-elles arrivées là ? Victor avait treize ans depuis quelques mois. Il y a encore quelques années il faisait des dessins, qu'il montrait à son père. Il recopiait des personnages de Marvel

Comics : Fatalis, Fantastik, le Pharaon du futur – qu'il mettait en scène dans des situations inédites. Parfois ils faisaient une partie de Mille Bornes, ou allaient au musée du Louvre le dimanche matin. Pour l'anniversaire de Bruno, l'année de ses dix ans, Victor avait calligraphié sur une feuille de Canson, en grosses lettres multicolores : « PAPA JE T'AIME. » Maintenant c'était fini. C'était réellement fini. Et, Bruno le savait, les choses allaient encore s'aggraver : de l'indifférence réciproque, ils allaient progressivement passer à la haine. Dans deux ans tout au plus, son fils essaierait de sortir avec des filles de son âge ; ces filles de quinze ans, Bruno les désirerait lui aussi. Ils approchaient de l'état de rivalité, état naturel des hommes. Ils étaient comme des animaux se battant dans la même cage, qui était le temps.

En rentrant chez lui, Bruno acheta deux bouteilles de liqueur d'anis chez un épicier arabe ; puis, avant de se saouler à mort, il téléphona à son frère pour le voir le lendemain. Quand il arriva chez Michel, celui-ci, pris d'une fringale subite après sa période de jeûne, dévorait des tranches de saucisson italien en avalant de grands verres de vin. « Sers-toi, sers-toi... » fit-il vaguement. Bruno eut l'impression qu'il l'entendait à peine. C'était comme parler à un psychiatre, ou à un mur. Il parla, cependant.

« Pendant plusieurs années mon fils s'est tourné vers moi, et a demandé mon amour ; j'étais déprimé, mécontent de ma vie, et je l'ai rejeté – en attendant d'aller mieux. Je ne savais pas alors que ces années seraient si brèves. Entre sept et douze ans l'enfant est un être merveilleux, gentil, raisonnable et ouvert. Il vit dans la raison parfaite et il vit dans la joie. Il est plein d'amour, et se contente lui-même de l'amour qu'on veut bien lui donner. Ensuite, tout se gâte. Irrémédiablement, tout se gâte. »

Michel avala les deux dernières tranches de saucisson, se resservit un verre de vin. Ses mains tremblaient énormément. Bruno poursuivit :

« Il est difficile d'imaginer plus con, plus agressif, plus insupportable et plus haineux qu'un pré-adolescent, spécialement lorsqu'il est réuni avec d'autres garçons de son âge. Le pré-adolescent est un monstre doublé d'un imbécile, son conformisme est presque incroyable ; le pré-adolescent semble la cristallisation subite, maléfique (et imprévisible si l'on considère l'enfant) de ce qu'il y a de pire en l'homme. Comment, dès lors, douter que la sexualité ne soit une force absolument mauvaise ? Et comment les gens supportent-ils de vivre sous le même toit qu'un pré-adolescent ? Ma thèse est qu'ils y parviennent uniquement parce que leur vie est absolument vide ; pourtant ma vie est vide aussi, et je n'y suis pas parvenu. De toute façon tout le monde ment, et tout le monde ment de manière grotesque. On est divorcés, mais on reste bons amis. On reçoit son fils un week-end sur deux ; c'est de la saloperie. C'est une entière et complète saloperie. En réalité jamais les hommes ne se sont intéressés à leurs enfants, jamais ils n'ont éprouvé d'amour pour eux, et plus généralement les hommes sont incapables d'éprouver de l'amour, c'est un sentiment qui leur est totalement étranger. Ce qu'ils connaissent c'est le désir, le désir sexuel à l'état brut et la compétition entre mâles ; et puis, beaucoup plus tard, dans le cadre du mariage, ils pouvaient autrefois en arriver à éprouver une certaine reconnaissance pour leur compagne – quand elle leur avait donné des enfants, qu'elle tenait bien leur ménage, qu'elle se montrait bonne cuisinière et bonne amante ; ils éprouvaient alors du plaisir à coucher dans le même lit. Ce n'était peut-être pas ce que les femmes désiraient, il y avait peut-être un malentendu, mais c'était un sentiment qui pouvait être très fort – et même s'ils éprouvaient une excitation d'ailleurs décroissante à se taper un petit cul de temps à autre ils ne pouvaient littéralement plus vivre sans leur femme, quand par malheur elle disparaissait ils se mettaient à boire et décédaient rapidement, en général en quelques mois. Les enfants, quant à eux, étaient la transmission d'un état, de règles et d'un patrimoine. C'était bien entendu le cas dans les couches féodales, mais aussi chez les commerçants, les paysans, les artisans, dans toutes les classes de la société en fait. Aujourd'hui, tout cela n'existe plus : je suis salarié, je suis locataire, je n'ai rien à transmettre à mon fils. Je n'ai aucun métier à lui apprendre, je ne sais même pas ce qu'il pourra faire plus tard ; les règles que j'ai connues ne seront de toute façon plus valables pour lui, il vivra dans un autre univers. Accepter l'idéologie du changement continuel c'est accepter que la vie d'un homme soit strictement réduite à son existence individuelle, et que les générations passées et futures n'aient plus aucune importance à ses yeux. C'est ainsi que nous vivons, et avoir un enfant, aujourd'hui, n'a plus aucun sens pour un homme. Le cas des femmes est différent, car elles continuent à éprouver le besoin d'avoir un être à aimer – ce qui n'est pas, ce qui n'a jamais été le cas des hommes. Il est faux de prétendre que les hommes ont eux aussi besoin de pouponner, de jouer avec leurs enfants, de leur faire des câlins. On a beau le répéter depuis des années, ça reste faux. Une fois qu'on a divorcé, que le cadre familial a été brisé, les relations avec ses enfants perdent tout sens. L'enfant c'est le piège qui s'est refermé, c'est l'ennemi qu'on va devoir continuer à entretenir, et qui va vous survivre. »

Michel se leva, marcha jusqu'à la cuisine pour se servir un verre d'eau. Il voyait des roues colorées qui tournaient à mi-hauteur dans l'atmosphère, et il commençait à avoir envie de vomir. La première chose était d'arrêter le tremblement de ses mains. Bruno avait raison, l'amour paternel était une fiction, un mensonge. Un mensonge est utile quand il permet de transformer la réalité, songea-t-il ; mais quand la transformation échoue il ne reste plus que le mensonge, l'amertume et la conscience du mensonge.

Il revint dans la pièce. Bruno était tassé dans le fauteuil, il ne bougeait pas plus que s'il était mort. La nuit tombait entre les tours ; après une nouvelle journée étouffante, la température redevenait supportable. Michel remarqua soudain la cage désormais vide où son canari avait vécu pendant plusieurs années ; il faudrait jeter ça, il n'avait pas l'intention de remplacer l'animal. Fugitivement il pensa à sa voisine d'en face, la rédactrice de *20 Ans* ; il ne l'avait pas vue depuis des mois, elle avait probablement déménagé. Il se força à fixer son attention sur ses mains, constata que le tremblement avait légèrement diminué. Bruno était toujours immobile ; le silence entre eux dura encore quelques minutes.

12

« J'ai rencontré Anne en 1981, poursuivit Bruno avec un soupir. Elle n'était pas tellement belle, mais j'en avais marre de me branler. Ce qui était bien, quand même, c'est qu'elle avait de gros seins. J'ai toujours aimé les gros seins... » Il soupira de nouveau, longuement. « Ma BCBG protestante aux gros seins... » ; à la grande surprise de Michel, ses yeux se mouillèrent de larmes. « Plus tard ses seins sont tombés, et notre mariage s'est cassé la gueule lui aussi. J'ai foutu sa vie en l'air. C'est une chose que je n'oublie jamais : j'ai foutu en l'air la vie de cette femme. Il te reste du vin ? »

Michel partit chercher une bouteille dans la cuisine. Tout cela était un peu exceptionnel ; il savait que Bruno avait consulté un psychiatre, puis qu'il avait arrêté. On cherche toujours en réalité à minimiser la souffrance. Tant que la souffrance de la confession paraît moins forte, on parle ; ensuite on se tait, on renonce, on est seul. Si Bruno éprouvait à nouveau le besoin de revenir sur l'échec de sa vie, c'était probablement qu'il espérait quelque chose, un nouveau départ ; c'était probablement bon signe.

« Ce n'est pas qu'elle était laide, poursuivit Bruno, mais son visage était quelconque, sans grâce. Elle n'a jamais eu cette finesse, cette lumière qui irradient parfois le visage des jeunes filles. Avec ses jambes un peu lourdes, il n'était pas question de lui faire porter de minijupes ; mais je lui ai appris à mettre des petits hauts très courts, sans soutien-gorge ; c'est très excitant, les gros seins vus par-dessous. Elle était un peu gênée, mais finalement elle acceptait ; elle ne connaissait rien à l'érotisme, à la lingerie, elle n'avait aucune expérience. D'ailleurs je te parle d'elle mais tu la connais, je crois ?

— Je suis venu à ton mariage...

— C'est vrai, acquiesça Bruno avec une stupéfaction proche de l'hébétude. Je me souviens que ça m'avait surpris que tu viennes. Je croyais que tu ne voulais plus avoir de relations avec moi.

— Je ne voulais plus avoir de relations avec toi. »

Michel repensa à ce moment, se demanda en effet ce qui avait pu le pousser à se rendre à cette cérémonie sinistre. Il revoyait le temple à Neuilly, la salle presque nue, d'une austérité déprimante, plus qu'à moitié remplie d'une assemblée à la richesse dénuée d'ostentation ; le père de la mariée était dans la finance. « Ils étaient de gauche, dit Bruno, *d'ailleurs tout le monde était de gauche à l'époque.* Ils trouvaient tout à fait normal que je vive avec leur fille avant le mariage, on s'est mariés parce qu'elle était enceinte, enfin le truc habituel. » Michel se souvint des paroles du pasteur qui résonnaient avec netteté dans la salle froide : il y était question du Christ vrai homme et vrai Dieu, de la nouvelle alliance passée par l'Éternel avec son peuple ; enfin il avait du mal à comprendre de quoi il était exactement question. Au bout de trois quarts d'heure de ce régime, il était dans un état proche de la somnolence ; il se réveilla brusquement en percevant cette formule : « Que le Dieu d'Israël vous bénisse, lui qui a eu pitié de deux enfants seuls. » Il eut d'abord du mal à reprendre pied : se trouvait-on chez les Juifs ? Il lui fallut une minute de réflexion avant de se rendre compte qu'en fait il s'agissait du *même* Dieu. Le pasteur enchaînait en souplesse, avec une conviction grandissante : « Aimer sa femme, c'est s'aimer soi-même. Aucun homme n'a jamais haï sa propre chair, au contraire il la nourrit et la soigne, comme fait Christ pour l'Église ; car nous sommes membres d'un même corps, nous sommes de sa chair et de ses os. Voici pourquoi l'homme quittera son père et sa mère, et il s'attachera à sa femme, et les deux deviendront une seule chair. Ce mystère est grand, je l'affirme, par rapport au Christ et à l'Église. » En effet, c'était une formule qui faisait mouche : *les deux deviendront une seule chair.* Michel médita sur cette perspective quelque temps, jeta un regard à Anne : calme et concentrée, elle semblait retenir sa respiration ; elle en devenait presque belle. Probablement stimulé par la citation de saint Paul, le pasteur continuait avec une énergie croissante : « Seigneur, regarde avec bonté ta servante : au moment de s'unir à son époux par le mariage, elle demande ta protection. Fais qu'elle demeure dans le Christ une épouse fidèle et chaste, et qu'elle suive toujours les exemples des saintes femmes : qu'elle soit aimable à son époux comme Rachel, sage comme Rebecca, fidèle comme Sara. Qu'elle reste attachée à la foi et aux commandements ; unie à son époux, qu'elle évite toute relation mauvaise ; que sa réserve lui mérite l'estime, que sa pudeur inspire le respect, qu'elle soit instruite des choses de Dieu. Qu'elle ait une maternité féconde, que tous deux voient les enfants de leurs enfants jusqu'à la troisième et quatrième génération. Qu'ils parviennent à une heureuse vieillesse, et qu'ils connaissent le repos des élus dans le

Royaume des cieux. Au nom de Notre Seigneur Jésus-Christ, amen. » Michel fendit la foule pour s'approcher de l'autel, provoquant autour de lui des regards irrités. Il s'arrêta à trois rangées de distance, assista à l'échange des anneaux. Le pasteur prit les mains des époux dans les siennes, la tête baissée, dans un état de concentration impressionnant ; le silence à l'intérieur du temple était total. Puis il releva la tête et d'une voix forte, à la fois énergique et désespérée, d'une stupéfiante intensité d'expression, il s'exclama avec violence : « Que l'homme ne sépare pas ce que Dieu a uni ! »

Plus tard, Michel s'approcha du pasteur qui rangeait ses ustensiles. « J'ai été très intéressé par ce que vous disiez tout à l'heure... » L'homme de Dieu sourit avec urbanité. Il enchaîna alors sur les expériences d'Aspect et le paradoxe EPR : lorsque deux particules ont été réunies, elles forment dès lors un tout inséparable, « ça me paraît tout à fait en rapport avec cette histoire d'une seule chair ». Le sourire du pasteur se crispa légèrement. « Je veux dire, poursuivit Michel en s'animant, sur le plan ontologique, on peut leur associer un vecteur d'état unique dans un espace de Hilbert. Vous voyez ce que je veux dire ? – Bien sûr, bien sûr... » marmonna le serviteur du Christ en jetant des regards autour de lui. « Excusez-moi » fit-il brusquement avant de se tourner vers le père de la mariée. Ils se serrèrent longuement la main, se donnèrent l'accolade. « Très belle célébration, magnifique... » fit le financier avec émotion.

— Tu n'es pas resté à la fête... se souvint Bruno. C'était un peu gênant, je ne connaissais personne, et c'était tout de même mon mariage. Mon père est arrivé très en retard, mais il est quand même venu : il était mal rasé, la cravate de travers, il avait tout à fait l'air d'un vieux débris libertin. Je suis sûr que les parents d'Anne auraient préféré un autre parti, mais bon, des bourgeois protestants de gauche, ils avaient malgré tout un certain respect pour l'enseignement. Et puis j'étais agrégé, elle n'avait que le CAPES. Ce qui est terrible, c'est que sa petite sœur était très jolie. Elle lui ressemblait assez, elle aussi avait de gros seins ; mais au lieu d'être quelconque son visage était splendide. Ça tient à pas grand-chose, l'arrangement des traits, un détail. C'est dur... » Il soupira encore une fois, se resservit un verre.

« J'ai eu mon premier poste à la rentrée 84, au lycée Carnot, à Dijon. Anne était enceinte de six mois. Voilà, on était enseignants, on était un couple d'enseignants ; il nous restait à mener une vie normale.

On a loué un appartement rue Vannerie, à deux pas du lycée. "Ce ne sont pas les prix de Paris, comme disait la fille de l'agence. Ce n'est pas non plus la vie de Paris, mais vous verrez c'est très gai en été, il y a des touristes, on a beaucoup de jeunes au moment du festival de musique baroque." Musique baroque ?...

J'ai tout de suite compris que j'étais maudit. Ce n'était pas la " vie de Paris", ça je n'en avais rien à foutre, j'avais été constamment malheureux à Paris. Simplement j'avais envie de toutes les femmes, sauf de la mienne. À Dijon, comme dans toutes les villes de province, il y a beaucoup de minettes, c'est bien pire qu'à Paris. Ces années-là, la mode devenait de plus en plus sexy. C'était insupportable, toutes ces filles avec leurs petites mines, leurs petites jupes et leurs petits rires. Je les voyais pendant la journée en cours, je les voyais le midi au *Penalty*, le bar à côté du lycée, elles discutaient avec des garçons ; je rentrais déjeuner chez ma femme. Je les revoyais encore le samedi après-midi dans les rues commerçantes de la ville, elles achetaient des fringues et des disques. J'étais avec Anne, elle regardait les vêtements de bébé ; sa grossesse se passait bien, elle était incroyablement heureuse. Elle dormait beaucoup, elle mangeait tout ce qu'elle voulait ; on ne faisait plus l'amour, mais je crois qu'elle ne s'en rendait même pas compte. Pendant les séances de préparation à l'accou-

chement elle avait sympathisé avec d'autres femmes ;
elle était sociable, sociable et sympa, c'était une femme
facile à vivre. Quand j'ai appris qu'elle attendait un
garçon j'ai eu un choc terrible. D'emblée c'était le pire,
il allait falloir que je vive le pire. J'aurais dû être heureux ; je n'avais que vingt-huit ans et je me sentais déjà
mort.

Victor est né en décembre ; je me souviens de son
baptême à l'église Saint-Michel, c'était bouleversant.
"Les baptisés deviennent des pierres vivantes pour l'édi-
fication d'un édifice spirituel, pour un sacerdoce saint"
dit le prêtre. Victor était tout rouge et tout fripé, dans
sa petite robe en dentelle blanche. C'était un baptême
collectif, comme dans l'Église primitive, il y avait une
dizaine de familles. "Le baptême incorpore à l'Église,
dit le prêtre, il fait de nous des membres du corps du
Christ." Anne le tenait dans ses bras, il faisait quatre
kilos. Il était très sage, il n'a pas du tout crié. "Dès lors,
dit le prêtre, ne sommes-nous pas membres les uns des
autres ?" On s'est regardés entre parents, il y a eu
comme un doute. Puis le prêtre a versé l'eau baptis-
male, par trois fois, sur la tête de mon fils ; il l'a ensuite
oint du saint-chrême. Cette huile parfumée, consacrée
par l'évêque, symbolisait le don de l'Esprit Saint, dit le
prêtre. Il s'adressa alors directement à lui. "Victor, dit
le prêtre, tu es maintenant devenu un chrétien. Par cette
onction de l'Esprit Saint, tu es incorporé au Christ. Tu
participes désormais de sa mission prophétique, sacer-
dotale et royale." Ça m'a tellement impressionné que je
me suis inscrit à un groupe *Foi et Vie* qui se réunissait
tous les mercredis. Il y avait une jeune Coréenne, très
jolie, j'ai tout de suite eu envie de la sauter. C'était
délicat, elle savait que j'étais marié. Anne a reçu le
groupe un samedi chez nous, la Coréenne s'est assise
sur le canapé, elle portait une jupe courte ; j'ai regardé
ses jambes toute l'après-midi, mais personne ne s'est
rendu compte de rien.

Aux vacances de février, Anne est partie chez ses

parents avec Victor ; je suis resté seul à Dijon. J'ai fait une nouvelle tentative pour devenir catholique ; allongé sur mon matelas Épéda, je lisais *Le Mystère des Saints Innocents* en buvant de la liqueur d'anis. C'est très beau, Péguy, c'est vraiment splendide ; mais ça a fini par me déprimer complètement. Toutes ces histoires de péché et de pardon des péchés, et Dieu qui se réjouit plus du retour d'un pécheur que du salut de mille justes... moi j'aurais aimé être un pécheur, mais je n'y arrivais pas. J'avais le sentiment qu'on m'avait volé ma jeunesse. Tout ce que je voulais, c'était me faire sucer la queue par de jeunes garces aux lèvres pulpeuses. Il y avait beaucoup de jeunes garces aux lèvres pulpeuses dans les discothèques, et pendant l'absence d'Anne je suis allé plusieurs fois au *Slow Rock* et à *L'Enfer* ; mais elles sortaient avec d'autres que moi, elles suçaient d'autres queues que la mienne ; et ça, je n'arrivais simplement plus à le supporter. C'était la période de l'explosion du Minitel rose, il y avait toute une frénésie autour de ça, je suis resté connecté des nuits entières. Victor dormait dans notre chambre, mais il faisait de bonnes nuits, il n'y avait pas de problème. J'ai eu très peur quand la première facture de téléphone est arrivée, je l'ai prise dans la boîte et j'ai ouvert l'enveloppe sur le chemin du lycée : quatorze mille francs. Heureusement il me restait un livret de Caisse d'Épargne qui datait de mes années d'étudiant, j'ai tout transféré sur notre compte, Anne ne s'est rendu compte de rien.

La possibilité de vivre commence dans le regard de l'autre. Progressivement je me suis rendu compte que mes collègues, les enseignants du lycée Carnot, jetaient sur moi un regard dénué de haine ou d'acrimonie. Ils ne se sentaient pas en compétition avec moi ; nous étions engagés dans la même tâche, j'étais *un des leurs*. Ils m'enseignèrent le sens ordinaire des choses. J'ai passé mon permis de conduire et j'ai commencé à m'intéresser aux catalogues de la CAMIF. Le printemps venu, nous avons passé des après-midi sur la pelouse des

Guilmard. Ils habitaient une maison assez laide à Fontaine-les-Dijon, mais il y avait une grande pelouse très agréable, avec des arbres. Guilmard était prof de maths, nous avions à peu près les mêmes classes. Il était long, maigre, voûté, les cheveux blond-roux, avec une moustache tombante ; il ressemblait un peu à un comptable allemand. Il préparait le barbecue avec sa femme. L'après-midi s'avançait, on parlait vacances, on était un peu pétés ; en général on était à quatre ou cinq couples d'enseignants. La femme de Guilmard était infirmière, elle avait la réputation d'être une supersalope ; de fait, quand elle s'asseyait sur la pelouse, on voyait qu'elle n'avait rien sous sa jupe. Ils passaient leurs vacances au Cap d'Agde, dans le secteur naturiste. Je crois aussi qu'ils allaient dans un sauna pour couples, place Bossuet – enfin c'est ce que j'ai entendu dire. Je n'ai jamais osé en parler à Anne mais je les trouvais sympas, ils avaient un côté social-démocrate – pas du tout comme les hippies qui traînaient autour de notre mère dans les années soixante-dix. Guilmard était bon prof, il n'hésitait jamais à rester après la fin des cours pour aider un élève en difficulté. Il donnait pour les handicapés, aussi, je crois. »

Bruno se tut brusquement. Au bout de quelques minutes Michel se leva, ouvrit la porte-fenêtre et sortit sur le balcon aspirer l'air nocturne. La plupart des gens qu'il connaissait avaient mené des vies comparables à celle de Bruno. Mis à part dans certains secteurs de très haut niveau tels que la publicité ou la mode, il est relativement facile d'être accepté physiquement dans le milieu professionnel, les *dress-codes* y sont limités et implicites. Après quelques années de travail le désir sexuel disparaît, les gens se recentrent sur la gastronomie et les vins ; certains de ses collègues, beaucoup plus jeunes que lui, avaient déjà commencé à se constituer une cave. Tel n'était pas le cas de Bruno, qui n'avait fait aucune remarque sur le vin – du Vieux Papes à 11,95 F.

Oubliant à demi la présence de son frère, Michel jeta un regard sur les immeubles en s'appuyant à la balustrade. La nuit était tombée, maintenant ; presque toutes les lumières étaient éteintes. On était le dernier soir du week-end du 15 août. Il revint vers Bruno, s'assit près de lui ; leurs genoux étaient proches. Pouvait-on considérer Bruno comme un individu ? Le pourrissement de ses organes lui appartenait, c'est à titre individuel qu'il connaîtrait le déclin physique et la mort. D'un autre côté sa vision hédoniste de la vie, les champs de forces qui structuraient sa conscience et ses désirs appartenaient à l'ensemble de sa génération. De même que l'installation d'une préparation expérimentale et le choix d'un ou plusieurs observables permettent d'assigner à un système atomique un comportement donné – tantôt corpusculaire, tantôt ondulatoire –, de même Bruno pouvait apparaître comme un individu, mais d'un autre point de vue il n'était que l'élément passif du déploiement d'un mouvement historique. Ses motivations, ses valeurs, ses désirs : rien de tout cela ne le distinguait, si peu que ce soit, de ses contemporains. La première réaction d'un animal frustré est généralement d'essayer avec plus de force d'atteindre son but. Par exemple une poule affamée (*Gallus domesticus*), empêchée d'obtenir sa nourriture par une clôture en fil de fer, tentera avec des efforts de plus en plus frénétiques de passer au travers de cette clôture. Peu à peu, cependant, ce comportement sera remplacé par un autre, apparemment sans objet. Ainsi les pigeons (*Columba livia*) becquettent fréquemment le sol lorsqu'ils ne peuvent obtenir la nourriture convoitée, alors même que le sol ne comporte aucun objet comestible. Non seulement ils se livrent à ce becquetage indiscriminé, mais ils en viennent fréquemment à lisser leurs ailes ; un tel comportement hors de propos, fréquent dans les situations qui impliquent une frustration ou un conflit, est appelé *activité de substitution*. Début 1986, peu après avoir atteint l'âge de trente ans, Bruno commença à écrire.

13

« Aucune mutation métaphysique, devait noter Djerzinski bien des années plus tard, ne s'accomplit sans avoir été annoncée, préparée et facilitée par un ensemble de mutations mineures, souvent passées inaperçues au moment de leur occurrence historique. Je me considère personnellement comme l'une de ces mutations mineures. »

Errant parmi les humains européens, Djerzinski fut mal compris de son vivant. Une pensée se développant en l'absence d'interlocuteur effectif, souligne Hubczejak dans son introduction aux *Clifden Notes*, peut parfois échapper aux pièges de l'idiosyncrasie ou du délire ; mais il est sans exemple qu'elle ait choisi, pour s'exprimer, d'en passer par la forme du discours réfutable. On peut ajouter que Djerzinski devait jusqu'à la fin se considérer avant tout comme un scientifique ; l'essentiel de sa contribution à l'évolution humaine lui paraissait constitué par ses publications de biophysique – très classiquement soumises aux critères habituels d'autoconsistance et de réfutabilité. Les éléments plus philosophiques contenus dans ses derniers écrits n'apparaissaient à ses propres yeux que comme des propositions hasardeuses, voire un peu folles, moins justifiables d'une démarche logique que de motivations purement personnelles.

Il avait un peu sommeil ; la lune glissait au-dessus de la ville endormie. Sur un mot de sa part, il le savait, Bruno se lèverait, enfilerait son blouson, disparaîtrait dans l'ascenseur ; on trouvait toujours des taxis à La Motte-Picquet. Considérant les événements présents de notre vie, nous oscillons sans cesse entre la croyance au hasard et l'évidence du déterminisme. Pourtant, lorsqu'il s'agit du passé, nous n'avons plus aucun doute : il nous paraît évident que tout s'est déroulé de la manière dont tout devait, effectivement, se dérouler. Cette illusion perceptive, liée à une ontologie d'objets et de propriétés, solidaire du postulat d'objectivité forte, Djerzinski l'avait dans une large mesure déjà dépassée ; c'est sans doute pour cette raison qu'il ne prononça pas les mots, simples et habituels, qui auraient stoppé la confession de cet être larmoyant et détruit, lié à lui par une origine génétique à demi commune, qui ce soir, vautré sur le canapé, avait depuis longtemps dépassé les limites de la décence implicitement requises dans le cadre d'une conversation humaine. Il ne se sentait guidé ni par la compassion, ni par le respect ; il y avait cependant en lui une intuition faible et indiscutable : à travers la narration pathétique et tortueuse de Bruno allait cette fois se dessiner un message ; des paroles seraient prononcées, et ces paroles auraient – pour la première fois – un sens définitif. Il se leva, s'enferma dans les toilettes. Très discrètement, sans faire le moindre bruit, il vomit. Puis il se passa un peu d'eau sur le visage, revint vers le salon.

« Tu n'es pas humain, dit doucement Bruno en levant les yeux sur lui. Je l'ai senti dès le début, en voyant comment tu te comportais avec Annabelle. Cependant, tu es l'interlocuteur que la vie m'a donné. Je suppose que tu n'as pas été surpris, à l'époque, en recevant mes textes sur Jean-Paul II.

— Toutes les civilisations... répondit Michel avec tristesse, toutes les civilisations ont dû affronter cette nécessité de donner une justification au sacrifice parental. Compte tenu des circonstances historiques, tu n'avais pas le choix.

— J'ai réellement admiré Jean-Paul II ! protesta Bruno. Je me souviens, c'était en 1986. Ces mêmes années il y a eu la création de Canal + et de M6, le lancement de *Globe*, l'ouverture des Restos du cœur. Jean-Paul II était le seul, il était absolument le seul à comprendre ce qui était en train de se passer en Occident. J'ai été stupéfait que mon texte soit mal accueilli par le groupe *Foi et Vie* de Dijon ; ils critiquaient les positions du pape sur l'avortement, le préservatif, toutes ces bêtises. Bon c'est vrai, je ne faisais pas tellement d'efforts pour les comprendre, moi non plus. Je me souviens, les réunions avaient lieu chez les différents couples, à tour de rôle ; on amenait une salade composée, un taboulé, un gâteau. Je passais les soirées à sourire bêtement, à dodeliner de la tête, à finir les bouteilles de vin ; je n'écoutais absolument rien à ce qui se disait. Anne par contre était très enthousiaste, elle s'est inscrite à un groupe d'alphabétisation. Ces soirs-là je rajoutais un somnifère au biberon de Victor, puis je me branlais en faisant du Minitel rose ; mais je n'ai jamais réussi à rencontrer personne.

Pour l'anniversaire d'Anne, en avril, je lui ai acheté une guêpière lamée argent. Elle a un peu protesté, puis elle a accepté de la mettre. Pendant qu'elle tentait d'agrafer l'ustensile, j'ai fini le reste de champagne. Puis j'ai entendu sa voix, faible et un peu chevrotante : "Je suis prête..." En rentrant dans la chambre, je me suis tout de suite rendu compte que c'était foutu. Ses fesses pendaient, comprimées par les jarretelles ; ses seins n'avaient pas résisté à l'allaitement. Il aurait fallu une liposuccion, des injections de silicone, tout un chantier... elle n'aurait jamais accepté. J'ai passé un doigt dans son string en fermant les yeux, j'étais complètement mou. À ce moment, dans la pièce voisine, Victor s'est mis à hurler de rage – des hurlements longs, stridents, insoutenables. Elle s'est enveloppée d'un peignoir de bain et s'est précipitée vers la chambre. À son retour, je lui ai juste demandé une pipe. Elle suçait mal, on sentait ses dents ; mais j'ai fermé les yeux et j'ai visualisé la bouche d'une des filles de ma classe de seconde, une Ghanéenne. En imaginant sa langue rose et un peu râpeuse, j'ai réussi à me libérer dans la bouche de ma femme. Je n'avais pas l'intention d'avoir d'autres enfants. C'est le lendemain que j'ai écrit le texte sur la famille, celui qui a été publié.

— Je l'ai encore... » intervint Michel. Il se leva, cher-cha la revue dans sa bibliothèque. Bruno la feuilleta avec une légère surprise, retrouva la page.

Il subsiste, dans une certaine mesure, des familles
(Étincelles de foi au milieu des athées,
Étincelles d'amour au fond de la nausée),
On ne sait pas comment
Ces étincelles brillent.

Esclaves dans le travail d'organisations incompréhen-
      sibles,
Notre seule possibilité de réalisation et de vie, c'est le
      sexe
(Encore s'agit-il seulement de ceux à qui le sexe est
      permis,
De ceux pour qui le sexe est possible.)

Le mariage et la fidélité nous coupent aujourd'hui de
      toute possibilité d'existence,
Ce n'est pas dans un bureau ou dans une salle de
      classe que nous retrouverons cette force en nous qui
      demande le jeu, la lumière et la danse ;
Ainsi nous essayons de rejoindre nos destinées à tra-
      vers des amours de plus en plus difficiles
Nous essayons de vendre un corps de plus en plus
      épuisé, résistant, indocile
Et nous disparaissons
Dans l'ombre de tristesse
Jusqu'au vrai désespoir,

Nous descendons le chemin solitaire jusqu'à l'endroit
      où tout est noir,
Sans enfants et sans femmes,
Nous entrons dans le lac
Au milieu de la nuit

(Et l'eau, sur nos vieux corps, est si froide).

Aussitôt après avoir écrit ce texte, Bruno était tombé dans une sorte de coma éthylique. Il en fut réveillé deux heures plus tard par les hurlements de son fils. Entre deux et quatre ans, les enfants humains accèdent à une conscience accrue de leur moi, ce qui provoque chez eux des crises de mégalomanie égocentrique. Leur objectif est alors de transformer leur environnement social (en général composé de leurs parents) en autant d'esclaves soumis au moindre frétillement de leurs désirs ; leur égoïsme ne connaît plus de limites ; telle est la conséquence de l'existence individuelle. Bruno se releva de la moquette du salon ; les hurlements s'accentuaient, trahissant une rage folle. Il écrasa deux Lexomil dans un peu de confiture, se dirigea vers la chambre de Victor. L'enfant avait chié. Qu'est-ce que foutait Anne ? Ça se terminait de plus en plus tard, ces séances d'alphabétisation des nègres. Il attrapa la couche souillée, la balança sur le parquet ; la puanteur était atroce. L'enfant avala sans difficultés la mixture et se raidit, comme assommé par un coup. Bruno enfila son blouson et se dirigea vers le *Madison*, un bar de nuit de la rue Chaudronnerie. Avec sa carte bleue, il paya trois mille francs une bouteille de Dom Pérignon qu'il partagea avec une très jolie blonde ; dans une des chambres du haut la fille le branla longuement, arrêtant de temps à autre la montée du désir. Elle s'appelait Hélène, était originaire de la région et poursuivait des études de tourisme ; elle avait dix-neuf ans. Au moment où il la pénétrait, elle contracta son vagin – il eut au moins trois minutes de bonheur total. En partant Bruno l'embrassa sur les lèvres, insista pour lui donner un pourboire – il lui restait trois cents francs en liquide.

La semaine suivante il se décida à montrer ses textes à un collègue – un enseignant en lettres d'une cinquantaine d'années, marxiste, très fin, qui avait la réputation d'être homosexuel. Fajardie fut agréablement surpris.

« Une influence de Claudel... ou peut-être plutôt de Péguy, le Péguy des vers libres... Mais justement c'est original, c'est une chose qu'on ne rencontre plus telle-ment. » Sur les démarches à effectuer, il n'avait aucun doute : « *L'Infini*. C'est là que se fait la littérature d'au-jourd'hui. Il faut envoyer vos textes à Sollers. » Un peu surpris Bruno se fit répéter le nom – s'aperçut qu'il confondait avec une marque de matelas, puis envoya ses textes. Trois semaines plus tard il téléphona chez Denoël ; à sa grande surprise Sollers lui répondit, pro-posa un rendez-vous. Il n'avait pas cours le mercredi, c'était facile de faire l'aller-retour dans la journée. Dans le train il tenta de se plonger dans *Une curieuse solitude*, renonça assez vite, réussit quand même à lire quelques pages de *Femmes* - surtout les passages de cul. Ils avaient rendez-vous dans un café de la rue de l'Univer-sité. L'éditeur arriva avec dix minutes de retard, bran-dissant le fume-cigarettes qui devait faire sa célébrité. « Vous êtes en province ? Mauvais, ça. Il faut venir à Paris, tout de suite. Vous avez du talent. » Il annonça à Bruno qu'il allait publier le texte sur Jean-Paul II dans le prochain numéro de *L'Infini*. Bruno en demeura stu-péfait ; il ignorait que Sollers était en pleine période « contre-réforme catholique », et multipliait les décla-rations enthousiastes en faveur du pape. « Péguy, ça m'éclate ! fit l'éditeur avec élan. Et Sade ! Sade ! Lisez Sade, surtout !...

— Mon texte sur les familles...

— Oui, très bien aussi. Vous êtes réactionnaire, c'est bien. Tous les grands écrivains sont réactionnaires. Bal-zac, Flaubert, Baudelaire, Dostoïevski : que des réac-tionnaires. Mais il faut baiser, aussi, hein ? Il faut partouzer. C'est important. »

Sollers quitta Bruno au bout de cinq minutes, le lais-sant dans un état de légère ivresse narcissique. Il se calma peu à peu au cours du trajet de retour. Philippe Sollers semblait être un écrivain connu ; pourtant, la lecture de *Femmes* le montrait avec évidence, il ne réussissait à tringler que de vieilles putes appartenant aux milieux culturels ; les minettes, visiblement, préféraient les chanteurs. Dans ces conditions, à quoi bon publier des poèmes à la con dans une revue merdique ?

« Au moment de la parution, poursuivit Bruno, j'ai quand même acheté cinq numéros de *L'Infini*. Heureusement, ils n'avaient pas publié le texte sur Jean-Paul II. Il soupira. C'était vraiment un mauvais texte... Il te reste du vin ?

— Juste une bouteille. » Michel marcha jusqu'à la cuisine, ramena la sixième et dernière bouteille du pack de Vieux Papes ; il commençait à se sentir réellement fatigué. « Tu travailles demain, je crois ? » intervint-il. Bruno ne réagit pas. Il contemplait un point bien défini du parquet ; mais à cet endroit du parquet il n'y avait rien, rien de bien défini ; juste quelques grumeaux de crasse. Cependant il se ranima en entendant le claquement du bouchon, tendit son verre. Il but lentement, à petites gorgées ; son regard avait maintenant dérivé et flottait à la hauteur du radiateur ; il ne semblait nullement disposé à continuer. Michel hésita, puis alluma la télévision : il y avait une émission animalière sur les lapins. Il coupa le son. Au fond, il s'agissait peut-être de lièvres – il les confondait. Il fut surpris d'entendre à nouveau la voix de Bruno :

« J'essayais de me souvenir combien de temps je suis resté à Dijon. Quatre ans ? Cinq ans ? Une fois qu'on est rentré dans le monde du travail toutes les années se ressemblent. Les seuls événements qui vous restent à vivre sont d'ordre médical – et les enfants qui grandissent. Victor grandissait ; il m'appelait "papa". »

Tout à coup, il se mit à pleurer. Recroquevillé sur le canapé il pleurait à grands sanglots, en reniflant. Michel consulta sa montre ; il était un peu plus de quatre heures. Sur l'écran, un chat sauvage tenait le cadavre d'un lapin dans sa gueule.

Bruno sortit un mouchoir en papier, essuya le coin de ses yeux. Ses larmes continuaient à couler. Il pensait à son fils. Pauvre petit Victor, qui dessinait des *Strange*, et qui l'aimait. Il lui avait donné si peu de moments de bonheur, si peu de moments d'amour – et maintenant il allait avoir quinze ans, et le temps du bonheur était terminé pour lui.

« Anne aurait aimé avoir d'autres enfants, au fond la vie de mère au foyer lui convenait parfaitement. C'est moi qui l'ai poussée à rentrer en région parisienne, à demander un poste. Bien sûr, elle n'a pas osé refuser – l'épanouissement des femmes passait par la vie professionnelle, c'est ce que tout le monde pensait ou faisait semblant de penser à l'époque ; et elle tenait par-dessus tout à penser la même chose que tout le monde. Je me rendais très bien compte qu'au fond on rentrait à Paris pour pouvoir divorcer tranquillement. En province malgré tout les gens se voient, se parlent ; et je ne tenais pas à ce que mon divorce suscite de commentaires, même approbateurs ou paisibles. L'été 89 on est partis au Club Med, ça a été nos dernières vacances ensemble. Je me souviens de leurs jeux apéritifs à la con et des heures passées sur la plage à mater les minettes ; Anne parlait aux autres mères de famille. Quand elle se tournait sur le ventre, on voyait sa cellulite ; quand elle se tournait sur le dos, on voyait ses vergetures. C'était au Maroc, les Arabes étaient désagréables et agressifs, le soleil beaucoup trop chaud. Ça ne valait pas le coup d'attraper un cancer de la peau pour passer toutes mes soirées à me branler dans la case. Victor a bien profité de son séjour, il s'amusait beaucoup au Mini Club... » La voix de Bruno se brisa à nouveau.

« J'étais un salaud ; je savais que j'étais un salaud. Normalement les parents se sacrifient, c'est la voie normale. Je n'arrivais pas à supporter la fin de ma jeunesse ; à supporter l'idée que mon fils allait grandir, allait être jeune à ma place, qu'il allait peut-être réussir sa vie alors que j'avais raté la mienne. J'avais envie de redevenir un individu.

— Une monade... » dit doucement Michel.

Bruno ne releva pas, finit son verre. « La bouteille est vide... » observa-t-il d'un ton légèrement égaré. Il se leva, enfila son blouson. Michel l'accompagna jusqu'au pas de la porte. « J'aime mon fils, dit encore Bruno. S'il avait un accident, s'il lui arrivait malheur, je ne pourrais pas le supporter. J'aime cet enfant plus que tout. Pourtant, je n'ai jamais réussi à accepter son existence. » Michel acquiesça. Bruno se dirigea vers l'ascenseur.

Michel revint vers son bureau, inscrivit sur une feuille de papier : « Noter quelque chose sur le sang » ; puis il s'allongea, éprouvant le besoin de réfléchir, mais il s'endormit presque aussitôt. Quelques jours plus tard il retrouva la feuille, inscrivit juste en dessous : « La loi du sang », et demeura perplexe une dizaine de minutes.

14

Au matin du 1er septembre, Bruno attendit Christiane gare du Nord. Elle avait pris un car de Noyon à Amiens, puis un train direct jusqu'à Paris. La journée était très belle ; son train arriva à 11 h 37. Elle portait une robe longue, semée de petites fleurs, avec des poignets de dentelle. Il la serra dans ses bras. Leurs cœurs battaient extrêmement fort.

Ils déjeunèrent dans un restaurant indien, puis rentrèrent chez lui pour faire l'amour. Il avait ciré le parquet, disposé des fleurs dans les vases ; les draps étaient propres et sentaient bon. Il réussit à la pénétrer longtemps, à attendre le moment de sa jouissance ; le soleil entrait par l'interstice des rideaux, faisait briller sa chevelure noire – où l'on distinguait quelques reflets gris. Elle eut un premier orgasme, puis tout de suite après un second, son vagin fut parcouru de violentes contrac-

tions ; à ce moment, il jouit en elle. Aussitôt après il se
blottit dans ses bras, ils s'endormirent.

Quand ils s'éveillèrent, le soleil descendait entre les
tours ; il était environ sept heures. Bruno ouvrit une
bouteille de vin blanc. Les années qui avaient suivi son
retour de Dijon, il ne les avait jamais racontées à personne ; maintenant, il allait le faire.

« À la rentrée 1989, Anne a obtenu un poste au lycée
Condorcet. On a loué un appartement rue Rodier, un
petit trois-pièces assez sombre. Victor allait à la maternelle, maintenant j'avais mes journées libres. C'est à ce
moment-là que j'ai commencé à aller voir les putes. Il
y avait plusieurs salons de massage thaï dans le quartier
– le *New Bangkok*, le *Lotus d'or*, le *Maï Lin* ; les filles
étaient polies et souriantes, ça se passait bien. À la
même époque j'ai commencé à consulter un psychiatre ; je ne me souviens plus très bien, je crois qu'il était
barbu – mais je confonds peut-être avec un film. J'ai
commencé à raconter mon adolescence, je parlais aussi
beaucoup des salons de massage – je sentais qu'il me
méprisait, ça me faisait du bien. De toute façon, j'ai
changé en janvier. Le nouveau était bien, il consultait
près de Strasbourg-Saint-Denis, je pouvais aller faire
un tour dans les peep-shows en sortant. Il s'appelait le
docteur Azoulay, il avait toujours des *Paris Match* dans
sa salle d'attente : en résumé il me donnait l'impression
d'être un bon médecin. Mon cas ne l'intéressait pas
beaucoup, mais je ne lui en tiens pas rigueur – c'est vrai
que c'était terriblement banal, j'étais juste un connard
frustré et vieillissant qui ne désirait plus sa femme. Vers
la même époque, il a été appelé comme expert dans le
procès d'un groupe d'adolescents satanistes qui avaient
tronçonné et dévoré une handicapée mentale – ça avait
quand même plus de gueule. À la fin de chaque séance
il me conseillait de faire du sport, c'était une obsession
chez lui – il faut dire que lui-même commençait à prendre un peu de ventre. Enfin les séances étaient plaisan-

tes, mais un peu mornes ; la seule chose qui le ranimait un peu c'était le thème de mes relations avec mes parents. Début février, j'ai eu une anecdote vraiment intéressante à lui raconter. Ça se passait dans la salle d'attente du *Maï Lin* ; en entrant je me suis assis à côté d'un type dont le visage me disait vaguement quelque chose – mais très vaguement, c'était juste une impression diffuse. Puis on l'a fait monter, je suis passé tout de suite après. Les cabines de massage étaient séparées par un rideau en plastique, il n'y en avait que deux, j'étais forcément à côté du type. Au moment où la fille a commencé à caresser mon bas-ventre avec sa poitrine enduite de savon, j'ai eu une illumination : le type dans la cabine à côté, en train de se faire faire un *body body*, c'était mon père. Il avait vieilli, maintenant il ressemblait vraiment à un retraité, mais c'était lui, il n'y avait aucun doute possible. Au même moment je l'ai entendu jouir, avec un petit bruit de vésicule qui se vide. J'ai attendu quelques minutes pour me rhabiller après avoir joui moi-même ; je n'avais pas envie de le croiser dans l'entrée. Mais, le jour où j'ai raconté l'anecdote au psychiatre, en rentrant chez moi, j'ai téléphoné au vieil homme. Il a paru surpris – et plutôt heureux – de m'entendre. En effet il avait pris sa retraite, il avait revendu toutes ses parts dans la clinique cannoise ; ces dernières années il avait perdu pas mal d'argent, mais ça allait encore, d'autres étaient plus à plaindre. On a convenu qu'on se reverrait un de ces jours ; mais ça n'a pas pu se faire tout de suite.

Début mars, j'ai reçu un coup de téléphone de l'inspection d'académie. Une prof avait posé son congé de maternité avant la date prévue, il y avait un poste libre jusqu'à la fin de l'année scolaire, c'était au lycée de Meaux. J'ai hésité un peu, j'avais quand même de très mauvais souvenirs à Meaux ; enfin j'ai hésité trois heures, et puis je me suis rendu compte que je m'en foutais. C'est probablement ça, la vieillesse : les réactions émotionnelles s'émoussent, on garde peu de rancunes et on garde peu de joies ; on s'intéresse surtout au fonctionnement des organes, à leur équilibre précaire. En sortant du train, puis en traversant la ville, j'ai surtout été frappé par sa petitesse et sa laideur – son manque absolu d'intérêt. En arrivant à Meaux le dimanche soir, dans mon enfance, j'avais l'impression de pénétrer dans un immense enfer. Eh bien non, ce n'était qu'un tout petit enfer, dénué du moindre caractère distinctif. Les maisons, les rues... tout cela ne m'évoquait rien ; même le lycée avait été modernisé. J'ai visité les bâtiments de l'internat, fermé depuis, transformé en musée d'histoire locale. Dans ces salles d'autres garçons m'avaient frappé, humilié, ils avaient pris plaisir à me cracher et à me pisser dessus, à plonger ma tête dans la cuvette des chiottes ; je ne ressentais pourtant aucune émotion, sinon une légère tristesse – d'ordre extrêmement général. "Dieu lui-même ne peut faire que ce qui a été ne soit plus" affirme quelque part je ne sais plus quel auteur catholique ; à voir ce qui restait de mon enfance à Meaux, ça ne paraissait pourtant pas tellement difficile.

J'ai marché dans la ville pendant plusieurs heures, je suis même retourné au Bar de la Plage. Je me souvenais de Caroline Yessayan, de Patricia Hohweiller ; mais à vrai dire je ne les avais jamais oubliées ; rien dans les rues ne me les rappelait particulièrement. J'ai croisé beaucoup de jeunes, d'immigrés – surtout des Noirs, beaucoup plus que lors de mon adolescence, ça c'était un vrai changement. Puis je me suis présenté au lycée. Le proviseur s'est amusé de ce que je sois un ancien élève, il a envisagé de rechercher mon dossier, mais j'ai parlé d'autre chose, j'ai réussi à éviter ça. J'avais trois classes : une seconde, une première A, une première S. Le pire, je m'en suis rendu compte tout de suite, ça serait la première A : il y avait trois mecs et une trentaine de filles. Une trentaine de filles de seize ans. Blondes, brunes, rousses. Françaises, beurettes, asiatiques...

190

toutes délicieuses, toutes désirables. Et elles couchaient, ça se voyait, elles couchaient, elles changeaient de garçon, elles profitaient de leur jeunesse ; tous les jours je passais devant le distributeur de préservatifs, elles ne se gênaient pas pour en prendre devant moi.

Ce qui a tout déclenché, c'est que j'ai commencé à me dire que j'avais peut-être une chance. Il devait y avoir beaucoup de filles de divorcés, j'arriverais bien à en trouver une à la recherche d'une image paternelle. Ça pouvait marcher ; je sentais que ça pouvait marcher. Mais il fallait un père viril, rassurant, aux épaules larges. Je me suis laissé pousser la barbe et je me suis inscrit au Gymnase Club. La barbe ça n'a été qu'un demi-succès, elle poussait clairsemée et me donnait un air un peu louche, à la Salman Rushdie ; par contre mes muscles répondaient bien, en quelques semaines j'ai développé des deltoïdes et des pectoraux tout à fait corrects. Le problème, le problème nouveau, c'était mon sexe. Ça peut paraître fou maintenant, mais dans les années soixante-dix on ne s'occupait réellement pas de la taille du sexe masculin ; pendant mon adolescence j'ai eu tous les complexes physiques possibles, sauf celui-là. Je ne sais pas qui a commencé à en parler, probablement les pédés ; enfin, on trouve également le thème abordé dans les romans policiers américains ; par contre, il est totalement absent chez Sartre. Quoi qu'il en soit, dans les douches du Gymnase Club j'ai pris conscience que j'avais une toute petite bite. J'ai vérifié chez moi : 12 centimètres, peut-être 13 ou 14 en tirant au maximum le centimètre pliant vers la racine de la bite. J'avais découvert une nouvelle source de souffrances ; et là il n'y avait rien à faire, c'était un handicap radical, définitif. C'est à partir de ce moment que j'ai commencé à haïr les nègres. Enfin il n'y en avait pas beaucoup au lycée, la plupart étaient au lycée technique Pierre-de-Coubertin, là même où l'illustre Defrance faisait du strip-tease philosophique et de la lèche pro-jeunes. Il y en avait juste un dans mes classes, en première A, un grand costaud qui se faisait appeler Ben. Il était toujours avec une casquette et des Nike, je suis sûr qu'il avait une bite énorme. Évidemment, toutes les filles étaient à genoux devant ce babouin ; et moi qui essayais de leur faire étudier Mallarmé, ça n'avait aucun sens. C'est comme ça que devait finir la civilisation occidentale, me disais-je avec amertume : se prosterner à nouveau devant les grosses bites, tel le babouin *hamadryas*. J'ai pris l'habitude de venir en cours sans slip. Le nègre sortait exactement avec celle que j'aurais choisie pour moi-même : mignonne, très blonde, le visage enfantin, de jolis seins en pomme. Ils arrivaient en cours en se tenant par la main. Pendant les devoirs sur table, je laissais toujours les fenêtres fermées ; les filles avaient chaud, enlevaient leurs pulls, les seins se collaient aux tee-shirts ; je me branlais à l'abri de mon bureau. Je me souviens encore du jour où je leur avais donné à commenter une phrase du *Côté de Guermantes* :

"La pureté d'un sang où depuis plusieurs générations ne se rencontrait que ce qu'il y a de plus grand dans l'histoire de France avait ôté à sa manière d'être tout ce que les gens du peuple appellent 'des manières', et lui avait donné la plus parfaite simplicité."

Je regardais Ben : il se grattait la tête, il se grattait les couilles, il mastiquait son chewing-gum. Qu'est-ce qu'il pouvait bien y comprendre, ce grand singe ? Qu'est-ce que tous les autres pouvaient bien y comprendre, d'ailleurs ? Moi-même, je commençais à avoir du mal à comprendre de quoi Proust voulait parler *au juste*. Ces dizaines de pages sur la pureté du sang, la noblesse du génie mise en regard de la noblesse de race, le milieu spécifique des grands professeurs de médecine... tout ça me paraissait complètement foireux. On vivait aujourd'hui dans un monde simplifié, à l'évidence. La duchesse de Guermantes avait beaucoup moins de *thune* que Snoop Doggy Dog ; Snoop Doggy

Dog avait moins de *thune* que Bill Gates, mais il faisait davantage *mouiller* les filles. Deux paramètres, pas plus. Bien sûr on aurait pu envisager d'écrire un roman proustien *jet set* où l'on aurait confronté la célébrité et la richesse, où l'on aurait mis en scène des oppositions entre une célébrité grand public et une célébrité plus confidentielle, à l'usage des *happy few* ; ça n'aurait eu aucun intérêt. La célébrité culturelle n'était qu'un médiocre ersatz à la vraie gloire, la gloire médiatique ; et celle-ci, liée à l'industrie du divertissement, drainait des masses d'argent plus considérables que toute autre activité humaine. Qu'était un banquier, un ministre, un chef d'entreprise par rapport à un acteur de cinéma ou à une *rock star* ? Financièrement, sexuellement et à tous points de vue un zéro. Les stratégies de distinction si subtilement décrites par Proust n'avaient plus aucun sens aujourd'hui. Considérant l'homme comme animal hiérarchique, comme animal bâtisseur de hiérarchies, il y avait le même rapport entre la société contemporaine et le XVIIIᵉ siècle qu'entre la tour GAN et le petit Trianon. Proust était resté radicalement européen, un des derniers Européens avec Thomas Mann ; ce qu'il écrivait n'avait plus aucun rapport avec une réalité quelconque. La phrase sur la duchesse de Guermantes restait magnifique, évidemment. Il n'empêche que tout cela devenait un peu déprimant, et j'ai fini par me tourner vers Baudelaire. L'angoisse, la mort, la honte, l'ivresse, la nostalgie, l'enfance perdue... rien que des sujets indiscutables, des thèmes solides. C'était bizarre, quand même. Le printemps, la chaleur, toutes ces petites nanas excitantes ; et moi qui lisais :

Sois sage, ô ma Douleur, et tiens-toi plus tranquille.
Tu réclamais le Soir ; il descend ; le voici :
Une atmosphère obscure enveloppe la ville,
Aux uns portant la paix, aux autres le souci.

Pendant que des mortels la multitude vile,
Sous le fouet du Plaisir, ce bourreau sans merci,
Va cueillir des remords dans la fête servile,
Ma Douleur, donne-moi la main ; viens par ici...

J'ai marqué une pause. Elles étaient sensibles à ce poème, je le sentais bien, le silence était total. C'était la dernière heure de cours ; dans une demi-heure j'allais reprendre le train, et plus tard retrouver ma femme. Tout à coup, venant du fond de la salle, j'ai entendu la voix de Ben : "T'as le principe de la mort dans ta tête, ho, vieux !..." Il avait parlé fort mais ce n'était pas vraiment une insolence, son ton avait même quelque chose d'un peu admiratif. Je n'ai jamais tout à fait compris s'il s'adressait à Baudelaire ou à moi ; au fond, comme *commentaire de texte*, ce n'était pas si mal. Il n'empêche que je devais intervenir. J'ai simplement dit : "Sortez." Il n'a pas bougé. J'ai attendu trente secondes, je transpirais de trouille, j'ai vu le moment où je n'allais plus pouvoir parler ; mais j'ai quand même eu la force de répéter : "Sortez." Il s'est levé, a rassemblé très lentement ses affaires, il s'est avancé vers moi. Dans toute confrontation violente il y a comme un instant de grâce, une seconde magique où les pouvoirs suspendus s'équilibrent. Il s'est arrêté à ma hauteur, il me dépassait d'une bonne tête, j'ai bien cru qu'il allait me mettre un pain, mais finalement non, il s'est juste dirigé vers la porte. J'avais remporté ma victoire. Petite victoire : il est revenu en cours dès le lendemain. Il semblait avoir compris quelque chose, saisi un de mes regards, parce qu'il s'est mis à peloter sa petite copine pendant les cours. Il retroussait sa jupe, posait sa main le plus haut possible, très haut sur les cuisses ; puis il me regardait en souriant, très *cool*. Je désirais cette nana à un point atroce. J'ai passé le week-end à rédiger un pamphlet raciste, dans un état d'érection quasi constante ; le lundi j'ai téléphoné à *L'Infini*. Cette fois, Sollers m'a reçu dans son bureau. Il était guilleret, malicieux, comme à la télé

– mieux qu'à la télé, même. "Vous êtes authentiquement raciste, ça se sent, ça vous porte, c'est bien. Boum boum !" Il a fait un petit mouvement de main très gracieux, a sorti une page, il avait souligné un passage dans la marge : *"Nous envions et nous admirons les nègres parce que nous souhaitons à leur exemple redevenir des animaux, des animaux dotés d'une grosse bite et d'un tout petit cerveau reptilien, annexe de leur bite."* Il a secoué la feuille avec enjouement. "C'est corsé, enlevé, très *talon rouge*. Vous avez du talent. Des facilités parfois, j'ai moins aimé le sous-titre : *On ne naît pas raciste, on le devient.* Le détournement, le second degré, c'est toujours un peu... Hmm..." Son visage s'est rembruni, mais il a refait une pirouette avec son fume-cigarettes, il a souri de nouveau. Un vrai clown – gentil comme tout. "Pas trop d'influences, en plus, rien d'écrasant. Par exemple, vous n'êtes pas antisémite !" Il a sorti un autre passage : *"Seuls les Juifs échappent au regret de ne pas être nègres, car ils ont choisi depuis longtemps la voie de l'intelligence, de la culpabilité et de la honte. Rien dans la culture occidentale ne peut égaler ni même approcher ce que les Juifs sont parvenus à faire à partir de la culpabilité et de la honte ; c'est pourquoi les nègres les haïssent tout particulièrement."* L'air tout heureux il s'est renfoncé dans son siège, a croisé les mains derrière la tête ; j'ai cru un instant qu'il allait poser les pieds sur son bureau, mais finalement non. Il s'est repenché en avant, il ne tenait pas en place.

"Alors ? Qu'est-ce qu'on fait ?

— Je ne sais pas, vous pourriez publier mon texte.

— Ouh là là ! il s'est esclaffé comme si j'avais fait une bonne farce. Une publication dans *L'Infini* ? Mais, mon petit bonhomme, vous ne vous rendez pas compte... Nous ne sommes plus au temps de Céline, vous savez. On n'écrit plus ce qu'on veut, aujourd'hui, sur certains sujets... un texte pareil pourrait me valoir réellement des ennuis. Vous croyez que je n'ai pas assez d'ennuis ? Parce que je suis chez Gallimard, vous croyez que je peux faire ce que je veux ? On me sur-veille, vous savez. On guette la faute. Non non, ça va être difficile. Qu'est-ce que vous avez d'autre ?"

Il a paru réellement surpris que je n'aie pas apporté d'autre texte. Moi j'étais désolé de le décevoir, j'aurais bien aimé être son *petit bonhomme*, et qu'il m'emmène danser, qu'il m'offre des whiskies au Pont-Royal. En sortant, sur le trottoir, j'ai eu un moment de désespoir extrêmement vif. Des femmes passaient boulevard Saint-Germain, la fin d'après-midi était chaude et j'ai compris que je ne deviendrais jamais écrivain ; j'ai éga-lement compris que je m'en foutais. Mais alors quoi ? Le sexe me coûtait déjà la moitié de mon salaire, il était incompréhensible qu'Anne ne se soit encore rendu compte de rien. J'aurais pu adhérer au Front national, mais à quoi bon manger de la choucroute avec des cons ? De toute façon les femmes de droite n'existent pas, et elles baisent avec des parachutistes. Ce texte était une absurdité, je l'ai jeté dans la première poubelle venue. Il fallait que je garde mon positionnement "gau-che humaniste", c'était ma seule chance de tirer, j'en avais la certitude intime. Je me suis assis à la terrasse de l'Escurial. Mon pénis était chaud, douloureux, gon-flé. J'ai pris deux bières, puis je suis rentré à pied chez moi. En traversant la Seine, je me suis souvenu d'Adjila. C'était une beurette de ma classe de seconde, très jolie, très fine. Bonne élève, sérieuse, un an d'avance. Elle avait un visage intelligent et doux, pas du tout moqueur ; elle avait très envie de réussir ses études, ça se voyait. Souvent ces filles-là vivent au milieu de brutes et d'assassins, il suffit d'être un peu gentil avec elles. À nouveau, je me suis mis à y croire. Pendant les deux semaines suivantes je lui ai parlé, je l'ai invitée à venir au tableau. Elle répondait à mes regards, elle n'avait pas l'air de trouver ça bizarre. Il fallait que je me dépê-che, on était déjà début juin. Quand elle retournait à sa place, je voyais son petit cul moulé dans son jean. Elle me plaisait tellement que j'ai arrêté les putes. J'imaginais ma bite pénétrant dans la douceur de ses longs cheveux noirs ; je me suis même branlé sur une de ses dissertations.

Le vendredi 11 juin elle est venue avec une petite jupe noire, le cours se terminait à six heures. Elle était assise au premier rang. Au moment où elle a croisé ses jambes sous la table, j'ai été à deux doigts de m'évanouir. Elle était à côté d'une grosse blonde qui est partie très vite après la sonnerie. Je me suis levé, j'ai posé une main sur son classeur. Elle est restée assise, elle n'avait pas l'air pressée du tout. Tous les élèves sont sortis, le silence est retombé dans la salle. J'avais son classeur à la main, je parvenais même à lire certains mots : *"Remember... l'enfer..."* Je me suis assis à côté d'elle, j'ai reposé le classeur sur la table ; mais je n'ai pas réussi à lui parler. Nous sommes restés ainsi, en silence, pendant au moins une minute. À plusieurs reprises j'ai plongé mon regard dans ses grands yeux noirs ; mais, aussi, je distinguais le moindre de ses gestes, la plus faible palpitation de ses seins. Elle était à demi tournée vers moi, elle a entrouvert les jambes. Je ne me souviens pas d'avoir accompli le mouvement suivant, j'ai l'impression d'un acte semi-volontaire. L'instant d'après j'ai senti sa cuisse sous la paume de ma main gauche, les images se sont brouillées, j'ai revu Caroline Yessayan et j'ai été foudroyé par la honte. La même erreur, exactement la même erreur au bout de vingt ans. Comme Caroline Yessayan vingt ans plus tôt elle est restée quelques secondes sans rien faire, elle a un peu rougi. Puis, très doucement, elle a écarté ma main ; mais elle ne s'est pas levée, elle n'a pas fait un geste pour partir. Par la fenêtre grillagée j'ai vu une fille traverser la cour, se hâter en direction de la gare. De la main droite, j'ai descendu la fermeture éclair de ma braguette. Elle a écarquillé les yeux, son regard s'est posé sur mon sexe. De ses yeux émanaient des vibrations chaudes, j'aurais pu jouir par la force de son seul regard, en même temps j'étais conscient qu'il fallait qu'elle esquisse un geste pour devenir complice. Ma main droite s'est déplacée vers la sienne, mais je n'ai pas eu la force d'aller jusqu'au bout : dans un geste implorant, j'ai attrapé mon sexe pour lui tendre. Elle a éclaté de rire ; je crois que j'ai ri aussi en commençant à me masturber. J'ai continué à rire et à me branler pendant qu'elle rassemblait ses affaires, qu'elle se levait pour sortir. Sur le pas de la porte, elle s'est retournée pour me regarder une dernière fois ; j'ai éjaculé et je n'ai plus rien vu. J'ai juste entendu le bruit de la porte qui se refermait, de ses pas qui s'éloignaient. J'étais étourdi, comme sous l'effet d'un immense coup de gong. Cependant, j'ai réussi à téléphoner à Azoulay de la gare. Je n'ai aucun souvenir du retour en train, du trajet en métro ; il m'a reçu à huit heures. Je ne pouvais pas m'arrêter de trembler ; il m'a tout de suite fait une piqûre pour me calmer.

J'ai passé trois nuits à Sainte-Anne, puis on m'a transféré dans une clinique psychiatrique de l'Éducation nationale, à Verrières-le-Buisson. Azoulay était visiblement inquiet ; les journalistes commençaient à beaucoup parler de la pédophilie cette année-là, on aurait dit qu'ils s'étaient passé le mot : "Fais le forcing sur les pédophiles, Émile." Tout ça par haine des vieux, par haine et par dégoût de la vieillesse, c'était en train de devenir une cause nationale. La fille avait quinze ans, j'étais enseignant, j'avais abusé de mon autorité sur elle ; en plus c'était une beurette. Bref, le dossier idéal pour une révocation suivie d'un lynchage. Au bout de quinze jours, il a commencé à se détendre un peu ; on arrivait à la fin de l'année scolaire, et visiblement Adjila n'avait pas parlé. Le dossier prenait un tour plus classique. Un enseignant dépressif, un peu suicidaire, qui a besoin de reconstituer son psychisme... Ce qui était surprenant dans l'histoire, c'est que le lycée de Meaux ne passait pas pour spécialement *dur* ; mais il a mis en avant des traumatismes liés à la petite enfance, réactivés par le retour dans ce lycée, enfin il a très bien organisé son affaire.

Je suis resté un peu plus de six mois dans cette clinique ; mon père est venu me voir plusieurs fois, il avait l'air de plus en plus bienveillant et fatigué. J'étais tellement bourré de neuroleptiques que je n'avais plus aucun désir sexuel ; mais de temps en temps les infirmières me prenaient dans leurs bras. Je me blottissais contre elles, je restais sans bouger une à deux minutes, puis je m'allongeais de nouveau. Ça me faisait tellement de bien que le psychiatre en chef leur avait conseillé d'accepter, si elles n'y voyaient pas d'inconvénient majeur. Il se doutait qu'Azoulay ne lui avait pas tout dit ; mais il avait beaucoup de cas plus graves, des schizophrènes et des délirants dangereux, il n'avait pas trop le temps de s'occuper de moi ; pour lui j'avais un médecin traitant, c'était l'essentiel.

Il n'était évidemment plus question d'enseignement, mais début 1991 l'Éducation nationale a trouvé à me recaser dans la Commission des programmes de français. Je perdais les horaires d'enseignant et les vacances scolaires, mais mon salaire n'était pas diminué. Peu après, j'ai divorcé d'avec Anne. On a convenu d'une formule tout à fait classique pour la pension alimentaire et la garde alternée ; de toute façon les avocats ne vous laissent pas le choix, c'est pratiquement un contrat type. On est passés les premiers de la file d'attente, le juge lisait à toute allure, en tout le divorce a duré moins d'un quart d'heure. On est sortis ensemble sur les marches du Palais de justice, il était un peu plus de midi. Nous étions début mars, je venais d'avoir trente-cinq ans ; je savais que la première partie de ma vie était terminée. »

Bruno s'interrompit. Il faisait complètement nuit, maintenant ; ni lui ni Christiane ne s'étaient rhabillés. Il leva son regard vers elle. Elle fit alors quelque chose de surprenant : elle s'approcha de lui, passa le bras autour de son cou et l'embrassa sur les deux joues.

« Les années suivantes, tout a continué, reprit doucement Bruno. Je me suis fait faire des greffes de cheveux, ça s'est bien passé, le chirurgien était un ami de mon père. J'ai continué le Gymnase Club, aussi. Pour les vacances j'ai essayé Nouvelles Frontières, le Club Med à nouveau, l'UCPA. J'ai eu quelques aventures, enfin très peu ; dans l'ensemble, les femmes de mon âge n'ont plus tellement envie de baiser. Bien sûr elles prétendent le contraire, et c'est vrai que parfois elles aimeraient retrouver une émotion, une passion, un désir ; mais ça, je n'étais pas en mesure de le provoquer. Je n'avais jamais rencontré une femme comme toi auparavant. Je n'espérais même pas qu'une femme comme toi puisse exister.

— Il faut... dit-elle d'une voix un peu altérée, il faut un peu de générosité, il faut que quelqu'un commence. Si j'avais été à la place de cette beurette, je ne sais pas comment j'aurais réagi. Mais tu devais déjà avoir quelque chose de touchant, j'en suis sûre. Je crois, enfin il me semble que j'aurais accepté de te faire plaisir. » Elle se rallongea, posa sa tête entre les cuisses de Bruno, lui donna quelques petits coups de langue sur le gland. « J'aimerais bien manger quelque chose... dit-elle soudain. Il est déjà deux heures du matin, mais à Paris ça doit être possible, non ?

— Bien sûr.

— Je te fais jouir maintenant, ou tu préfères que je te branle dans le taxi ?

— Non, maintenant. »

15

L'hypothèse MacMillan

Ils trouvèrent un taxi pour Les Halles, dînèrent dans une brasserie ouverte toute la nuit. En entrée, Bruno prit des rollmops. Il se dit que, maintenant, il pouvait se passer n'importe quoi ; mais tout de suite après il se rendit compte qu'il exagérait. Dans son cerveau, oui, les possibilités restaient riches : il pouvait s'identifier à un surmulot, une salière ou un champ d'énergie ; en pratique, cependant, son corps restait engagé dans un processus de destruction lente ; il en était de même du corps de Christiane. Malgré le retour alternatif des nuits, une conscience individuelle persisterait jusqu'à la fin dans leurs chairs séparées. Les rollmops ne pouvaient en aucun cas constituer une solution ; mais un bar au fenouil n'aurait pas davantage fait l'affaire. Christiane demeurait dans un silence perplexe et plutôt mystérieux. Ils dégustèrent ensemble une choucroute royale, avec des saucisses de Montbéliard artisanales. Dans l'état de détente plaisante de l'homme que l'on vient de faire jouir, avec affection et volupté, Bruno eut une pensée rapide pour ses préoccupations professionnelles, qui pouvaient se résumer ainsi : quel rôle Paul Valéry devait-il jouer dans la formation de français des filières scientifiques ? Sa choucroute terminée, après avoir commandé du munster, il se sentait relativement tenté de répondre : « Aucun. »

« Je ne sers à rien, dit Bruno avec résignation. Je suis incapable d'élever des porcs. Je n'ai aucune notion sur la fabrication des saucisses, des fourchettes ou des téléphones portables. Tous ces objets qui m'entourent, que j'utilise ou que je dévore, je suis incapable de les produire ; je ne suis même pas capable de comprendre leur processus de production. Si l'industrie devait s'arrêter, si les ingénieurs et techniciens spécialisés venaient à disparaître, je serais incapable d'assurer le moindre redémarrage. Placé en dehors du complexe économique-industriel, je ne serais même pas en mesure d'assurer ma propre survie : je ne saurais comment me nourrir, me vêtir, me protéger des intempéries ; mes compétences techniques personnelles sont largement inférieures à celles de l'homme de Néanderthal. Totalement dépendant de la société qui m'entoure, je lui suis pour ma part à peu près inutile ; tout ce que je sais faire, c'est produire des commentaires douteux sur des objets culturels désuets. Je perçois cependant un salaire, et même un bon salaire, largement supérieur à la moyenne. La plupart des gens qui m'entourent sont dans le même cas. Au fond, la seule personne utile que je connaisse, c'est mon frère.

— Qu'est-ce qu'il a fait de si extraordinaire ? »

Bruno réfléchit, tourna un moment son morceau de fromage dans son assiette, à la recherche d'une réponse suffisamment frappante.

« Il a créé de nouvelles vaches. Enfin c'est un exemple, mais je me souviens que ses travaux ont permis la naissance de vaches génétiquement modifiées, avec une production de lait améliorée, des qualités nutritionnelles supérieures. Il a changé le monde. Moi je n'ai rien fait, rien créé ; je n'ai absolument rien apporté au monde.

— Tu n'as pas fait de mal... » Le visage de Christiane s'assombrit, elle termina rapidement sa glace. En juillet 1976 elle avait passé quinze jours dans la propriété de di Meola, sur les pentes du Ventoux, là même où Bruno était venu l'année précédente avec Annabelle et Michel. Lorsqu'elle l'avait raconté à Bruno cet été, ils s'étaient émerveillés de la coïncidence ; immédiatement après, elle en avait ressenti un regret poignant. S'ils s'étaient rencontrés en 1976, alors qu'il avait vingt ans et qu'elle en avait seize, leur vie, avait-elle pensé, aurait pu être entièrement différente. À ce premier signe, déjà, elle reconnut qu'elle était en train de tomber amoureuse.

« Au fond, reprit Christiane, c'est une coïncidence, mais pas une coïncidence stupéfiante. Mes cons de parents appartenaient à ce milieu libertaire, vaguement beatnik dans les années cinquante, que fréquentait également ta mère. Il est même possible qu'ils se connaissent, mais je n'ai aucune envie de le savoir. Je méprise ces gens, je peux même dire que je les hais. Ils représentent le mal, ils ont produit le mal, et je suis bien placée pour en parler. Je me souviens très bien de cet été 76. Di Meola est mort quinze jours après mon arrivée ; il avait un cancer généralisé, et plus rien ne semblait l'intéresser vraiment. Il a quand même essayé de me draguer, j'étais pas mal à l'époque ; mais il n'a pas insisté, je crois qu'il commençait à souffrir physiquement. Depuis vingt ans il jouait la comédie du vieux sage, initiation spirituelle, etc., pour se taper des minettes. Il faut reconnaître qu'il a tenu son personnage jusqu'au bout. Quinze jours après mon arrivée il a pris du poison, quelque chose de très doux, qui faisait son effet en plusieurs heures ; puis il a reçu tous les visiteurs présents sur le domaine, en consacrant quelques minutes à chacun, le genre "mort de Socrate", tu vois. D'ailleurs il parlait de Platon, mais aussi des Upanishads, de Lao-Tseu, enfin le cirque habituel. Il parlait aussi beaucoup d'Aldous Huxley, rappelait qu'il l'avait connu, retraçait leurs entretiens ; il en rajoutait peut-être un peu, mais après tout il était en train de mourir, cet homme. Quand mon tour est venu j'étais assez impressionnée, mais en fait il m'a juste demandé d'ouvrir mon chemisier. Il a regardé mes seins, puis il a essayé de dire quelque chose mais je n'ai pas bien compris, il avait déjà un peu de mal à parler. Tout à coup il s'est redressé sur son fauteuil, il a tendu les mains vers ma poitrine. Je l'ai laissé faire. Il a posé un instant son visage entre mes seins, puis il est retombé dans le fauteuil. Ses mains tremblaient beaucoup. De la tête, il m'a fait signe de partir. Dans son regard je ne lisais aucune initiation spirituelle, aucune sagesse ; dans son regard, je ne lisais que la peur.

Il est mort à la tombée de la nuit. Il avait demandé qu'un bûcher funéraire soit dressé au sommet de la colline. On a tous ramassé des branchages, puis la cérémonie a commencé. C'est David qui a allumé le bûcher funéraire de son père, il avait une lueur plutôt bizarre dans les yeux. Je ne savais rien de lui, sinon qu'il faisait du rock ; il était avec des types plutôt inquiétants, des motards américains tatoués, habillés de cuir. J'étais venue avec une copine, et la nuit tombée on n'était pas tellement rassurées.

Plusieurs joueurs de tam-tam se sont installés devant le feu et ont commencé lentement, sur un rythme grave. Les participants se sont mis à danser, le feu chauffait fort, comme d'habitude ils ont commencé à se déshabiller. Pour réaliser une crémation, en principe, il faut de l'encens et du santal. Là on avait juste ramassé des branches tombées, probablement mélangées avec des herbes locales – du thym, du romarin, de la sarriette ; si bien qu'au bout d'une demi-heure l'odeur s'est mise à évoquer exactement celle d'un barbecue. C'est un copain de David qui a fait la remarque – un gros type en gilet de cuir, aux cheveux longs et gras, avec des dents manquantes sur le devant. Un autre, un vague hippie, a expliqué que chez beaucoup de tribus primitives la manducation du chef disparu était un rite d'union extrêmement fort. L'édenté a hoché la tête et s'est mis à ricaner ; David s'est approché des deux autres et a commencé à discuter avec eux, il s'était mis complètement à poil, dans la lueur des flammes son corps était vraiment superbe – je crois qu'il faisait de la musculation. J'ai senti que les choses risquaient de dégénérer gravement, je suis partie me coucher en vitesse.

Peu après, un orage a éclaté. Je ne sais pas pourquoi je me suis relevée, je suis retournée vers le bûcher. Ils étaient encore une trentaine qui dansaient, complètement nus, sous la pluie. Un type m'a attrapée brutalement par les épaules, il m'a traînée jusqu'au bûcher pour me forcer à regarder ce qui restait du corps. On voyait le crâne avec ses orbites. Les chairs étaient imparfaitement consumées, à moitié mêlées au sol, cela formait comme un petit tas de boue. Je me suis mise à crier, le type m'a lâchée, j'ai réussi à m'enfuir. Avec ma copine on est reparties le lendemain. Je n'ai plus jamais entendu parler de ces gens.

— Tu n'as pas lu l'article dans *Paris Match* ?

— Non... » Christiane eut un mouvement de surprise ; Bruno s'interrompit, commanda deux cafés avant de continuer. Au fil des années il avait développé une conception de la vie cynique et violente, typiquement masculine. L'univers était un champ clos, un grouillement bestial ; tout cela était enclos dans un horizon fermé et dur – nettement perceptible, mais inaccessible : celui de la loi morale. Il est cependant écrit que l'amour contient la loi, et la réalise. Christiane fixait sur lui un regard attentif et tendre ; ses yeux étaient un peu fatigués.

« C'est une histoire tellement dégueulasse, reprit Bruno avec lassitude, que j'ai été surpris que les journalistes n'en parlent pas davantage. Enfin ça se passait il y a cinq ans, le procès avait lieu à Los Angeles, les sectes satanistes étaient encore un sujet nouveau en Europe. David di Meola était un des douze inculpés – j'ai tout de suite reconnu le nom ; il était un des deux seuls à avoir réussi à échapper à la police. D'après l'article, il s'était probablement réfugié au Brésil. Les charges qui pesaient sur lui étaient accablantes. On avait retrouvé à son domicile une centaine de cassettes vidéo de meurtres et de tortures, classées et étiquetées avec soin ; sur certaines d'entre elles, il apparaissait à visage découvert. La cassette projetée à l'audience représentait le supplice d'une vieille femme, Mary Mac Nallahan, et de sa petite-fille, un nourrisson. Di Meola démembrait le bébé devant sa grand-mère à l'aide de pinces coupantes, puis il arrachait un œil à la vieille femme avec ses doigts avant de se masturber dans son orbite saignante ; en même temps il actionnait la télécommande, déclenchait un zoom avant sur son visage. Elle était accroupie, étroitement fixée au mur par des colliers de métal, dans un local qui ressemblait à un garage. À la fin du film, elle était allongée dans ses excréments ; la cassette durait plus de trois quarts d'heure mais seule la police l'avait vue en entier, les jurés avaient demandé l'arrêt de la projection au bout de dix minutes.

L'article paru dans *Match* était en grande partie la traduction d'une interview accordée à *Newsweek* par Daniel Macmillan, le procureur de l'État de Californie. Selon lui, il ne s'agissait pas seulement de juger un groupe d'hommes, mais l'ensemble d'une société ; cette affaire lui paraissait symptomatique de la décadence sociologique et morale dans laquelle s'enfonçait la société américaine depuis la fin des années cinquante. À plusieurs reprises, le juge l'avait prié de rester dans le cadre des faits incriminés ; le parallèle qu'il établissait avec l'affaire Manson lui paraissait hors de propos, d'autant que di Meola était le seul des accusés pour lequel on pouvait établir une vague filiation avec la mouvance beatnik ou hippie.

L'année suivante, Macmillan publia un livre intitulé *From Lust to Murder : a Generation*, assez bêtement traduit en français sous le titre *Génération meurtre*. Ce livre m'a surpris ; je m'attendais aux divagations habituelles des fondamentalistes religieux sur le retour de l'Antéchrist et le rétablissement de la prière à l'école. En fait c'était un livre précis, bien documenté, qui analysait en détail de nombreuses affaires ; Macmillan s'était spécialement intéressé au cas de David, il retraçait toute sa biographie, il y avait un gros travail d'enquête.

Immédiatement après la mort de son père, en septembre 1976, David avait revendu la propriété et les trente hectares de terrain pour acheter des surfaces à Paris dans des immeubles anciens ; il garda pour lui un grand studio rue Visconti et transforma le reste afin de le mettre en location. Les appartements anciens furent séparés, les chambres de bonne parfois réunies ; il fit installer des kitchenettes et des douches. Lorsque tout fut terminé il obtint une vingtaine de studettes, qui pouvaient à elles seules lui assurer un revenu confortable. Il n'avait toujours pas renoncé à percer dans le rock, et se dit qu'il avait peut-être une chance à Paris ; mais il avait déjà vingt-six ans. Avant de faire le tour des studios d'enregistrement, il décida d'enlever deux ans à son âge. C'était très facile à faire : il suffisait, au moment où on lui demandait son âge, de répondre : "Vingt-quatre ans." Naturellement, personne ne vérifiait. Longtemps avant lui, Brian Jones avait eu la même idée. Selon un des témoignages recueillis par Macmillan, un soir, dans une *party* à Cannes, David avait croisé Mick Jagger ; il avait fait un bond en arrière de deux mètres, comme s'il s'était trouvé nez à nez avec une vipère. Mick Jagger *était* la plus grande star du monde ; riche, adulé et cynique, il était tout ce que David rêvait d'être. S'il était si séduisant c'est qu'il *était* le mal, qu'il le symbolisait de manière parfaite ; et ce que les masses adulent par-dessus tout c'est l'image du mal impuni. Un jour Mick Jagger avait eu un problème de pouvoir, un problème d'ego au sein du groupe, justement avec Brian Jones ; mais tout s'était résolu, il y avait eu la piscine. Ce n'était pas la version officielle, certes, mais David *savait* que Mick Jagger avait poussé Brian Jones dans la piscine ; il pouvait se l'imaginer en train de le faire ; et c'est ainsi, par ce meurtre initial, qu'il était devenu le leader du plus grand groupe rock du monde. Tout ce qui se bâtit de grand dans le monde se bâtit au départ sur un meurtre, cela David en était persuadé ; et il se sentait prêt, en cette fin 76, à pousser autant de personnes qu'il le faudrait dans toutes les piscines nécessaires ; mais il ne réussit, au cours des années suivantes, qu'à participer à quelques disques comme bassiste additionnel – et aucun de ces disques ne connut le moindre succès. Par contre, il plaisait toujours beaucoup aux femmes. Ses exigences érotiques augmentèrent, et il prit l'habitude de coucher avec deux filles en même temps – de préférence une blonde et une brune. La plupart acceptaient, car il était réellement très beau – dans un genre puissant et viril, presque animal. Il était fier de son phallus long et épais, de ses grosses couilles velues. La pénétration perdait peu à peu de son intérêt pour lui, mais il prenait toujours du plaisir à voir les filles s'agenouiller pour lui sucer la bite.

Début 1981, un Californien de passage à Paris lui apprit qu'on recherchait des groupes pour réaliser un CD heavy-metal en hommage à Charles Manson. Il décida de tenter sa chance encore une fois. Il revendit tous ses studios, dont le prix avait presque quadruplé entre-temps, et partit s'installer à Los Angeles. Il avait maintenant trente et un ans en réalité, vingt-neuf ans officiellement ; c'était encore trop. Il décida, avant de se présenter aux producteurs américains, d'enlever de nouveau trois ans à son âge. Physiquement, on pouvait parfaitement lui donner vingt-six ans.

La production traîna en longueur, du fond de son pénitencier Manson exigeait des droits exorbitants. David se mit au jogging et commença à fréquenter des cercles satanistes. La Californie a toujours été un lieu de prédilection pour les sectes vouées au culte de Satan, depuis les toutes premières : la *First Church of Satan*, fondée en 1966 à Los Angeles par Anton La Vey, et la *Process Church of the Final Judgment*, qui s'installa en 1967 à San Francisco dans le district de Haight Ashbury. Ces groupements existaient encore, et David prit contact avec eux ; ils ne se livraient en général qu'à des orgies rituelles, parfois à quelques sacrifices animaux ; mais par leur intermédiaire il eut accès à des cercles beaucoup plus fermés et plus durs. Il fit notamment la connaissance de John di Giorno, un chirurgien qui organisait des *avortement-parties*. Après l'opération le fœtus était broyé, malaxé, mélangé à de la pâte à pain pour être partagé entre les participants. David se rendit vite compte que les satanistes les plus avancés ne croyaient nullement à Satan. Ils étaient, tout comme lui, des matérialistes absolus, et renonçaient rapidement à tout le cérémonial un peu kitsch des pentacles, des bougies, des longues robes noires ; ce décorum avait en fait surtout pour objet d'aider les débutants à surmonter leurs inhibitions morales. En 1983, il fut admis à son premier meurtre rituel sur la personne d'un nourrisson portoricain. Pendant qu'il castrait le bébé à l'aide d'un couteau-scie, John di Giorno arrachait, puis mastiquait ses globes oculaires.

À l'époque David avait à peu près renoncé à être une *rock star*, même s'il ressentait parfois un horrible pincement au cœur en voyant Mick Jagger sur MTV. Le projet *"Tribute to Charles Manson"* avait de toute façon capoté, et même s'il avouait vingt-huit ans il en avait cinq de plus, et commençait réellement à se sentir trop vieux. Dans ses fantasmes de domination et de toute-puissance, il lui arrivait maintenant de s'identifier à Napoléon. Il admirait cet homme qui avait mis l'Europe à feu et à sang, qui avait entraîné à la mort des centaines de milliers d'êtres humains sans même l'excuse d'une idéologie, d'une croyance, d'une conviction quelconque. Contrairement à Hitler, contrairement à Staline, Napoléon n'avait cru qu'en lui-même, il avait établi une séparation radicale entre sa personne et le reste du monde, considérant les autres comme de purs instruments au service de sa volonté dominatrice. Repensant à ses lointaines origines génoises, David s'imaginait un lien de parenté avec ce dictateur qui, se promenant à l'aube sur les champs de bataille, contemplant les milliers de corps mutilés et éventrés, remarquait avec négligence : "Bah... une nuit de Paris repeuplera tout ça."

Au fil des mois, David et quelques autres participants plongèrent de plus en plus loin dans la cruauté et dans l'horreur. Parfois ils filmaient la scène de leurs carnages, après s'être recouverts de masques ; l'un des participants était producteur dans l'industrie vidéo, et avait accès à un banc de duplication. Un bon *snuff movie* pouvait se négocier extrêmement cher, autour de vingt mille dollars la copie. Un soir, invité à une partouze chez un ami avocat, David avait reconnu un de ses films diffusé sur un téléviseur dans une des chambres à coucher. Dans cette cassette, tournée un mois auparavant, il sectionnait un sexe masculin à la tronçonneuse. Très excité, il avait attiré à lui une gamine d'une douzaine d'années, une amie de la fille du propriétaire, et l'avait collée devant son siège. La fille s'était un peu débattue, puis avait commencé à le sucer. Sur l'écran, il approchait la tronçonneuse en effleurant doucement les cuisses d'un homme d'une quarantaine d'années ; le type était entièrement ligoté, les bras en croix, il hurlait de terreur. David jouit dans la bouche de la fille au moment où sa lame tronçonnait le sexe ; il attrapa la fille par les cheveux, lui tourna brutalement la tête et la força à regarder le long plan fixe sur le moignon qui pissait le sang.

Les témoignages recueillis sur David s'arrêtaient là. La police avait intercepté par hasard la matrice d'une vidéo de torture, mais David avait probablement été prévenu, il avait en tout cas réussi à s'échapper à temps. Daniel Macmillan en venait alors à sa thèse. Ce qu'il établissait nettement dans son livre, c'est que les prétendus satanistes ne croyaient ni à Dieu, ni à Satan, ni à aucune puissance supra-terrestre ; le blasphème n'intervenait d'ailleurs dans leurs cérémonies que comme un condiment érotique mineur, dont la plupart perdaient rapidement le goût. Ils étaient en fait, tout comme leur maître le marquis de Sade, des matérialistes absolus, des jouisseurs à la recherche de sensations nerveuses de plus en plus violentes. Selon Daniel Macmillan, la destruction progressive des valeurs morales au cours des années soixante, soixante-dix, quatre-vingt puis quatre-vingt-dix était un processus logique et inéluctable. Après avoir épuisé les jouissances sexuelles, il était normal que les individus libérés des contraintes morales ordinaires se tournent vers les jouissances plus larges de la cruauté ; deux siècles auparavant, Sade avait suivi un parcours analogue. En ce sens, les *serial killers* des années quatre-vingt-dix étaient les enfants naturels des *hippies* des années soixante ; on pouvait trouver leurs ancêtres communs chez les actionnistes viennois des années cinquante. Sous couvert de performances artistiques, les actionnistes viennois tels que Nitsch, Muehl ou Schwarzkogler s'étaient livrés à des massacres d'animaux en public ; devant un public de crétins ils avaient arraché, écartelé des organes et des viscères, ils avaient plongé leurs mains dans la chair et dans le sang, portant la souffrance d'animaux innocents jusqu'à ses limites ultimes – cependant qu'un comparse photographiait ou filmait le carnage afin d'exposer les documents obtenus dans une galerie d'art. Cette volonté dionysiaque de libération de la bestialité et du mal, initiée par les actionnistes viennois, on la retrouvait tout au long des décennies ultérieures. Selon Daniel Macmillan, ce basculement intervenu dans les civilisations occidentales après 1945 n'était rien d'autre qu'un retour au culte brutal de la force, un refus des règles séculaires lentement bâties au nom de la morale et du droit. Actionnistes viennois, beatniks, hippies et tueurs en série se rejoignaient en ce qu'ils étaient des libertaires intégraux, qu'ils prônaient l'affirmation intégrale des droits de l'individu face à toutes les normes sociales, à toutes les hypocrisies que constituaient selon eux la morale, le sentiment, la justice et la pitié. En ce sens Charles Manson n'était nullement une déviation monstrueuse de l'expérience hippie, mais son aboutissement logique ; et David di Meola n'avait fait que prolonger et que mettre en pratique les valeurs de libération individuelle prônées par son père. Macmillan appartenait au parti conservateur, et certaines de ses diatribes contre la liberté individuelle firent grincer des dents à l'intérieur de son propre parti ; mais son livre eut un impact considérable. Enrichi par ses droits d'auteur, il se lança à temps complet dans la politique ; l'année suivante, il fut élu à la Chambre des représentants. »

Bruno se tut. Son café était terminé depuis longtemps, il était quatre heures du matin et il n'y avait aucun activiste viennois dans la salle. De fait Hermann Nitsch croupissait actuellement dans une prison autrichienne, incarcéré pour viol de mineure. Cet homme avait déjà dépassé la soixantaine, on pouvait espérer un décès rapide ; ainsi, une source de mal se trouverait éliminée dans le monde. Il n'y avait aucune raison de s'énerver à ce point. Tout était calme, maintenant ; un serveur isolé circulait entre les tables. Ils étaient pour le moment les seuls clients, mais la brasserie restait ouverte 24 heures sur 24, c'était inscrit en devanture, répété sur les menus, c'était pratiquement une obligation contractuelle. « Ils vont pas faire chier, ces pédés » observa machinalement Bruno. Une vie humaine dans nos sociétés contemporaines passe nécessairement par une ou plusieurs périodes de crise, de forte remise en question personnelle. Il est par conséquent normal d'avoir accès, dans le centre-ville d'une grande capitale européenne, à au moins un établissement ouvert toute la nuit. Il commanda un bavarois aux framboises et deux verres de kirsch. Christiane avait écouté son récit avec attention ; son silence avait quelque chose de douloureux. Il fallait maintenant revenir aux plaisirs simples.

16

Pour une esthétique
de la bonne volonté

> « *Dès que l'aurore a paru, les jeunes fil-*
> *les vont cueillir des roses. Un courant d'in-*
> *telligence parcourt les vallons, les capita-*
> *les, secourt l'intelligence des poètes les plus*
> *enthousiastes, laisse tomber des protections*
> *pour les berceaux, des couronnes pour la*
> *jeunesse, des croyances à l'immortalité*
> *pour les vieillards.* »
>
> (Lautréamont – *Poésies II*)

Les individus que Bruno eut l'occasion de fréquenter au cours de sa vie étaient pour la plupart exclusivement mus par la recherche du plaisir – si bien entendu on inclut dans la notion de plaisir les gratifications d'ordre narcissique, si liées à l'estime ou à l'admiration d'autrui. Ainsi se mettaient en place différentes stratégies, qualifiées de vies humaines.

À cette règle, il convenait cependant de faire une exception dans le cas de son demi-frère ; le terme même de plaisir semblait difficile à lui associer ; mais, à vrai dire, Michel était-il mû par quelque chose ? Un mouvement rectiligne uniforme persiste indéfiniment en l'absence de frottement ou de l'application d'une force externe. Organisée, rationnelle, sociologiquement située dans la médiane des catégories supérieures, la vie de son demi-frère semblait jusqu'à présent s'accomplir sans frottement. Il était possible que d'obscures et terribles luttes d'influence se déroulent dans le champ clos des chercheurs en biophysique moléculaire ; Bruno en doutait, cependant.

« Tu as une vision de la vie très sombre... » dit Christiane, mettant fin à un silence qui s'appesantissait. « Nietzschéenne, précisa Bruno. Plutôt nietzschéenne bas de gamme, estima-t-il utile d'ajouter. Je vais te lire un poème. » Il sortit un carnet de sa poche et déclama les vers suivants :

> *C'est toujours la même vieille foutaise*
> *D'éternel retour, etc.*
> *Et je mange des glaces à la fraise*
> *À la terrasse du* Zarathoustra.

« Je sais ce qu'il faut faire, dit-elle après un nouveau temps de silence. On va aller partouzer au Cap d'Agde, dans le secteur naturiste. Il y a des infirmières hollandaises, des fonctionnaires allemands, tous très corrects, bourgeois, genre pays nordiques ou Benelux. Pourquoi pas partouzer avec des policiers luxembourgeois ?
— J'ai épuisé mes semaines de vacances.
— Moi aussi, la rentrée est mardi ; mais j'ai encore besoin de vacances. J'en ai marre d'enseigner, les enfants sont des cons. Toi aussi tu as besoin de vacances, et tu as besoin de jouir, avec plein de femmes différentes. C'est possible. Je sais que tu n'y crois pas, mais je te l'affirme : c'est possible. J'ai un copain médecin, il va nous faire un arrêt-maladie. »

Ils arrivèrent en gare d'Agde le lundi matin, prirent un taxi pour le secteur naturiste. Christiane avait extrêmement peu de bagages, elle n'avait pas eu le temps de retourner à Noyon. « Il va falloir que j'envoie du fric à mon fils, dit-elle. Il me méprise, mais je vais encore être obligée de le supporter quelques années. J'ai juste peur qu'il ne devienne violent. Il fréquente vraiment de drôles de types, des musulmans, des nazis... S'il se tuait en moto j'aurais de la peine, mais je crois que je me sentirais plus libre. »

On était déjà en septembre, ils trouvèrent facilement

une location. Le complexe naturiste du Cap d'Agde, divisé en cinq résidences construites dans les années soixante-dix et le début des années quatre-vingt, offre une capacité hôtelière totale de dix mille lits, ce qui est un record mondial. Leur appartement, d'une surface de 22 m^2, comportait une chambre-salon dotée d'un canapé-lit, une kitchenette, deux couchettes individuelles superposées, une salle d'eau, un W.-C. séparé et une terrasse. Sa capacité maximale était de quatre personnes – le plus souvent une famille avec deux enfants. Ils s'y sentirent tout de suite très bien. Orientée à l'Ouest, la terrasse donnait sur le port de plaisance et permettait de prendre l'apéritif en profitant des derniers rayons du soleil couchant.

Si elle dispose de trois centres commerciaux, d'un mini-golf et d'un loueur de bicyclettes, la station naturiste du Cap d'Agde compte en premier lieu pour séduire les estivants sur les joies plus élémentaires de la plage et du sexe. Elle constitue en définitive le lieu d'une proposition sociologique particulière, d'autant plus surprenante qu'elle semble trouver ses repères en dehors de toute charte préétablie, sur la simple base d'initiatives individuelles convergentes. C'est du moins en ces termes que Bruno introduisait un article où il faisait la synthèse de ses deux semaines de villégiature, intitulé « LES DUNES DE MARSEILLAN-PLAGE : POUR UNE ESTHÉTIQUE DE LA BONNE VOLONTÉ. » Cet article devait être refusé de justesse par la revue *Esprit*.

« Ce qui frappe en tout premier lieu au Cap d'Agde, notait Bruno, c'est la coexistence de lieux de consommation banals, absolument analogues à ceux qu'on rencontre dans l'ensemble des stations balnéaires européennes, avec d'autres commerces explicitement orientés vers le libertinage et le sexe. Il est par exemple surprenant de voir juxtaposées une boulangerie, une supérette et un magasin de vêtements proposant essentiellement des micro-jupes transparentes, des sous-vêtements en latex et des robes conçues pour laisser à découvert les seins et les fesses. Il est surprenant également de voir les femmes et les couples, accompagnés ou non d'enfants, chiner entre les rayons, déambuler sans gêne entre ces différents commerces. On s'étonne enfin de voir les maisons de la presse présentes sur la station offrir, outre l'échantillonnage habituel de quotidiens et de magazines, un choix particulièrement étendu de revues échangistes et pornographiques, ainsi que de gadgets érotiques divers, le tout sans susciter, chez aucun des consommateurs, le moindre émoi.

Les centres de vacances institutionnels peuvent classiquement se distribuer le long d'un axe allant du style « familial » (Mini Club, Kid's Club, chauffe-biberons, tables à langer) au style "jeunes" (sports de glisse, soirées animées pour les couche-tard, moins de 12 ans déconseillés). Par sa fréquentation en grande partie familiale, par l'importance qu'y prennent des loisirs sexuels déconnectés du contexte habituel de la "drague", le centre naturiste du Cap d'Agde échappe largement à cette dichotomie. Il se sépare tout autant, et c'est pour le visiteur une surprise, des centres naturistes traditionnels. Ceux-ci mettent en effet l'accent sur une conception "saine" de la nudité, excluant toute interprétation sexuelle directe ; les mets biologiques y sont à l'honneur, le tabac pratiquement banni. Souvent de sensibilité écologiste, les participants se retrouvent autour d'activités telles que le yoga, la peinture sur soie, les gymnastiques orientales ; ils s'accommodent volontiers d'un habitat rudimentaire au milieu d'un site sauvage. Les appartements proposés par les loueurs du Cap répondent au contraire largement aux normes de confort standard des stations de vacances ; la nature y est essentiellement présente sous forme de pelouses et de massifs floraux. Enfin la restauration, de type classique, fait se juxtaposer pizzerias, restaurants de fruits de mer, friteries et glaciers. La nudité elle-même semble, si l'on ose dire, y revêtir un caractère différent.

Dans un centre naturiste traditionnel, elle est obligatoire chaque fois que les conditions atmosphériques le permettent ; cette obligation fait l'objet d'une surveillance rigoureuse, et s'accompagne d'une vive réprobation à l'égard de tout comportement assimilé au voyeurisme. Au Cap d'Agde, à l'opposé, on assiste à la coexistence paisible, dans les supermarchés comme dans les bars, de tenues extrêmement variées, allant de la nudité intégrale à un habillement de type traditionnel, en passant par des tenues à vocation ouvertement érotique (minijupes en résille, lingerie, cuissardes). Le voyeurisme y est en outre tacitement admis : il est courant sur la plage de voir les hommes s'arrêter devant les sexes féminins offerts à leur regard ; de nombreuses femmes donnent même à cette contemplation un caractère plus intime par le choix de l'épilation, qui facilite l'examen du clitoris et des grandes lèvres. Tout ceci crée, lors même qu'on n'a pas pris part aux activités spécifiques du centre, un climat extrêmement singulier, aussi éloigné de l'ambiance érotique et narcissique des discothèques italiennes que du climat "louche" propre aux quartiers chauds des grandes villes. En somme on a affaire à une station balnéaire classique, plutôt bon enfant, à ceci près que les plaisirs du sexe y occupent une place importante et admise. Il est tentant d'évoquer à ce propos quelque chose comme une ambiance sexuelle "social-démocrate", d'autant que la fréquentation étrangère, très importante, est essentiellement constituée d'Allemands, avec également de forts contingents néerlandais et scandinaves. »

Dès le deuxième jour, Bruno et Christiane firent la connaissance sur la plage d'un couple, Rudi et Hannelore, qui put les introduire à une meilleure compréhension du fonctionnement sociologique de l'endroit. Rudi était technicien dans un centre de guidage de satellites, qui contrôlait notamment le positionnement géostationnaire du satellite de télécommunications Astra ; Han-

217

nelore travaillait dans une importante librairie de Hambourg. Habitués du Cap d'Agde depuis une dizaine d'années, ils avaient deux enfants jeunes, mais avaient préféré cette année les laisser aux parents d'Hannelore pour partir une semaine en couple. Le soir même, ils dînèrent tous les quatre dans un restaurant de poissons qui proposait une excellente bouillabaisse. Ils se rendirent ensuite dans l'appartement du couple allemand. Bruno et Rudi pénétrèrent successivement Hannelore, cependant que celle-ci léchait le sexe de Christiane ; puis ils échangèrent les positions des deux femmes. Hannelore effectua ensuite une fellation à Bruno. Elle avait un très beau corps, plantureux mais ferme, visiblement entretenu par la pratique sportive. En outre, elle suçait avec beaucoup de sensibilité ; très excité par la situation, Bruno jouit malheureusement un peu vite. Rudi, plus expérimenté, réussit à retenir son éjaculation pendant vingt minutes cependant qu'Hannelore et Christiane le suçaient de concert, entrecroisant amicalement leurs langues sur son gland. Hannelore proposa un verre de kirsch pour conclure la soirée.

Les deux discothèques pour couples situées dans le centre jouaient en fait un rôle assez faible dans la vie libertine du couple allemand. Le *Cléopâtre* et l'*Absolu* souffraient durement de la concurrence de l'*Extasia*, implantée en dehors du périmètre naturiste, sur le territoire de la commune de Marseillan : dotée d'équipements spectaculaires (*black room*, *peep room*, piscine chauffée, jacuzzi, et plus récemment la plus belle *mirror room* du Languedoc-Roussillon), l'*Extasia*, loin de s'endormir sur ses lauriers acquis dès le début des années soixante-dix, servie en outre par un cadre enchanteur, avait su conserver son statut de « boîte mythique ». Hannelore et Rudi leur proposèrent cependant de se rendre au *Cléopâtre* le lendemain soir. Plus petite, caractérisée par une ambiance conviviale et chaleureuse, le *Cléopâtre* constituait à leur avis un excellent point de départ pour un couple novice, et elle était vraiment située en plein milieu de la station : l'occasion de prendre un verre entre amis, après le repas, à la bonne franquette ; l'occasion également, pour les femmes, de tester dans une ambiance sympathique les tenues érotiques nouvellement acquises.

Rudi fit circuler à nouveau la bouteille de kirsch. Aucun des quatre ne s'était rhabillé. Bruno s'aperçut avec ravissement qu'il avait une nouvelle érection, moins d'une heure après avoir joui entre les lèvres d'Hannelore ; il s'en expliqua en des termes empreints d'un enthousiasme naïf. Très émue, Christiane entreprit de le branler, sous le regard attendri de leurs nouveaux amis. Sur la fin Hannelore s'accroupit entre ses cuisses et téta son sexe par petits coups, cependant que Christiane continuait à le caresser. Un peu parti, Rudi répétait machinalement « *Gut... gut...* » Ils se séparèrent à moitié ivres, mais d'excellente humeur. Bruno évoqua pour Christiane le Club des Cinq, la ressemblance entre elle et l'image qu'il se faisait depuis toujours de Claude ; il ne manquait plus, selon lui, que le brave chien Dago.

Le lendemain après-midi, ils allèrent ensemble à la plage. Il faisait beau et très chaud, pour un mois de septembre. C'était agréable, se dit Bruno, de marcher tous les quatre, nus, le long de la limite des eaux. C'était agréable de savoir qu'il n'y aurait aucune dissension, que les problèmes sexuels étaient déjà résolus ; c'était agréable de savoir que chacun s'efforcerait, dans la mesure de ses possibilités, d'apporter du plaisir aux autres.

Longue de plus de trois kilomètres, la plage naturiste du Cap d'Agde descend en pente douce, ce qui permet une baignade sans risques, y compris pour les enfants jeunes. Sa plus grande longueur est d'ailleurs réservée à la baignade en famille, ainsi qu'aux jeux sportifs (planche à voile, badminton, cerf-volant). Il est tacitement admis, expliqua Rudi, que les couples à la recherche d'une expérience libertine se retrouvent sur la partie orientale de la plage, un peu au-delà de la buvette de Marseillan. Les dunes, consolidées par des palissades, y forment un léger ressaut. Lorsqu'on est au sommet de cette dénivellation on voit d'un côté la plage, qui descend en pente douce vers la mer, de l'autre une zone plus accidentée composée de dunes et d'aplats, plantée çà et là de bosquets d'yeuses. Ils s'installèrent du côté plage, juste en dessous du ressaut dunaire. Environ deux cents couples étaient concentrés là dans un espace restreint. Quelques hommes seuls s'étaient installés au milieu des couples ; d'autres arpentaient la ligne de dunes, surveillant alternativement les deux directions.

« Lors des deux semaines qu'a duré notre séjour, nous nous sommes rendus toutes les après-midi sur cette plage, poursuivait Bruno dans son article. Naturellement il est possible de mourir, d'envisager la mort, et de porter un regard sévère sur les plaisirs humains. Dans la mesure où l'on rejette cette position extrémiste, les dunes de Marseillan-Plage constituent – c'est ce que je m'attacherai à démontrer – le lieu adéquat d'une proposition humaniste, visant à maximiser le plaisir de chacun sans créer de souffrance morale insoutenable chez personne. La jouissance sexuelle (la plus vive que puisse connaître l'être humain) repose essentiellement sur les sensations tactiles, en particulier sur l'excitation raisonnée de zones épidermiques particulières, tapissées de corpuscules de Krause, eux-mêmes en liaison avec des neurones susceptibles de déclencher dans l'hypothalamus une puissante libération d'endorphines. À ce système simple est venue se superposer dans le néocortex, grâce à la succession des générations culturelles, une construction mentale plus riche faisant appel aux *fantasmes* et (principalement chez les femmes) à *l'amour*. Les dunes de Marseillan-Plage – c'est du moins mon hypothèse – ne doivent pas être considérées comme le lieu d'une exacerbation irraisonnée des fantasmes, mais au contraire comme un dispositif de rééquilibrage des enjeux sexuels, comme le support géographique d'une tentative de retour à la normale – sur la base, essentiellement, d'un principe de *bonne volonté*. Concrètement, chacun des couples réunis dans l'espace séparant la ligne de dunes de la limite des eaux peut prendre l'initiative d'attouchements sexuels publics ; souvent c'est la femme qui branle ou lèche son compagnon, souvent aussi l'homme lui rend la pareille. Les couples voisins observent ces caresses avec une attention particulière, s'approchent pour mieux voir, imitent peu à peu leur exemple. À partir du couple initial se propage ainsi rapidement, sur la plage, une onde de caresses et de luxure incroyablement excitante. La frénésie sexuelle augmentant, de nombreux couples se rapprochent afin de se livrer à des attouchements en groupe ; mais, il est important de le noter, chaque rapprochement fait au préalable l'objet d'un consentement, le plus souvent explicite. Lorsqu'une femme souhaite se soustraire à une caresse non désirée elle l'indique très simplement, d'un simple signe de tête – provoquant aussitôt, chez l'homme, des excuses cérémonieuses et presque comiques.

L'extrême correction des participants masculins apparaît encore plus frappante lorsqu'on s'aventure vers l'intérieur des terres, au-delà de la ligne de dunes. En effet, cette zone est classiquement dévolue aux amateurs de *gang bang* et de pluralité masculine. Le germe initial est là aussi constitué par un couple qui se livre à une caresse intime – assez communément une fellation. Rapidement, les deux partenaires se voient entourés par une dizaine ou une vingtaine d'hommes seuls. Assis, debout ou accroupis sur leurs talons, ceux-ci se masturbent en assistant à la scène. Parfois les choses s'arrêtent là, le couple revient à son enlacement initial et les spectateurs, peu à peu, se dispersent. Parfois, d'un signe de main, la femme indique qu'elle souhaite masturber, sucer ou se faire pénétrer par d'autres hommes. Ils se succèdent alors, sans précipitation particulière.

Lorsqu'elle souhaite arrêter, elle l'indique là aussi d'un simple geste. Aucune parole n'est échangée ; on entend distinctement le vent qui siffle entre les dunes, qui courbe les massifs d'herbe. Parfois, le vent tombe ; le silence est alors total, uniquement troublé par les râles de la jouissance.

Il ne s'agit nullement ici de dépeindre la station naturiste du Cap d'Agde sous l'aspect idyllique d'on ne sait quel phalanstère fouriériste. Au Cap d'Agde comme ailleurs une femme au corps jeune et harmonieux, un homme séduisant et viril se voient entourés de propositions flatteuses. Au Cap d'Agde comme ailleurs un individu obèse, vieillissant ou disgracieux sera condamné à la masturbation – à ceci près que cette activité, en général proscrite dans les lieux publics, sera ici considérée avec une aimable bienveillance. Ce qui surprend malgré tout c'est que des activités sexuelles aussi diversifiées, largement plus excitantes que ce qui est représenté dans n'importe quel film pornographique, puissent se dérouler sans engendrer la moindre violence, ni même le plus léger manquement à la courtoisie. Introduisant à nouveau la notion de "sexualité social-démocrate", j'aurais pour ma part tendance à y voir une application inusitée de ces mêmes qualités de discipline et de respect dû à tout contrat qui ont permis aux Allemands de mener deux guerres mondiales horriblement meurtrières à une génération d'intervalle avant de reconstruire, au milieu d'un pays en ruines, une économie puissante et exportatrice. Il serait intéressant à cet égard de confronter aux propositions sociologiques mises en œuvre au Cap d'Agde les ressortissants de pays où ces mêmes valeurs culturelles sont classiquement à l'honneur (Japon, Corée). Cette attitude respectueuse et légaliste, assurant à chacun, s'il remplit les termes du contrat, de multiples moments de jouissance paisible, semble en tout cas disposer d'un pouvoir de conviction puissant, puisqu'elle s'impose sans difficulté, et cela en dehors du moindre code explicite, aux éléments minoritaires présents sur la station (beaufs frontistes languedociens, délinquants arabes, Italiens de Rimini). »

Bruno interrompit là son article après une semaine de séjour. Ce qu'il restait à dire était plus tendre, plus délicat et plus incertain. Ils avaient pris l'habitude, après leurs après-midi sur la plage, de rentrer prendre l'apéritif vers sept heures. Il prenait un Campari, Christiane le plus souvent un Martini blanc. Il contemplait les mouvements du soleil sur le crépi – blanc à l'intérieur, légèrement rose à l'extérieur. Il prenait plaisir à voir Christiane se déplacer nue dans l'appartement, aller chercher les glaçons et les olives. Ce qu'il éprouvait était étrange, très étrange : il respirait plus facilement, il restait parfois des minutes entières sans penser, il n'avait plus tellement peur. Une après-midi, huit jours après leur arrivée, il dit à Christiane : « Je crois que je suis heureux. » Elle s'arrêta net, la main crispée sur le bac à glace, et poussa une très longue expiration. Il poursuivit :

« J'ai envie de vivre avec toi. J'ai l'impression que ça suffit, qu'on a été assez malheureux comme ça, pendant trop longtemps. Plus tard il y aura la maladie, l'invalidité et la mort. Mais je crois qu'on peut être heureux, ensemble, jusqu'à la fin. En tout cas j'ai envie d'essayer. Je crois que je t'aime. »

Christiane se mit à pleurer. Plus tard, autour d'un plateau de fruits de mer au *Neptune*, ils essayèrent d'envisager la question en pratique. Elle pouvait venir tous les week-ends, ça c'était facile ; mais il lui serait certainement très difficile d'obtenir une mutation à Paris. Compte tenu de la pension alimentaire, le salaire de Bruno était insuffisant pour les faire vivre tous les deux. Et puis il y avait le fils de Christiane ; pour ça aussi, il faudrait attendre. Mais, quand même, c'était possible ; pour la première fois depuis tant d'années, quelque chose paraissait possible.

Le lendemain, Bruno écrivit une lettre courte et émue à Michel. Il s'y déclarait heureux, regrettait qu'ils n'aient jamais parfaitement réussi à se comprendre. Il lui souhaitait d'accéder lui aussi, dans la mesure du possible, à une certaine forme de bonheur. Il signait : « *Ton frère, Bruno.* »

17

La lettre atteignit Michel en pleine crise de découragement théorique. Selon l'hypothèse de Margenau, on pouvait assimiler la conscience individuelle à un champ de probabilités dans un espace de Fock, défini comme somme directe d'espaces de Hilbert. Cet espace pouvait en principe être construit à partir des événements électroniques élémentaires survenant au niveau des microsites synaptiques. Le comportement normal était dès lors assimilable à une déformation élastique de champ, l'acte libre à une déchirure : mais dans quelle topologie ? Il n'était nullement évident que la topologie naturelle des espaces hilbertiens permette de rendre compte de l'apparition de l'acte libre ; il n'était même pas certain qu'il soit aujourd'hui possible de poser le problème, sinon en termes extrêmement métaphoriques. Cependant, Michel en était convaincu, un cadre conceptuel nouveau devenait indispensable. Tous les soirs, avant d'éteindre son micro-ordinateur, il lançait une requête d'accès Internet aux résultats expérimentaux publiés dans la journée. Le lendemain matin il en prenait connaissance, constatait que, partout dans le monde, les centres de recherche semblaient de plus en plus avancer à l'aveuglette, dans un empirisme dénué de sens. Aucun résultat ne permettait d'approcher de la moindre conclusion, ni même de formuler la moindre hypothèse théorique. La conscience individuelle apparaissait brusquement, sans raison apparente, au milieu des lignées animales ; elle précédait sans aucun doute très largement le langage. Avec leur finalisme inconscient les darwiniens mettaient comme d'habitude en avant d'hypothétiques avantages sélectifs liés à son apparition, et comme d'habitude cela n'expliquait rien, c'était juste une aimable reconstruction mythique ; mais le principe anthropique, en l'occurrence, n'était guère plus convaincant. Le monde s'était donné un œil capable de le contempler, un cerveau capable de le comprendre ; oui, et alors ? Cela n'apportait rien à la compréhension du phénomène. Une conscience de soi, absente chez les nématodes, avait pu être mise en évidence chez des lézards peu spécialisés tels que *Lacerta agilis* ; elle impliquait très probablement la présence d'un système nerveux central, et quelque chose de plus. Ce quelque chose restait absolument mystérieux ; l'apparition de la conscience ne semblait pouvoir être reliée à aucune donnée anatomique, biochimique ou cellulaire ; c'était décourageant.

Qu'aurait fait Heisenberg ? Qu'aurait fait Niels Bohr ? Prendre du champ, réfléchir ; marcher dans la campagne, écouter de la musique. Le nouveau ne se produit jamais par simple interpolation de l'ancien ; les informations s'ajoutaient aux informations comme des poignées de sable, prédéfinies dans leur nature par le cadre conceptuel délimitant le champ des expériences ; aujourd'hui plus que jamais ils avaient besoin d'un angle neuf.

Les journées étaient chaudes et brèves, elles se déroulaient tristement. Dans la nuit du 15 septembre, Michel eut un rêve inhabituellement heureux. Il était aux côtés d'une petite fille qui chevauchait dans la forêt, entourée de papillons et de fleurs (au réveil il se rendit compte que cette image, ressurgie à trente ans de distance, était celle du générique du « Prince Saphir », un feuilleton qu'il regardait les dimanches après-midi dans la maison de sa grand-mère, et qui trouvait, si exactement, le point d'ouverture du cœur). L'instant d'après il marchait seul, au milieu d'une prairie immense et vallonnée, à l'herbe profonde. Il ne distinguait pas l'horizon, les collines herbeuses semblaient se répéter à l'infini, sous un ciel lumineux, d'un beau gris clair. Cependant il avançait, sans hésitation et sans hâte ; il savait qu'à quelques mètres sous ses pieds coulait une rivière souterraine, et que ses pas le conduiraient inévitablement, d'instinct, le long de la rivière. Autour de lui, le vent faisait onduler les herbes.

Au réveil il se sentit joyeux et actif, comme il ne l'avait jamais été depuis le début de sa disponibilité, plus de deux mois auparavant. Il sortit, tourna dans l'avenue Émile-Zola, marcha entre les tilleuls. Il était seul, mais n'en souffrait pas. Il s'arrêta au coin de la rue des Entrepreneurs. Le magasin *Zolacolor* ouvrait, les vendeuses asiatiques s'installaient à leurs caisses ; il était environ neuf heures. Entre les tours de Beaugrenelle, le ciel était étrangement clair ; tout cela était sans issue. Peut-être aurait-il dû parler à sa voisine d'en face, la fille de *20 Ans*. Employée dans un magazine généraliste, informée des faits de société, elle connaissait probablement les mécanismes de l'adhésion au monde ; les facteurs psychologiques ne devaient pas lui être étrangers, non plus ; cette fille avait probablement beaucoup à lui apprendre. Il rentra à grandes enjambées, presque en courant, gravit d'un trait les étages menant à l'appartement de sa voisine. Il sonna longuement, à trois reprises. Personne ne répondit. Désemparé, il rebroussa chemin vers son immeuble ; devant l'ascenseur, il s'interrogea sur lui-même. Était-il dépressif, et la question avait-elle un sens ? Depuis quelques années les affiches se multipliaient dans le quartier, appelant à la vigilance et à la lutte contre le Front national. L'extrême indifférence qu'il manifestait, dans un sens comme dans l'autre, pour cette question, était déjà en soi un signe inquiétant. La traditionnelle *lucidité des dépressifs*, souvent décrite comme un désinvestissement radical à l'égard des préoccupations humaines, se manifeste en tout premier lieu par un manque d'intérêt pour les questions effectivement peu intéressantes. Ainsi peut-on, à la rigueur, imaginer un dépressif amoureux, tandis qu'un dépressif patriote paraît franchement inconcevable.

De retour dans sa cuisine il prit conscience que la croyance, fondement naturel de la démocratie, d'une détermination libre et raisonnée des actions humaines, et en particulier d'une détermination libre et raisonnée des choix politiques individuels, était probablement le résultat d'une confusion entre liberté et imprévisibilité. Les turbulences d'un flot liquide au voisinage d'une pile de pont sont structurellement imprévisibles ; nul n'aurait songé pour autant à les qualifier de *libres*. Il se servit un verre de vin blanc, tira les rideaux et s'allongea pour réfléchir. Les équations de la théorie du chaos ne faisaient aucune référence au milieu physique dans lequel se déployaient leurs manifestations ; cette ubiquité leur permettait de trouver des applications en hydrodynamique comme en génétique des populations, en météorologie comme en sociologie des groupes. Leur pouvoir de modélisation morphologique était bon, mais leurs capacités prédictives quasi nulles. À l'opposé, les équations de la mécanique quantique permettaient de prévoir le comportement des systèmes microphysiques avec une précision excellente, et même avec une précision totale si l'on renonçait à tout espoir de retour vers une ontologie matérielle. Il était au moins prématuré, et peut-être impossible, d'établir une jonction mathématique entre ces deux théories. Cependant, Michel en était convaincu, la constitution d'attracteurs à travers le réseau évolutif des neurones et des synapses était la clef de l'explication des opinions et des actions humaines.

À la recherche d'une photocopie de publications

récentes, il prit conscience qu'il avait négligé d'ouvrir son courrier depuis plus d'une semaine. Naturellement, il y avait surtout de la publicité. La firme TMR ambitionnait, à travers le lancement du *Costa Romantica*, de créer une nouvelle norme institutionnelle dans le domaine des croisières de luxe. Ce navire était décrit sous les traits d'un *authentique paradis flottant*. Voici comment pourraient se dérouler – il ne tenait qu'à lui – les premiers instants de sa croisière : « D'abord vous pénétrerez dans le grand hall inondé de soleil, sous l'immense coupole de verre. Par les ascenseurs panoramiques, vous monterez jusqu'au pont supérieur. Là, depuis l'immense verrière de la proue, vous pourrez contempler la mer *comme sur un écran géant*. » Il mit de côté la documentation, se promettant de l'étudier plus à fond. Arpenter le pont supérieur, contempler la mer derrière une cloison transparente, voguer pendant des semaines sous un ciel identique... pourquoi pas ? Pendant ce temps, l'Europe occidentale pourrait bien s'effondrer sous les bombes. Ils débarqueraient, lisses et bronzés, sur un continent neuf.

Entre-temps il fallait vivre, et on pouvait le faire de manière joyeuse, intelligente et responsable. Dans leur dernière livraison, les *Dernières Nouvelles de Monoprix* mettaient plus que jamais l'accent sur la notion d'entreprise citoyenne. Une fois de plus, l'éditorialiste croisait le fer avec cette idée reçue qui voulait que la gastronomie soit incompatible avec la forme. À travers ses lignes de produits, ses marques, le choix scrupuleux de chacune de ses références, toute l'action de Monoprix depuis sa création témoignait d'une conviction exactement inverse. « L'équilibre c'est possible pour tous, et tout de suite » n'hésitait pas à affirmer le rédacteur. Après cette première page pugnace, voire engagée, le reste de la publication s'égayait de conseils malins, de jeux éducatifs, de « bon à savoir ». Michel put ainsi s'amuser à calculer sa consommation calorique journalière. Ces dernières semaines il n'avait ni balayé, ni repassé, ni nagé, ni joué au tennis, ni fait l'amour ; les trois seules activités qu'il pouvait en réalité cocher étaient les suivantes : rester assis, rester allongé, dormir. Tous calculs faits, ses besoins s'élevaient à 1 750 kilocalories/jour. D'après la lettre de Bruno, celui-ci semblait avoir beaucoup nagé et fait l'amour. Il refit le calcul avec ces nouvelles données : les besoins énergétiques s'en voyaient portés à 2 700 kilocalories/jour.

Il y avait une deuxième lettre, qui venait de la mairie de Crécy-en-Brie. Suite à des travaux d'agrandissement d'un arrêt de cars, il était nécessaire de réorganiser le plan du cimetière municipal et de déplacer certaines tombes, dont celle de sa grand-mère. Selon le règlement, un membre de la famille devait assister au transfert des restes. Il pouvait prendre rendez-vous avec le service des concessions funéraires entre dix heures trente et douze heures.

18

Retrouvailles

L'autorail de Crécy-la-Chapelle avait été remplacé par un train de banlieue. Le village lui-même avait beaucoup changé. Il s'arrêta sur la place de la Gare, regarda autour de lui avec surprise. Un hypermarché Casino s'était installé avenue du Général-Leclerc, à la sortie de Crécy. Partout autour de lui il voyait des pavillons neufs, des immeubles.

Cela datait de l'ouverture d'Eurodisney, lui expliqua l'employé de mairie, et surtout du prolongement du RER jusqu'à Marne-la-Vallée. Beaucoup de Parisiens avaient choisi de s'installer ici ; le prix des terres avait presque triplé, les derniers agriculteurs avaient revendu leurs fermes. Il y avait maintenant un gymnase, une salle polyvalente, deux piscines. Quelques problèmes de délinquance, mais pas plus qu'ailleurs.

En se dirigeant vers le cimetière, longeant les maisons anciennes et les canaux intacts, il ressentit pourtant ce sentiment trouble et triste qu'on éprouve toujours à revenir sur les lieux de sa propre enfance. Traversant le chemin de ronde, il se retrouva en face du moulin. Le banc où Annabelle et lui aimaient s'asseoir après la sortie des cours était toujours là. De gros poissons nageaient à contre-courant dans les eaux sombres. Le soleil perça rapidement, entre deux nuages.

L'homme attendait Michel près de l'entrée du cimetière. « Vous êtes le... – Oui. » Quel était le mot moderne pour « fossoyeur » ? Il tenait à la main une pelle et un grand sac poubelle en plastique noir. Michel lui emboîta le pas. « Vous êtes pas forcé de regarder... » grommela-t-il en se dirigeant vers la tombe ouverte.

La mort est difficile à comprendre, c'est toujours à contrecœur que l'être humain se résigne à s'en faire une image exacte. Michel avait vu le cadavre de sa grand-mère vingt ans auparavant, il l'avait embrassée une dernière fois. Cependant, au premier regard, il fut surpris par ce qu'il découvrait dans l'excavation. Sa grand-mère avait été enterrée dans un cercueil ; pourtant dans la terre fraîchement remuée on ne distinguait que des éclats de bois, une planche pourrie, et des choses blanches plus indistinctes. Lorsqu'il prit conscience de ce qu'il avait devant les yeux il tourna vivement la tête, se forçant à regarder dans la direction opposée ; mais c'était trop tard. Il avait vu le crâne souillé de terre, aux orbites vides, dont pendaient des paquets de cheveux blancs. Il avait vu les vertèbres éparpillées, mélangées à la terre. Il avait compris.

L'homme continua à fourrer les restes dans le sac plastique, jetant un regard sur Michel prostré à ses côtés. « Toujours pareil... grommela-t-il. Ils peuvent pas

230

s'empêcher, il faut qu'ils regardent. Un cercueil, ça peut pas durer vingt ans ! » fit-il avec une sorte de colère. Michel resta à quelques pas de lui pendant qu'il transvasait le contenu du sac dans son nouvel emplacement. Son travail fini l'homme se redressa, s'approcha de lui. « Ça va ? » Il acquiesça. « La pierre tombale sera déplacée demain. Vous allez me signer le registre. »

Donc, c'était ainsi. Au bout de vingt ans, c'était ainsi. Des ossements mêlés à la terre, et la masse des cheveux blancs, incroyablement *nombreux* et vivants. Il revoyait sa grand-mère brodant devant la télévision, se dirigeant vers la cuisine. C'était ainsi. En passant devant le Bar des Sports, il se rendit compte qu'il tremblait. Il entra, commanda un pastis. Une fois assis, il prit conscience que l'aménagement intérieur était très différent de ses souvenirs. Il y avait un billard américain, des jeux vidéo, une télé branchée sur MTV qui diffusait des clips. La couverture de *Newlook* affichée en panneau publicitaire titrait sur les fantasmes de Zara Whites et le grand requin blanc d'Australie. Peu à peu il s'enfonça dans un assoupissement léger.

Ce fut Annabelle qui le reconnut en premier. Elle venait de payer ses cigarettes et se dirigeait vers la sortie quand elle l'aperçut, tassé sur la banquette. Elle hésita deux ou trois secondes, puis s'approcha. Il leva les yeux. « C'est une surprise... » dit-elle doucement ; puis elle s'assit en face de lui sur la banquette de moleskine. Elle avait à peine changé. Son visage était resté incroyablement lisse et pur, ses cheveux d'un blond lumineux ; il paraissait impensable qu'elle ait quarante ans, on lui en donnait tout au plus vingt-sept ou vingt-huit.

Elle était à Crécy pour des raisons voisines des siennes. « Mon père est mort il y a une semaine, dit-elle. Un cancer de l'intestin. Ça a été long, pénible – et atrocement douloureux. Je suis restée un peu pour aider maman. Sinon, le reste du temps, je vis à Paris – comme toi. »

Michel baissa les yeux, il y eut un moment de silence. À la table voisine, deux jeunes gens parlaient de combats de karaté.

« J'ai revu Bruno par hasard, il y a trois ans, dans un aéroport. Il m'a appris que tu étais devenu chercheur, quelqu'un d'important, de reconnu dans son domaine. Il m'a appris aussi que tu ne t'étais pas marié. Moi c'est moins brillant, je suis bibliothécaire, dans une bibliothèque municipale. Je ne me suis pas mariée non plus. J'ai souvent pensé à toi. Je t'ai détesté quand tu n'as pas répondu à mes lettres. Ça fait vingt-trois ans, mais parfois j'y pense encore. »

Elle le raccompagna à la gare. Le soir tombait, il était presque six heures. Ils s'arrêtèrent sur le pont qui traversait le Grand Morin. Il y avait des plantes aquatiques, des marronniers et des saules ; l'eau était calme et verte. Corot avait aimé ce paysage, et l'avait peint plusieurs fois. Un vieillard immobile dans son jardin ressemblait à un épouvantail. « Maintenant, nous sommes au même point, dit Annabelle. À la même distance de la mort. »

Elle grimpa sur le marchepied pour l'embrasser sur les joues, juste avant que le train ne démarre. « Nous nous reverrons » dit-il. Elle répondit : « Oui. »

Elle l'invita à dîner le samedi suivant. Elle vivait dans un petit studio rue Legendre. L'espace était scrupuleusement compté, mais il se dégageait de l'endroit une ambiance chaleureuse – le plafond et les murs étaient recouverts de bois sombre, comme dans une cabine de bateau. « J'habite ici depuis huit ans, dit-elle. J'ai emménagé quand j'ai passé le concours de bibliothécaire. Avant je travaillais à TF1, au service des coproductions. J'en avais assez, je n'aimais pas ce milieu. En changeant d'emploi j'ai divisé mon salaire par trois, mais c'est mieux. Je suis à la bibliothèque municipale du XVIIe, dans la section enfants. »

Elle avait préparé un curry d'agneau et des lentilles indiennes. Pendant le repas, Michel parla peu. Il posa à Annabelle des questions sur sa famille. Son frère aîné avait repris l'entreprise paternelle. Il s'était marié, il avait eu trois enfants – un garçon et deux filles. Malheureusement l'entreprise avait des difficultés, la concurrence était devenue très dure dans le domaine de l'optique de précision, plusieurs fois déjà ils avaient failli déposer leur bilan ; il se consolait de ses soucis en buvant du pastis et en votant Le Pen. Son frère cadet, lui, était rentré au service marketing de L'Oréal ; récemment il venait d'être nommé aux États-Unis – chef du service marketing pour l'Amérique du Nord ; ils le voyaient assez peu. Il était divorcé, sans enfants. Deux destins différents, donc, mais à peu près également symptomatiques.

« Je n'ai pas eu une vie heureuse, dit Annabelle. Je crois que j'accordais trop d'importance à l'amour. Je me donnais trop facilement, les hommes me laissaient tomber dès qu'ils étaient arrivés à leurs fins, et j'en souffrais. Les hommes ne font pas l'amour parce qu'ils sont amoureux, mais parce qu'ils sont excités ; cette évidence banale, il m'a fallu des années pour la comprendre. Tout le monde vivait comme ça autour de moi, j'évoluais dans un milieu libéré ; mais je n'éprouvais aucun plaisir à provoquer ni à séduire. Même la sexualité a fini par me dégoûter ; je ne supportais plus leur sourire de triomphe au moment où j'enlevais ma robe, leur air con au moment de jouir, et surtout leur muflerie une fois l'acte accompli. Ils étaient minables, veules et prétentieux. C'est pénible, à la fin, d'être considérée comme du bétail interchangeable – même si je passais pour une belle pièce, parce que j'étais esthétiquement irréprochable, et qu'ils étaient fiers de m'emmener au restaurant. Une seule fois j'ai cru vivre quelque chose de sérieux, je me suis installée avec un type. Il était acteur, il avait quelque chose de très intéressant dans son physique, mais il ne réussissait pas à percer – c'est surtout moi, en fait, qui payais les factures de l'appartement. On a vécu deux ans ensemble, je suis tombée enceinte. Il m'a demandé d'avorter. Je l'ai fait, mais en rentrant de l'hôpital j'ai su que c'était fini. Je l'ai quitté le soir même, je me suis installée quelque temps à l'hôtel. J'avais trente ans, c'était mon deuxième avortement et j'en avais complètement marre. On était en 1988, tout le monde commençait à prendre conscience des dangers du sida, moi j'ai vécu ça comme une délivrance. J'avais couché avec des dizaines d'hommes et aucun ne valait la peine qu'on s'en souvienne. Nous pensons aujourd'hui qu'il y a une époque de la vie où l'on sort et où l'on s'amuse ; ensuite apparaît l'image de la mort. Tous les hommes que j'ai connus étaient terrorisés par le vieillissement, ils pensaient sans arrêt à leur âge. Cette obsession de l'âge commence très tôt – je l'ai rencontrée chez des gens de vingt-cinq ans – et elle ne fait ensuite que s'aggraver. J'ai décidé d'arrêter, de sortir du jeu. Je mène une vie calme, dénuée de joie. Le soir je lis, je me prépare des infusions, des boissons chaudes. Tous les week-ends je vais chez mes parents, je m'occupe beaucoup de mon neveu et de mes nièces. C'est vrai que j'ai besoin d'un homme, quelquefois, j'ai peur la nuit, j'ai du mal à m'endormir. Il y a les tranquillisants, il y a les somnifères ; ça ne suffit pas tout à fait. En réalité, je voudrais que la vie passe très vite. »

Michel resta silencieux ; il n'était pas surpris. La plupart des femmes ont une adolescence excitée, elles s'intéressent beaucoup aux garçons et au sexe ; puis peu à peu elles se lassent, elles n'ont plus très envie d'ouvrir leurs cuisses, de se mettre en lordose pour présenter leur cul ; elles cherchent une relation tendre qu'elles ne trouvent pas, une passion qu'elles ne sont plus vraiment en mesure d'éprouver ; alors commencent pour elles les années difficiles.

Une fois déplié, le canapé-lit occupait la quasi-totalité de l'espace disponible. « C'est la première fois que je l'utilise » dit-elle. Ils s'allongèrent côte à côte, ils s'enlacèrent.

« Je n'utilise plus de contraceptifs depuis longtemps, et je n'ai pas de préservatifs chez moi. Tu en as ?

— Non... il sourit à cette idée.

— Tu veux que je te prenne dans ma bouche ? »

Il réfléchit un moment, répondit finalement : « Oui. » C'était agréable, mais le plaisir n'était pas très vif (au fond il ne l'avait jamais été ; le plaisir sexuel, si intense chez certains, reste modéré, voire insignifiant chez d'autres ; est-ce une question d'éducation, de connexions neuronales ou quoi ?) Cette fellation était surtout émouvante : c'était le symbole des retrouvailles, et de leur destin interrompu. Mais ce fut merveilleux, ensuite, de prendre Annabelle dans ses bras quand elle se retourna pour s'endormir. Son corps était souple et doux, tiède et indéfiniment lisse ; elle avait une taille très fine, des hanches larges, des petits seins fermes. Il glissa une jambe entre les siennes, posa ses paumes sur son ventre et sur ses seins ; dans la douceur, dans la chaleur, il était au début du monde. Il s'endormit presque tout de suite.

D'abord il vit un homme, une portion vêtue de l'espace ; son visage seul était à découvert. Au centre du visage, les yeux brillaient ; leur expression était difficilement déchiffrable. En face de lui, il y avait un miroir. Au premier regard dans le miroir, l'homme avait eu l'impression de tomber dans le vide. Mais il s'était installé, il s'était assis ; il avait considéré son image en elle-même, comme une forme mentale indépendante de lui, communicable à d'autres ; au bout d'une minute, une relative indifférence s'installa. Mais qu'il détourne la tête pendant quelques secondes, tout était à refaire ; il devait de nouveau, péniblement, comme on procède à l'accommodation sur un objet proche, détruire ce sentiment d'identification à sa propre image. Le moi est une névrose intermittente, et l'homme était encore loin d'être guéri.

Ensuite, il vit un mur blanc à l'intérieur duquel se formaient des caractères. Peu à peu ces caractères prirent de l'épaisseur, composant sur le mur un bas-relief mouvant, animé d'une pulsation écœurante. D'abord s'inscrivait le mot « PAIX », puis le mot « GUERRE » ; puis le mot « PAIX » à nouveau. Puis le phénomène cessa d'un seul coup ; la surface du mur redevint lisse. L'atmosphère se liquéfia, traversée par une onde ; le soleil était énorme et jaune. Il vit l'endroit où se formait la racine du temps. Cette racine envoyait des prolongements à travers l'univers, des vrilles noueuses près du centre, gluantes et fraîches à leur extrémité. Ces vrilles enserraient, ligotaient et agglutinaient les portions de l'espace.

Il vit le cerveau de l'homme mort, portion de l'espace, contenant l'espace.

En dernier lieu il vit l'agrégat mental de l'espace, et son contraire. Il vit le conflit mental qui structurait l'espace, et sa disparition. Il vit l'espace comme une ligne très fine qui séparait deux sphères. Dans la première sphère était l'être, et la séparation ; dans la seconde sphère était le non-être, et la disparition individuelle. Calmement, sans hésiter, il se retourna et se dirigea vers la seconde sphère.

Il se dégagea, se redressa dans le lit. À ses côtés, Annabelle respirait régulièrement. Elle avait un réveil Sony en forme de cube, qui indiquait 03 : 37. Pouvait-il se rendormir ? Il devait se rendormir. Il avait apporté des Xanax.

Le lendemain matin, elle lui prépara du café ; elle-même prenait du thé et du pain grillé. La journée était belle, mais déjà un peu froide. Elle regarda son corps nu, étrangement adolescent dans sa minceur persistante. Ils avaient quarante ans, et c'était difficile à croire. Pourtant elle ne pouvait plus avoir d'enfants sans courir de risques assez sérieux de malformations génétiques ; sa puissance virile, à lui, était déjà largement atténuée. Sur le plan des intérêts de l'espèce ils étaient deux individus vieillissants, de valeur génétique médiocre. Elle avait vécu ; elle avait pris de la coke, participé à des partouzes, dormi dans des hôtels de luxe. Située par sa beauté à l'épicentre de ce mouvement de libération des mœurs qui avait caractérisé sa jeunesse, elle en avait particulièrement souffert – et devait, en définitive, y laisser à peu près la vie. Situé par indifférence à la périphérie de ce mouvement, comme de la vie humaine, comme de tout, il n'en avait été que superficiellement atteint ; il s'était contenté d'être un client fidèle de son Monoprix de quartier et de coordonner des recherches en biologie moléculaire. Ces existences si distinctes avaient laissé peu de traces visibles dans leurs corps séparés ; mais la vie en elle-même avait opéré son travail de destruction, avait lentement obéré les capacités de réplication de leurs cellules et de leurs organelles. Mammifères intelligents, qui auraient pu s'aimer, ils se contemplaient dans la grande luminosité de ce matin d'automne. « Je sais qu'il est bien tard, dit-elle. J'ai quand même envie d'essayer. J'ai encore ma carte d'abonnement de train de l'année scolaire 74-75, la dernière année où nous sommes allés au lycée ensemble. Chaque fois que je la regarde, j'ai envie de pleurer. Je ne comprends pas comment les choses ont pu merder à ce point. Je n'arrive pas à l'accepter. »

19

Au milieu du suicide occidental, il était clair qu'ils n'avaient aucune chance. Ils continuèrent cependant à se voir une ou deux fois par semaine. Annabelle retourna chez un gynécologue et recommença à prendre la pilule. Il parvenait à la pénétrer, mais ce qu'il préférait c'était dormir auprès d'elle, sentir sa chair vivante. Une nuit il rêva d'un parc d'attractions situé à Rouen, sur la rive droite de la Seine. Une grande roue presque vide tournait dans un ciel livide, dominant la silhouette de cargos échoués, aux structures métalliques rongées par la rouille. Il avançait entre des baraquements aux couleurs à la fois ternes et criardes ; un vent glacial, chargé de pluie, fouettait son visage. Au moment où il atteignait la sortie du parc il était attaqué par des jeunes vêtus de cuir, armés de rasoirs. Après s'être acharnés sur lui quelques minutes ils le laissaient repartir. Ses yeux saignaient, il savait qu'il resterait à jamais aveugle, et sa main droite était à moitié sectionnée ; cependant il savait également, malgré le sang et la souffrance, qu'Annabelle resterait à ses côtés, et l'envelopperait éternellement de son amour.

Pour le week-end de la Toussaint ils partirent ensemble à Soulac, dans la maison de vacances du frère d'Annabelle. Le matin qui suivit leur arrivée, ils allèrent ensemble jusqu'à la plage. Il se sentit fatigué, et s'assit sur un banc pendant qu'elle continuait à marcher. La mer grondait au large, s'enroulait dans un mouvement flou, gris, argenté. L'écrasement des vagues sur les bancs de sable formait à l'horizon, dans le soleil, une brume étincelante et belle. La silhouette d'Annabelle, presque imperceptible dans son blouson clair, longeait la surface des eaux. Un berger allemand âgé circulait entre le mobilier de plastique blanc du Café de la Plage, lui aussi malaisément perceptible, comme effacé à travers la brume d'air, d'eau, de soleil.

Pour le dîner, elle fit griller un bar ; la société où ils vivaient leur accordait un léger surplus par rapport à la stricte satisfaction de leurs besoins alimentaires ; ils pouvaient, donc, essayer de vivre ; mais de fait ils n'en avaient plus tellement envie. Il éprouvait de la compassion pour elle, pour les immenses réserves d'amour qu'il sentait frémir en elle, et que la vie avait gâchées ; il éprouvait de la compassion, et c'était peut-être le seul sentiment humain qui puisse encore l'atteindre. Pour le reste, une réserve glaciale avait envahi son corps ; réellement, il ne pouvait plus aimer.

De retour à Paris ils connurent des instants joyeux, analogues aux publicités de parfum (dévaler ensemble les escaliers de Montmartre ; ou s'immobiliser, enlacés, sur le pont des Arts, subitement illuminés par les projecteurs des bateaux-mouches qui effectuent leur demi-tour). Ils connurent aussi ces demi-disputes du dimanche après-midi, ces moments de silence où le corps se recourbe entre les draps, ces plages de silence et d'ennui où la vie se défait. Le studio d'Annabelle était sombre, il fallait allumer dès quatre heures de l'après-midi. Ils étaient tristes, parfois, mais surtout ils étaient graves. Ils savaient l'un comme l'autre qu'ils vivaient leur dernière véritable relation humaine, et cette sensation donnait quelque chose de déchirant à chacune de leurs minutes. Ils éprouvaient l'un pour l'autre un grand respect et une immense pitié. Certains jours pourtant, pris dans la grâce d'une magie imprévue, ils traversaient des moments d'air frais, de grand soleil tonique ; mais le plus souvent ils sentaient qu'une ombre grise s'étendait en eux, sur la terre qui les portait, et en tout ils apercevaient la fin.

20

Bruno et Christiane étaient eux aussi rentrés à Paris, le contraire n'aurait pas été concevable. Le matin de la reprise il pensa à ce médecin inconnu qui leur avait fait ce cadeau inouï : deux semaines d'arrêt-maladie injustifiées ; puis il reprit le chemin de ses bureaux rue de Grenelle. En arrivant à l'étage il prit conscience qu'il était bronzé, en pleine forme, et que la situation était ridicule ; il prit également conscience qu'il s'en foutait. Ses collègues, leurs séminaires de réflexion, la formation humaine des adolescents, l'ouverture à d'autres cultures... tout cela n'avait plus la moindre importance à ses yeux. Christiane lui suçait la bite et s'occupait de lui quand il était malade ; Christiane était importante. Il sut à cette même minute qu'il ne reverrait jamais son fils.

Patrice, le fils de Christiane, avait laissé l'appartement dans un bordel épouvantable : des parts de pizza écrasées, des boîtes de Coca, des mégots jonchaient le sol, carbonisé par places. Elle hésita un moment, faillit aller à l'hôtel ; puis elle décida de nettoyer, de reprendre. Noyon était une ville sale, inintéressante et dangereuse ; elle prit l'habitude de venir à Paris tous les week-ends. Presque chaque samedi ils allaient dans une boîte pour couples – le *2+2*, *Chris et Manu*, les *Chandelles*. Leur première soirée chez *Chris et Manu* devait laisser à Bruno un souvenir extrêmement vif. À côté de la piste de danse il y avait plusieurs salles, baignées d'un étrange éclairage mauve ; des lits étaient disposés côte à côte. Partout autour d'eux des couples baisaient, se caressaient ou se léchaient. La plupart des femmes étaient nues ; certaines avaient gardé un chemisier ou un tee-shirt, ou s'étaient contentées de retrousser leur robe. Dans la plus grande des salles, il y avait une vingtaine de couples. Presque personne ne parlait ; on n'entendait que le bourdonnement du climatiseur et le halètement des femmes qui approchaient de la jouissance. Il s'assit sur un lit juste à côté d'une grande brune, aux seins lourds, qui était en train de se faire lécher par un type d'une cinquantaine d'années qui avait conservé sa chemise et sa cravate. Christiane déboutonna son pantalon et commença à le branler tout en regardant autour d'elle. Un homme s'approcha, passa une main sous sa jupe. Elle dégrafa l'attache, la jupe glissa sur la moquette ; elle ne portait rien en dessous. L'homme s'agenouilla et commença à la caresser pendant qu'elle branlait Bruno. Près de lui, sur le lit, la brune gémissait de plus en plus fort ; il prit ses seins entre ses mains. Il bandait comme un rat. Christiane approcha sa bouche, commença à titiller le sillon et le frein de son gland avec la pointe de la langue. Un autre couple vint s'asseoir à leurs côtés ; la femme, une petite rousse d'une vingtaine d'années, portait une minijupe en skaï noir. Elle regarda Christiane qui le léchait ; Christiane lui sourit, releva son tee-shirt pour lui montrer ses seins. L'autre retroussa sa jupe, découvrant une chatte fournie, aux poils également roux. Christiane prit sa main et la guida jusqu'au sexe de Bruno. La femme commença à le branler, cependant que Christiane approchait à nouveau sa langue. En quelques secondes, pris par un soubresaut de plaisir incontrôlable, il éjacula sur son visage. Il se redressa vivement, la prit dans ses bras. « Je suis désolé, dit-il. Désolé. » Elle l'embrassa, se serra contre lui, il sentit son sperme sur ses joues. « Ça ne fait rien, dit-elle tendrement, ça ne fait rien du tout. Tu veux qu'on s'en aille ? » proposa-t-elle un peu plus tard. Il acquiesça tristement, son excitation était complètement retombée. Ils se rhabillèrent rapidement et partirent tout de suite après.

Les semaines suivantes il parvint à se contrôler un peu mieux et ce fut le début d'une bonne période, une période heureuse. Sa vie avait maintenant un sens, limité aux week-ends passés avec Christiane. Il découvrit un livre au rayon santé de la FNAC, écrit par une sexologue américaine, qui prétendait apprendre aux hommes à maîtriser leur éjaculation par une série d'exercices gradués. Il s'agissait essentiellement de tonifier un petit muscle en arc situé juste en dessous des testicules, le muscle pubbo-coccygien. Par une contraction violente de ce muscle juste avant l'orgasme, accompagnée d'une inspiration profonde, il était en principe possible d'éviter l'éjaculation. Bruno commença à faire les exercices ; c'était un but, qui méritait qu'on s'y attache. À chacune de leurs sorties il était stupéfait de voir des hommes, parfois plus âgés que lui, qui pénétraient plusieurs femmes d'affilée, se faisaient branler et sucer pendant des heures sans jamais perdre leur érection. Il était également gêné de constater que la plupart avaient des queues beaucoup plus grosses que la sienne. Christiane lui répétait que ça ne faisait rien, que ça n'avait aucune importance pour elle. Il la croyait, elle était visiblement amoureuse ; mais il lui semblait également que la plupart des femmes rencontrées dans ces boîtes éprouvaient une légère déception lorsqu'il sortait son sexe. Il n'y eut jamais aucune remarque, la courtoisie de chacun était exemplaire, l'ambiance amicale et polie ; mais il y avait des regards qui ne trompaient pas, et peu à peu il se rendait compte que, sur le plan sexuel non plus, il n'était pas tout à fait à la hauteur. Il éprouvait pourtant des moments de plaisir inouïs, fulgurants, à la limite de l'évanouissement, qui lui arrachaient des hurlements véritables ; mais cela n'avait rien à voir avec la puissance virile, c'était plutôt lié à la finesse, à la sensibilité des organes. Par ailleurs il caressait très bien, Christiane le lui disait, et il savait que c'était vrai, il était rare qu'il ne parvienne pas à amener une femme à l'orgasme. Vers la mi-décembre il se rendit compte que Christiane maigrissait un peu, que son visage se couvrait de plaques rouges. Sa maladie de dos ne s'arrangeait pas, dit-elle, elle avait été obligée d'augmenter les doses de médicaments ; cette maigreur, ces taches n'étaient que les effets secondaires des médicaments. Elle changea très vite de sujet ; il la sentit gênée, et en garda une impression de malaise. Elle était certainement capable de mentir pour ne pas l'inquiéter : elle était trop douce, trop gentille. En général le samedi soir elle faisait la cuisine, ils avaient un très bon repas ; puis ils sortaient en boîte. Elle portait des jupes fendues, des petits hauts transparents, des porte-jarretelles, ou parfois un body ouvert à l'entrejambe. Sa chatte était douce, excitante, mouillée tout de suite. C'étaient des soirées merveilleuses, comme il n'aurait jamais espéré pouvoir en vivre. Parfois, lorsqu'elle se faisait prendre à la chaîne, le cœur de Christiane s'affolait, se mettait à battre un peu trop vite, elle transpirait d'un seul coup énormément, et Bruno prenait peur. Ils s'arrêtaient, alors ; elle se blottissait dans ses bras, l'embrassait, lui caressait les cheveux et le cou.

21

Naturellement, là non plus, il n'y avait pas d'issue. Les hommes et les femmes qui fréquentent les boîtes pour couples renoncent rapidement à la recherche du plaisir (qui demande finesse, sensibilité, lenteur) au profit d'une activité sexuelle fantasmatique, assez insincère dans son principe, de fait directement calquée sur les scènes de *gang bang* des pornos « mode » diffusés par Canal +. En hommage à Karl Marx plaçant au cœur de son système, telle une entéléchie délétère, l'énigmatique concept de « baisse tendancielle du taux de profit », il serait tentant de postuler, au cœur du système libertin dans lequel venaient d'entrer Bruno et Christiane, l'existence d'un principe de baisse tendancielle du taux de plaisir ; ce serait à la fois sommaire et inexact. Phénomènes culturels, anthropologiques, seconds, le désir et le plaisir n'expliquent finalement à peu près rien à la sexualité ; loin d'être un facteur déterminant, ils sont au contraire, de part en part, sociologiquement déterminés. Dans un système monogame, romantique et amoureux, ils ne peuvent être atteints que par l'intermédiaire de l'être aimé, dans son principe unique. Dans la société libérale où vivaient Bruno et Christiane, le modèle sexuel proposé par la culture officielle (publicité, magazines, organismes sociaux et de santé publique) était celui de *l'aventure* : à l'intérieur d'un tel système le désir et le plaisir apparaissent à l'issue d'un processus de *séduction*, mettant en avant la nouveauté, la passion et la créativité individuelle (qualités par ailleurs requises des employés dans le cadre de leur vie professionnelle). L'aplatissement des critères de séduction intellectuels et moraux au profit de critères purement physiques conduisait peu à peu les habitués des boîtes pour couples à un système légèrement différent, qu'on pouvait considérer comme le fantasme de la culture officielle : le système *sadien*. À l'intérieur d'un tel système les bites sont uniformément rigides et démesurées, les seins siliconés, les chattes épilées et baveuses. Souvent lectrices de *Connexion* ou de *Hot Video*, les habituées des boîtes pour couples fixaient à leurs soirées un objectif simple : se faire empaler par une multiplicité de grosses bites. L'étape suivante, pour elles, était en général constituée par les clubs SM. La jouissance est affaire de coutume, comme aurait probablement dit Pascal s'il s'était intéressé à ce genre de choses.

Avec sa bite de treize centimètres et ses érections espacées (il n'avait jamais bandé de manière très prolongée, sinon dans sa toute première adolescence, et le temps de latence entre deux éjaculations s'était notablement allongé depuis lors : certes, il n'était plus tout jeune), Bruno n'était au fond nullement à sa place dans ce genre d'endroits. Il était cependant heureux d'avoir à sa disposition plus de chattes et de bouches qu'il n'aurait jamais osé en rêver ; de cela, il se sentait redevable à Christiane. Les plus doux moments restaient ceux où elle caressait d'autres femmes ; ses compagnes de rencontre se montraient toujours ravies par l'agilité de sa langue, par l'habileté de ses doigts à découvrir et à exciter leur clitoris ; malheureusement, lorsqu'elles se décidaient à les payer de retour, la déception était en général au rendez-vous. Démesurément élargies par les pénétrations à la chaîne et les doigtés brutaux (souvent pratiqués à plusieurs doigts, voire avec la main entière), leurs chattes étaient à peu près aussi sensibles qu'un bloc de saindoux. Obsédées par le rythme frénétique des actrices du porno institutionnel, elles branlaient sa bite avec brutalité, comme une tige de chair insensible, avec un ridicule mouvement de piston (l'omniprésence de la musique techno, au détriment de rythmes d'une sensualité plus subtile, jouait certainement aussi un rôle dans le caractère excessivement mécanique de leurs prestations). Il éjaculait vite, et sans réel plaisir ; pour lui, alors, la soirée était terminée. Ils restaient encore une demi-heure à une heure ; Christiane se laissait prendre à la chaîne tout en essayant, en général en vain, de ranimer sa virilité. Au réveil, ils faisaient l'amour à nouveau ; les images de la nuit lui revenaient, adoucies, dans son demi-sommeil ; c'étaient alors des moments d'une tendresse extraordinaire.

L'idéal aurait été au fond d'inviter quelques couples choisis, de passer une soirée à la maison, de bavarder amicalement tout en échangeant des caresses. Ils allaient s'engager dans cette voie, Bruno en avait la certitude intime ; il fallait, aussi, qu'il reprenne les exercices de tonification musculaire proposés par cette sexologue américaine ; son histoire avec Christiane, qui lui avait apporté plus de joie qu'aucun autre événement de sa vie, était une histoire importante et sérieuse. Du moins c'est ce qu'il pensait, parfois, en la regardant s'habiller ou s'affairer dans la cuisine. Le plus souvent pourtant, lorsqu'elle était loin de lui dans la semaine, il pressentait qu'il avait affaire à une mauvaise farce, à une ultime et sordide plaisanterie de l'existence. Notre malheur n'atteint son plus haut point que lorsque a été envisagée, suffisamment proche, la possibilité pratique du bonheur.

L'accident eut lieu une nuit de février, alors qu'ils étaient chez *Chris et Manu*. Allongé sur un matelas dans la pièce centrale, la tête calée par des coussins, Bruno se faisait sucer par Christiane ; il lui tenait la main. Elle était agenouillée au-dessus de lui, les jambes bien écartées, la croupe offerte aux hommes qui passaient derrière elle, enfilaient un préservatif, la prenaient à tour de rôle. Cinq hommes s'étaient déjà succédé sans qu'elle leur jette un regard ; les yeux mi-clos, comme dans un rêve, elle promenait sa langue sur le sexe de Bruno, explorait centimètre après centimètre. Tout à coup elle poussa un cri bref, unique. Le type derrière elle, un grand costaud aux cheveux frisés, continuait à la pénétrer consciencieusement, à grands coups de reins ; son regard était vide et un peu inattentif. « Arrêtez ! Arrêtez ! » lança Bruno ; il avait eu l'impression de crier mais sa voix ne portait pas, il n'avait émis qu'un glapissement faible. Il se leva et repoussa brutalement le type qui resta interdit, le sexe dressé, les bras ballants. Christiane avait basculé sur le côté, son visage était tordu par la souffrance. « Tu ne peux pas bouger ? » demanda-t-il. Elle fit « Non » de la tête ; il se précipita vers le bar, demanda le téléphone. L'équipe du SAMU arriva dix minutes plus tard. Tous les participants s'étaient rhabillés ; dans un silence total ils regardèrent les infirmiers qui soulevaient Christiane, qui la déposaient sur une civière. Bruno monta à côté d'elle dans l'ambulance ; ils étaient tout près de l'Hôtel-Dieu. Il attendit plusieurs heures dans le couloir tapissé de linoléum, puis l'interne de garde vint le prévenir : elle dormait, maintenant ; sa vie n'était pas en danger.

Dans la journée du dimanche on effectua un prélèvement de moelle osseuse ; Bruno revint vers six heures. Il faisait déjà nuit, une pluie fine et froide tombait sur la Seine. Christiane était assise dans son lit, le dos soutenu par un tas d'oreillers. Elle sourit en le voyant. Le diagnostic était simple : la nécrose de ses vertèbres coccygiennes avait atteint un point irrémédiable. Elle s'y attendait depuis plusieurs mois, cela pouvait arriver d'un moment à l'autre ; les médicaments avaient permis de freiner l'évolution, sans toutefois la stopper. Maintenant la situation n'évoluerait plus, il n'y avait aucune complication à craindre ; mais elle resterait définitivement paralysée des jambes.

Elle sortit de l'hôpital dix jours plus tard ; Bruno était là. La situation était différente, maintenant ; la vie se caractérise par de longues plages d'ennui confus, elle est le plus souvent singulièrement morne ; puis tout à coup une bifurcation apparaît, et cette bifurcation s'avère définitive. Christiane avait désormais une pension d'invalidité, elle n'aurait plus jamais à travailler ; elle avait même droit à une aide ménagère gratuite. Elle roula son fauteuil vers lui, elle était encore maladroite – il y avait un coup à prendre, et elle manquait de force dans les avant-bras. Il l'embrassa sur les joues, puis sur les lèvres. « Maintenant, dit-il, tu peux venir t'installer chez moi. À Paris. » Elle leva son visage vers lui, le regarda dans les yeux ; il ne parvint pas à soutenir son regard. « Tu es sûr ? demanda-t-elle doucement, tu es sûr que c'est ce que tu veux ? » Il ne répondit pas ; du moins, il tarda à répondre. Après trente secondes de silence, elle ajouta : « Tu n'es pas forcé. Il te reste un peu de temps à vivre ; tu n'es pas forcé de le passer à t'occuper d'une invalide. » Les éléments de la conscience contemporaine ne sont plus adaptés à notre condition mortelle. Jamais, à aucune époque et dans aucune autre civilisation, on n'a pensé aussi longuement et aussi constamment à son âge ; chacun a dans la tête une perspective d'avenir simple : le moment viendra pour lui où la somme des jouissances physiques qui lui restent à attendre de la vie deviendra inférieure à la somme des douleurs (en somme il sent, au fond de lui-même, le compteur tourner – et le compteur tourne toujours dans le même sens). Cet examen rationnel des jouissances et des douleurs, que chacun, tôt ou tard, est conduit à faire, débouche inéluctablement à partir d'un certain âge sur le suicide. Il est à ce propos amusant de noter que Deleuze et Debord, deux intellectuels respectés de la fin du siècle, se sont l'un et l'autre suicidés sans raison précise, uniquement parce qu'ils ne supportaient pas la perspective de leur propre déclin physique. Ces suicides n'ont provoqué aucun étonnement, aucun commentaire ; plus généralement les suicides de personnes âgées, de loin les plus fréquents, nous paraissent aujourd'hui absolument logiques. On peut également relever, comme un trait symptomatique, la réaction du public face à la perspective d'un attentat terroriste : dans la quasi-totalité des cas les gens préféreraient être tués sur le coup plutôt que d'être mutilés, ou même défigurés. En partie, bien sûr, parce qu'ils en ont un peu marre de la vie ; mais surtout parce que rien, y compris la mort, ne leur paraît aussi terrible que de vivre dans un corps amoindri.

Il bifurqua à la hauteur de La Chapelle-en-Serval. Le plus simple aurait été de se foutre dans un arbre en traversant la forêt de Compiègne. Il avait hésité quelques secondes de trop ; pauvre Christiane. Il avait encore hésité quelques jours de trop avant de l'appeler ; il savait qu'elle était seule dans son HLM avec son fils, il l'imaginait dans son fauteuil roulant, non loin de son téléphone. Rien ne le forçait à s'occuper d'une invalide, c'est ce qu'elle avait dit, et il savait qu'elle était morte sans haine. On avait retrouvé le fauteuil roulant désarticulé, près des boîtes aux lettres, en bas de la dernière volée de marches. Elle avait le visage tuméfié et le cou brisé. Bruno figurait dans la rubrique « personne à prévenir en cas d'accident » ; elle était décédée pendant son transfert à l'hôpital.

Le complexe funéraire était situé un peu en dehors de Noyon, sur la route de Chauny, il fallait tourner juste après Babœuf. Deux employés en bleu de travail l'attendaient dans un préfabriqué blanc, trop chauffé, avec de nombreux radiateurs, un peu comme une salle de cours dans un lycée technique. Les baies vitrées donnaient sur les immeubles bas, modernes, d'une zone semi-résidentielle. Le cercueil, encore ouvert, était posé sur une table à tréteaux. Bruno s'approcha, vit le corps de Christiane et se sentit partir en arrière ; sa tête heurta violemment le sol. Les employés le relevèrent avec précaution. « Pleurez ! Il faut pleurer !... » le conjura le plus âgé d'une voix pressante. Il secoua la tête ; il savait qu'il n'y parviendrait pas. Le corps de Christiane ne pourrait plus bouger, respirer ni parler. Le corps de Christiane ne pourrait plus aimer, il n'y avait plus aucun destin possible pour ce corps et c'était entièrement de sa faute. Cette fois toutes les cartes avaient été tirées, tous les jeux avaient été joués, la dernière donne avait eu lieu et elle s'achevait sur un échec définitif. Pas plus que ses parents avant lui il n'avait été capable d'amour. Dans un état de bizarre détachement sensoriel, comme s'il flottait à quelques centimètres au-dessus du sol, il vit les employés assujettir le couvercle à l'aide d'une perceuse visseuse-dévisseuse. Il les suivit jusqu'au « mur du silence », un mur de béton gris, haut de trois mètres, où étaient superposées les alvéoles funéraires ; la moitié environ étaient vides. L'employé le plus âgé consulta sa feuille d'instructions, se dirigea vers l'alvéole 632 ; son collègue, derrière lui, roulait le cercueil sur un diable. L'atmosphère était humide et froide, il commençait même à pleuvoir. L'alvéole 632 était située à mi-hauteur, à peu près à un mètre cinquante du sol. D'un mouvement souple et efficace, qui ne dura que quelques secondes, les employés soulevèrent le cercueil et le firent glisser dans l'alvéole. À l'aide d'un pistolet pneumatique, ils vaporisèrent un peu de béton à séchage ultra-rapide dans l'interstice ; puis l'employé le plus âgé fit signer le registre à Bruno. Il pouvait, lui indiqua-t-il en partant, se recueillir sur place s'il le désirait.

Bruno rentra par l'autoroute A1 et arriva vers onze heures au niveau du périphérique. Il avait pris une journée de congé, il ne soupçonnait pas que la cérémonie puisse être aussi brève. Il sortit porte de Châtillon et trouva à se garer rue Albert-Sorel, juste en face de l'appartement de son ex-femme. Il n'eut pas longtemps à attendre : dix minutes plus tard, débouchant de l'avenue Ernest-Reyer, son fils apparut, un cartable sur le dos. Il paraissait soucieux, et parlait seul tout en marchant. À quoi pouvait-il penser ? C'était un garçon plutôt solitaire, lui avait dit Anne ; au lieu de déjeuner au collège avec les autres il préférait rentrer à la maison, faire réchauffer le plat qu'elle lui avait laissé le matin en partant. Avait-il souffert de son absence ? Probablement, mais il n'en avait rien dit. Les enfants supportent le monde que les adultes ont construit pour eux, ils essaient de s'y adapter de leur mieux ; par la suite, en général, ils le reproduisent. Victor atteignit la porte, composa le code ; il était à quelques mètres de la voiture, mais il ne le voyait pas. Bruno posa la main sur la poignée de la portière, se redressa sur son siège. La porte de l'immeuble se referma sur l'enfant ; Bruno resta immobile quelques secondes, puis se rassit lourdement. Que pouvait-il dire à son fils, quel message avait-il à lui transmettre ? Rien. Il n'y avait rien. Il savait que sa vie était finie, mais il ne comprenait pas la fin. Tout restait sombre, douloureux et indistinct.

Il démarra et s'engagea sur l'autoroute du Sud. Après la sortie d'Antony, il bifurqua en direction de Vauhallan. La clinique psychiatrique de l'Éducation nationale était située un peu à l'écart de Verrières-le-Buisson, juste à côté du bois de Verrières ; il se souvenait très bien du parc. Il se gara rue Victor-Considérant, franchit à pied les quelques mètres qui le séparaient de la grille. Il reconnut l'infirmier de garde. Il dit : « Je suis revenu. »

250

22

Saorge – Terminus

> « *La communication publicitaire, trop
> focalisée sur la séduction du marché des
> juniors, s'est souvent égarée dans des stra-
> tégies où la condescendance le dispute à la
> caricature et à la dérision. Pour pallier ce
> déficit d'écoute inhérent à notre type de
> société, il est nécessaire de parvenir à ce que
> chaque collaborateur de nos forces de vente
> devienne un « ambassadeur » auprès des
> seniors.* »
>
> (Corinne Mégy –
> *Le Vrai Visage des seniors*)

Peut-être tout cela devait-il se terminer ainsi ; peut-
être n'y avait-il aucun autre moyen, aucune autre issue.
Peut-être fallait-il dénouer ce qui avait été entremêlé,
accomplir ce qui avait été ébauché. Ainsi, Djerzinski
devait se rendre en ce lieu appelé Saorge, à 44° de
latitude Nord et 7°30 de longitude Est ; en ce lieu d'une
altitude légèrement supérieure à 500 mètres. À Nice il
descendit à l'hôtel Windsor, hôtel de demi-luxe d'une
ambiance assez puante dont une des chambres a été
décorée par le médiocre artiste Philippe Perrin. Le lendemain matin il prit le train Nice-Tende, renommé pour
sa beauté. Le train traversa la banlieue nord de Nice,
avec ses HLM d'Arabes, ses affiches de Minitel rose et
ses scores de 60 % au Front national. Après l'arrêt de
Peillon-Saint-Thècle, il s'engagea dans un tunnel ; à la
sortie du tunnel, dans la lumière éblouissante, Djerzinski aperçut sur sa droite l'hallucinante silhouette du
village suspendu de Peillon. Ils traversaient alors ce
qu'on appelle l'arrière-pays niçois ; des gens venaient
de Chicago ou de Denver pour contempler les beautés
de l'arrière-pays niçois. Ils s'engouffrèrent ensuite dans

les gorges de la Roya. Djerzinski descendit en gare de Fanton-Saorge ; il n'avait aucun bagage ; on était à la fin du mois de mai. Il descendit en gare de Fanton-Saorge et marcha environ une demi-heure. À mi-parcours, il dut traverser un tunnel ; la circulation automobile était inexistante.

Selon le *Guide du routard* qu'il avait acheté à l'aéroport d'Orly, le village de Saorge, avec ses maisons hautes étagées en gradins, dominant la vallée en un à-pic vertigineux, avait « quelque chose de tibétain » ; c'était bien possible. Toujours est-il que c'est là que Janine, sa mère, qui s'était fait rebaptiser Jane, avait choisi de mourir, après plus de cinq ans passés à Goa, dans la partie occidentale de la péninsule indienne.

« Enfin elle a choisi de venir ici, elle n'a sûrement pas choisi de crever, corrigea Bruno. Il paraît que la vieille pute s'est convertie à l'islam – à travers la mystique soufie, une connerie de ce genre. Elle s'est installée avec une bande de babas qui vivent dans une maison abandonnée à l'écart du village. Sous prétexte que les journaux n'en parlent plus on s'imagine que les babas et les hippies ont disparu. Au contraire ils sont de plus en plus nombreux, avec le chômage leur nombre a considérablement augmenté, on peut même dire qu'ils pullulent. J'ai fait ma petite enquête... » Il baissa la voix. « L'astuce c'est qu'ils se font appeler des *néo-ruraux*, mais en réalité ils ne glandent rien, ils se contentent de toucher leur RMI et une subvention bidon à l'agriculture de montagne. » Il hocha la tête d'un air rusé, vida son verre d'un trait, en commanda un autre. Il avait donné rendez-vous à Michel *Chez Gilou*, le seul café du village. Avec ses cartes postales cochonnes, ses photos de truites encadrées et son affiche de la « Boule saorgienne » (dont le comité directeur ne comportait pas moins de quatorze membres), l'endroit évoquait à merveille une ambiance « *Chasse – Pêche – Nature – Tradition* », aux antipodes de la mouvance néo-woodstockienne vitupérée par Bruno. Avec précaution, celui-ci sortit de son porte-documents un tract intitulé SOLIDARITÉ AVEC LES BREBIS BRIGASQUES ! « Je l'ai tapé cette nuit... fit-il à voix basse. J'ai discuté avec les éleveurs hier soir. Ils n'arrivent plus à s'en sortir, ils ont la haine, leurs brebis sont littéralement décimées. C'est à cause des écologistes et du Parc national du Mercantour. Ils ont réintroduit des loups, des hordes de loups. Ils mangent les brebis !... » Sa voix monta d'un seul coup, il éclata brusquement en sanglots. Dans son message à Michel Bruno indiquait qu'il vivait de nouveau à la clinique psychiatrique de Verrières-le-Buisson, de manière « probablement définitive ». Apparemment, donc, ils l'avaient laissé ressortir pour l'occasion.

« Donc, notre mère est en train de mourir... coupa Michel, soucieux d'en venir au fait.

— Absolument ! Au Cap d'Agde c'est pareil, il paraît qu'ils ont interdit au public la zone de dunes. La décision a été prise sous la pression de la Société de protection du littoral, qui est complètement aux mains des écologistes. Les gens ne faisaient rien de mal, ils partouzaient gentiment ; mais il paraît que ça dérange les sternes. Les sternes, c'est une variété de piafs. Au cul les piafs ! » s'anima Bruno. « Ils veulent nous empêcher de partouzer et de manger du fromage de brebis, c'est des vrais nazis. Les socialistes sont complices. Ils sont contre les brebis parce que les brebis sont de droite, alors que les loups sont de gauche ; pourtant les loups ressemblent aux bergers allemands, qui sont d'extrême droite. À qui se fier ? » Il hocha sombrement la tête.

« Tu es descendu à quel hôtel à Nice ? demanda-t-il subitement.

— Au Windsor.

— Pourquoi le Windsor ? » Bruno recommençait à s'énerver. « Tu as des goûts de luxe, maintenant ? Qu'est-ce qui te prend ? Personnellement (il martelait ses phrases avec une énergie croissante), je reste fidèle aux hôtels Mercure ! Est-ce que tu as au moins pris la peine de te renseigner ? Est-ce que tu savais que l'hôtel Mercure « Baie des Anges » a un système de tarifs dégressifs suivant la saison ? En période bleue, la chambre est à 330 francs ! Le prix d'un deux étoiles ! Avec un confort institutionnel de type trois étoiles, une vue sur la promenade des Anglais et un *room service* 24 heures sur 24 ! » Bruno hurlait presque, maintenant. Malgré le comportement quelque peu extravagant de son client, le patron de *Chez Gilou* (s'appelait-il Gilou ? c'était vraisemblable) écoutait avec attention. Les histoires d'argent et de rapport qualité-prix intéressent toujours beaucoup les hommes, c'est chez eux un trait caractéristique.

« Ah, voilà Ducon ! » fit Bruno d'un ton guilleret, tout à fait changé, en désignant un jeune homme qui venait d'entrer dans le café. Il pouvait avoir vingt-deux ans. Vêtu d'un treillis militaire et d'un tee-shirt *Greenpeace*, il avait le teint mat, des cheveux noirs tressés en petites nattes, bref il suivait la mode *rasta*. « Bonjour Ducon, fit Bruno avec entrain. Je te présente mon frère. On va voir la vieille ? » L'autre acquiesça sans un mot ; pour une raison ou une autre, il avait apparemment décidé de ne pas répondre aux provocations.

Le chemin quittait le village et montait en pente douce, à flanc de montagne, en direction de l'Italie. Après une colline élevée ils débouchèrent dans une vallée très large, aux flancs boisés ; la frontière n'était qu'à une dizaine de kilomètres. Vers l'Est, on distinguait quelques sommets enneigés. Le paysage, parfaitement désert, donnait une impression d'ampleur et de sérénité.

« Le médecin est repassé, expliqua Hippie-le-Noir. Elle n'est pas transportable, et de toute façon il n'y a plus rien à faire. C'est la loi de la nature... dit-il avec sérieux.

— T'entends ça ? railla Bruno. T'as entendu ce guignol ? La « nature », ils ont que ce mot-là à la bouche.

Maintenant qu'elle est malade ils sont pressés qu'elle crève, comme un animal dans son trou. C'est ma mère, Ducon ! fit-il avec grandiloquence. Et t'as vu son *look* ? reprit-il. Les autres sont pareils, même pires. Ils sont complètement à chier.

— Le paysage est très joli, par ici... » répondit distraitement Michel.

La maison était vaste et basse, en pierres grossières, recouverte d'un toit de lauzes ; elle était située près d'une source. Avant d'entrer, Michel sortit de sa poche un appareil photo *Canon Prima Mini* (zoom rétractable 38-105 mm, 1 290 F à la FNAC). Il fit un tour entier sur lui-même, visa très longuement avant de déclencher ; puis il rejoignit les autres.

Mis à part Hippie-le-Noir, la pièce principale était occupée par une créature indistincte et blondasse, vraisemblablement hollandaise, qui tricotait un poncho près de la cheminée, et par un hippie plus âgé, aux longs cheveux gris, à la barbiche également grise, au fin visage de chèvre intelligente. « Elle est là... » dit Hippie-le-Noir ; il tira un pan de tissu cloué au mur et les introduisit dans la chambre attenante.

Certes, c'est avec intérêt que Michel observa la créature brunâtre, tassée au fond de son lit, qui les suivit du regard alors qu'ils pénétraient dans la pièce. Après tout ce n'était que la deuxième fois qu'il voyait sa mère, et tout portait à croire que ce serait la dernière. Ce qui le frappa d'emblée fut son extrême maigreur, qui lui faisait des pommettes saillantes, des bras distordus. Le teint était terreux, très foncé, elle respirait difficilement, elle était visiblement à la dernière extrémité ; mais au-dessus du nez qui paraissait crochu les yeux brillaient, immenses et blancs, dans la pénombre. Il s'approcha avec précaution de la silhouette étendue. « T'en fais pas, dit Bruno, elle peut plus parler. » Elle ne pouvait peut-être plus parler, mais elle était visiblement consciente. Le reconnaissait-elle ? Sans doute pas. Peut-être est-ce

qu'elle le confondait avec son père ; ça, c'était possible ;
Michel savait qu'il ressemblait énormément à son père
au même âge. Et malgré tout certains êtres, quoi qu'on
en dise, jouent un rôle fondamental dans votre vie, lui
impriment bel et bien un nouveau tour ; ils la coupent
positivement en deux. Et pour Janine, qui s'était fait
rebaptiser Jane, il y avait eu un *avant* et un *après* le père
de Michel. Avant de le rencontrer elle n'était au fond
qu'une bourgeoise libertine et friquée ; après la rencontre elle devait devenir quelque chose d'autre, de nettement plus catastrophique. Le mot de « rencontre » n'est
d'ailleurs qu'une manière de parler ; car de rencontre,
il n'y en avait réellement pas eu. Ils s'étaient croisés,
ils avaient procréé, et c'est tout. Le mystère qui était au
fond de Marc Djerzinski, elle n'avait pas réussi à le
comprendre ; elle n'avait même pas réussi à s'en approcher. Y pensait-elle en cette heure où prenait fin sa vie
calamiteuse ? Ce n'était nullement invraisemblable.
Bruno s'abattit lourdement sur une chaise à côté de son
lit. « Tu n'es qu'une vieille pute... émit-il sur un ton
didactique. Tu mérites de crever. » Michel s'assit en
face de lui, à la tête du lit, et alluma une cigarette. « T'as
voulu être incinérée ? poursuivit Bruno avec verve. À
la bonne heure, tu seras incinérée. Je mettrai ce qui
restera de toi dans un pot, et tous les matins, au réveil,
je pisserai sur tes cendres. » Il hocha la tête avec satisfaction ; Jane émit un bruit de gorge éraillé. À ce
moment, Hippie-le-Noir refit son apparition. « Vous
voulez boire quelque chose ? proféra-t-il d'un ton glacial. – Évidemment, mon bonhomme ! hurla Bruno.
Est-ce que c'est une question qui se pose ? Fais péter
une poire, Ducon ! » Le jeune homme ressortit et revint
avec une bouteille de whisky et deux verres. Bruno se
servit largement, avala une première rasade. « Excusez-
le, il est troublé... fit Michel d'une voix presque inaudi-
ble. – C'est ça, confirma son demi-frère. Laisse-nous à
notre chagrin, Ducon. » Il vida son verre avec un claquement de langue, se resservit. « Ils ont intérêt à se

tenir à carreau, ces pédés... observa-t-il. Elle leur a légué tout ce qu'elle avait, et ils savent très bien que les enfants ont des droits inaliénables sur l'héritage. Si on voulait contester le testament, on serait sûrs de gagner. » Michel se tut, il n'avait pas envie de discuter de la question. Il s'ensuivit un moment de silence assez net. À côté non plus, personne ne parlait ; on entendait la respiration rauque et affaiblie de l'agonisante.

« Elle a voulu rester jeune, c'est tout... dit Michel d'une voix lasse et tolérante. Elle a eu envie de fréquenter des jeunes, et surtout pas ses enfants, qui lui rappelaient qu'elle appartenait à une ancienne génération. Ce n'est pas très difficile à expliquer, ni à comprendre. J'ai envie de m'en aller, maintenant. Tu crois qu'elle va mourir bientôt ? »

Bruno haussa les épaules en signe d'ignorance. Michel se leva et repassa dans l'autre pièce ; Hippie-le-Gris était maintenant seul, occupé à éplucher des carottes biologiques. Il tenta de l'interroger, de savoir ce que le médecin avait dit au juste ; mais le vieux marginal ne put fournir que des informations floues et hors sujet. « C'était une femme lumineuse... souligna-t-il, sa carotte à la main. Nous pensons qu'elle est prête à mourir, car elle a atteint un niveau de réalisation spirituelle suffisamment avancé. » Qu'est-ce qu'il voulait dire par là ? Inutile de rentrer dans les détails. À l'évidence, le vieux benêt ne prononçait pas réellement des paroles ; il se contentait de faire du bruit avec sa bouche. Michel tourna les talons avec impatience et rejoignit Bruno. « Ces cons de hippies... fit-il en se rasseyant, restent persuadés que la religion est une démarche individuelle basée sur la méditation, la recherche spirituelle, etc. Ils sont incapables de se rendre compte que c'est au contraire une activité purement sociale, basée sur la fixation, de rites, de règles et de cérémonies. Selon Auguste Comte, la religion a pour seul rôle d'amener l'humanité à un état d'unité parfaite.

— Auguste Comte toi-même ! intervint Bruno avec rage. À partir du moment où on ne croit plus à la vie éternelle, il n'y a plus de religion possible. Et si la société est impossible sans religion, comme tu as l'air de le penser, il n'y a plus de société possible non plus. Tu me fais penser à ces sociologues qui s'imaginent que le culte de la jeunesse est une mode passagère née dans les années cinquante, ayant connu son apogée au cours des années quatre-vingt, etc. En réalité l'homme a toujours été terrorisé par la mort, il n'a jamais pu envisager sans terreur la perspective de sa propre disparition, ni même de son propre déclin. De tous les biens terrestres, la jeunesse physique est à l'évidence le plus précieux ; et nous ne croyons plus aujourd'hui qu'aux biens terrestres. "Si Christ n'est pas ressuscité", dit saint Paul avec franchise, "alors notre foi est vaine." Christ n'est pas ressuscité ; il a perdu son combat contre la mort. J'ai écrit un scénario de film paradisiaque sur le thème de la Jérusalem nouvelle. Le film se passe dans une île entièrement peuplée par des femmes nues et des chiens de petite taille. À la suite d'une catastrophe biologique les hommes ont disparu, ainsi que la quasi-totalité des espèces animales. Le temps s'est arrêté, le climat est égal et doux ; les arbres portent des fruits toute l'année. Les femmes sont éternellement nubiles et fraîches, les petits chiens éternellement vifs et joyeux. Les femmes se baignent et se caressent, les petits chiens jouent et folâtrent autour d'elles. Ils sont de toutes couleurs et de toutes espèces : il y a des caniches, des fox-terriers, des griffons bruxellois, des Shi-Tzu, des Cavalier King Charles, des yorkshires, des bichons frisés, des westies et des harrier beagles. Le seul gros chien est un labrador, sage et doux, qui joue un rôle de conseil auprès des autres. La seule trace de l'existence masculine est une cassette vidéo présentant un choix d'interventions télévisées d'Édouard Balladur ; cette cassette a un effet calmant sur certaines femmes, et aussi sur la plupart des chiens. Il y a également une cassette de *La Vie des animaux*, présentée par Claude Darget ; on ne la regarde jamais, mais elle sert de mémoire, et de témoignage de la barbarie des époques antérieures.

— Donc, ils te laissent écrire... » dit doucement Michel. Il n'en était pas surpris. La plupart des psychiatres voient d'un bon œil les griffonnages de leurs patients. Non qu'ils leur attribuent une quelconque valeur thérapeutique ; mais c'est toujours une occupation, pensent-ils, ça vaut toujours mieux que de se lacérer les avant-bras à coups de rasoir.

« Il y a quand même de petits drames dans cette île, poursuivit Bruno d'une voix émue. Par exemple, un jour, un des petits chiens s'aventure trop loin en nageant dans la mer. Heureusement sa maîtresse s'aperçoit qu'il est en difficulté, saute dans une barque, file à toutes rames et parvient à le repêcher de justesse. Le pauvre petit chien a bu trop d'eau, il est évanoui et on peut croire qu'il va mourir ; mais sa maîtresse parvient à le réanimer en lui faisant de la respiration artificielle, et tout se termine très bien, le petit chien est gai à nouveau. » Il se tut brusquement. Il avait l'air serein, maintenant, et presque extatique. Michel regarda sa montre, puis regarda autour de lui. Sa mère ne faisait plus aucun bruit. Il était presque midi ; l'ambiance était excessivement calme. Il se releva, retourna dans la pièce centrale. Hippie-le-Gris avait disparu, laissant ses carottes en plan. Il se servit une bière, marcha jusqu'à la fenêtre. La vue portait à des kilomètres sur les pentes recouvertes de sapins. Entre les sommets enneigés, on distinguait au loin le miroitement bleuté d'un lac. L'atmosphère était douce et chargée de senteurs ; c'était une très belle matinée de printemps.

Il était là depuis un temps difficile à définir et son attention, détachée de son corps, flottait paisiblement entre les sommets lorsqu'il fut ramené à la réalité par ce qu'il prit d'abord pour un hurlement. Il lui fallut quelques secondes pour réorganiser ses perceptions auditives, puis il marcha rapidement vers la chambre. Toujours assis au pied du lit, Bruno chantait à pleins poumons :

> *Ils sont venus, ils sont tous là*
> *Dès qu'ils ont entendu ce cri*
> *Elle va mourir laââââa Maâmmaâââh...*

Inconséquents ; inconséquents, légers et clownesques, tels sont les hommes. Bruno se leva pour chanter encore plus fort le couplet suivant :

> *Ils sont venus, ils sont tous là*
> *Même ceux du sud de l'Italie*
> *Y a même Giorgio le fils maudit*
> *Avec des présents pleins les braââââas...*

Dans le silence qui suivit cette démonstration vocale, on entendit nettement une mouche traverser l'atmosphère de la pièce avant de se poser sur le visage de Jane. Les diptères sont caractérisés par la présence d'une seule paire d'ailes membraneuses implantées sur le deuxième anneau du thorax, d'une paire de balanciers (servant à l'équilibrage en vol) implantés sur le troisième anneau du thorax, et de pièces buccales piqueuses ou suceuses. Au moment où la mouche s'aventurait sur la surface de l'œil, Michel se douta de quelque chose. Il s'approcha de Jane, sans toutefois la toucher. « Je crois qu'elle est morte » dit-il après un temps d'examen.

Le médecin confirma sans difficultés ce diagnostic. Il était accompagné d'un employé municipal, et c'est là que les problèmes commencèrent. Où souhaitait-on transférer le corps ? Un caveau de famille, peut-être ? Michel n'en avait pas la moindre idée, il se sentait épuisé et confus. S'ils avaient su développer des relations familiales empreintes de chaleur et d'affection, ils n'en seraient pas là – à se couvrir de ridicule devant

260

l'employé municipal, qui au demeurant restait correct. Bruno se désintéressait complètement de la situation ; assis un peu à l'écart, il avait entamé une partie de Tetris sur sa console portable. « Eh bien... reprit l'employé, nous pouvons vous proposer une concession au cimetière de Saorge. Ce sera un peu loin pour vous recueillir, surtout si vous n'êtes pas de la région ; mais du point de vue transport c'est évidemment le plus pratique. L'enterrement pourrait avoir lieu dès cette après-midi, nous ne sommes pas trop bousculés en ce moment. Je suppose qu'il n'y aura pas de problèmes pour le permis d'inhumer... – Aucun problème ! lança le médecin avec une chaleur un peu excessive. J'ai amené les formulaires... » Il brandit un petit paquet de feuilles avec un sourire guilleret. « Putain, j'ai claqué... » fit Bruno à mi-voix. En effet, sa console de jeux émit une petite musique joyeuse. « D'accord également pour l'inhumation, monsieur Clément ? fit l'employé en forçant sa voix. – Absolument pas ! Bruno se redressa d'un bond. Ma mère souhaitait être incinérée, elle y attachait une importance extrême ! » L'employé se rembrunit. La commune de Saorge n'était pas équipée pour une incinération ; c'était un matériel tout à fait spécifique, qui ne se justifiait pas eu égard au volume des demandes. Vraiment, non, ça paraissait difficile. « Ce sont les dernières volontés de ma mère... » fit Bruno avec importance. Le silence se fit. L'employé municipal réfléchissait à toute allure. « Il y a bien un crématorium à Nice... dit-il timidement. On pourrait envisager un transport aller-retour, si vous êtes toujours d'accord pour une inhumation dans la commune. Naturellement, les frais seraient à votre charge... » Personne ne répondit. « Je vais téléphoner... poursuivit-il, il faut déjà se renseigner sur les créneaux horaires pour une incinération. » Il consulta son agenda, sortit un téléphone portable et commençait à composer le numéro quand Bruno intervint à nouveau. « On laisse tomber... fit-il d'un geste large. On va l'enterrer ici. Ses dernières volontés, on s'en fout. Tu payes ! » poursuivit-il avec autorité en s'adressant à Michel. Sans discuter, celui-ci sortit son chéquier et s'enquit du prix d'une concession de trente ans. « C'est un bon choix, confirma l'employé municipal. Avec une concession de trente ans, on a le temps de voir venir. »

Le cimetière était situé une centaine de mètres au-dessus du village. Deux hommes en bleu de travail portaient le cercueil. Ils avaient choisi le modèle de base, en sapin blanc, stocké dans une salle municipale ; les services funéraires semblaient remarquablement organisés, à Saorge. C'était la fin de l'après-midi, mais le soleil était encore chaud. Bruno et Michel marchaient côte à côte, deux pas derrière les hommes ; Hippie-le-Gris était à leurs côtés, il avait tenu à accompagner Jane jusqu'à sa dernière demeure. Le chemin était caillouteux, aride, et tout cela devait avoir un sens. Un rapace – probablement une buse – planait lentement, à mi-hauteur, dans l'atmosphère. « Ça doit être un coin à serpents... » inféra Bruno. Il ramassa une pierre blanche très aiguisée. Juste avant de tourner vers l'enclos funéraire, comme pour confirmer ses propos, une vipère apparut entre deux buissons longeant le mur d'enceinte ; Bruno visa et tira de toutes ses forces. La pierre éclata sur le mur, manquant de peu la tête du reptile.

« Les serpents ont leur place dans la nature... fit observer Hippie-le-Gris avec une certaine sévérité.

— La nature je lui pisse à la raie, mon bonhomme ! Je lui chie sur la gueule ! » Bruno était à nouveau hors de lui. « Nature de merde... nature mon cul ! » marmonna-t-il avec violence pendant encore quelques minutes. Cependant il se tint correctement lors de la descente du corps, se contentant d'émettre différents gloussements et hochements de tête, comme si l'événement lui suggérait des réflexions inédites, mais encore trop floues pour être exprimées de manière explicite.

Après la cérémonie, Michel remit un bon pourboire aux deux hommes – il supposa que c'était l'usage. Il lui restait un quart d'heure pour attraper le train ; Bruno décida de partir en même temps.

Ils se quittèrent sur le quai de la gare de Nice. Ils ne le savaient pas encore, mais ils ne devaient jamais se revoir.

« Ça va bien, à ta clinique ? demanda Michel.

— Ouais ouais, tranquille peinard j'ai mon lithium. » Bruno sourit d'un air rusé. « Je vais pas rentrer tout de suite à la clinique, j'ai une nuit de battement. Je vais aller dans un bar à putes, il y en a plein à Nice. » Il plissa le front, se rembrunit. « Avec le lithium je bande plus du tout, mais ça fait rien, j'aime bien quand même. »

Michel acquiesça distraitement, monta dans le wagon : il avait réservé une couchette.

TROISIÈME PARTIE

ILLIMITÉ ÉMOTIONNEL

1

De retour à Paris, il trouva une lettre de Desplechin. Selon l'article 66 du règlement intérieur du CNRS, il devait solliciter sa réintégration, ou le prolongement de sa disponibilité, deux mois avant l'expiration de la période. La lettre était courtoise et pleine d'humour, Desplechin ironisait sur les contraintes administratives ; il n'empêche que le délai était dépassé de trois semaines. Il posa la lettre sur son bureau, dans un état de profonde incertitude. Depuis un an, il était libre de définir lui-même le champ de ses recherches ; à quoi avait-il abouti ? En définitive, à peu près à rien. Allumant son micro-ordinateur, il constata avec écœurement que son *e-mail* s'était enrichie de quatre-vingts nouvelles pages ; il n'était pourtant resté absent que deux jours. Une des communications provenait de l'Institut de biologie moléculaire de Palaiseau. La collègue qui le remplaçait avait déclenché un programme de recherches sur l'ADN des mitochondries ; contrairement à l'ADN du noyau, il semblait dépourvu de mécanismes de réparation du code endommagé par les attaques radicalaires ; ce n'était pas réellement une surprise. L'université de l'Ohio était à l'origine d'une communication plus intéressante : suite à des études sur *Saccharomyces*, ils avaient montré que les variétés se reproduisant par voie sexuelle évoluaient moins vite que celles qui se reproduisaient par clonage ; les mutations aléatoires, donc, apparaissaient dans ce cas plus efficaces que la sélection naturelle. Le montage expérimental était amusant, et contredisait avec clarté l'hypothèse classique de la reproduction sexuée comme moteur de l'évolution ; mais de toute façon cela n'avait plus qu'un intérêt anecdotique. Dès que le code génétique serait entièrement déchiffré (et ce n'était plus qu'une question de mois), l'humanité serait en mesure de contrôler sa propre évolution biologique ; la sexualité apparaîtrait alors clairement comme ce qu'elle est : une fonction inutile, dangereuse et régressive. Mais même si l'on parvenait à détecter l'apparition des mutations, voire à supputer leur éventuel effet délétère, rien pour l'instant n'apportait la moindre lueur sur leur déterminisme ; rien par conséquent ne permettait de leur donner un sens défini et utilisable : c'était, à l'évidence, dans cette direction qu'il fallait orienter les recherches.

Débarrassé des dossiers et des livres qui encombraient ses rayonnages, le bureau de Desplechin paraissait immense. « Eh oui... fit-il avec un sourire discret. Je pars en retraite à la fin du mois. » Djerzinski en resta bouche bée. On fréquente les gens pendant des années, parfois des dizaines d'années, en s'habituant peu à peu à éviter les questions personnelles et les sujets réellement importants ; mais on garde l'espoir que plus tard, dans des circonstances plus favorables, on pourra justement aborder ces sujets, ces questions ; la perspective indéfiniment repoussée d'un mode de relation plus humain et plus complet ne s'efface jamais tout à fait, simplement parce que c'est impossible, parce qu'aucune relation humaine ne s'accommode d'un cadre définitivement étroit et figé. La perspective demeure, donc, d'une relation « authentique et profonde » ; elle demeure pendant des années, parfois des dizaines d'années, jusqu'à ce qu'un événement définitif et brutal (en général de l'ordre du décès) vienne vous apprendre qu'il est trop tard, que cette relation « authentique et profonde » dont on avait caressé l'image n'aurait pas lieu, elle non plus, pas davantage que les autres. En quinze ans de vie professionnelle, Desplechin était la seule personne avec qui il ait souhaité établir un contact dépassant le cadre de la simple juxtaposition de hasard, purement utilitaire, indéfiniment ennuyeuse, qui constitue le climat naturel de la vie de bureau. Eh bien c'était raté. Il jeta un regard atterré sur les cartons de livres qui s'empilaient sur le sol du bureau. « Je crois qu'on ferait mieux d'aller prendre un pot quelque part... » proposa Desplechin, résumant avec pertinence l'ambiance du moment.

Ils longèrent le musée d'Orsay, s'installèrent à une table en terrasse du *XIXe siècle*. À la table à côté une demi-douzaine de touristes italiennes babillaient avec vivacité, tels d'innocents volatiles. Djerzinski commanda une bière, Desplechin un whisky sec.

« Qu'est-ce que vous allez faire, maintenant ?

— Je ne sais pas... » Desplechin avait réellement l'air de ne pas savoir. « Voyager... Un peu de tourisme sexuel, peut-être. » Il sourit ; son visage lorsqu'il souriait avait encore beaucoup de charme ; un charme désenchanté, certes, on avait visiblement affaire à un homme détruit, mais un vrai charme tout de même. « Je plaisante... La vérité est que ça ne m'intéresse plus du tout. La connaissance, oui... Il reste un désir de connaissance. C'est une chose curieuse, le désir de connaissance... Très peu de gens l'ont, vous savez, même parmi les chercheurs ; la plupart se contentent de faire carrière, ils bifurquent rapidement vers l'administratif ; pourtant, c'est terriblement important dans l'histoire de l'humanité. On pourrait imaginer une fable dans laquelle un tout petit groupe d'hommes – au maximum quelques centaines de personnes à la surface de la planète – poursuit avec acharnement une activité très difficile, très abstraite, absolument incompréhensible aux non-initiés. Ces hommes restent à jamais inconnus du reste de la population ; ils ne connaissent ni le pouvoir, ni la fortune, ni les honneurs ; personne n'est même capable de comprendre le plaisir que leur procure leur petite activité. Pourtant ils sont la puissance la plus importante du monde, et cela pour une raison très simple, une toute petite raison : ils détiennent les clefs de la certitude rationnelle. Tout ce qu'ils déclarent comme vrai est tôt ou tard reconnu tel par l'ensemble de la population. Aucune puissance économique, politique, sociale ou religieuse n'est capable de tenir face à l'évidence de la certitude rationnelle. On peut dire que l'Occident s'est intéressé au-delà de toute mesure à la philosophie et à la politique, qu'il s'est battu de manière parfaitement déraisonnable autour de questions philosophiques ou politiques ; on peut dire aussi que l'Occident a passionnément aimé la littérature et les arts ; mais rien en réalité n'aura eu autant de poids dans son histoire que le besoin de certitude rationnelle. À ce besoin de certitude rationnelle, l'Occident aura finalement tout sacrifié : sa religion, son bonheur, ses espoirs, et en définitive sa vie. C'est une chose dont il faudra se souvenir, lorsqu'on voudra porter un jugement d'ensemble sur la civilisation occidentale. » Il se tut, pensif. Son regard flotta un instant entre les tables, puis se reposa sur son verre.

« Je me souviens d'un garçon que j'ai connu en première, quand j'avais seize ans. Quelqu'un de très complexe, très tourmenté. Il venait d'une famille riche, plutôt traditionaliste, et d'ailleurs il partageait entièrement les valeurs de son milieu. Un jour, au cours d'une discussion, il m'a dit : "Ce qui décide de la valeur d'une religion, c'est la qualité de la morale qu'elle permet de fonder." J'en suis resté muet de surprise et d'admiration. Je n'ai jamais su s'il en était arrivé de lui-même à cette conclusion, ou s'il avait trouvé la thèse exprimée dans un livre ; en tout cas la phrase m'a énormément impressionné. Cela fait quarante ans que j'y réfléchis ; aujourd'hui, je pense qu'il avait tort. Il me paraît impossible en matière de religion de se placer d'un point de vue exclusivement moral ; pourtant, Kant a raison lorsqu'il affirme que le Sauveur de l'humanité lui-même doit être jugé suivant les critères universels de l'éthique. Mais j'en suis venu à penser que les religions sont avant tout des tentatives d'explication du monde ; et aucune tentative d'explication du monde ne peut tenir si elle se heurte à notre besoin de certitude rationnelle. La preuve mathématique, la démarche expérimentale sont des acquis définitifs de la conscience humaine. Je sais bien que les faits semblent me contredire, je sais bien que l'islam – de loin la plus bête, la plus fausse et la plus obscurantiste de toutes les religions – semble actuellement gagner du terrain ; mais ce n'est qu'un phénomène superficiel et transitoire : à long terme l'islam est condamné, encore plus sûrement que le christianisme. »

Djerzinski releva la tête ; il avait écouté avec beaucoup d'attention. Il n'aurait jamais soupçonné que Desplechin soit sensible à ces questions ; celui-ci hésita, puis reprit :

« J'ai perdu de vue Philippe après le bac, mais j'ai appris qu'il s'était suicidé quelques années plus tard. Enfin, je ne pense pas que ce soit lié : être à la fois homosexuel, catholique intégriste et royaliste, ça ne doit quand même pas être un mélange très simple. »

Au fond lui-même Djerzinski n'avait jamais, il s'en rendit compte à cet instant, été envahi par de réelles interrogations religieuses. Pourtant il savait, et depuis très longtemps, que la métaphysique matérialiste, après avoir anéanti les croyances religieuses des siècles précédents, avait elle-même été détruite par les avancées plus récentes de la physique. Il était curieux que lui-même, aucun des physiciens qu'il avait pu connaître n'en ait jamais conçu au moins un doute, une inquiétude spirituelle.

« À titre personnel, dit-il en même temps qu'il en prenait conscience, il me semble que j'ai dû m'en tenir à ce positivisme pragmatique, de base, qui est en général celui des chercheurs. Les faits existent, ils s'enchaînent par des lois, la notion de cause n'est pas scientifique. Le monde est égal à la somme des connaissances que nous avons sur lui.

— Je ne suis plus chercheur... répondit Desplechin avec une simplicité désarmante. C'est sans doute pour ça que je me laisse envahir, sur le tard, par des questions métaphysiques. Mais bien sûr c'est vous qui avez raison. Il faut continuer à chercher, à expérimenter, à découvrir de nouvelles lois, et le reste n'a aucune importance. Souvenez-vous de Pascal : *"Il faut dire en gros : cela se fait par figure et mouvement, car cela est vrai. Mais de dire quels, et composer la machine, cela est ridicule ; car cela est inutile, et incertain, et pénible."* Bien sûr, une fois de plus, c'est lui qui a raison contre Descartes. Au fait... vous avez décidé de ce que vous alliez faire ? C'est à cause... (il s'excusa d'un geste) de cette histoire de délais.

— Oui. Il faudrait que je sois nommé au Centre de recherches génétiques de Galway, en Irlande. J'ai besoin de pouvoir mettre sur pied rapidement des montages expérimentaux simples, dans des conditions de température et de pression suffisamment précises, avec une bonne gamme de marqueurs radioactifs. Surtout, j'ai besoin d'une grosse puissance de calcul – il me semble me souvenir qu'ils ont deux Cray en parallèle.

— Vous pensez à une nouvelle direction de recherches ? » La voix de Desplechin trahissait une pointe d'excitation ; il s'en aperçut, eut à nouveau son petit sourire discret, qui semblait se moquer de lui-même. « Le désir de connaissance... dit-il d'une voix douce.

— À mon avis, l'erreur est de vouloir travailler uniquement à partir de l'ADN naturel. L'ADN est une molécule complexe, qui a évolué un peu au hasard : il y a des redondances injustifiées, de longues séquences non codantes, enfin il y a un peu n'importe quoi. Si l'on veut vraiment tester les conditions de mutation en général, il faut partir de molécules autoreproductrices plus

272

simples, avec au maximum quelques centaines de liaisons. »

Desplechin hochait la tête, les yeux brillants, il ne cherchait plus à dissimuler son excitation. Les touristes italiennes étaient parties, maintenant ; à part eux, le café était désert.

« Ce sera certainement très long, poursuivit Michel, a priori rien ne distingue les configurations mutables. Mais il doit y avoir des conditions de stabilité structurelle au niveau subatomique. Si l'on arrive à calculer une configuration stable, même sur quelques centaines d'atomes, ce ne sera plus qu'une question de puissance de traitement... Enfin, je m'avance peut-être un peu.

— Pas sûr... » Desplechin avait maintenant la voix lente et rêveuse de l'homme qui entrevoit des perspectives infiniment lointaines, des configurations mentales fantomatiques et inconnues.

« Il faudra que je puisse travailler en toute indépendance, en dehors de la hiérarchie du centre. Il y a des choses qui sont de l'ordre de la pure hypothèse : trop long, trop difficile à expliquer.

— Bien sûr. Je vais écrire à Walcott, qui dirige le centre. C'est un type bien, il vous foutra la paix. Vous avez déjà travaillé avec eux, d'ailleurs, je crois ? Une histoire de vaches...

— Une toute petite chose, oui.

— Ne vous inquiétez pas. Je pars à la retraite... (cette fois, il y avait un peu d'amertume dans son sourire), mais j'ai encore le pouvoir de faire ça. Sur le plan administratif, vous serez en position de détachement – reconductible d'année en année, aussi longtemps que vous le souhaiterez. Quel que soit mon successeur, il n'y a aucune chance que la mesure soit remise en cause. »

Ils se quittèrent peu après à la hauteur du Pont Royal. Desplechin lui tendit la main. Il n'avait pas eu de fils, ses préférences sexuelles le lui avaient interdit, il avait toujours trouvé ridicule l'idée d'un mariage de complaisance. Pendant quelques secondes, en lui serrant la main, il se dit que ce qu'il était en train de vivre était d'un ordre supérieur ; puis il se dit qu'il était extrêmement fatigué ; puis il se retourna et partit le long du quai, longeant les étals des bouquinistes. Pendant une à deux minutes, Djerzinski regarda cet homme qui s'éloignait dans la lumière décroissante.

2

Il dîna chez Annabelle le lendemain soir et lui expliqua très clairement, de manière synthétique et précise, pourquoi il devait partir en Irlande. Pour lui maintenant le programme à remplir était tracé, tout s'enchaînait avec netteté. L'essentiel était de ne pas se polariser sur l'ADN, d'envisager dans toute sa généralité l'être vivant comme système autoreproductible.

Dans un premier temps, Annabelle ne répondit rien ; elle ne pouvait réprimer une légère torsion de la bouche. Puis elle lui resservit du vin ; elle avait préparé du poisson, ce soir-là, et son petit studio évoquait plus que jamais une cabine de bateau.

« Tu n'as pas prévu de m'emmener... » Ses mots résonnèrent dans le silence ; le silence se prolongea. « Tu n'y as même pas pensé... » dit-elle avec un mélange de dépit enfantin et de surprise ; puis elle éclata en sanglots. Il ne fit pas un geste ; s'il avait fait un geste, à ce moment, elle l'aurait certainement repoussé ; il faut que les gens pleurent, il n'y a que ça à faire. « Pourtant, on s'entendait bien quand on avait douze ans... » dit-elle au milieu de ses larmes.

Elle leva ensuite les yeux vers lui. Son visage était pur, et d'une extrême beauté. Elle parla sans réfléchir :

« Fais-moi un enfant. J'ai besoin d'avoir quelqu'un près de moi. Tu n'auras pas forcément à l'élever, ni à t'occuper de lui, tu n'auras pas non plus besoin de le reconnaître. Je ne te demande même pas de l'aimer, ni de m'aimer ; mais fais-moi juste un enfant. Je sais que j'ai quarante ans : tant pis, je prends le risque. C'est ma dernière chance, maintenant. Parfois, j'en viens à regretter d'avoir avorté. Pourtant le premier homme dont j'ai été enceinte était une ordure, et le deuxième un irresponsable ; quand j'avais dix-sept ans jamais je n'aurais imaginé que la vie soit si restreinte, que les possibilités soient si brèves. »

Michel alluma une cigarette pour réfléchir. « C'est une drôle d'idée... dit-il entre ses dents. Une drôle d'idée de se reproduire, quand on n'aime pas la vie. » Anna-belle se leva, ôta un à un ses vêtements. « De toute façon faisons l'amour, dit-elle. Ça fait au moins un mois qu'on n'a pas fait l'amour. J'ai arrêté de prendre la pilule il y a deux semaines ; aujourd'hui, je suis dans une période de fécondité. » Elle posa les mains sur son ventre, remonta jusqu'à ses seins, ouvrit légèrement les cuisses. Elle était belle, désirable et aimante ; pourquoi ne res-sentait-il rien ? C'était inexplicable. Il alluma une nou-velle cigarette, s'aperçut soudain que la réflexion ne lui servirait à rien. On fait un enfant, ou on ne le fait pas ; ce n'est pas de l'ordre de la décision rationnelle, ça ne fait pas partie des décisions qu'un être humain puisse rationnellement prendre. Il écrasa son mégot dans le cendrier, murmura : « J'accepte. »

Annabelle l'aida à enlever ses vêtements et le mas-turba doucement pour qu'il puisse venir en elle. Il ne ressentait pas grand-chose, sauf la douceur et la chaleur de son vagin. Il cessa rapidement de bouger, saisi par l'évidence géométrique de l'accouplement, émerveillé aussi par la souplesse et la richesse des muqueuses. Annabelle posa sa bouche sur la sienne, l'entoura de ses bras. Il ferma les yeux, sentit plus nettement l'exis-tence de son propre sexe, recommença à aller et venir. Peu avant d'éjaculer il eut la vision – extrêmement nette – de la fusion des gamètes, et tout de suite après des premières divisions cellulaires. C'était comme une fuite en avant, un petit suicide. Une onde de conscience remonta le long de son sexe, il sentit son sperme projeté hors de lui-même. Annabelle le sentit également, poussa une longue expiration ; puis ils demeurèrent immobiles.

« Vous deviez prendre rendez-vous pour un frottis il y a un mois... dit le gynécologue d'une voix lasse. Au lieu de ça vous arrêtez la pilule sans m'en parler, et vous vous lancez dans une grossesse. Vous n'êtes plus une gamine, tout de même !... » L'atmosphère du cabinet était froide et un peu gluante ; Annabelle fut surprise, en sortant, de retrouver le soleil de juin.

Elle téléphona le lendemain. L'examen cellulaire révélait des anomalies « assez sérieuses » ; il allait falloir faire une biopsie et un curetage de la muqueuse utérine. « Pour la grossesse, évidemment, il vaut mieux y renoncer pour l'instant. Autant faire les choses sur de bonnes bases, hein ?... » Il n'avait pas l'air inquiet, juste un peu ennuyé.

Annabelle connut donc son troisième avortement – le fœtus n'avait que deux semaines, il suffisait d'une aspiration rapide. L'appareillage avait beaucoup progressé depuis sa dernière intervention et tout fut terminé, à sa grande surprise, en moins de dix minutes. Les résultats d'analyse arrivèrent trois jours plus tard. « Eh bien... », le médecin avait l'air terriblement vieux, compétent et triste, « je crois malheureusement qu'il n'y a aucun doute : vous avez un cancer de l'utérus au stade pré-envahissant. » Il rassujettit ses lunettes sur son nez, examina les feuillets à nouveau ; l'impression de compétence générale en fut sensiblement augmentée. Il n'était pas réellement surpris : le cancer de l'utérus s'attaque souvent aux femmes dans les années qui précèdent la ménopause, et le fait de ne pas avoir eu d'enfants constituait un facteur d'aggravation du risque. Les modalités du traitement étaient connues, sur ce point il n'avait aucun doute. « Il faut pratiquer une hystérectomie abdominale et une salpingo-ovariectomie bilatérale. Ce sont des gestes opératoires bien maîtrisés maintenant, les risques de complication sont quasi nuls. » Il jeta un regard à Annabelle : chose ennuyeuse elle ne réagissait pas, elle restait complètement bouche bée ; c'était probablement le prélude à une crise. On recommandait en général aux praticiens d'orienter la patiente vers une psychothérapie de soutien – il avait préparé une petite liste d'adresses – et surtout d'insister sur une *idée forte* : la fin de la fertilité ne signifiait nullement la fin de la vie sexuelle ; certaines patientes, au contraire, en voyaient leurs désirs sensiblement augmentés.

« Donc, on va m'enlever l'utérus... dit-elle avec incrédulité.

— L'utérus, les ovaires et les trompes de Fallope ; autant éviter tout risque de prolifération. Je vous prescrirai un traitement hormonal de substitution – d'ailleurs on le prescrit de plus en plus souvent, même dans les cas de ménopause simple. »

Elle retourna chez ses parents à Crécy-en-Brie ; l'opération était fixée au 17 juillet. Michel l'accompagna, avec sa mère, à l'hôpital de Meaux. Elle n'avait pas peur. L'intervention chirurgicale dura un peu plus de deux heures. Annabelle se réveilla le lendemain. Par sa fenêtre elle voyait le ciel bleu, le léger mouvement du vent entre les arbres. Elle ne ressentait pratiquement rien. Elle avait envie de voir la cicatrice de son bas-ventre, mais n'osa pas le demander à l'infirmière. Il était étrange de penser qu'elle était la même femme, mais que les organes de la reproduction lui avaient été ôtés. Le mot « ablation » flotta quelque temps dans son esprit, avant d'être remplacé par une image plus brutale. « On m'a vidée, se dit-elle ; on m'a vidée comme un poulet. »

Elle sortit de l'hôpital une semaine plus tard. Michel avait écrit à Walcott pour lui annoncer qu'il retardait son départ ; après quelques tergiversations il accepta de s'installer chez ses parents, dans l'ancienne chambre de son frère. Annabelle s'aperçut qu'il avait sympathisé avec sa mère durant la période de son hospitalisation. Son frère aîné, aussi, passait plus volontiers à la maison depuis que Michel était là. Ils n'avaient au fond pas grand-chose à se dire : Michel ne connaissait rien aux problèmes de la petite entreprise, et Jean-Pierre restait parfaitement étranger aux questions soulevées par le développement de la recherche en biologie moléculaire ; cependant, une complicité masculine partiellement fictive finissait par se créer autour de l'apéritif du soir. Elle devait se reposer, et surtout éviter de soulever des objets lourds ; mais elle pouvait maintenant se laver seule, et manger normalement. L'après-midi, elle restait assise dans le jardin ; Michel et sa mère cueillaient des fraises, ou des mirabelles. C'était comme une curieuse période de vacances, ou de retour à l'enfance. Elle sentait la caresse du soleil sur son visage et sur ses bras. Le plus souvent elle restait sans rien faire ; parfois aussi elle brodait, ou confectionnait de petits objets en peluche pour son neveu et ses nièces. Un psychiatre de Meaux lui avait prescrit des somnifères, et des doses assez fortes de tranquillisants. Elle dormait de toute façon beaucoup, et ses rêves étaient uniformément heureux et paisibles ; le pouvoir de l'esprit est immense, tant qu'il demeure dans son propre domaine. Michel était allongé à ses côtés dans le lit ; une main posée au-dessus de sa taille, il sentait ses côtes se soulever et s'abaisser avec régularité. Le psychiatre venait régulièrement la voir, s'inquiétait, marmonnait, parlait de « perte d'adhérence par rapport au réel ». Elle était devenue très douce, un peu bizarre, et riait souvent sans raison ; parfois aussi, d'un seul coup, ses yeux s'emplissaient de larmes. Elle prenait alors un Tercian supplémentaire.

À partir de la troisième semaine elle put sortir, et faire de courtes promenades au bord de la rivière, ou dans les bois environnants. C'était un mois d'août exceptionnellement beau ; les journées se succédaient, identiques et radieuses, sans la moindre menace d'orage, sans que rien non plus puisse laisser présager une fin. Michel la tenait par la main ; souvent, ils s'asseyaient sur un banc au bord du Grand Morin. Les herbes de la berge étaient calcinées, presque blanches ; sous le couvert des hêtres la rivière déroulait indéfiniment ses ondulations liquides, d'un vert sombre. Le monde extérieur avait ses propres lois, et ces lois n'étaient pas humaines.

3

Le 25 août, un examen de contrôle révéla des métastases dans la région abdominale ; elles allaient, normalement, continuer à s'étendre, et le cancer se généraliser. On pouvait tenter une radiothérapie, à vrai dire c'était même la seule chose à faire ; mais, il ne fallait pas se le dissimuler, il s'agissait d'un traitement lourd, et le taux de guérison ne dépassait pas 50 %.

Le repas fut extrêmement silencieux. « On va te guérir, ma petite chérie... » dit la mère d'Annabelle d'une voix qui tremblait un peu. Elle prit sa mère par le cou, posa son front contre le sien ; elles restèrent ainsi environ une minute. Après que sa mère était partie se coucher elle traîna dans le salon, feuilleta quelques livres. Assis dans un fauteuil, Michel la suivait du regard. « On pourrait consulter quelqu'un d'autre... dit-il après un long silence. – Oui, on pourrait » répondit-elle avec légèreté.

Elle ne pouvait pas faire l'amour, la cicatrice était trop récente et trop douloureuse ; mais elle le serra longuement dans ses bras. Elle entendait ses dents grincer dans le silence. À un moment donné, passant la main sur son visage, elle s'aperçut qu'il était mouillé de larmes. Elle lui caressa doucement le sexe, c'était excitant et apaisant à la fois. Il prit deux comprimés de Mépronizine, et finit par s'endormir.

Vers trois heures du matin elle se leva, enfila une robe de chambre et descendit à la cuisine. En fouillant dans le buffet elle trouva un bol, gravé à son prénom, que sa marraine lui avait offert pour ses dix ans. Dans le bol elle pila soigneusement le contenu de son tube de Rohypnol, ajouta un peu d'eau et de sucre. Elle ne ressentait rien, sinon une tristesse d'ordre extrêmement général, presque métaphysique. La vie était organisée ainsi, pensait-elle ; une bifurcation s'était produite dans son corps, une bifurcation imprévisible et injustifiée ; et maintenant son corps ne pouvait plus être une source de bonheur et de joie. Il allait au contraire, progressivement mais en fait assez vite, devenir pour elle-même comme pour les autres une source de gêne et de malheur. Par conséquent, il fallait détruire son corps. Une horloge en bois d'aspect massif égrenait les secondes avec bruit ; sa mère la tenait de sa grand-mère, elle l'avait déjà au moment de son mariage, c'était le meuble le plus ancien de la maison. Dans le bol, elle rajouta un peu de sucre. Son attitude était très éloignée de l'acceptation, la vie lui apparaissait comme une mauvaise plaisanterie, une plaisanterie inadmissible ; mais, inadmissible ou pas, c'était ainsi. En quelques semaines de maladie, avec une rapidité surprenante, elle en était arrivée à ce sentiment si fréquent chez les vieillards : elle ne voulait plus être une charge pour les autres. Sa vie, vers la fin de son adolescence, s'était mise à aller très vite ; puis il y avait eu une longue période d'ennui ; sur la fin, de nouveau, tout recommençait à aller très vite.

Peu avant l'aube, en se retournant dans le lit, Michel

s'aperçut de l'absence d'Annabelle. Il s'habilla, descendit : son corps inanimé gisait sur le canapé du salon. Près d'elle, sur la table, elle avait laissé une lettre. La première phrase disait : « Je préfère mourir au milieu de ceux que j'aime. »

Le chef du service des urgences à l'hôpital de Meaux était un homme d'une trentaine d'années, aux cheveux bruns et bouclés, au visage ouvert ; il leur fit tout de suite une excellente impression. Il y avait peu de chances pour qu'elle se réveille, dit-il ; ils pouvaient rester auprès d'elle, à titre personnel il n'y voyait aucun inconvénient. Le coma était un état étrange, mal connu. Il était à peu près certain qu'Annabelle ne percevait rien de leur présence ; cependant, une activité électrique faible persistait dans le cerveau ; elle devait correspondre à une activité mentale, dont la nature restait absolument mystérieuse. Le pronostic médical lui-même n'avait rien d'assuré : on avait vu des cas où un malade plongé dans un coma profond depuis plusieurs semaines, voire plusieurs mois, revenait d'un seul coup à la vie ; le plus souvent, hélas, l'état de coma bifurquait, tout aussi subitement, vers la mort. Elle n'avait que quarante ans, au moins on pouvait être sûr que le cœur tiendrait ; c'était, pour l'instant, tout ce qu'on pouvait dire.

Le jour se levait sur la ville. Assis à côté de Michel, le frère d'Annabelle secouait la tête en marmonnant. « C'est pas possible... C'est pas possible... » répétait-il sans cesse, comme si ces mots avaient eu un pouvoir. Mais si, c'était possible. Tout est possible. Une infirmière passa devant eux, poussant un chariot métallique sur lequel s'entrechoquaient des bouteilles de sérum.

Un peu plus tard le soleil déchira les nuages, et le ciel tourna au bleu. La journée serait belle, aussi belle que les précédentes. La mère d'Annabelle se leva avec effort. « Autant se reposer un peu... » dit-elle en maîtrisant le tremblement de sa voix. Son fils se leva à son tour, les bras ballants, et la suivit comme un automate. D'un signe de tête, Michel refusa de les accompagner. Il ne ressentait aucune fatigue. Dans les minutes qui suivirent, il ressentit surtout l'étrange présence du monde observable. Il était assis, seul, dans un couloir ensoleillé, sur une chaise de plastique tressé. Cette aile de l'hôpital était excessivement calme. De temps en temps une porte s'ouvrait à distance, une infirmière en sortait, se dirigeait vers un autre couloir. Les bruits de la ville, quelques étages plus bas, étaient très assourdis. Dans un état d'absolu détachement mental, il passait en revue l'enchaînement des circonstances, les étapes du mécanisme qui avait brisé leurs vies. Tout apparaissait définitif, limpide et irrécusable. Tout apparaissait dans l'évidence immobile d'un passé restreint. Il était peu vraisemblable, aujourd'hui, qu'une fille de dix-sept ans puisse faire preuve d'une telle naïveté ; il était surtout peu vraisemblable, aujourd'hui, qu'une fille de dix-sept ans accorde une telle importance à l'amour. Il s'était écoulé vingt-cinq ans depuis l'adolescence d'Annabelle, et les choses avaient beaucoup changé, s'il fallait en croire les sondages et les magazines. Les jeunes filles d'aujourd'hui étaient plus avisées et plus rationnelles. Elles se préoccupaient avant tout de leur réussite scolaire, tâchaient avant tout de s'assurer un avenir professionnel décent. Les sorties avec les garçons n'étaient pour elles qu'une activité de loisirs, un divertissement où intervenaient à parts plus ou moins égales le plaisir sexuel et la satisfaction narcissique. Par la suite elles s'attachaient à conclure un mariage raisonné, sur la base d'une adéquation suffisante des situations socio-professionnelles et d'une certaine communauté de goûts. Bien entendu elles se coupaient ainsi de toute possibilité de bonheur – celui-ci étant indissociable d'états fusionnels et régressifs incompatibles avec l'usage pratique de la raison – mais elles espéraient ainsi échapper aux souffrances sentimentales et morales qui avaient torturé leurs devancières. Cet espoir était d'ailleurs rapidement déçu ; la disparition des tourments passionnels laissait en effet le champ libre à l'ennui, à la sensation de vide, à l'attente angoissée du vieillissement et de la mort. Ainsi, la seconde partie de la vie d'Annabelle avait été beaucoup plus triste et plus morne que la première ; elle ne devait, sur la fin, en garder aucun souvenir.

Vers midi, Michel poussa la porte de sa chambre. Sa respiration était extrêmement faible, le drap qui recouvrait sa poitrine était presque immobile – d'après le médecin, c'était cependant suffisant pour permettre l'oxygénation des tissus ; si la respiration devait encore baisser, on envisagerait de mettre en place un dispositif de ventilation assistée. Pour l'instant l'aiguille d'une perfusion pénétrait dans son bras un peu au-dessus du coude, une électrode était fixée à sa tempe, et c'était tout. Un rayon de soleil traversait le drap immaculé et venait illuminer une mèche de ses magnifiques cheveux clairs. Son visage aux yeux clos, juste un peu plus pâle que d'habitude, semblait infiniment paisible. Toute crainte paraissait l'avoir abandonnée ; elle n'avait jamais paru à Michel aussi heureuse. Il est vrai qu'il avait toujours eu tendance à confondre le coma et le bonheur ; il n'empêche, elle lui paraissait infiniment heureuse. Il passa la main dans ses cheveux, embrassa son front et ses lèvres tièdes. C'était évidemment trop tard ; mais, quand même, c'était bien. Il demeura dans sa chambre jusqu'à la tombée du soir. De retour dans le couloir, il ouvrit un livre de méditations bouddhiques recueillies par le docteur Evans-Wentz (il avait le livre depuis plusieurs semaines dans sa poche ; c'était un tout petit livre, à la couverture rouge sombre).

Que tous les êtres dans l'Est,
Que tous les êtres dans l'Ouest
Que tous les êtres dans le Nord,

Que tous les êtres dans le Sud
Soient heureux, gardent leur bonheur ;
Puissent-ils vivre sans inimitié.

Ce n'était pas entièrement de leur faute, songeait-il ; ils avaient vécu dans un monde pénible, un monde de compétition et de lutte, de vanité et de violence ; ils n'avaient pas vécu dans un monde harmonieux. D'un autre côté ils n'avaient rien fait pour modifier ce monde, ils n'avaient nullement contribué à l'améliorer. Il se dit qu'il aurait dû faire un enfant à Annabelle ; puis d'un seul coup il se souvint qu'il l'avait fait, ou plutôt qu'il avait commencé à le faire, qu'il avait tout du moins accepté la perspective ; et cette pensée le remplit d'une grande joie. Il comprit alors la paix et la douceur qui l'avaient envahi ces dernières semaines. Il ne pouvait plus rien maintenant, personne ne pouvait rien à l'empire de la maladie et de la mort ; mais, au moins pendant quelques semaines, elle aurait eu la sensation d'être aimée.

Si quelqu'un pratique la pensée de l'amour
Et ne s'abandonne pas aux pratiques licencieuses ;
S'il coupe les liens des passions
Et tourne son regard vers la Voie,

Du fait qu'il a été capable de pratiquer cet amour,
Il renaîtra dans le ciel de Brahmâ
Il obtiendra rapidement la Délivrance
Et à jamais gagnera le Domaine de l'Inconditionné.

S'il ne tue pas ni ne pense à nuire,
S'il ne cherche pas à se faire valoir en humiliant
  autrui,
S'il pratique l'amour universel
À la mort, il n'aura pas de pensées de haine.

Dans la soirée la mère d'Annabelle le rejoignit, elle venait voir s'il y avait du nouveau. Non, la situation n'avait pas évolué ; les états de coma profond pouvaient être très stables, lui rappela l'infirmière avec patience, il s'écoulait parfois des semaines avant qu'un pronostic puisse être établi. Elle entra voir sa fille, ressortit au bout d'une minute en sanglotant. « Je ne comprends pas... dit-elle en secouant la tête. Je ne comprends pas comment la vie est faite. C'était une gentille fille, vous savez. Elle a toujours été affectueuse, sans histoires. Elle ne se plaignait pas, mais je savais qu'elle n'était pas heureuse. Elle n'a pas eu la vie qu'elle méritait. »

Elle repartit peu après, visiblement découragée. Assez étrangement, il n'avait ni faim ni sommeil. Il fit les cent pas dans le couloir, descendit jusqu'au hall d'entrée. Un Antillais installé à l'accueil faisait des mots fléchés ; il lui adressa un signe de tête. Il prit un chocolat chaud au distributeur, s'approcha des baies vitrées. La lune flottait entre les tours ; quelques voitures circulaient dans l'avenue de Châlons. Il avait suffisamment de connaissances médicales pour savoir que la vie d'Annabelle ne tenait qu'à un souffle. Sa mère avait eu raison de refuser de comprendre ; l'homme n'est pas fait pour accepter la mort : ni la sienne, ni celle des autres. Il s'approcha du gardien, lui demanda s'il pouvait lui emprunter du papier ; un peu surpris, celui-ci lui tendit une liasse de feuilles à en-tête de l'hôpital (ce fut cet en-tête qui, bien plus tard, devait permettre à Hubczejak d'identifier le texte au milieu de la masse de notes retrouvées à Clifden). Certains êtres humains s'accrochent avec férocité à la vie, ils la quittent, comme disait Rousseau, de mauvaise grâce ; tel ne serait pas, il le pressentait déjà, le cas d'Annabelle.

Elle était cette enfant faite pour le bonheur,
Tendait à qui voulait le trésor de son cœur
Elle aurait pu donner sa vie pour d'autres vies,
Au milieu des petits nés de son même lit.

Par le cri des enfants,
Par le sang de la race
Son rêve toujours présent
Laisserait une trace
Inscrite dans le temps,
Inscrite dans l'espace

Inscrite dans la chair
À jamais sanctifiée
Dans les montagnes, dans l'air
Et dans l'eau des rivières,
Dans le ciel modifié.

Maintenant tu es là,
Sur ton lit de mourante
Si calme dans ton coma
Et à jamais aimante.

Nos corps deviendront froids et simplement présents
Dans l'herbe, mon Annabelle
Ce sera le néant
De l'être individuel.

Nous aurons peu aimé
Sous nos formes humaines
Peut-être le soleil, et la pluie sur nos tombes, le vent
*   et la gelée*
Mettront fin à nos peines.

4

Annabelle mourut le surlendemain, et pour la famille c'était peut-être mieux. Dans les cas de décès, on a toujours tendance à dire une connerie de ce genre ;

mais il est vrai que sa mère et son frère auraient difficilement supporté un état d'incertitude prolongé.

Dans le bâtiment de béton blanc et d'acier, là même où sa grand-mère était morte, Djerzinski prit conscience, pour la deuxième fois, de la puissance du vide. Il traversa la chambre et s'approcha du corps d'Annabelle. Ce corps était identique à ce qu'il avait connu, à ceci près que la tiédeur l'abandonnait lentement. Sa chair, maintenant, était presque froide.

Certains êtres vivent jusqu'à soixante-dix, voire quatre-vingts ans, en pensant qu'il y a toujours du nouveau, que l'aventure est, comme on dit, au coin de la rue ; il faut en définitive pratiquement les tuer, ou du moins les réduire à un état d'invalidité très avancé, pour leur faire entendre raison. Tel n'était pas le cas de Michel Djerzinski. Sa vie d'homme il l'avait vécue seul, dans un vide sidéral. Il avait contribué au progrès des connaissances ; c'était sa vocation, c'était la manière dont il avait trouvé à exprimer ses dons naturels ; mais l'amour, il ne l'avait pas connu. Annabelle non plus, malgré sa beauté, n'avait pas connu l'amour ; et maintenant elle était morte. Son corps reposait à mi-hauteur, désormais inutile, analogue à un poids pur, dans la lumière. On referma le couvercle du cercueil.

Dans sa lettre d'adieux, elle avait demandé à être incinérée. Avant la cérémonie, ils prirent un café au Relais H du hall d'accueil ; à la table à côté, un gitan sous perfusion parlait bagnoles avec deux de ses amis venus lui rendre visite. L'éclairage était faible – quelques appliques dans le plafond, au milieu d'une décoration déplaisante évoquant d'énormes bouchons de liège.

Ils sortirent, sous le soleil. Les bâtiments du crématorium étaient situés non loin de l'hôpital, dans le même complexe. La chambre d'incinération était un gros cube de béton blanc, au milieu d'un parvis d'une blancheur égale ; la réverbération était éblouissante. L'air chaud ondulait autour d'eux comme une myriade de petits serpents.

Le cercueil fut assujetti sur une plate-forme mobile qui conduisait à l'intérieur du four. Il y eut trente secondes de recueillement collectif, puis un employé déclencha le mécanisme. Les roues dentées qui actionnaient la plate-forme grincèrent légèrement ; la porte se referma. Un hublot de Pyrex permettait de surveiller la combustion. Au moment où les flammes jaillirent des énormes brûleurs, Michel détourna la tête. Pendant environ vingt secondes, un éclat rouge persista à la périphérie de son champ visuel ; puis ce fut tout. Un employé recueillit les cendres dans une petite boîte, un parallélépipède de sapin blanc, et les remit au frère aîné d'Annabelle.

Ils repartirent vers Crécy en conduisant lentement. Le soleil brillait entre les feuilles des marronniers le long de l'allée de l'Hôtel-de-Ville. Annabelle et lui s'étaient promenés dans cette même allée, vingt-cinq ans auparavant, après la sortie des cours. Une quinzaine de personnes étaient réunies dans le jardin du pavillon de sa mère. Son frère cadet était revenu des États-Unis pour l'occasion ; il était maigre, nerveux, visiblement stressé, vêtu avec un peu trop d'élégance. Annabelle avait demandé à ce que ses cendres soient dispersées dans le jardin de la maison de ses parents ; cela aussi fut fait. Le soleil commençait à décroître. C'était une poussière – une poussière presque blanche. Elle se déposa doucement, comme un voile, sur la terre entre les rosiers. À ce moment on entendit, dans le lointain, la sonnerie du passage à niveau. Michel se souvint des après-midi de ses quinze ans, quand Annabelle venait l'attendre à la gare, et se serrait dans ses bras. Il regarda la terre, le soleil, les roses ; la surface élastique de l'herbe. C'était incompréhensible. L'assistance était silencieuse ; la mère d'Annabelle avait servi un vin d'honneur. Elle lui tendit un verre, le regarda dans les yeux. « Vous pouvez rester quelques jours, Michel, si vous voulez » dit-elle à voix basse. Non, il allait partir ; il allait travailler. Il ne savait rien faire d'autre. Le ciel lui parut traversé de rayons ; il se rendit compte qu'il pleurait.

5

Au moment où l'avion s'approchait du plafond nuageux qui s'étendait, à l'infini, en dessous du ciel intangible, il eut l'impression que sa vie entière devait conduire à ce moment. Pendant quelques secondes encore il n'y eut que la coupole immense de l'azur, et un plan immense, ondulé, où alternaient un blanc éblouissant et un blanc mat ; puis ils pénétrèrent dans une zone intermédiaire, mobile et grise, où les perceptions étaient confuses. En dessous, dans le monde des hommes, il y avait des prairies, des animaux et des arbres ; tout était vert, humide, et infiniment détaillé.

Walcott l'attendait à l'aéroport de Shannon. C'était un homme trapu, aux gestes vifs ; sa calvitie prononcée était entourée par une couronne de cheveux blond-roux. Il conduisait rapidement sa Toyota Starlet entre les pâturages brumeux, les collines. Le centre était installé un peu au nord de Galway, sur le territoire de la commune de Rosscahill. Walcott lui fit visiter les installations et lui présenta les techniciens ; ils seraient à sa disposition pour réaliser les expériences, pour programmer le calcul des configurations moléculaires. Tous les équipements étaient ultramodernes, les salles d'une propreté immaculée – l'ensemble avait été financé sur un budget de la CEE. Dans une salle réfrigérée, Djerzinski jeta un regard sur les deux grands Cray, en forme de tour, dont les panneaux de contrôle luisaient dans la pénombre. Leurs millions de processeurs à l'architecture massivement parallèle se tenaient prêts à intégrer les lagrangiens, les fonctions d'onde, les décompositions spectrales, les opérateurs de Hermite ; c'est dans cet univers, dorénavant, qu'allait se dérouler sa vie. Croisant les bras sur la poitrine, serrant ses bras contre son corps, il ne parvenait pourtant pas à dissiper une impression de tristesse, de froid intérieur. Walcott lui offrit un café au distributeur automatique. Par les baies vitrées on distinguait des pentes verdoyantes, qui plongeaient dans les eaux sombres du Lough Corrib.

En descendant la route qui menait à Rosscahill ils longèrent un pré en pente douce où paissait un troupeau de vaches plus petites que la moyenne, d'un beau brun clair. « Vous les reconnaissez ? demanda Walcott avec un sourire. Oui... ce sont les descendantes des premières vaches issues de vos travaux, il y a déjà de ça dix ans. À l'époque nous étions un tout petit centre, pas très bien équipé, vous nous avez donné un sacré coup de main. Elles sont robustes, elles se reproduisent sans difficultés et elles donnent un lait excellent. Vous voulez les voir ? » Il se gara dans un chemin creux. Djerzinski s'approcha du muret en pierres qui délimitait le pré. Les vaches broutaient calmement, frottaient leurs têtes contre les flancs de leurs compagnes ; deux ou trois étaient allongées. Le code génétique qui gouvernait la réplication de leurs cellules c'est lui qui l'avait créé, qui l'avait amélioré tout du moins. Pour elles, il aurait dû être comme un Dieu ; pourtant, elles semblaient indifférentes à sa présence. Un banc de brume descendit du sommet de la colline, les cachant progressivement à sa vue. Il retourna à la voiture.

Assis au volant, Walcott fumait une Craven ; la pluie avait recouvert le pare-brise. De sa voix douce, discrète (mais dont la discrétion, pourtant, ne paraissait nullement un signe d'indifférence), il lui demanda : « Vous avez eu un deuil ?... » Alors il lui raconta l'histoire d'Annabelle, et de sa fin. Walcott écoutait, de temps en temps il hochait la tête, ou poussait un soupir. Après le récit il demeura silencieux, alluma, puis éteignit une nouvelle cigarette et dit : « Je ne suis pas d'origine irlandaise. Je suis né à Cambridge, et il paraît que je suis resté très anglais. On dit souvent que les Anglais ont développé des qualités de sang-froid et de réserve, une manière aussi d'envisager les événements de la vie – y compris les plus tragiques – avec humour. C'est assez vrai ; c'est complètement idiot de leur part. L'humour ne sauve pas ; l'humour ne sert en définitive à peu près à rien. On peut envisager les événements de la vie avec humour pendant des années, parfois de très longues années, dans certains cas on peut adopter une attitude humoristique pratiquement jusqu'à la fin ; mais en définitive la vie vous brise le cœur. Quelles que soient les qualités de courage, de sang-froid et d'humour qu'on a pu développer tout au long de sa vie, on finit toujours par avoir le cœur brisé. Alors, on arrête de rire. Au bout du compte il n'y a plus que la solitude, le froid et le silence. Au bout du compte, il n'y a plus que la mort. »

Il actionna les essuie-glaces, remit le moteur en marche. « Beaucoup de gens, ici, sont catholiques, dit-il encore. Enfin, c'est en train de changer. L'Irlande se modernise. Plusieurs entreprises de haute technologie se sont installées en profitant des réductions de charges sociales et d'impôts – dans la région on a Roche et Lilly. Et, bien sûr, il y a Microsoft : tous les jeunes de ce pays rêvent de travailler pour Microsoft. Les gens vont moins à la messe, la liberté sexuelle est plus grande qu'il y a quelques années, il y a de plus en plus de discothèques et d'antidépresseurs. Enfin, le scénario classique... »

Ils longeaient à nouveau le lac. Le soleil émergea au milieu d'un banc de brume, dessinant à la surface des eaux des irisations étincelantes. « Quand même... poursuivit Walcott, le catholicisme est resté très fort ici. La plupart des techniciens du centre, par exemple, sont catholiques. Ça ne facilite pas mes rapports avec eux. Ils sont corrects, courtois, mais ils me considèrent comme quelqu'un d'un peu à part, avec qui on ne peut pas vraiment parler. »

Le soleil se dégagea complètement, formant un cercle d'un blanc parfait ; le lac entier apparut, baigné de lumière. À l'horizon, les chaînes des *Twelve Bens Mountains* se superposaient dans une gamme de gris décroissants, comme les pellicules d'un rêve. Ils gardèrent le silence. À l'entrée de Galway, Walcott parla de nouveau : « Je suis resté athée, mais je peux comprendre qu'on soit catholique ici. Ce pays a quelque chose de très particulier. Tout vibre constamment, l'herbe des prairies comme la surface des eaux, tout semble indiquer une présence. La lumière est mobile et douce, elle est comme une matière changeante. Vous verrez. Le ciel, lui aussi, est vivant. »

6

Il loua un appartement près de Clifden, sur la *Sky Road*, dans une ancienne maison de garde-côtes qui avait été réaménagée en location pour touristes. Les pièces étaient décorées de rouets, de lampes à pétrole, enfin d'objets anciens supposés faire la joie des touristes ; cela ne le dérangeait pas. Dans cette maison, dans la vie en général, il savait désormais qu'il se sentirait comme à l'hôtel.

Il n'avait aucune intention de retourner en France, mais pendant les premières semaines il dut plusieurs fois se rendre à Paris pour s'occuper de la vente de son appartement, du transfert de ses comptes. Il prenait le vol de 11 h 50 à Shannon. L'avion survolait la mer, le soleil chauffait à blanc la surface des eaux ; les vagues ressemblaient à des vers, qui s'enchevêtraient et se tordaient sur une distance énorme. En dessous de cette immense pellicule de vers, il le savait, des mollusques engendraient leur propre chair ; des poissons aux dents fines dévoraient les mollusques, avant d'être dévorés par d'autres poissons plus massifs. Souvent il s'endormait, il faisait de mauvais rêves. Lorsqu'il s'éveillait, l'avion survolait la campagne. Dans son état de demi-sommeil, il s'étonnait de l'uniforme couleur des champs. Les champs étaient bruns, parfois verts, mais toujours ternes. La banlieue parisienne était grise. L'avion perdait de l'altitude, s'enfonçait avec lenteur, irrésistiblement attiré par cette vie, cette palpitation de millions de vies.

À partir de la mi-octobre une brume épaisse recouvrit la péninsule de Clifden, venue tout droit de l'Atlantique. Les derniers touristes étaient partis. Il ne faisait pas froid, mais tout baignait dans un gris profond et doux. Djerzinski sortait peu. Il avait emporté trois DVD, représentant plus de 40 gigaoctets de données. De temps à autre il allumait son micro-ordinateur, examinait une configuration moléculaire, puis s'allongeait sur le lit immense, son paquet de cigarettes à portée de la main. Il n'était pas encore retourné au centre. À travers la baie vitrée, les masses de brume bougeaient lentement.

Aux environs du 20 novembre le ciel se dégagea, le temps devint plus froid et plus sec. Il prit l'habitude de faire de longues promenades à pied sur la route côtière. Il dépassait Gortrumnagh et Knockavally, poussait le plus souvent jusqu'à Claddaghduff, parfois jusqu'à Aughrus Point. Il se trouvait alors au point le plus occidental de l'Europe, à la pointe extrême du monde occidental. Devant lui l'océan Atlantique s'étendait, quatre mille kilomètres d'océan le séparaient de l'Amérique.

Selon Hubczejak, ces deux ou trois mois de réflexion solitaire au cours desquels Djerzinski ne fit rien, ne mit sur pied aucune expérience, ne programma aucun calcul doivent être considérés comme une période clef au cours de laquelle se mirent en place les principaux éléments de sa réflexion ultérieure. Les derniers mois de 1999 furent de toute façon pour l'ensemble de l'humanité occidentale une période étrange, marquée par une attente particulière, une sorte de rumination sourde.

Le 31 décembre 1999 tombait un vendredi. Dans la clinique de Verrières-le-Buisson, où Bruno devait passer le reste de ses jours, une petite fête eut lieu, réunissant les malades et le personnel soignant. On but du champagne en mangeant des chips aromatisées au paprika. Plus tard dans la soirée, Bruno dansa avec une infirmière. Il n'était pas malheureux ; les médicaments faisaient leur effet, et tout désir était mort en lui. Il aimait le goûter, les jeux télévisés regardés en commun avant le repas du soir. Il n'attendait plus rien de la succession des jours, et cette dernière soirée du deuxième millénaire, pour lui, se passa bien.

Dans les cimetières du monde entier, les humains récemment décédés continuèrent à pourrir dans leurs tombes, à se transformer peu à peu en squelettes.

Michel passa la soirée chez lui. Il était trop éloigné pour entendre les échos de la fête qui se déroulait au village. À plusieurs reprises sa mémoire fut traversée par des images d'Annabelle, adoucies et paisibles ; des images, également, de sa grand-mère.

Il se souvint qu'à l'âge de treize ou quatorze ans il achetait des lampes-torches, de petits objets mécaniques qu'il aimait à démonter et remonter sans cesse. Il se souvint également d'un avion à moteur, offert par sa grand-mère, et qu'il ne réussit jamais à faire décoller. C'était un bel avion, au camouflage kaki ; il resta finalement dans sa boîte. Traversée de courants de conscience, son existence présentait pourtant certains traits individuels. Il y a des êtres, il y a des pensées. Les pensées n'occupent pas d'espace. Les êtres occupent une portion de l'espace ; nous les voyons. Leur image se forme sur le cristallin, traverse l'humeur choroïde, vient frapper la rétine. Seul dans la maison déserte, Michel assista à un modeste défilé de souvenirs. Une seule certitude, au long de la soirée, emplissait peu à peu son esprit : il allait bientôt pouvoir se remettre au travail.

Partout à la surface de la planète l'humanité fatiguée, épuisée, doutant d'elle-même et de sa propre histoire, s'apprêtait tant bien que mal à entrer dans un nouveau millénaire.

7

Certains disent :
« La civilisation que nous avons bâtie est encore fra-
    gile,
C'est à peine si nous sortons de la nuit.
De ces siècles de malheur, nous portons encore l'image
    hostile ;
Ne vaudrait-il pas mieux que tout cela reste enfoui ? »

Le narrateur se lève, se rassemble et il rappelle
Avec équanimité, mais fermement, il se lève et il rap-
    pelle
Qu'une révolution métaphysique a eu lieu.

De même que les chrétiens pouvaient se représenter les
    civilisations antiques, pouvaient se former une
    image complète des civilisations antiques sans être
    aucunement atteints par la remise en question ni
    par le doute,

Car ils avaient franchi un stade,
Un palier,
Ils avaient traversé un point de rupture ;

De même que les hommes de l'âge matérialiste pou-
vaient assister sans comprendre ni même sans réel-
lement voir à la répétition des cérémonies rituelles
chrétiennes,
Qu'ils ne pouvaient lire et relire les ouvrages issus de
leur ancienne culture chrétienne sans jamais se
départir d'une perspective quasi anthropologique,
Incapables de comprendre ces débats qui avaient agité
leurs ancêtres autour des oscillations du péché et
de la grâce ;

De même, nous pouvons aujourd'hui écouter cette his-
toire de l'ère matérialiste
Comme une vieille histoire humaine.
C'est une histoire triste, et pourtant nous ne serons
même pas réellement tristes
Car nous ne ressemblons plus à ces hommes.
Nés de leur chair et de leurs désirs, nous avons rejeté
leurs catégories et leurs appartenances
Nous ne connaissons pas leurs joies, nous ne connais-
sons pas non plus leurs souffrances,
Nous avons écarté
Avec indifférence
Et sans aucun effort
Leur univers de mort.

Ces siècles de douleur qui sont notre héritage,
Nous pouvons aujourd'hui les tirer de l'oubli
Quelque chose a eu lieu comme un second partage,
Et nous avons le droit de vivre notre vie.

Entre 1905 et 1915, travaillant à peu près seul, avec
des connaissances mathématiques restreintes, Albert

Einstein parvint, à partir de la première intuition que constituait le principe de relativité restreinte, à élaborer une théorie générale de la gravitation, de l'espace et du temps qui devait exercer une influence décisive sur l'évolution ultérieure de l'astrophysique. Cet effort hasardeux, solitaire, accompli, selon les termes de Hilbert, « pour l'honneur de l'esprit humain », dans des domaines sans utilité pratique apparente, et à l'époque inaccessibles à la communauté des chercheurs, on peut le comparer aux travaux de Cantor établissant une typologie de l'infini en acte, ou aux efforts de Gottlob Frege pour redéfinir les fondements de la logique. On peut également, souligne Hubczejak dans son introduction aux *Clifden Notes*, le comparer à l'activité intellectuelle solitaire de Djerzinski à Clifden entre 2000 et 2009 – d'autant que, pas plus qu'Einstein à son époque, Djerzinski ne disposait d'une technicité mathématique suffisante pour développer ses intuitions sur une base réellement rigoureuse.

Topologie de la méiose, sa première publication, parue en 2002, eut pourtant un retentissement considérable. Elle établissait, pour la première fois sur la base d'arguments thermodynamiques irréfutables, que la séparation chromosomique intervenant au moment de la méiose pour donner naissance à des gamètes haploïdes était en elle-même une source d'instabilité structurelle ; en d'autres termes, que toute espèce sexuée était nécessairement mortelle.

Trois conjectures de topologie dans les espaces de Hilbert, parue en 2004, devait surprendre. On a pu l'analyser comme une réaction contre la dynamique du continu, comme une tentative – aux résonances étrangement platoniciennes – de redéfinition d'une algèbre des formes. Tout en reconnaissant l'intérêt des conjectures proposées, les mathématiciens professionnels eurent beau jeu de souligner l'absence de rigueur des propositions, le caractère un peu anachronique de l'approche. De fait, Hubczejak en convient, Djerzinski n'avait pas à l'époque accès aux publications mathématiques les plus récentes, et on a même l'impression qu'il ne s'y intéressait plus beaucoup. Sur son activité dans les années 2004 à 2007, on dispose en réalité de très peu de témoignages. Il se rendait régulièrement au centre de Galway, mais ses rapports avec les expérimentateurs restaient purement techniques, fonctionnels. Il avait acquis quelques rudiments d'assembleur Cray, ce qui lui évitait le plus souvent d'avoir recours aux programmeurs. Seul Walcott semble avoir maintenu avec lui des relations un peu plus personnelles. Il habitait lui-même près de Clifden, et venait parfois lui rendre visite dans l'après-midi. Selon son témoignage, Djerzinski évoquait souvent Auguste Comte, en particulier les lettres à Clotilde de Vaux et la *Synthèse subjective*, le dernier ouvrage, inachevé, du philosophe. Y compris sur le plan de la méthode scientifique, Comte pouvait être considéré comme le véritable fondateur du positivisme. Aucune métaphysique, aucune ontologie concevable à son époque n'avait trouvé grâce à ses yeux. Il est même vraisemblable, soulignait Djerzinski, que Comte, placé dans la situation intellectuelle qui fut celle de Niels Bohr entre 1924 et 1927, aurait maintenu son attitude de positivisme intransigeant, et se serait rallié à l'interprétation de Copenhague. Toutefois, l'insistance du philosophe français sur la réalité des états sociaux par rapport à la fiction des existences individuelles, son intérêt constamment renouvelé pour les processus historiques et les courants de conscience, son sentimentalisme exacerbé surtout laissaient penser qu'il n'aurait peut-être pas été hostile à un projet de refonte ontologique plus récent qui avait pris de la consistance depuis les travaux de Zurek, de Zeh et d'Hardcastle : le remplacement d'une ontologie d'objets par une ontologie d'états. Seule une ontologie d'états, en effet, était en mesure de restaurer la possibilité pratique des relations humaines. Dans une ontologie d'états les particules étaient indiscernables, et on devait se limiter à les qualifier par le biais d'un observable *nombre*. Les seules entités susceptibles d'être réidentifiées et nommées dans une telle ontologie étaient les fonctions d'onde, et par leur intermédiaire les vecteurs d'état – d'où la possibilité analogique de redonner un sens à la fraternité, la sympathie et l'amour.

Ils marchaient sur la route de Ballyconneely ; l'océan scintillait à leurs pieds. Loin à l'horizon, le soleil se couchait sur l'Atlantique. De plus en plus souvent, Walcott avait l'impression que la pensée de Djerzinski s'égarait dans des voies incertaines, voire mystiques. Lui-même restait partisan d'un instrumentalisme radical ; issu d'une tradition pragmatique anglo-saxonne, marqué également par les travaux du cercle de Vienne, il tenait en légère suspicion l'œuvre de Comte, encore trop romantique à ses yeux. Contrairement au matérialisme qu'il avait remplacé, le positivisme pouvait, soulignait-il, être fondateur d'un nouvel humanisme, et ceci, en réalité, pour la première fois (car le matérialisme était au fond incompatible avec l'humanisme, et devait finir par le détruire). Il n'empêche que le matérialisme avait eu son importance historique : il fallait franchir une première barrière, qui était Dieu ; des hommes l'avaient franchie, et s'étaient trouvés plongés dans la détresse et dans le doute. Mais une deuxième barrière avait été franchie, aujourd'hui ; et ceci s'était produit à Copenhague. Ils n'avaient plus besoin de Dieu, ni de l'idée d'une réalité sous-jacente. « Il y a, disait Walcott, des perceptions humaines, des témoignages humains, des expériences humaines ; il y a la raison qui relie ces perceptions, et l'émotion qui les fait vivre. Tout ceci se développe en l'absence de toute métaphysique, ou de toute ontologie. Nous n'avons plus besoin des idées de Dieu, de nature ou de réalité. Sur le résultat des expériences, un accord peut s'établir dans la communauté des observateurs par le biais d'une intersubjectivité raisonnable ; les expériences sont reliées par des théories, qui doivent autant que possible satisfaire au principe d'économie, et qui doivent nécessairement être réfutables. Il y a un monde perçu, un monde senti, un monde humain. »

Sa position était inattaquable, Djerzinski en avait conscience : le besoin d'ontologie était-il une maladie infantile de l'esprit humain ? Vers la fin de l'année 2005, il découvrit à l'occasion d'un voyage à Dublin le *Book of Kells*. Hubczejak n'hésite pas à affirmer que la rencontre avec ce manuscrit enluminé, d'une complexité formelle inouïe, probablement l'œuvre de moines irlandais du VIIe siècle de notre ère, devait constituer un moment décisif de l'évolution de sa pensée, et que c'est probablement la contemplation prolongée de cet ouvrage qui allait lui permettre, par le biais d'une série d'intuitions qui rétrospectivement nous paraissent miraculeuses, de surmonter les complexités des calculs de stabilité énergétique au sein des macromolécules rencontrées en biologie. Sans forcément souscrire à toutes les affirmations d'Hubczejak, il faut reconnaître que le *Book of Kells* a toujours, au cours des siècles, suscité chez ses commentateurs des épanchements d'admiration presque extatiques. On peut par exemple citer la description qu'en fait Giraldus Cambrensis en 1185 :

« Ce livre contient la concordance des quatre Évangiles selon le texte de saint Jérôme, et presque autant de dessins que de pages, tous ornés de couleurs merveilleuses. Ici l'on peut contempler le visage de la majesté divine, miraculeusement dessiné ; là encore les représentations mystiques des évangélistes, qui ayant six ailes, qui quatre, qui deux. Ici on verra l'aigle, là le taureau, ici le visage d'un homme, là celui d'un lion, et d'autres dessins presque innombrables. En les regardant négligemment, en passant, on pourrait penser que ce ne sont que barbouillages, plutôt que compositions soignées. On n'y verra rien de subtil, alors que tout y est subtil. Mais si l'on prend

la peine de les considérer très attentivement, de pénétrer du regard les secrets de l'art, on découvrira de telles complexités, si délicates et si subtiles, si étroitement serrées, entrelacées et nouées ensemble, et de couleurs si fraîches et si lumineuses, que l'on déclarera sans ambages que toutes ces choses doivent résulter non de l'œuvre des hommes, mais de celle des anges. »

On peut également suivre Hubczejak lorsqu'il affirme que toute philosophie neuve, même lorsqu'elle choisit de s'exprimer sous la forme d'une axiomatique en apparence purement logique, est en réalité solidaire d'une nouvelle conception visuelle de l'univers. Apportant à l'humanité l'immortalité physique, Djerzinski a évidemment modifié en profondeur notre conception du temps ; mais son plus grand mérite, selon Hubczejak, est d'avoir posé les éléments d'une nouvelle philosophie de l'espace. De même que l'image du monde inscrite dans le bouddhisme tibétain est inséparable d'une contemplation prolongée des figures infinies et circulaires offertes par les *mandalas,* de même que l'on peut se faire une image fidèle de ce que fut la pensée de Démocrite en observant l'éclat du soleil sur les pierres blanches, dans une île grecque, un après-midi d'août, de même on approchera plus facilement la pensée de Djerzinski en se plongeant dans cette architecture infinie de croix et de spirales qui constitue le fonds ornemental du *Book of Kells,* ou en relisant la magnifique *Méditation sur l'entrelacement,* publiée à part des *Clifden Notes,* et qui lui fut inspirée par cette œuvre.

« *Les formes de la nature,* écrit Djerzinski, *sont des formes humaines. C'est dans notre cerveau qu'apparaissent les triangles, les entrelacements et les branchages. Nous les reconnaissons, nous les apprécions ; nous vivons au milieu d'eux. Au milieu de nos créations, créations humaines, communicables à l'homme, nous nous développons et nous mourons. Au milieu de l'espace, espace humain, nous effectuons des mesures ; par ces mesures nous créons l'espace, l'espace entre nos instruments.*

L'homme peu instruit, poursuit Djerzinski, *est terrorisé par l'idée de l'espace ; il l'imagine immense, nocturne et béant. Il imagine les êtres sous la forme élémentaire d'une boule, isolée dans l'espace, recroquevillée dans l'espace, écrasée par l'éternelle présence des trois dimensions. Terrorisés par l'idée de l'espace, les êtres humains se recroquevillent ; ils ont froid, ils ont peur. Dans le meilleur des cas ils traversent l'espace, ils se saluent avec tristesse au milieu de l'espace. Et pourtant cet espace est en eux-mêmes, il ne s'agit que de leur propre création mentale.*

Dans cet espace dont ils ont peur, écrit encore Djerzinski, *les êtres humains apprennent à vivre et à mourir ; au milieu de leur espace mental se créent la séparation, l'éloignement et la souffrance. À cela, il y a très peu de commentaires : l'amant entend l'appel de son aimée, pardelà les océans et les montagnes ; par-delà les montagnes et les océans, la mère entend l'appel de son enfant. L'amour lie, et il lie à jamais. La pratique du bien est une liaison, la pratique du mal une déliaison. La séparation est l'autre nom du mal ; c'est, également, l'autre nom du mensonge. Il n'existe en effet qu'un entrelacement magnifique, immense et réciproque. »*

Hubczejak note avec justesse que le plus grand mérite de Djerzinski n'est pas d'avoir su dépasser le concept de liberté individuelle (car ce concept était déjà largement dévalué à son époque, et chacun reconnaissait au moins tacitement qu'il ne pouvait servir de base à aucun progrès humain), mais d'avoir su, par le biais d'interprétations il est vrai un peu hasardeuses des postulats de la mécanique quantique, restaurer les conditions de possibilité de l'amour. Il faut à ce propos évoquer encore une fois l'image d'Annabelle : sans avoir lui-même connu l'amour, Djerzinski avait pu, par l'intermédiaire d'Annabelle, s'en faire une image ; il avait pu se rendre compte que l'amour, d'une certaine manière, et par des modalités encore inconnues, pouvait avoir lieu. Cette notion le guida, très probablement, au cours de ses derniers mois d'élaboration théorique, sur lesquels nous avons si peu de détails.

Selon le témoignage des rares personnes qui ont côtoyé Djerzinski en Irlande au cours des dernières semaines, une acceptation paraissait être descendue en lui. Son visage anxieux et mobile semblait s'être apaisé. Il marchait longuement, sans but précis, sur la *Sky Road*, en de longues promenades rêveuses ; il marchait dans la présence du ciel. La route de l'Ouest serpentait le long des collines, alternativement abrupte et douce. La mer scintillait, réfractait une lumière mobile sur les derniers îlots rocheux. Dérivant rapidement à l'horizon, les nuages formaient une masse lumineuse et confuse, d'une étrange présence matérielle. Il marchait longtemps, sans effort, le visage baigné d'une brume aquatique et légère. Ses travaux, il le savait, étaient terminés. Dans la pièce qu'il avait transformée en bureau, dont la fenêtre donnait sur la pointe d'Errislannan, il avait mis en ordre ses notes – plusieurs centaines de pages, traitant des sujets les plus variés. Le résultat de ses travaux scientifiques proprement dits tenait en quatre-vingts pages dactylographiées – il n'avait pas jugé nécessaire de détailler les calculs.

Le 27 mars 2009, en fin d'après-midi, il se rendit à la poste centrale de Galway. Il expédia un premier exemplaire de ses travaux à l'Académie des sciences de Paris, puis un second à la revue *Nature*, en Grande-Bretagne. Sur ce qu'il advint ensuite, on n'a aucune certitude. Le fait que sa voiture ait été retrouvée à proximité immédiate d'Aughrus Point devait naturellement faire penser au suicide – d'autant que ni Walcott, ni aucun technicien du centre ne se montrèrent réellement surpris par cette issue. « Il y avait en lui quelque chose d'atrocement triste, devait déclarer Walcott, je crois que c'est l'être le plus triste que j'aie rencontré de ma vie, et encore le mot de tristesse me paraît-il bien faible : je devrais plutôt dire qu'il y avait en lui quelque chose de détruit, d'entièrement dévasté. J'ai toujours eu l'impression que la vie lui était à charge, qu'il ne se sentait plus le moindre rapport avec quoi que ce soit de vivant. Je crois qu'il a tenu exactement le temps nécessaire à l'achèvement de ses travaux, et qu'aucun d'entre nous ne peut imaginer l'effort qu'il a eu à accomplir. »

Le mystère demeurant malgré tout autour de la disparition de Djerzinski, le fait que son corps n'ait jamais été retrouvé devaient nourrir une légende tenace selon laquelle il se serait rendu en Asie, en particulier au Tibet, afin de confronter ses travaux avec certains enseignements de la tradition bouddhique. Cette hypothèse est aujourd'hui unanimement rejetée. D'une part, on n'a pu découvrir aucune trace d'un passage aérien au départ de l'Irlande ; d'autre part, les dessins tracés sur les dernières pages de son carnet de notes, qu'on avait un temps interprétés comme des mandalas, ont pu finalement être identifiés comme des combinaisons de symboles celtiques proches de ceux utilisés dans le *Book of Kells*.

Nous pensons aujourd'hui que Michel Djerzinski a trouvé la mort en Irlande, là même où il avait choisi de vivre ses dernières années. Nous pensons également qu'une fois ses travaux achevés, se sentant dépourvu de toute attache humaine, il a choisi de mourir. De nombreux témoignages attestent sa fascination pour cette pointe extrême du monde occidental, constamment baignée d'une lumière mobile et douce, où il aimait à se promener, où, comme il l'écrit dans une de ses dernières notes, « le ciel, la lumière et l'eau se confondent ». Nous pensons aujourd'hui que Michel Djerzinski est entré dans la mer.

Épilogue

Sur la vie, l'apparence physique, le caractère des personnages qui ont traversé ce récit, nous connaissons de nombreux détails ; ce livre doit malgré tout être considéré comme une fiction, une reconstitution crédible à partir de souvenirs partiels, plutôt que comme le reflet d'une vérité univoque et attestable. Même si la publication des *Clifden Notes*, complexe mélange de souvenirs, d'impressions personnelles et de réflexions théoriques jetées sur le papier par Djerzinski entre 2000 et 2009, dans le même temps qu'il travaillait à sa grande théorie, devait nous en apprendre beaucoup sur les événements de sa vie, les bifurcations, les confrontations et les drames qui conditionnèrent sa vision particulière de l'existence, il demeure, dans sa biographie comme dans sa personnalité, beaucoup de zones d'ombre. Ce qui suit, par contre, appartient à l'Histoire, et les événements qui découlent de la publication des travaux de Djerzinski ont été tant de fois retracés, commentés et analysés qu'on pourra se limiter à un résumé bref.

La publication en juin 2009, dans un tiré à part de la revue *Nature*, sous le titre *Prolégomènes à la réplication parfaite*, des quatre-vingts pages synthétisant les derniers travaux de Djerzinski, devait aussitôt provoquer une onde de choc énorme dans la communauté scientifique. Partout dans le monde des dizaines de chercheurs en biologie moléculaire tentèrent de refaire les expériences proposées, de vérifier le détail des calculs. Au bout de quelques mois les premiers résultats tombèrent, et ensuite semaine après semaine ils ne cessèrent de s'accumuler, tous confirmant avec une précision parfaite la validité des hypothèses de départ. À la fin de 2009, il ne pouvait plus subsister aucun doute : les résultats de Djerzinski étaient valides, on pouvait les considérer comme scientifiquement démontrés. Les conséquences pratiques, évidemment, étaient vertigineuses : tout code génétique, quelle que soit sa complexité, pouvait être réécrit sous une forme standard, structurellement stable, inaccessible aux perturbations et aux mutations. Toute cellule pouvait donc être dotée d'une capacité infinie de réplications successives. Toute espèce animale, aussi évoluée soit-elle, pouvait être transformée en une espèce apparentée, reproductible par clonage, et immortelle.

Lorsqu'il découvrit les travaux de Djerzinski, en même temps que plusieurs centaines de chercheurs à la surface de la planète, Frédéric Hubczejak était âgé de vingt-sept ans, et terminait son doctorat de biochimie à l'université de Cambridge. Esprit inquiet, brouillon, mobile, il parcourait l'Europe depuis plusieurs années – on retrouve les traces de ses inscriptions successives dans les universités de Prague, de Göttingen, de Montpellier et de Vienne – à la recherche, selon ses propres termes, « d'un nouveau paradigme, mais d'autre chose aussi : non seulement d'une autre manière d'envisager le monde, mais aussi d'une autre manière de me situer par rapport à lui ». Il fut en tout cas le premier, et pendant des années le seul, à défendre cette proposition radicale issue des travaux de Djerzinski : l'humanité devait disparaître ; l'humanité devait donner naissance à une nouvelle espèce, asexuée et immortelle, ayant dépassé l'individualité, la séparation et le devenir. Il est superflu de noter l'hostilité qu'un tel projet devait déchaîner chez les partisans des religions révélées – judaïsme, christianisme et islam, pour une fois d'accord, jetèrent ensemble l'anathème sur ces travaux « gravement attentatoires à la dignité humaine, constituée dans la singularité de sa relation à son Créateur » ; seuls les bouddhistes firent observer qu'après tout la réflexion du Bouddha s'était au départ constituée sur la prise de conscience de ces trois empêchements qu'étaient la vieillesse, la maladie et la mort, et que l'Honoré du monde, s'il s'était plutôt consacré à la méditation, n'aurait pas forcément rejeté a priori une solution d'ordre technique. Quoi qu'il en soit, Hubczejak avait à l'évidence peu de soutien à attendre de la part des religions constituées. Il est par contre plus surprenant de noter que les partisans traditionnels de l'humanisme réagirent par un rejet radical. Même si ces notions nous paraissent aujourd'hui difficiles à comprendre, il faut se souvenir de la place centrale qu'occupaient, pour les humains de l'âge matérialiste (c'est-à-dire pendant les quelques siècles qui séparèrent la disparition du christianisme médiéval de la publication des travaux de Djerzinski) les concepts de *liberté individuelle*, de *dignité humaine* et de *progrès*. Le caractère confus et arbitraire de ces notions devait naturellement les empêcher d'avoir la moindre efficacité sociale réelle – c'est ainsi que l'histoire humaine, du XVe au XXe siècle de notre ère, peut essentiellement se caractériser comme étant celle d'une dissolution et d'une désagrégation progressives ; il n'empêche que les couches instruites ou demi instruites qui avaient, tant bien que mal, contribué à mettre en place ces notions, s'y accrochaient avec une vigueur particulière, et on comprend que Frédéric Hubczejak ait eu, les premières années, tant de difficultés à se faire entendre.

L'histoire de ces quelques années qui permirent à Hubczejak de faire accepter un projet, au départ accueilli avec une réprobation et un dégoût unanimes, par une part croissante de l'opinion publique mondiale, jusqu'à le faire finalement financer par l'Unesco, nous retracent le portrait d'un être extraordinairement brillant, pugnace, à la pensée à la fois pragmatique et mobile – le portrait, en définitive, d'un extraordinaire agitateur d'idées. Il n'avait certes pas, par lui-même, l'étoffe d'un grand chercheur ; mais il sut mettre à profit le respect unanime qu'inspiraient, dans la communauté scientifique internationale, le nom et les travaux de Michel Djerzinski. Il avait encore moins la tournure d'esprit d'un philosophe original et profond ; mais il sut, préfaçant et commentant les éditions de *Méditation sur l'entrelacement* et des *Clifden Notes*, donner des réflexions de Djerzinski une présentation à la fois percutante et précise, accessible à un large public. Le premier article de Hubczejak, *Michel Djerzinski et l'interprétation de Copenhague*, est malgré son titre construit comme une longue méditation autour de cette remarque de Parménide : « L'acte de la pensée et l'objet de la pensée se confondent. » Dans son ouvrage suivant, *Traité de la limitation concrète*, ainsi que dans celui plus sobrement intitulé *La Réalité*, il tente une curieuse synthèse entre le positivisme logique du cercle de Vienne et le positivisme religieux de Comte, sans s'interdire par endroits des élans lyriques, comme en témoigne ce passage fréquemment cité : « Il n'y a pas de *silence éternel des espaces infinis*, car il n'y a en vérité ni silence, ni espace, ni vide. Le monde que nous connaissons, le monde que nous créons, le monde humain est rond, lisse, homogène et chaud comme un sein de femme. » Il sut quoi qu'il en soit installer dans un public croissant l'idée que l'humanité, au stade où elle en était parvenue, pouvait et devait contrôler l'ensemble de l'évolution du monde – et, en particulier, pouvait et devait contrôler sa propre évolution biologique. Il reçut dans ce combat l'appui précieux d'un certain nombre de néo-kantiens, qui, profitant du reflux général des pensées d'inspiration nietzschéenne, avaient pris le contrôle de plusieurs leviers de commande importants dans le monde intellectuel, universitaire et éditorial.

De l'avis général, le véritable trait de génie d'Hubczejak fut cependant, par une appréciation incroyablement précise des enjeux, d'avoir su retourner au profit de ses thèses cette idéologie bâtarde et confuse apparue à la fin du XXᵉ siècle sous l'appellation de *New Age*. Le premier à son époque il sut voir qu'au-delà de la masse de superstitions désuètes, contradictoires et ridicules qui le constituait au premier abord, le *New Age* répondait à une réelle souffrance issue d'une dislocation psychologique, ontologique et sociale. Au-delà du répugnant mélange d'écologie fondamentale, d'attraction pour les pensées traditionnelles et le « sacré » qu'il avait hérité de sa filiation avec la mouvance hippie et la pensée d'Esalen, le *New Age* manifestait une réelle volonté de rupture avec le XXᵉ siècle, son immoralisme, son individualisme, son aspect libertaire et antisocial ; il témoignait d'une conscience angoissée qu'aucune société n'est viable sans l'axe fédérateur d'une religion quelconque ; il constituait en réalité un puissant appel à un changement de paradigme.

Conscient plus que tout autre qu'il y a des compromis nécessaires, Hubczejak ne devait pas hésiter, au sein du « Mouvement du Potentiel Humain » qu'il créa dès la fin de l'année 2011, à reprendre à son compte certains thèmes ouvertement *New Age*, de la « constitution du cortex de Gaïa » à la célèbre comparaison « 10 milliards d'individus à la surface de la planète – 10 milliards de neurones dans le cerveau humain », de l'appel à un gouvernement mondial basé sur une « nouvelle alliance » au slogan quasi publicitaire : « DEMAIN SERA FÉMININ ». Il le fit avec une habileté qui a en général soulevé l'admiration des commentateurs, évitant avec soin toute dérive irrationnelle ou sectaire, sachant au contraire se ménager de puissants appuis au sein de la communauté scientifique.

Un certain cynisme traditionnel dans l'étude de l'histoire humaine tend généralement à présenter « l'habileté » comme un facteur de succès fondamental, alors qu'elle est en elle-même, en l'absence d'une conviction forte, incapable de produire de mutation réellement décisive. Tous ceux qui ont eu l'occasion de rencontrer

Hubczejak, ou de l'affronter dans des débats, s'accordent à souligner que son pouvoir de conviction, sa séduction, son extraordinaire charisme trouvaient leur source dans une simplicité profonde, une conviction personnelle authentique. Il disait en toutes circonstances à peu près exactement ce qu'il pensait – et chez ses contradicteurs, empêtrés dans les empêchements et les limitations issus d'idéologies désuètes, une telle simplicité avait des effets dévastateurs. Un des premiers reproches qui fut adressé à son projet tenait à la suppression des différences sexuelles, si constitutives de l'identité humaine. À cela Hubczejak répondait qu'il ne s'agissait pas de reconduire l'espèce humaine dans la moindre de ses caractéristiques, mais de produire une nouvelle espèce raisonnable, et que la fin de la sexualité comme modalité de la reproduction ne signifiait nullement – bien au contraire – la fin du plaisir sexuel. Les séquences codantes provoquant lors de l'embryogenèse la formation des corpuscules de Krause avaient été récemment identifiées ; dans l'état actuel de l'espèce humaine, ces corpuscules étaient pauvrement disséminés à la surface du clitoris et du gland. Rien n'empêchait dans un état futur de les multiplier sur l'ensemble de la surface de la peau – offrant ainsi, dans l'économie des plaisirs, des sensations érotiques nouvelles et presque inouïes.

D'autres critiques – probablement les plus profondes – se concentrèrent sur le fait qu'au sein de la nouvelle espèce créée à partir des travaux de Djerzinski, tous les individus seraient porteurs du même code génétique ; un des éléments fondamentaux de la personnalité humaine allait donc disparaître. À cela Hubczejak répondait avec fougue que cette individualité génétique dont nous étions, par un retournement tragique, si ridiculement fiers, était précisément la source de la plus grande partie de nos malheurs. À l'idée que la personnalité humaine était en danger de disparaître il opposait l'exemple concret et observable des vrais jumeaux, lesquels développent en effet, par le biais de leur histoire individuelle, et malgré un patrimoine génétique rigoureusement identique, des personnalités propres, tout en restant reliés par une mystérieuse fraternité – fraternité qui était justement, selon Hubczejak, l'élément le plus nécessaire à la reconstruction d'une humanité réconciliée.

Il ne fait aucun doute qu'Hubczejak était sincère lorsqu'il se présentait comme un simple continuateur de Djerzinski, comme un exécutant dont la seule ambition était de mettre en pratique les idées du maître. En témoigne par exemple sa fidélité à cette idée bizarre émise à la page 342 des *Clifden Notes* : le nombre d'individus de la nouvelle espèce devait rester constamment égal à un nombre premier ; on devait donc créer un individu, puis deux, puis trois, puis cinq... en bref suivre scrupuleusement la répartition des nombres premiers. L'objectif était bien entendu, par le maintien d'un nombre d'individus uniquement divisible par lui-même et par l'unité, d'attirer symboliquement l'attention sur ce danger que représente, au sein de toute société, la constitution de regroupements partiels ; mais il semble bien qu'Hubczejak ait introduit cette condition dans le cahier des charges sans le moins du monde s'interroger sur sa signification. Plus généralement, sa lecture étroitement positiviste des travaux de Djerzinski devait l'amener à sous-estimer constamment l'ampleur du basculement métaphysique qui devait nécessairement accompagner une mutation biologique aussi profonde – une mutation qui n'avait, en réalité, aucun précédent connu dans l'histoire humaine.

Cette méconnaissance grossière des enjeux philosophiques du projet, et même de la notion d'enjeu philosophique *en général*, ne devait pourtant nullement entraver, ni même retarder sa réalisation. C'est dire à quel point s'était répandue, dans l'ensemble des sociétés occidentales comme dans cette fraction plus avancée représentée par le mouvement *New Age*, l'idée

313

qu'une mutation fondamentale était devenue indispensable pour que la société puisse se survivre – une mutation qui restaurerait de manière crédible le sens de la collectivité, de la permanence et du sacré. C'est dire aussi à quel point les questions philosophiques avaient perdu, dans l'esprit du public, tout référent bien défini. Le ridicule global dans lequel avaient subitement sombré, après des décennies de surestimation insensée, les travaux de Foucault, de Lacan, de Derrida et de Deleuze ne devait sur le moment laisser le champ libre à aucune pensée philosophique neuve, mais au contraire jeter le discrédit sur l'ensemble des intellectuels se réclamant des « sciences humaines » ; la montée en puissance des scientifiques dans tous les domaines de la pensée était dès lors devenue inéluctable. Même l'intérêt occasionnel, contradictoire et fluctuant que les sympathisants du *New Age* feignaient de temps à autre d'éprouver pour telle ou telle croyance issue des « traditions spirituelles anciennes » ne témoignait chez eux que d'un état de détresse poignant, à la limite de la schizophrénie. Comme tous les autres membres de la société, et peut-être encore plus qu'eux, ils ne faisaient en réalité confiance qu'à la science, la science était pour eux un critère de vérité unique et irréfutable. Comme tous les autres membres de la société, ils pensaient au fond d'eux-mêmes que la solution à tout problème – y compris aux problèmes psychologiques, sociologiques ou plus généralement humains – ne pouvait être qu'une solution d'ordre technique. C'est donc en fait sans grand risque d'être contredit qu'Hubczejak lança en 2013 son fameux slogan, qui devait constituer le réel déclenchement d'un mouvement d'opinion à l'échelle planétaire : « LA MUTATION NE SERA PAS MENTALE, MAIS GÉNÉTIQUE. »

Les premiers crédits furent votés par l'Unesco en 2021 ; une équipe de chercheurs se mit aussitôt au travail sous la direction d'Hubczejak. À vrai dire, sur le plan scientifique, il ne dirigeait pas grand-chose ; mais il devait se montrer d'une efficacité foudroyante dans un rôle qu'on pourrait qualifier de « relations publiques ». L'extraordinaire rapidité avec laquelle tombèrent les premiers résultats devait surprendre ; ce n'est que bien plus tard que l'on apprit que de nombreux chercheurs, adhérents ou sympathisants du « Mouvement du Potentiel Humain », avaient en fait depuis longtemps commencé leurs travaux, sans attendre le feu vert de l'Unesco, dans leurs laboratoires en Australie, au Brésil, au Canada ou au Japon.

La création du premier être, premier représentant d'une nouvelle espèce intelligente créée par l'homme « à son image et à sa ressemblance », eut lieu le 27 mars 2029, vingt ans jour pour jour après la disparition de Michel Djerzinski. Toujours en hommage à Djerzinski, et bien qu'il n'y ait aucun Français dans l'équipe, la synthèse eut lieu dans le laboratoire de l'Institut de biologie moléculaire de Palaiseau. La retransmission télévisée de l'événement eut naturellement un impact énorme – un impact qui dépassait même de très loin celui qu'avait eu, une nuit de juillet 1969, près de soixante ans plus tôt, la retransmission en direct des premiers pas de l'homme sur la Lune. En prélude au reportage Hubczejak prononça un discours très bref où, avec la franchise brutale qui lui était habituelle, il déclarait que l'humanité devait s'honorer d'être « la première espèce animale de l'univers connu à organiser elle-même les conditions de son propre remplacement ».

Aujourd'hui, près de cinquante ans plus tard, la réalité a largement confirmé la teneur prophétique des propos d'Hubczejak – à un point, même, que celui-ci n'aurait probablement pas soupçonné. Il subsiste quelques humains de l'ancienne race, en particulier dans les régions restées longtemps soumises à l'influence des doctrines religieuses traditionnelles. Leur taux de reproduction, cependant, diminue d'année en année, et

leur extinction semble à présent inéluctable. Contrairement à toutes les prévisions pessimistes, cette extinction
se fait dans le calme, malgré quelques actes de violence
isolés, dont le nombre va constamment décroissant. On
est même surpris de voir avec quelle douceur, quelle
résignation, et peut-être quel secret soulagement les
humains ont consenti à leur propre disparition.

Ayant rompu le lien filial qui nous rattachait à l'humanité, nous vivons. À l'estimation des hommes, nous
vivons heureux ; il est vrai que nous avons su dépasser
les puissances, insurmontables pour eux, de l'égoïsme,
de la cruauté et de la colère ; nous vivons de toute façon
une vie différente. La science et l'art existent toujours
dans notre société ; mais la poursuite du Vrai et du
Beau, moins stimulée par l'aiguillon de la vanité individuelle, a de fait acquis un caractère moins urgent.
Aux humains de l'ancienne race, notre monde fait l'effet
d'un paradis. Il nous arrive d'ailleurs parfois de nous
qualifier nous-mêmes – sur un mode, il est vrai, légèrement humoristique – de ce nom de « dieux » qui les
avait tant fait rêver.

L'histoire existe ; elle s'impose, elle domine, son
empire est inéluctable. Mais au-delà du strict plan historique, l'ambition ultime de cet ouvrage est de saluer
cette espèce infortunée et courageuse qui nous a créés.
Cette espèce douloureuse et vile, à peine différente du
singe, qui portait cependant en elle tant d'aspirations
nobles. Cette espèce torturée, contradictoire, individua-
liste et querelleuse, d'un égoïsme illimité, parfois capable d'explosions de violence inouïes, mais qui ne cessa
jamais pourtant de croire à la bonté et à l'amour. Cette
espèce aussi qui, pour la première fois de l'histoire du
monde, sut envisager la possibilité de son propre dépassement ; et qui, quelques années plus tard, sut mettre
ce dépassement en pratique. Au moment où ses derniers
représentants vont s'éteindre, nous estimons légitime

de rendre à l'humanité ce dernier hommage ; hommage qui, lui aussi, finira par s'effacer et se perdre dans les sables du temps ; il est cependant nécessaire que cet hommage, au moins une fois, ait été accompli. Ce livre est dédié à l'homme.

5602

Composition
NORD COMPO

Achevé d'imprimer en Slovaquie
par NOVOPRINT
le 7 décembre 2021.

1er dépôt légal dans la collection : janvier 2002
EAN 9782290028599
OTP L21EPLN000884A018
ÉDITIONS J'AI LU
87, quai Panhard-et-Levassor, 75013 Paris

Diffusion France et étranger : Flammarion